FRANCESCA GIANNONE

A CARTEIRA

Itália, anos 1930.
Uma pequena cidade do Sul.
Uma mulher do Norte.
Um encontro que mudará ambas
às vésperas da 2ª Guerra Mundial.

Tradução
Roberta Sartori

São Paulo | 2024

À minha irmã Elisabetta.
Onde você estiver, eu estarei.

Título original: *La portalettere*
© 2023 Casa Editrice Nord s.u.r.l.
Gruppo editoriale Mauri Spagnol

As opiniões e os comentários feitos nesta publicação são pessoais e não representam necessariamente a opinião das instituições às quais os autores estejam vinculados.

Os direitos desta edição pertencem à LVM Editora, sediada na
Rua Leopoldo Couto de Magalhães Júnior de 1098, Cj. 46
04.542-001 • São Paulo, SP, Brasil
Telefax: 55 (11) 3704-3782
contato@lvmeditora.com.br

Editor-Chefe | Marcos Torrigo
Editores assistentes | Geizy Novais e Felipe Saraiça
Tradução | Roberta Sartori
Revisão da tradução | Carla Bruxel
Revisão ortográfica e gramatical | Sandra Scapin
Capa e Projeto gráfico | Mariângela Ghizellini
Diagramação | Décio Lopes

Impresso no Brasil, 2024

Dados Internacionais de Catalogação na Publicação (CIP)
Angélica Ilacqua CRB-8/7057

G372c   Giannone, Francesca
          A carteira / Francesca Giannone ; tradução de Roberta Sartori. - São Paulo : LVM Editora, 2024.
          392 p.

          ISBN 978-65-5052-259-9
          Título original: *La portalettere*

          1. Ficção italiana I. Título II. Sartori, Roberta

24-5446   CDD 853

Índices para catálogo sistemático:
1. Ficção italiana

Reservados todos os direitos desta obra.

Proibida a reprodução integral desta edição por qualquer meio ou forma, seja eletrônica ou mecânica, fotocópia, gravação ou qualquer outro meio sem a permissão expressa do editor. A reprodução parcial é permitida, desde que citada a fonte.

Esta editora se empenhou em contatar os responsáveis pelos direitos autorais de todas as imagens e de outros materiais utilizados neste livro. Se porventura for constatada a omissão involuntária na identificação de algum deles, dispomo-nos a efetuar, futuramente, as devidas correções.

Débora: "Você esperou muito tempo"?
Noodles: "A minha vida toda".

Da obra *Era uma vez na América* (1984)
de Sergio Leone

APRESENTAÇÃO

Salento, junho, 1934. Em Lizzanello, uma pequena cidade com algumas poucas mil almas, um ônibus para na praça principal. Dele sai um casal: ele, Carlo, é filho do Sul e está feliz em voltar para casa; ela, Anna, sua esposa, é bela como uma estátua grega, mas triste e preocupada: que vida a espera naquela terra desconhecida?

Mesmo trinta anos depois daquele dia, Anna continuará a ser para todos "a forasteira", aquela que veio do Norte, a diferente, a que não vai à igreja, que diz sempre o que pensa. E Anna, orgulhosa e intratável, jamais se curvará às leis não escritas que aprisionam as mulheres sulistas. Ela será bem-sucedida nisso também graças ao amor que a une ao marido, um amor cuja força ficará dolorosamente clara para Antonio, o irmão mais velho de Carlo, que se apaixonou por Anna no momento em que a viu.

Então, em 1935, Anna faz algo verdadeiramente revolucionário: entra em um concurso para os Correios, vence e torna-se a primeira carteira de Lizzanello. A notícia faz as mulheres torcerem o nariz e provoca risos irônicos nos homens.

– Não vai durar, alguém zomba.

E, ao invés disso, durante mais de vinte anos, Anna se tornará o fio invisível que une os habitantes da cidade. Primeiro a pé, e depois de bicicleta, ela entregará cartas de rapazes que estão na linha de frente, cartões postais de emigrantes, missivas de amantes secretos. Sem querer – mas, sobretudo, sem que a cidade quisesse – a carteira vai mudar muitas coisas em Lizzanello.

A história de Anna é a de uma mulher que queria viver a sua vida sem condicionamentos, mas é também a história da família Greco e de Lizzanello das décadas de 1930 a 1950, passando por uma guerra mundial e pelas reivindicações feministas.

E é a história de dois irmãos inseparáveis, destinados a amar a mesma mulher.

"*A Carteira* nasceu de um cartão de visita de cem anos que encontrei em uma gaveta e no qual estava escrito: 'Anna Allavena. Carteira'. Anna era minha bisavó e eu segui seu rastro, descobrindo, desse modo, uma mulher extraordinária".

SUMÁRIO

Prólogo
(13 agosto de 1961)
- 11 -

Primeira Parte
(junho de 1934 – dezembro de 1938)
- 15 -

Segunda Parte
(abril de 1945 – junho de 1949)
- 153 -

Terceira Parte
(novembro de 1950 – maio de 1952)
- 289 -

Epílogo
(13 de agosto de 1961)
- 385 -

Agradecimento
- 389 -

PRÓLOGO
[13 DE AGOSTO DE 1961]
Lizzanello (Lecce)

– A carteira está morta!

A notícia se espalhou como um raio por todas as ruas e travessas da cidade.

– Imagina se aquela morreu mesmo, foi o comentário da dona Carmela, enfiando a cabeça para fora da porta com um olhar sonolento, ainda com a mancha escura do rímel do dia anterior acumulada nas rugas sob seus olhos.

– Que Deus a tenha!, respondeu a vizinha de roupão, benzendo-se com o sinal da cruz.

– Disseram que ela não andava bem, intrometeu-se outra na conversa, falando da varanda. – Ninguém a via há algum tempo.

– Ouvi dizer que foi problema com os brônquios, frisou uma mulher corpulenta que varria a porta de casa.

– Ela tinha a doença dos carteiros, explicou a mulher da varanda. – Ferruccio, você se lembra dele? Ele também morreu jovem.

Dona Carmela fez uma careta de desdém.

– Vou passar minha roupa de funeral, disse. E entrou.

Numa casa não muito distante, onde terminava a parte habitada da cidade e começava a extensão das oliveiras, Giovanna sentou-se à mesa da cozinha e derramou lágrimas sobre um postal datado de 22 de maio de 1936. Dobrou-o em dois, enfiou-o entre os seios e saiu.

De acordo com as determinações finais de Anna, o velório foi montado no jardim de romãs e manjericões nos fundos da casa. O pilão que ela trouxera da Ligúria quase trinta anos antes havia sido colocado ao lado dela, no caixão, no qual estavam dois pares de meias de bebê, um rosa e outro azul, e a aliança de casamento de Carlo, que Anna insistira em usar, colocada em seu dedo, acima da sua. Era tudo o que precisava para se despedir da vida, disse ela algumas horas antes de morrer.

Roberto ficava por perto do caixão, fumando *Nazionali* sem filtro sem parar. Sua esposa, Maria, estava sentada em uma das cadeiras de palha que protegiam o caixão, mas se mexia o tempo todo. A barriga de nove meses a fazia suar além das palavras; se nascesse uma menina, ela a chamaria de Anna, tal como havia prometido.

A procissão de homens e mulheres que vieram prestar condolências começou já nos primeiros sinais do amanhecer. *Ainda bem que preparei muitas garrafas térmicas de café*, pensou Maria, mudando de posição pela enésima vez. Naquele momento, entrou o pequeno e compacto grupo de mulheres liderado por Carmela, envolta em um vestido azul, com os cabelos presos em um coque e um traço grosso de lápis preto nas pálpebras. Como uma *prima donna*, ela estufou o peito e dirigiu-se ao caixão, orgulhosamente consciente dos olhares curiosos que, como mosquitos, se fixaram nela. O beijo destinado à falecida, o aperto de mão à Maria, o abraço em Roberto: uma interpretação magistral.

A cena foi interrompida pela chegada de Giovanna, que entrou correndo e se jogou sobre Anna, segurando-a e beijando seu rosto por um tempo tão longo a ponto de constranger todos os presentes.

– Aquela ali sempre foi estranha, alguém murmurou.

Giovanna, então, endireitou-se, tirou o cartão-postal de entre os seios, abriu-o e entregou-o a Roberto, que acabava de acender outro cigarro.

– O que é?, perguntou ele, girando-o em suas mãos.

– Leia, respondeu Giovanna, enxugando os olhos.

– *Com os melhores cumprimentos*, leu Roberto. Ele então olhou para a mulher, perplexo.

– Não, não ali. Aqui, viu? Giovanna colocou um dedo no canto superior direito.

Roberto percebeu que os selos haviam sido arrancados, revelando uma série de pequenas palavras.

– Ideia da sua mãe, explicou Giovanna com a voz embargada. – Só ela poderia ter inventado algo assim.

Roberto aproximou o cartão-postal dos olhos, tentando decifrar o que estava escrito nele. Depois olhou para Giovanna com uma expressão perplexa.

– Ela me fazia escrever uma mensagem secreta para o meu namorado e depois colava os selos em cima, explicou ela. – Eu e ele nos correspondemos assim por anos.

Roberto ensaiou um sorriso e ia devolver o cartão-postal, mas Giovanna o impediu.

– Não, você tem que ficar com este, ela insistiu, colocando a mão sobre a dele. – Como uma recordação.

– Tudo bem, concordou Roberto. E enquanto olhava para Giovanna à medida que ela se afastava, dobrou o cartão-postal em dois e enfiou-o no bolso lateral do paletó. Naquele momento, uma velha de rosto gorducho e grossos cabelos grisalhos presos em um rabo de cavalo lateral se aproximou e colocou um vaso de flores brancas ao pé do caixão.

Quem sabe o tio Antonio ainda virá, pensou Roberto, jogando a bituca de cigarro no chão. Ele se perguntava se o tio já havia lido a carta.

– Leve-a para o seu tio assim que eu me for, pedira-lhe a mãe, entregando-lhe um envelope branco lacrado.

Anna e Antonio nunca mais se falaram depois daquela noite, nove anos atrás.

Quão obstinado pode ser o amor quando dá lugar ao ódio?

PRIMEIRA PARTE

[JUNHO DE 1934 – DEZEMBRO DE 1938]

1

Lizzanello (Lecce)
Junho, 1934

O ônibus azul, em péssimas condições e enferrujado, parou bruscamente no asfalto quente do início da tarde. Úmido e abafado, o vento balançava as folhas da grande palmeira no centro da praça deserta. Os únicos três passageiros a bordo desceram: Carlo foi o primeiro, com um charuto apagado entre os dentes, completamente vestido com um colete e sapatos Oxford de couro marrom brilhante, saiu impecável de uma viagem que, primeiro de trem e depois de ônibus, durou dois dias. Alisou o bigode e, com os olhos fechados, foi inebriado por aquele cheiro especial que sua cidade sempre teve, uma mistura de massa fresca, orégano, terra molhada e vinho tinto. Quanta coisa ele havia perdido em seus anos no Norte, inicialmente, no Piemonte, e, depois, na Ligúria; nos últimos tempos, a nostalgia que sempre sentiu tornara-se constante, dolorosa, como um peso no peito. Ele tirou o chapéu de feltro e usou-o como uma espécie de leque, mas só o que conseguiu foi movimentar o ar quente. No verão, o siroco que soprava da África era implacável, tal como ele se lembrava.

E foi o que Anna descobriu assim que pisou no chão. Ela usava um longo vestido preto, sinal do luto que insistia em usar havia três anos, e mal segurava Roberto, um menino de um ano e aparência alegre.

Carlo estendeu a mão para ajudá-la, mas Anna balançou a cabeça.

– Eu trato disso sozinha, disse ela, sem conseguir esconder a sua irritação. A felicidade de Carlo, o seu entusiasmo, como se finalmente tivesse recebido de volta o seu brinquedo favorito depois de um longo castigo, era-lhe incompreensível. E, além disso, ela só queria dormir: tinha sido uma viagem cansativa. Olhou para a praça, o estranho amarelo palha dos prédios, as placas desbotadas das lojas, a torre cinzenta do enorme castelo. Era o novo cenário da sua vida, e tudo era tão diferente do que conhecia... Naquele momento, ela percebeu, com uma pontada no peito, quão longe estava a sua Ligúria, a sua Pigna que se estendia pela colina, os seus bosques de castanheiros.

– Antonio já deveria estar aqui, murmurou Carlo, olhando em volta. – Ele sabe que o ônibus chega às três. Olhou para o grande relógio do prédio municipal. – E são três e quinze...

– Não me surpreenderia se os relógios andassem em câmera lenta por aqui, respondeu Anna, enxugando a testa suada de Roberto com a barra do vestido.

Carlo lançou-lhe um olhar divertido e depois balançou a cabeça, rindo; ele amava tudo em sua esposa, até mesmo sua ironia cortante.

Antonio chegou ofegante alguns minutos depois, com suor na testa e uma mecha de cabelo que havia escapado da brilhantina.

– Lá está ele!, exclamou Carlo, abrindo um sorriso. E correu em sua direção. Ele jogou os braços no pescoço do irmão e o abraçou com força, depois pulou em cima dele, tanto que Antonio perdeu o equilíbrio, correndo o risco de cair.

Anna olhou para os dois homens que riam como crianças e não se mexeu; aquele momento deveria pertencer apenas a eles. Não houve um dia em que Carlo não tivesse mencionado o irmão:

– Antonio pensaria isso... – Antonio faria aquilo... – Eu já te contei sobre aquela vez em que Antonio e eu...

Apesar dos anos de distância, repletos de pacotes de alimentos e azeite que chegavam pontualmente do Sul, juntamente com postais, cartas e telegramas, a relação entre eles não foi afetada; pelo contrário, parecia ter-se tornado mais forte.

Carlo pegou Antonio pelo cotovelo e o arrastou até Anna.

A semelhança com o marido era impressionante, pensou ela ao vê-lo de perto: o mesmo rosto magro, só que com mais algumas rugas e sem bigode, as mesmas íris escuras como breu, a ponta arredondada do nariz, a parte inferior do lábio ligeiramente mais larga que a superior... como uma pintura fielmente reproduzida da original.

– Ela é a minha Anna, disse Carlo, muito alegre. – E esta linda criança é seu sobrinho. Finalmente você o está conhecendo.

Antonio sorriu sem jeito, depois estendeu a mão e Anna apertou-a levemente. Mas o olhar, pensou ela, não tinha nada a ver com o de Carlo; era atrevido, sedutor. Os olhos de Antonio eram intensos e melancólicos e, naquele momento, pareciam estar penetrando no seu interior. Anna sentiu seu rosto corar e desviou o olhar. Ótimo, estou ficando corada, que diabos, ela pensou.

Antonio também desviou o seu olhar.

– Sou seu tio, disse então a Roberto com um sorriso, acariciando a pequena testa. O ouro da aliança de casamento brilhou com a luz do sol. Mantendo os olhos baixos, Anna entregou-lhe o bebê.

– *Ma, quantu sinti beddru*, disse Antonio radiante, levantando-o pelos bracinhos.

– Como a mãe, interveio Carlo, e acariciou o rosto de Anna com as costas da mão.

Ela não se moveu, mas estava claro que não estava com disposição para elogios.

O motorista do ônibus, com a camisa encharcada que lhe grudava no corpo, terminou de descarregar as malas e uma caixa de papelão, depois cumprimentou o grupo levantando a viseira do chapéu e, ofegante, caminhou lentamente em direção ao único bar da praça, o Bar Castello.

Carlo pegou as duas malas.

– Você se ocupa da caixa, pediu a Antonio. E colocou-se a caminho.

Anna tomou Roberto dos braços do tio e disse firmemente:

– Tome muito cuidado. Ali estão as coisas mais preciosas que tenho. Com um pouco de constrangimento, ele percebeu que essas foram as primeiras palavras que ela lhe havia dirigido.

– Terei cuidado, eu prometo, respondeu. Ele, então, ergueu a caixa delicadamente, segurou-a com força pela base com as duas mãos e seguiu o irmão. Anna caminhava ao lado dele: o barulho dos saltos nos paralelepípedos lisos e escorregadios parecia acompanhar a sua respiração levemente ofegante.

– Estamos quase lá, Antonio a tranquilizou, dirigindo-lhe um pequeno sorriso.

A casa destinada a Carlo e Anna ficava na via Paladini, a uma curta distância da praça. Luigi, o tio materno, conhecido como *lu patrunu*, devido aos muitos hectares de terra que possuía, viveu ali. Ele tinha feito dinheiro, mas não filhos, por isso deixou tudo para Antonio e Carlo: terrenos, casas e uma boa poupança, que permitia que ficassem tranquilos por um bom tempo.

Era tudo culpa daquele maldito tio, pensou Anna, se ela teve que desistir de sua vida em Pigna e de seus alunos para se mudar para o Sul. E ela o odiava, ainda que estivesse morto.

Antonio colocou a caixa na frente da porta e procurou a chave no bolso da calça. Inseriu-a na fechadura da porta de madeira e abriu-a: o feixe de luz que entrava pelo exterior revelou um encantador pátio com uma abóbada estrelada e paredes de pedra cor de mel, com uma mesinha redonda de mármore e duas cadeiras de ferro forjado no centro; num canto havia um vaso de terracota com uma planta seca, sabe-se lá há quantos meses.

Carlo deixou as malas no pátio e começou a perambular pela casa, subindo e descendo as escadas, vasculhando cada canto e levantando os lençóis colocados sobre os móveis da ampla sala com lareira. Encostado no batente da porta de entrada, Antonio o seguia com o olhar e sentiu a emoção tomar conta dele. Como sentira falta do brincalhão Carletto, o irmãozinho dos grandes abraços. Enquanto Carlo esteve ao seu lado, nunca precisou de outros: era seu irmão, claro, mas, acima de tudo, era seu amigo mais próximo, seu companheiro preferido de passeios, o único que o conhecia profundamente. Quando ele partiu, pesou-lhe a sensação de estar sozinho no mundo. E ninguém conseguia afastar essa solidão, devolver a cor ao seu mundo. Nem mesmo – pensou com uma pontada de remorso – sua esposa Agata ou sua filha Lorenza.

Anna olhava em volta, segurando Roberto perto de si e pensando que aquela casa era grande demais para apenas três pessoas e que o teto era alto demais para o seu gosto. Estava convencida de que o amor não precisava de muitos quartos ou salas para trancar a chave: os primeiros anos de casamento foram passados em um apartamento de três cômodos e com o teto baixo, e ainda assim eles tinham sido felizes, ah, como foram... *O espaço físico, quando é demais, também aumenta a distância entre os corações: e quando foi que as princesas viveram felizes em castelos?* pensou.

– Anna, venha ver, exclamou Carlo, alcançando-a e puxando-a pela mão. – Antó, você também.

Ele a conduziu pela sala de estar, pela sala de jantar e finalmente pela cozinha, até chegar a um pequeno jardim cheio de romãzeiras.

Anna sorriu. Isso não havia acontecido desde o momento em que ela pegou o trem para o Sul, mas aquela visão foi o primeiro sinal real de esperança que aquela viagem lhe deu: as flores vermelhas em forma de cálice com a corola amarela, as folhas pontiagudas de um verde vívido, o contraste brilhante das cores, os troncos retorcidos... Tudo lhe agradou. Ela teria também plantado um ramo de manjericão, para saturar o ar com o perfume. *Apenas o suficiente para se sentir em casa.* Pelo menos um pouco.

– *Quel délice! Mon jardin secret!*", ela exclamou e deu um beijo na bochecha do filho.

Antonio olhou para ela estupefato e depois questionou Carlo com os olhos.

– Sim, de vez em quando a minha Anna aparece com algumas frases em francês. Você sabe...

– É bastante normal de onde eu venho, visto que cresci na fronteira com a França, Anna interrompeu, virando-se por um momento. Olhou para Antonio com seus grandes olhos cor de folhas de oliveira, realçados pelo preto de seus cabelos, que ela mantinha penteados em uma trança suave. A pele diáfana e fina de uma criatura que não pertencia àqueles lugares corou em suas bochechas. Antonio não sabia dizer se era por causa do calor ou se foi ele quem a fizera corar novamente.

Anna, então, deu as costas aos dois homens e começou a apalpar delicadamente o galho de uma romã.

Quem sabe se há uma gramática francesa na biblioteca municipal, pensou Antonio. Ele iria lá no dia seguinte para perguntar.

– Então? Como ela é? Naquela noite, Agata, a esposa de Antonio, não parou nem por um momento de fazer perguntas. – Ela é alta? Estava bem vestida? Gostou da casa? O que disse? Parecia feliz?

Antonio levantou-se da cadeira.

– Eu não sei, disse com um suspiro. – Acho que sim. Agata, às vezes, sabia como se transformar em uma metralhadora.

– É bonita?, continuou, colocando-se de pé atrás dele.

Se era bonita? Antonio nunca tinha visto uma mulher assim. Foi como um tapa que o deixou atordoado. Aqueles olhos verdes... não podia deixar de pensar neles: tão intensos e cheios de luz, com um estrabismo quase imperceptível, muito doce, e emoldurados por dois sulcos suaves; e, depois, tinha aquele nariz reto e orgulhoso, como o de uma estátua grega, e então o porte, sólido e confiante, apesar dos tornozelos finos de uma criança.

– Normal, ele respondeu. – Não reparei.

– E quando é que você repara?, reclamou Agata, desapontada. Ela preferiria um relato detalhado, mas teve de se contentar com alguns monossílabos.

– Sente-se, vamos, disse soltando um enorme suspiro. – Lorenza!, gritou, olhando para cima. – Venha comer, está pronto.

Quando Agata saiu da cozinha com uma panela fumegante nas mãos, os passos rápidos da menina já podiam ser ouvidos na escada.

– Oi, papai, Lorenza o cumprimentou, dando-lhe um beijo na bochecha.

Antonio acariciou-lhe a cabeça e, assim que Lorenza se sentou, ele perguntou o que ela havia estudado na escola naquele dia. Não via o momento para mudar de assunto e esperava que a presença da menina silenciasse Agata de uma vez por todas.

A mulher serviu duas conchas de ensopado de legumes no prato de Lorenza, depois pegou o prato de Antonio e serviu-o também. *Essas mãos*, pensou Antonio, *perenemente maltratadas, com os nós dos dedos esfolados e as unhas descascadas de tanto roê-las*. Dez anos se passaram desde o primeiro encontro e ele ainda desviava o olhar. "O que você quer, essas são mãos que trabalham duro", Agata o interrompera, irritada, na única vez que ele, timidamente, a aconselhara a cuidar delas.

Já as mãos de Anna... Com certeza, ele as notou. Tão elegantes, suaves e macias só de olhar para elas.

– A Itália é uma península, o que significa que é banhada pelo mar por três lados... Lorenza dizia, em tom cantante.

– Quando vamos conhecê-la?, Agata a interrompeu, sentando-se.

– Vamos dar-lhes tempo para se organizarem, respondeu Antonio, e soprou o calor da colher.

– Um almoço de boas-vindas, exclamou Agata, fingindo não tê-lo ouvido. – É o que precisamos. Próximo domingo!

~

No domingo seguinte, Agatha acordou com a primeira luz do dia. Fechou devagar a porta do quarto para não acordar Antonio e foi ao banheiro. Despiu a saia branca, que se estendia sobre seus quadris largos, e colocou um confortável vestido de algodão marrom de mangas curtas, o que ela havia tirado na noite anterior e pendurado ao lado da toalha. Olhando no espelho, ela deu algumas escovadas rápidas em seus cabelos ruivos, depois amarrou-os firmemente em um rabo de cavalo baixo e lavou o rosto.

Desceu suavemente as escadas e foi para a cozinha. Preparou a cafeteira e colocou-a no fogão; enquanto isso começou a picar uma cebola, uma cenoura e um talo de aipo. Preencheu uma panela alta com óleo e jogou carne picada nela. Em pouco tempo, o cheiro de fritura se espalhou pela cozinha, misturando-se ao do café. Ela esvaziou duas garrafas de vidro de molho de tomate na panela, temperou com sal e cobriu tudo. Sentou-se um momento para tomar seu café e revisou tudo o que ainda precisava ser feito: tinha que preparar a massa para as *orecchiette* e fazer uma a uma à mão

– Um quilo? Sim, é suficiente... – enrolar os bolinhos de pão e queijo, fritá-los e colocá-los no molho. Imaginando o almoço, ela se viu servindo os pratos, um após o outro, e as reações de Carlo e Anna:

– Meu Deus, que delícia, diria Carlo, girando a mão no ar. – Ah, como senti falta da nossa culinária. E estas almôndegas? É como comer carne de verdade! Enquanto todos estariam limpando o prato com o pão, a fim de aproveitar o molho até a última gota, Antonio iria olhá-la, cheio de orgulho, e pensaria na sorte que teve por ter como esposa uma cozinheira assim.

– Você tem que me ensinar como se faz, acrescentaria Anna, olhando para ela com admiração, e Agata, com um sorriso lhe responderia que teria prazer em ensiná-la. Elas se tornariam grandes amigas, tinha certeza disso.

Bebeu o último gole de café, levantou-se e colocou a xícara suja na pia, pegou uma *puccia* de pão da despensa e começou a cavar para remover o miolo.

Antonio, ela decidiu, providenciaria a sobremesa. Assim que ele acordasse, ela o mandaria comprar uma bandeja de pasteis de amêndoa no Bar Castello.

Anna e Carlo bateram pontualmente ao meio-dia e meia.

– Aqui estão eles, disse Agata, com um brilho de felicidade nos olhos. Ela desamarrou o avental, jogou-o na cadeira da cozinha e correu para abrir a porta. Antonio, que estava sentado numa poltrona lendo o *Corriere della Sera*, dobrou o jornal ao meio, levantou-se e colocou as mãos nos bolsos da calça.

Agata abriu a porta.

– Bem-vindos!, exclamou com uma voz vibrante e as bochechas vermelhas. Carlo sorriu para ela e se lançou para abraçá-la; em dez anos, só haviam se visto três vezes e por poucos dias: a primeira, quando ele regressou à Puglia para ser testemunha do casamento; a segunda, para celebrar o nascimento de Lorenza; e a terceira, para o funeral do pai.

Anna parou na porta, segurando Roberto contra o ombro, profundamente adormecido.

– Anna querida, disse Agata, imprimindo dois beijos molhados em seu rosto, um em cada bochecha. – Finalmente, eu não via a hora de conhecer você, continuou, com a voz trêmula. – Mas, por favor, entrem, convidou-os, então, estendendo o braço. – Sentem-se onde quiserem. E enxugou com o dedo o suor entre o nariz e os lábios.

Antonio foi encontrá-los. Ele abraçou o irmão com força e cumprimentou Anna levantando o queixo.

– Como vai?, perguntou-lhe, insinuando um sorriso.

– Bem, ela respondeu, olhando em volta, um pouco atordoada. – Tão bem quanto se possa estar em...

– E onde está minha sobrinha?, Carlo a interrompeu. – Ela já deve estar uma mocinha.

– Lorenza!, gritou Agata em direção às escadas.

Anna fez uma cara feia e, instintivamente, cobriu a orelha de Roberto com uma das mãos, mas ele continuou dormindo.

– Desça! Eles chegaram!.... Então, baixando a voz, disse a Anna: – Você sempre tem que chamá-la uma centena de vezes, essa minha filha... Nunca está pronta! E riu.

Carlo imediatamente começou a andar pela sala, olhando em volta com as mãos cruzadas nas costas.

– Anna querida, não fique em pé. Sente-se aqui, convidou Agata, apontando para o sofá de veludo verde no centro da sala.

Anna agradeceu e começou a se aproximar do sofá.

– Na verdade, vamos primeiro levar o bebê para o quarto. Caso contrário ele vai acordar aqui, Agata sugeriu a ela.

– Sim, talvez seja melhor, obrigada, Anna concordou.

– Claro que sim. Venha, venha, insistiu Agata, acompanhando-a com um braço nas costas. – Assim fazemos minha filha se mexer. E começaram a subir as escadas.

– Você deixou tudo como estava, observou Carlo num tom vagamente surpreendido, assim que ficou a sós com o irmão.

Antonio ainda morava na casa onde os dois cresceram, a apenas cem metros da casa do tio Luigi. Enquanto o pai era vivo, Antonio morava ali com a esposa e a filha, ocupando o quarto que agora passara a ser o quarto da menina. Os móveis eram os mesmos, rústicos e um pouco pesados, os quais a mãe e o pai haviam comprado antes de se casarem; o sofá de veludo verde, agora gasto nos braços, era aquele em que Carlo e Antonio, quando crianças, se enroscavam nos braços do pai, nas noites de inverno, diante da lareira; os quadros que a mãe pintara quando ainda jovem e saudável e que representavam extensões de oliveiras estavam pendurados no mesmo local, junto à lareira; os enfeites – o pai gostava de colecionar objetos de todos os tipos, principalmente miniaturas de ferro forjado – não haviam sido movidos, e até o cobertor de lã da mãe continuava na poltrona ao lado da janela, aquela onde Antonio adorava sentar.

– Gosto assim, respondeu Antonio, encolhendo os ombros.

No andar de cima, depois de deitar Roberto na cama de casal protegido por dois travesseiros, um de cada lado, Agata abriu caminho pelo corredor e conduziu Anna até o quarto de Lorenza. Abriu a porta, já entreaberta: a menina estava sentada no chão, completamente absorta, brincando com uma boneca de pano.

– Como é possível que você nunca me atende quando eu te chamo?, Agata a repreendeu.

Anna avançou para dentro do quarto, passando por Agata, e se agachou ao lado da menina.

Lorenza olhou para ela com os olhos arregalados.

– Oi, Anna disse a ela com um sorriso. Eu sou sua tia Anna. E estendeu-lhe a mão.

A garotinha sorriu de volta e apertou a mão de Anna.

– Meu nome é Lorenza.

– Sim, eu sei.

– Quantos anos você tem?

– Vinte e sete, Anna respondeu.

Lorenza começou a contar em voz baixa, abrindo os dedos.

– Oito a menos que minha mãe, disse ela. – Eu tenho nove, assim. E mostrou-os para ela com as duas mãos.

– Eu também sei disso, Anna sorriu.
– É verdade que você veio de muito longe?
– Oh, sim, de muito, muito longe.
– De tão longe quanto a América?
Anna começou a rir e depois deu um tapinha na bochecha da menina.
– Mais ou menos, disse.
Os olhos de Lorenza eram iguais aos de Antonio e Carlo: escuros e penetrantes, com uma centelha que os fazia brilhar por dentro.
– Você é realmente linda, sabia disso?, disse Anna, deslizando os dedos pelo cabelo da sobrinha, que tinha o mesmo tom acobreado do de Agata.
– Você também. Você é muito bonita.
– Ah, obrigada. Anna trouxe-a para mais perto dela e segurou-a nos braços. Ela a imaginou exatamente assim, sua Claudia, sua filhinha perdida, se ela tivesse tido tempo de crescer.
– Lorenza, e então?, Agata a chamou de novo da porta, em tom irritado. – Calce os sapatos e desça. Tio Carlo está esperando para cumprimentá-la.
Assim que ouviram passos na escada, Carlo e Antonio levantaram-se do sofá. Antonio notou que Agata estava com uma expressão mal-humorada, como se a felicidade de um momento antes tivesse desaparecido de repente. Lorenza, por outro lado, parecia muito feliz em segurar a mão de Anna, que finalmente sorria. *Ela deveria sorrir com mais frequência*, pensou. Ficou ainda mais linda...
– Tio!, gritou Lorenza e correu na direção dele. Carlo sorriu e abriu os braços, depois pegou-a e girou-a pela sala como um pião, enquanto a menina ria alto.
– Calma, que assim ela vai se sentir mal, Anna o advertiu.
– Vamos, todos para a mesa, disse Agata. – Vou colocar a massa, que é fresca, você mal a coloca e já tem que tirar.
Ela foi para a cozinha, esperando que Anna a seguisse e a ajudasse. Em vez disso, viu-a puxar a cadeira e sentar-se. *Como queira*, pensou então, balançando a cabeça. Caso houvesse outra mulher entre os convidados, cabia a ela ajudar a anfitriã a servir a mesa. Era assim que se fazia: não havia necessidade de pedir certas coisas.

– Eu perto da minha tia!, gritou Lorenza, ocupando a cadeira ao lado de Anna.

– Lorenza, venha me ajudar, chamou-a Agata de modo brusco.

– O papai vai cuidar disso, não se preocupe, disse Antonio à filha, convidando-a a permanecer sentada. E ele se juntou à esposa na cozinha.

Quando os pratos estavam sobre a mesa, todos se sentaram. Agata fez o sinal da cruz e, com as mãos entrelaçadas e os olhos baixos, começou a recitar o *Pater Noster*, Carlo e Antonio largaram imediatamente a colher que já haviam pegado e a seguiram.

– Tia, e você, não reza?, perguntou Lorenza de repente.

Agata levantou os olhos.

– Eu não acredito, respondeu Anna laconicamente.

Carlo tossiu e olhou em volta.

– O que você quer dizer com não acredita?, insistiu a menina, admirada.

– Vamos comer agora, caso contrário vai esfriar, Agata a interrompeu.

Antonio manteve os olhos presos em Anna, como se sua visão tivesse sido bloqueada, e só desviou o olhar quando percebeu que sua esposa, por sua vez, o encarava com as sobrancelhas franzidas. Ele, então, lançou-lhe um sorriso estranho, pegou a colher, baixou a cabeça e começou a comer.

~

Poucas horas depois, no doce silêncio que se seguiu ao almoço de domingo e na luz da tarde que passava pelas cortinas fechadas, Antonio estava sentado na sua poltrona com as pernas cruzadas e com as mãos, também cruzadas, no colo, olhando para o chão com um olhar absorto. Da cozinha vinha o tilintar de pratos e o gorgolejar da água com que Agata enxaguava a louça ensaboada. Ela estava extraordinariamente calada e, mesmo assim, não parava de bufar. Lorenza estava descansando em seu quarto.

– Finalmente terminei, anunciou Agata, aparecendo na sala com um ar exausto.

– Eu também vou me deitar. Antonio despertou e olhou para sua esposa. – Vá sim, você deve estar cansada...

– Pois é, ela respondeu, irritada. Trabalhei tanto por nada.

– Por que *por nada*? Correu tudo bem, ao menos me pareceu. Estava tudo delicioso, como sempre.

– Ah, fico feliz em ouvir isso, pelo menos alguém percebeu.

Antonio soltou as mãos e inclinou-se ligeiramente para a frente, com os cotovelos apoiados nos joelhos.

– O que está acontecendo, Agata?, ele perguntou com um toque de impaciência.

A esposa respondeu com uma cara feia e acenou com a mão, como se dissesse para esquecer. Começou a subir as escadas, mas parou por um momento, com um pé no primeiro degrau.

– Seja como for, eles estão certos sobre o povo do Norte – foi o que disse, antes de desaparecer depois da parede divisória.

2
[JULHO-AGOSTO, 1934]

No dia seguinte à sua chegada, Anna não havia desfeito as malas; contudo, já havia aberto a caixa para extrair seus tesouros: as sementes pretas de manjericão da Ligúria fechadas em um saco de ráfia; o pilão de mármore branco com listras cinzentas que pertencera à bisavó, e depois a todas as mulheres de sua família; a pequena arca marchetada em cerejeira onde foram guardadas as primeiras meias de lã rosa de Claudia e as de lã azul de Roberto; o colar de pérolas de sua mãe, que ela ganhou de presente em seu vigésimo primeiro aniversário; as fronhas de seda lilás que a avó havia costurado ela mesma, porque, como dizia sempre: "A seda mantém a pele do rosto jovem e macia"; e os livros que decidiu levar consigo: alguns em francês, como *Madame Bovary* e *Éducation Sentimentale*, mas também *Anna Karenina*, *Jane Eyre*, *O Morro dos Ventos Uivantes* e *Orgulho e Preconceito*.

Segurando o saco de sementes, ela foi até a horta e começou a trabalhar: cavou cerca de vinte pequenos buracos a uma distância de trinta centímetros um do outro e, em cada um, plantou duas sementes. Com o calor que fazia por ali, ela não precisaria esperar muito para ver aparecerem as primeiras plantas, disso tinha certeza.

Naquela manhã de sábado de julho, estava justamente regando os primeiros raminhos de manjericão quando ouviu uma batida. Com um suspiro, voltou para casa e desatou o nó da fita com o qual havia prendido o chapéu de palha debaixo do queixo. *Será que algum dia vou me acostumar com o calor do Sul?* pensou, colocando o chapéu na mesa.

– Estou indo! gritou, caminhando em direção à porta.

Ela se viu diante de Agata, com a bolsa nas mãos e o rosto brilhante e vermelho. Ela usava uma saia reta rosa, bem abaixo do joelho, e uma blusa branca com gola cheia de babados e renda que acentuava seus seios grandes.

– Bom dia. Você chegou cedo, Anna a cumprimentou.

– Sim, mal podia esperar, desculpou-se Agata, entrando na casa.

Anna fechou a porta.

– Tenho que me trocar, estava no jardim, disse.

– Sim, sim, não tenha pressa, não se incomode comigo, respondeu a outra, acenando com a mão. – Enquanto isso, vou paparicar um pouco meu sobrinho.

– Eu ainda não o acordei, disse Anna. E indicou com um aceno de cabeça o carrinho de bebê no centro da sala.

– Deixa que eu cuido disso. Pode ir se vestir.

Anna ergueu uma sobrancelha e, com passos preguiçosos, subiu as escadas, segurando-se no corrimão de ferro forjado.

Por que me deixei convencer?, perguntou-se enquanto tirava o roupão de seda azul e escolhia um de seus muitos vestidos pretos do armário. Agata insistiu em arrastá-la para o mercado de sábado de manhã, e ela acabou concordando, vencida pelo cansaço, já que a cunhada a vinha convidando desde que chegara à cidade. E não era só isso: Anna teve a impressão de que a vida de Agata, antes da sua chegada, era um oceano de solidão e que ela era a ilha que surgia no horizonte, a única esperança de salvação. Na verdade, a cunhada não lhe dava trégua: ia visitá-la todos os dias, nas horas mais diversas e sem avisar; propunha-lhe sempre fazerem alguma coisa juntas – compras, passear, rezar o terço num sábado à tarde ou simplesmente tomar um café, acompanhado de conversas intermináveis – sem contar que, muitas vezes, ela levava-lhe comida.

– Eu cozinhei para você também, dizia ela, muito feliz, mesmo que ninguém tivesse perguntado.

Anna terminou de prender o cabelo em sua trança habitual e voltou para baixo. As duas mulheres saíram e dirigiram-se para a praça; Anna empurrando o carrinho e Agata agarrada ao seu braço.

As barracas com toldos brancos ocupavam toda a Piazza Castello e as ruas que conduziam a ela. O ruído de fundo que Anna percebera de longe tornou-se subitamente mais agudo e a atingiu quase a ponto de atordoá-la: era um burburinho de cantorias dos lojistas para atrair a atenção dos clientes, de gritos, de gargalhadas e de discussões entre pessoas gesticulando.

A primeira parte do mercado cheirava a *cacioricota*, queijo de ovelha e azeitonas picantes em conserva. Um cheiro pestilento que dava náuseas, principalmente àquela hora da manhã. Anna acelerou o passo e cobriu o nariz com a palma da mão.

– Por aqui, exclamou Agata. – Venha ver. Era a sua área preferida: a dos utensílios e móveis domésticos, verdadeiras joias do artesanato local. – Veja se encontra algo de que goste, disse ela.

O tipo que cuidava da primeira barraca, um rapagão com bigode e cabelos escuros e cacheados, exaltava a mercadoria que acabara de chegar:

– Tão especial que você não encontra em nenhum outro lugar! Ele mostrou-lhes um vaso de pedra de Lecce decorado com flores amarelas pintadas à mão, uma panela para cozinhar legumes e algumas colheres de servir em madeira com cabos de cerâmica esmaltada.

– E aquilo, o que é?, perguntou Anna, apontando para um objeto singular de terracota, que tinha o formato de uma pinha ou de um botão pronto para se abrir, com duas folhas dobradas nas laterais.

– É um *pumo*, explicou-lhe Agata.

– Você gostou?, ele então perguntou a ela, com um olhar esperançoso.

– É um amuleto da sorte, acrescentou o rapaz. – Mas só se você der de presente a alguém.

Anna fez uma careta, como se dissesse que não acreditava em amuletos da sorte.

– Pode confiar em mim, ele insistiu, piscando para ela. E, antes que Anna pudesse responder, Agata pegou o *pumo*, pagou e colocou-o na bolsa de Anna. – Isso é para você, é presente meu!

Anna agradeceu, mas sem sorrir. *Mas o que eu vou fazer com isso? Não só é inútil, mas é feio também*, pensou.

Elas continuaram em direção à banca de bonecos de papel machê. Entre Nossas Senhoras, Jesus e vários santos alinhados, parados como soldadinhos de brinquedo, o olhar de Anna recaiu sobre uma estatueta que parecia abandonada num canto da barraca: uma camponesa com um grande vestido branco com bordas esvoaçantes, os cabelos ondulados pelo vento e uma cesta de maçãs vermelhas nos braços. O rosto tinha uma pequena lasca. Ela era a única que ele tinha, entre todos os bonecos em exposição.

– Eu vou levar essa, disse Anna sem hesitação, apontando para a boneca.

Agata olhou para ela, perplexa.

– A estátua de San Lorenzo, nosso padroeiro, não é melhor? Olha que linda, disse, pegando-a na mão.

Mas Anna a ignorou.

O homem sentado do outro lado da banca abaixou-se, puxou uma velha página de jornal de uma pilha a seus pés e, cuidadosamente, começou a embrulhar a boneca.

– Tenha cuidado para não esmagá-la na sacola. Papel machê é delicado, disse ele, entregando-lhe o pacote.

Um pouco mais adiante, elas pararam diante de uma pilha de cestos de vime. Uma senhora idosa, com pelos escuros acima dos lábios e mãos inchadas de calos, estava sentada no chão, descalça, ocupada em tecer um cesto: havia acabado de terminar a borda e se preparava para fazer a alça. Agata cumprimentou-a calorosamente e logo começou a conversar; e, enquanto as duas mulheres trocavam uma série de "Graças a Deus, sigamos em frente", Anna não pôde deixar de olhar para os pés da velha senhora, enegrecidos de sujeira, com calcanhares rachados e unhas amareladas. Por um momento pensou na avó, que todas as noites, antes de dormir, massageava os pés com leite e depois, ainda molhados, colocava as meias.

– Jamais negligencie suas mãos e pés, ela sempre lhe dizia. – As pessoas olham primeiro para os detalhes, lembre-se disso.

– Por aqui, disse Agata, agarrando Anna pelo braço. Viraram por um caminho lateral e chegaram ao carrinho de tecidos. Uma mulher franzina, com o cabelo preso num coque e um xale de crochê verde sobre os ombros, mostrava um rolo de seda azul para outra mulher, metida em um vestido que a envolvia como se tivesse sido pintado nela. Seu cabelo, grosso e escuro, caía pelas costas em ondas suaves. O que impressionou Anna, porém, foram sobretudo as suas mãos: não só porque apalpavam a seda com o mesmo cuidado com que se acaricia a cabecinha de um bebê recém-nascido, mas, sobretudo, porque as suas unhas estavam muito bem cuidadas e pintadas de vermelho. Nenhuma das mulheres que vira em Lizzanello tinha mãos tão elegantes.

– Oh, nossa Agata chegou. Bom dia!, exclamou a senhora dos tecidos, com um largo sorriso.

– Esta é Anna, minha cunhada, Agata a apresentou.

A mulher de unhas vermelhas virou-se, e a seda azul escorregou de seus dedos.

Anna apertou a mão que a senhora dos tecidos lhe estendeu e, pelo canto do olho, percebeu que a outra mulher a olhava de cima a baixo.

– Do que você precisa, querida?

– Preciso fazer algumas cortinas para a janela do quarto, explicou Agata. – Dê-me alguns metros de algodão branco e um pouco de algodão fino para fazer crochê nas bordas.

– Vou indo, então, interrompeu a mulher de unhas vermelhas, finalmente desviando o olhar de Anna. Depois, em dialeto, disse à senhora: – A seda está bem; reserve-a para mim, vou mandar meu marido buscá-la mais tarde. Por fim, sem se despedir, ela deu meia-volta e foi embora.

– Mas quem é aquela?, perguntou Anna no ouvido de Agata.

– Carmela, respondeu Agata, um pouco esquisita.

– Mas que Carmela?

Agata olhou para ela perplexa.

– A costureira...

– Aqui está, interrompeu a senhora dos tecidos, entregando-lhe um saco de papel. Agata pagou e agradeceu, prometendo que voltaria em breve.

Elas retornaram à praça.

– Vamos parar um momento na mercearia?, disse Anna, apontando para uma loja no lado oposto, com uma placa que dizia FRUTAS E VEGETAIS. – Tenho que comprar um maço de manjericão. Amanhã quero fazer pesto.

Assim que as avistou, um homem de boné na cabeça, um pouco magro e com um sorriso alegre, recebeu-as na porta, tirando o chapéu.

– Em que posso ajudá-las?, perguntou.

– Um pouco de manjericão, por favor, respondeu Anna. – Mas não esqueça, com as folhas intactas, como o da semana passada.

– Michele, dê-nos o maço mais fresco que você tiver, acrescentou Agata.

– Mas é claro, disse ele. Depois virou-se para o interior da loja e gritou: – Giacomino! *Pigghia lu basillicu para a forasteira*!

Anna ergueu uma sobrancelha, surpresa e ligeiramente aborrecida. Então era assim que a chamavam na cidade? *A forasteira*?

Depois de alguns momentos, um menino que tinha mais ou menos a idade de Lorenza e o rosto coberto de sardas chegou com um ramo de manjericão nas mãos.

– Entregue-o à senhora, ordenou Michele, apontando para Anna.

–Aqui, disse a criança, entregando-lhe o maço.

Assim que saíram da loja, Agata perguntou se ela gostaria de tomar uma limonada no bar antes de voltar para casa.

— Assim podemos passar um pouco mais de tempo juntas e nos refrescar, explicou, abanando-se com a mão.

Elas, então, passaram por entre a pequena multidão, formada por mulheres que se moviam carregando pesadas sacolas com as compras do mercado e outras que haviam colocado as sacolas no chão e conversavam, e entraram no Bar Castello, afastando as cordas que formavam a cortina. O homem atrás do balcão, um tipo gordo com um bigode preto e grosso e pele morena, secava um copo com a ponta do avental branco. As paredes eram parcialmente revestidas de madeira e, na parte superior, estavam lindamente expostas algumas fotografias da cidade, um cartaz de Fernet Branca e a tabela de preços manuscrita. As mesas estavam cobertas com uma pesada toalha vermelha, e as cadeiras eram feitas de madeira e palha. Sobre uma delas havia um exemplar amassado da *Gazzetta del Mezzogiorno*.

— Nando, duas limonadas, por favor, pediu Agata.

— Apenas uma, Anna a corrigiu imediatamente. — Vou tomar um café com um pouco de grapa.

Agata se virou, atordoada.

— Grapa?

— Grapa, sim, respondeu Anna. — Sempre bebi assim, no bar.

Nando piscou para ela e disse, com uma voz de trovão:

— Eu também!

～

No dia seguinte, Anna preparou todos os ingredientes em algumas tigelas de cerâmica e arrumou-os na mesa da cozinha: manjericão, *pinoli*, sal grosso, alho, *pecorino*, parmesão. Só faltava o azeite, mas Antonio prometera trazê-lo ao longo da manhã. Ela amarrou o avental nas costas e tirou o pilão da prateleira.

— Posso entrar?, era a voz de Antonio que vinha do portão.

— Entre! gritou Anna.

— Tia, tia, gritava Lorenza, correndo em sua direção.

Anna abriu um sorriso, agachou-se e abriu bem os braços. Venha aqui e me dê um abraço, sua sapequinha.

— Bom dia! Antonio entrou com um sorriso tímido, tirando o boné. — Carlo não está?

– Ele levou Roberto à missa, respondeu ela, erguendo uma sobrancelha. Antonio abriu um sorriso.

– Aqui está o azeite. Desta vez, eu trouxe dois litros, ele disse. E colocou sobre a mesa uma pequena lata com o logotipo da *olearia*, a *Oleificio Greco*: um galheteiro de lata de onde saía uma gota de azeite e tomava a forma de uma folha de oliveira.

– Papai, vamos ficar e ver a tia fazer o pesto? Por favor!

– Se a sua tia quiser..., ele respondeu, procurando a resposta nos olhos de Anna.

– Claro que quero, disse ela, bagunçando o cabelo da menina, que imediatamente puxou a cadeira e sentou-se de joelhos.

Antonio sentou-se na cadeira de palha que ficava no canto da sala, ao lado do aparador. Ninguém nunca se sentava ali; servia de suporte para roupas a serem passadas.

– Mãos à obra, então!, Anna exclamou. Ela pegou as folhas de manjericão e colocou-as sobre um pano de cozinha. – Nunca se deve mergulhar as folhas na água, lembre-se disso, explicou ela à Lorenza. – Você tem que lavá-las assim, tocando-as suavemente com um pano úmido. Porque senão você corre o risco de esmagá-las, entende? Elas devem permanecer assim, intactas. Ela, então, colocou de lado as folhas limpas e começou a encher o pilão com os dentes de alho e com os grãos de sal grosso. – Minha mãe sempre dizia que precisa de uma pitada de sal, mas só uma pitadinha. Não mais, ela sempre recomendava.

E começou a *pestare*, esmagando e desenhando círculos dentro do pilão.

Antonio, com o rosto recém-barbeado apoiado na palma da mão, observava-a em silêncio: as mãos de Anna, tão macias e bem cuidadas, moviam-se com liberdade e confiança; eram as mãos experientes de quem praticava o ritual do pesto desde a infância. Ele jamais a tinha visto de tão bom humor desde que havia chegado. Ficou pensando que ela deveria fazer pesto todo santo dia se isso a fizesse sorrir daquele jeito.

– Você tem que esperar o alho chegar nessa consistência, viu? Como um creme, dizia Anna. A menina se inclinou para frente. – Só nesse ponto é que se pode adicionar o manjericão, continuou, pegando o maço de folhas. E outra pitadinha de sal.

– Posso colocar?, perguntou Lorenza.

– Sim, mas não muito, como mostrei antes. Lorenza esticou os dedinhos no saleiro e pegou os grãos entre o indicador e o polegar.

– Muito bem, assim, Anna sorriu para ela. – Agora vem a parte mais divertida. Ela recomeçou a triturar tudo vigorosamente, até que as folhas virassem uma pasta. – Agora os pinolis, o *pecorino* e o parmesão. Mas em pequenas doses, bem devagarinho. Uma por uma, ela foi esvaziando as pequenas tigelas no pilão. – Com certeza, seus braços devem estar doendo. Veja os músculos que fiquei de tanto esmagar!

Lorenza deu uma risadinha, virou a cabeça para trás e olhou para o pai, que sorriu para ela e piscou.

– *Et voilà!*, Anna exclamou satisfeita. A menina se aproximou e olhou para o pesto com olhos cheios de admiração, como se tivesse acabado de presenciar uma magia, e pensou que mal podia esperar para contar tudo aos colegas de escola. Desde que "a tia de longe" chegou, como ela a chamava, todos os dias ela contava às amigas as aventuras, reais ou inventadas, de uma heroína que só ela se gabava de conhecer: uma vez, contou que a tia havia visto montanhas tão altas que tocavam o céu; na outra, que havia dançado com o próprio rei; na outra, ainda, que havia tocado numa árvore doente e a tinha curado.

– Falta o azeite e teremos terminado, disse Anna. – Você quer colocá-lo, *ma petite*?

– Minha pequena, sussurrou Antonio.

– O que você disse?, perguntou Ana.

Ele corou.

– *Ma petite*... Significa "minha pequena", certo? Anna olhou para ele levantando uma sobrancelha. – Você começou a estudar francês?

Antonio baixou os olhos.

– Um pouco.

– E por quê? Eu fiz você querer?, ela sorriu.

Ele encolheu os ombros.

– Quero entender as coisas que não sei, só isso... *Quero entender você*, ele desejaria acrescentar.

Anna não tinha como saber que, todas as noites, quando Agata e Lorenza iam para a cama e a casa irrompia em silêncio, Antonio se trancava no escritório, tirava da gaveta a gramática francesa que havia tomado emprestado da biblioteca e ficava lendo e sublinhando até tarde: só parava quando os olhos se fechavam devido ao sono.

∽

Carlo estava sentado em uma das mesas externas do Bar Castello, com Roberto no colo e o charuto nas mãos, bebendo o terrível vinho tinto da casa. Que prazer, porém, sentar-se ali e observar o vai-e-vem do domingo de manhã: quem sai da igreja, quem para na padaria para comprar uma bandeja de doces, quem entrega moedas ao jornaleiro e vai embora com *La Gazzetta del Mezzogiorno* dobrada debaixo do braço.

Carlo erguia o chapéu e cumprimentava com um sorriso todos os que passavam: conhecia todos e todos pareciam conhecê-lo, como se jamais tivesse deixado aquela mesa há dez anos.

– Olá, forasteiro, ele ouviu atrás de si.

Aquela voz. Carmela. Ele estava esperando vê-la novamente, mais cedo ou mais tarde. Na verdade, era estranho que até aquele momento ainda não tivessem se cruzado. Ele esteve muito ocupado depois de chegar; malas para desfazer, a casa para reabrir, uma série de assinaturas no cartório, inspeções nos terrenos herdados... mas a cidade tinha apenas seis mil habitantes e era fácil ter saber quem estava lá e quem não estava.

Carlo puxou a cadeira ao lado da sua, e, esboçando um sorriso, fez um gesto para que ela se sentasse.

– Disseram que você estava de volta. Eu o vi na igreja mais cedo, disse, permanecendo de pé e baixando para o pescoço o xale preto que cobria seu cabelo.

Carmela havia se tornado uma mulher. Quando ela floresceu, no verão de seus dezesseis anos, uma espécie de competição começou entre os rapazotes para ver quem seria o primeiro a apalpar os seus seios. Começaram a cortejá-la em massa, como um exército em cerco: ofereciam-lhe o braço, acotovelavam-se para se sentar ao lado dela durante a missa, um comprava-lhe um doce recheado com geleia, outro a acompanhava a pé até a sua casa. Carlo a conhecia desde quando eram crianças, crescendo na mesma rua, a poucos metros um do outro. Ele a vira chorar e gritar enquanto apanhava da mãe, arranhar os joelhos quando brincavam de pega-pega, limpar ranho com as costas da mão. Então, naquele ano, quando voltou do acampamento de verão em Santa Maria di Leuca e a encontrou surpreendentemente crescida, confiante, incrivelmente linda, ele ficou intimidado e, com um certo desconforto, de repente parou de falar com ela. Limitava-se a observá-la de longe, estudando-a como se fosse uma criatura nova e incompreensível. Assegurava-se de que ela encontrasse seu olhar somente para, logo em seguida, desviá-lo. No final, de tanto ignorá-la, ele a conquistou. Durante dois anos, ele apalpou seus seios e deu-lhe beijos furtivos e apaixonados, até o dia em que teve que partir: mandaram-no para ser financista no Piemonte, em Alexandria. Mas voltaria em breve e se casaria com ela. Assim ele havia dito.

– Ele deve ser o Roberto.

– Sim! exclamou Carlo, dando um beijo na testa do filho.

– Que olhos grandes.

– Isso ele herdou da mãe, ainda bem.

Carmela voltou o olhar para a praça, que aos poucos ia se esvaziando. Mario, o engraxate, um rapagão monocelha, de traços angulosos e cabelos penteados para o lado, estava sentado com os braços cruzados no banco entre a palmeira e a fonte vertical, e olhava para ela. Ela o cumprimentou com um aceno de queixo, depois baixou os olhos e colocou o xale de volta na cabeça. Suas mãos eram lindas e elegantes como costumavam ser, pensou Carlo, observando os dedos afilados e as unhas coloridas de vermelho.

– E você? Tem filhos?, ele então perguntou-lhe.

Carmela hesitou.

– Sim, ela respondeu. – Um. O nome dele é Daniele. Vai fazer dez anos em dezembro.

– Sabe, de qualquer modo, você me parece muito bem, murmurou Carlo. – Está ainda mais bonita do que antes.

Ela fixou os olhos nele, escuros e penetrantes.

– Não o suficiente para fazer você voltar.

Ele tomou um gole de vinho e não conseguiu conter uma careta: meu Deus, como estava azedo, servia apenas para temperar salada.

– Sabe, eu escrevi para você, disse ele, colocando o copo sobre a mesa.

– Sim, sim, eu sei, ela respondeu, acenando com a mão como se quisesse afastar um inseto.

– Mas, pelo que vejo, a aliança no seu dedo quem colocou foi outra pessoa.

Carmela tocou no anel.

– Bem, se eu esperasse por você, morreria solteirona.

– Você jamais teria morrido solteirona. Não você.

– E a sua senhora? Mal se consegue vê-la por aí. O que há? O local não lhe agrada?

– Mas, por favor. Dê um tempo a ela, está se adaptando. Sabe, não foi fácil para ela. Claudia... a transferência... Você vai ver que aos poucos...

– Sim, fiquei sabendo sobre a menina. Que desgraça!

– Sim, disse ele, mordendo os lábios. E tomou outro gole. – Jesus, esse vinho é mesmo uma porcaria, deixou escapar.

Carmela teve vontade de rir.

– Nada como o vinho que meu pai fazia! Daquele sim você gostava.

– O vinho de *Don* Ciccio! E quem pode esquecer. Ele ainda o faz?

– Não. Dá muito trabalho. Ele está com as costas destruídas.

– Que pena. Tomaria uma taça com muito prazer.

– Eu ainda guardo algumas garrafas em casa. Ela olhou para o relógio do prédio municipal e para Mario, que não parava de olhar para ela. – Tenho que ir, disse por fim.

– Quem sabe um dia desses eu vá visitá-la, exclamou Carlo. – Por causa do vinho, quero dizer, acrescentou ele, sem jeito.

Carmela esboçou um sorriso e o cumprimentou. Então se afastou de costas para ele, certa de que ele a observava.

∼

Lorenza escancarou a porta da casa e entrou gritando:

– Mamãe, olha, tia Anna e eu fizemos pesto! E correu para a cozinha para mostrar o pote de vidro que segurava com força nas mãos.

– Eu já cozinhei, Agata interrompeu-a abruptamente.

O sorriso no rostinho de Lorenza desapareceu de súbito. Antonio aproximou-se dela, soltou um longo suspiro e tentou confortá-la.

– Vamos guardar para amanhã, disse ele, acariciando a cabeça da menina.

– Eu não gosto disso. Não é coisa nossa, resmungou Agata, voltando a ocupar-se de suas panelas.

Antonio já sabia que o pesto estragaria e que eles acabariam tendo que jogá-lo fora. Anna havia recomendado que o comessem naquele mesmo dia...

– Venha, Lorenza, ajude-me a arrumar a mesa, disse então com doçura, tirando o pote das mãos da menina e colocando-o sobre a mesa.

– Muito bem, chegue para lá, comentou Agata, enxugando as mãos no avental.

∼

– Chegamos!

Carlo apareceu na cozinha com Roberto que, a caminho de casa, desabou de sono nos seus braços.

– Os efeitos da missa?, Anna brincou, tirando-o delicadamente dos braços dele. Carlo começou a rir e foi abraçá-la por trás e roubar-lhe um beijo.

Anna, divertida, mandou-o parar, que assim ele acordaria a criança. Mas depois de colocá-lo no berço foi ela quem se agarrou a Carlo num longo beijo, daqueles que só ela soube dar-lhe em toda a vida.

A massa *trofie* com pesto, fumegante e pronta, estava à mesa na travessa, mas naquele domingo eles o comeriam passado do ponto.

∼

No dia de Ferragosto fez muito calor desde as primeiras horas da manhã. Anna acordou suada e ergueu até a testa a máscara de seda preta que lhe cobria os olhos. O lugar de Carlo na cama já estava vazio; um momento e ela o ouviu cantarolando do outro lado da porta fechada do banheiro, como ele sempre fazia quando se barbeava. Ela levantou-se, sentou-se por um momento à penteadeira, pegou a escova da prateleira de mármore e passou-a pelos cabelos, olhando-se no grande espelho oval de mogno. Acariciou o rosto do filho que dormia alegremente no berço e desceu para a cozinha. Numa pequena panela, aqueceu o leite, mas não muito, só um minuto; gostava do leite morno. Despejou-o no copo e saiu para bebê-lo no jardim, no banco à sombra da romãzeira. Levantou a saia branca de algodão e dobrou as pernas rosadas e esbeltas, acomodando-se; depois, puxou o cabelo longo e solto para o lado. Segurando o copo com força nas mãos, tomou seu primeiro pequeno gole. Onde estava no ano passado no dia de Ferragosto? Roberto tinha poucos meses e Carlo a levara para um passeio, os três sozinhos, nos arredores de Pigna. Almoçaram sentados em um lençol, no frescor da vegetação rasteira que ela tanto amava, onde só ouviam o chilrear dos grilos e o canto dos pássaros. Depois, de um pacote de papelão, Carlo tirou uma *pisciadela*, sua *focaccia* preferida, e dividiram-na ao meio.

Anna passou a mão por trás do pescoço úmido. *Incrível*, disse para si mesma. *Ainda estou suando, mesmo estando na sombra...* Ela recostou-se no banco com um suspiro e tomou outro gole de leite. Agata já não aparece há alguns dias, pensou. Não que se importasse, nada disso: por um lado, era um alívio que a cunhada tivesse diminuído a pressão. Mas desaparecer completamente assim, de um dia para o outro... Teria ficado brava com aquela resposta? No entanto, não lhe parecia ter sido rude. Cerca de uma semana antes, Agata aparecera na hora do almoço e trouxera uma *frittata* de ovo, farinha de pão e hortelã.

– Agata, eu te agradeço de verdade. Você é muito gentil. Mas, bem, eu quero cozinhar para minha família, Anna lhe respondera. O que havia de errado? De modo algum eu a havia ofendido!

– Bom dia, *amor mio*! Pronta para o mar?, Carlo a interrompeu, chegando ao jardim cheirando à sua loção pós-barba mentolada. Ele se abaixou para lhe dar um beijo e acariciou seus cabelos.

– Mar? Mas eu nem tenho roupa de banho, protestou Anna.

– Não importa! Vamos improvisar. Senão vamos ficar aqui e morrer de calor, respondeu ele alegremente.

– E como vamos para lá, você pode me dizer?

– De ônibus. Ele sai em exatos cinquenta minutos, explicou ele. – Antonio, Agata e Lorenza estão nos esperando na praça, acrescentou.

– Você já organizou tudo... Como é que eu não sabia de nada? Anna enrijeceu-se.

– Porque eu queria fazer uma surpresa! Você vai ver, vamos nos divertir. Termine o café da manhã com calma, eu cuido do Roberto.

O ônibus saiu da Piazza Castello com meia hora de atraso: muitos estavam amontoados, se acotovelando para entrar. Assim, após protestos e xingamentos de quem não conseguiu entrar, o motorista prometeu voltar imediatamente para uma segunda viagem.

– Há uma limonada paga no bar para cada um de vocês, anunciou Carlo ao grupo que teve que esperar. – Assim, enquanto esperam, vocês podem se refrescar.

– Você viu? Aquele senhor ali pagou uma limonada para nós, disse uma jovem ao seu filho pequeno nos braços que choramingava de calor.

– Você pagou para todos? Eu não entendi... perguntou Anna.

– Exatamente, respondeu Carlo, sentando-se ao lado dela. Da janela ele acenou para a criança, que sorria para ele.

Ela olhou para ele perplexa.

– Mas por quê?

– Como, *por quê*? É um gesto de bondade. Eles vão ter que esperar debaixo desse sol, coitados.

– Sim, mas o que você tem a ver com isso? Quero dizer, eles próprios não poderiam ter comprado?

Carlo deu de ombros.

– Aqui fazemos assim. Sempre fizemos assim.

– Que seja. A meu ver, parece uma maneira estúpida de jogar dinheiro fora.

– Não se preocupe com o dinheiro, *amor mio*, ele a tranquilizou, tocando seu joelho. – Isso não nos falta agora.

– Não é um bom motivo para desperdiçá-lo, respondeu ela.

– Tia, quero sentar ao seu lado, interveio Lorenza, emergindo dos assentos de trás.

– Carlo deu um tapinha na bochecha dela. – Tudo bem, disse ele, levantando-se. – Mas só desta vez, hein? E, piscando para ela, foi ocupar o lugar de Lorenza ao lado de Agata, que se abanava com um leque de tule de seda preta. Na outra fila, Antonio estava absorto a ler, cotovelo a cotovelo com um menino com o nariz encostado na janela.

A praia de San Foca, a mais próxima da cidade, ficava a poucos quilômetros de distância. Estava tão lotada e barulhenta que Anna teve o impulso de querer voltar ao ônibus a fim de retornar à tranquilidade silenciosa de seu jardim de romãs.

– Segure o bebê, por favor, disse então a Carlo, entregando-lhe Roberto.

– Está tudo bem, amor mio?, ele se preocupou.

Anna não respondeu. Colocou na cabeça o chapéu de palha que trouxera, apertou a mão de Lorenza e saiu com ela pela areia quente em busca de um lugar livre. Parecia uma tarefa impossível, entre pessoas deitadas tomando sol, crianças com baldes e pás construindo castelos e adultos que se divertiam jogando com uma pequena bola e tamboretes de madeira e couro. No final, porém, encontraram um pedacinho de praia: Carlo e Antonio sentaram-se costas com costas; Anna e Agata ficaram juntas, com as pernas esticadas para o lado e as duas crianças no meio.

Anna sentia-se prisioneira daquele calor sufocante, da massa humana em contínua oscilação e até do tagarelar incessante do dialeto, uma língua que ainda lhe parecia completamente evasiva, com todos aqueles "u"s e "z"s finais que apareciam nos lugares mais inesperados. Mas ninguém, no pequeno grupo que a rodeava, parecia prestar atenção a essas coisas. Todos, exceto ela, pareciam felizes por estar ali.

De repente, Carlo se levantou e tirou a calça e a camisa, revelando um traje de banho listrado de azul e branco, com calções no meio da coxa.

– Vou tomar um banho, anunciou ele. – Quem vem?

– Eu. Não aguento mais, preciso me refrescar senão vou acabar pegando fogo", reclamou Agata, continuando a se abanar. – Lorenza, vamos, você tem que molhar a cabeça senão vai passar mal, acrescentou, levantando-se. Em seguida, ela tirou a camisa da filha, que usava com um traje de banho curto amarelo.

– Tia Anna, vem também, implorou Lorenza.

Anna a acariciou e disse que preferia ficar ali por enquanto.

– Antonio, você vem?, perguntou Carlo.

– Estou terminando o capítulo, respondeu ele, apontando para a página do livro.

Carlo se abaixou para dar um leve beijo primeiro na testa de Anna e depois na de Roberto.

– Vejo você mais tarde, disse ele. – Não se queime. E, com um sorriso, ajeitou o chapéu de palha dela que pendia para um lado.

Anna ficou olhando para ele enquanto se dirigia para a praia, brincando com Agata e Lorenza que caminhavam ao lado dele. Ao vê-los mergulhar os pés na água, ergueu o olhar e fixou-o em Antonio, que continuou lendo, concentrado, como se nada mais existisse.

E talvez ele se sentisse observado, porque ergueu os olhos do romance e olhou para ela.

– Fala do quê?, Anna perguntou a ele à queima-roupa.

Antonio fez uma cara confusa.

– Quem?

– O livro que você está lendo, ela disse com um olhar divertido.

– Ah, o livro!, ele exclamou, corando. – Bem, continuou, segurando o polegar como um marcador de página, fala de um homem que é culpado do pecado da preguiça e que prefere refugiar-se no subsolo, embora inveje todos aqueles que são capazes de agir. De fato, o título é *Notas do Subsolo*.

– E é de Dostoiévski, sim, eu sei. Mas nunca li nada dele.

– O que você gosta de ler?

Anna recostou-se e apoiou-se nos cotovelos.

– Jane Austen, as irmãs Brontë...

– Basicamente, você gosta de mulheres.

– Não apenas. Já li tudo de Flaubert, Tolstói... E também..., desculpe, por que você falou assim?

– Assim como?

– Com aquele ar condescendente. Como se os romances escritos por mulheres fossem menos romances.

– Não, não, você me entendeu mal. Eu não tive a intenção de menosprezá-los, acredite. Li *Orgulho e Preconceito*, por exemplo.

– E você gostou?

Antônio encolheu os ombros.

– Prefiro outros escritores, só isso. Naquele momento, um menino com uma carrocinha passou perto deles, gritando:

– Aceitam amêndoas frescas?

Anna fez uma careta.

– Mas por que vocês gritam tanto?

– Quem grita?, Antonio perguntou a ela.

– Vocês, do Sul.

– Ele curvou os lábios em um sorriso amargo. – Bem, nem todos. E olhou-a diretamente nos olhos.

– Sim, você não. Eu sei. Carlo também não, Anna suavizou.

– Sabe, sublinhei uma passagem que me fez pensar em você.

– Em mim? E por quê diabos?

– Você quer que eu a leia para você?

– Claro que sim.

Antonio folheou o livro até encontrar a página que procurava.

– Aqui está. E começou a ler com voz calma: – Uma outra circunstância então me atormentava, o fato de que ninguém se parecia comigo e de que eu não me parecia com ninguém. Eu sou sozinho, e eles são todos. Então fechou o livro e olhou para Anna.

– É assim que você me vê? ela perguntou, com uma indignação no semblante.

– É assim que você se sente?

Anna não teve tempo de responder. Naquele momento, Lorenza correu em direção a eles e, toda molhada, gritou:

– Tia, papai, venham! A água está maravilhosa!

3
[OUTUBRO-NOVEMBRO, 1934]

Fumando um charuto, Carlo atravessou a cidade pelas vielas estreitas e silenciosas, invadidas pelo cheiro do molho de tomate que alguém cozinhava do outro lado das janelas abertas, até chegar à porta da alfaiataria e bater, assobiando uma melodia.

Carmela abriu a porta para ele. Ela estava usando um vestido floral e uma fita métrica como colar.

– Você?, perguntou-lhe com surpresa.

– Você ainda tem aquela garrafa de vinho do seu pai?, indagou ele com um sorriso.

– E é agora que está se lembrando disso?, replicou ela, fazendo uma careta. – *Tràsi*, disse então com um suspiro.

Carlo obedeceu, e ela fechou a porta. A alfaiataria ficava toda ali, num cômodo limpo e arrumado, onde tudo estava em seu lugar: a máquina de costura, a mesa de trabalho de madeira, um manequim despido num canto, uma prateleira com rolos de tecido empilhados, uma torre de revistas e várias ferramentas do ofício separadas por tipo em muitas caixas pequenas. Na parede oposta à mesa havia uma mesa de vidro, recentemente polida, com um vaso de flores e duas pequenas poltronas de veludo vermelho ao lado.

– Sente-se, vá, disse Carmela, apontando para uma pequena poltrona. – Vou buscar o vinho. Espere aqui. E abriu a porta que separava a alfaiataria da casa.

Ela voltou com a garrafa em uma mão e uma taça de cristal na outra. Então serviu o vinho e entregou a ele.

Carlo tomou um gole e, de olhos fechados, estalou os lábios.

– Isto sim é verdadeiramente uma alegria para o paladar. Depois colocou o copo sobre a mesa. – Como você está?, perguntou a ela.

Carmela encolheu os ombros.

– Como você me vê. Sempre trabalhando, respondeu ela, cruzando os braços.

– Seu marido? Eu o conheci, sabe. Apenas algumas palavras, no bar do Nando. Ele me pareceu um homem decente.

– Ele é, disse Carmela.

Carlo pegou o copo de volta e bebeu novamente.

– Talvez um pouco *velho* para você, não? Quantos anos ele tem? Cinquenta?

– Quase. Mas o que você está querendo com essa história?, ela ficou irritada.

– Nada, nada. Carlo levantou a mão. – Na verdade não vim só pelo vinho. É que preciso falar com *Don* Ciccio.

– Com o papai? E por que diabos?

– Você sabe, não sabe? Sobre a terra que o tio Luigi me deixou.

– Claro que eu sei. Todo mundo sabe. E daí?

– Tenho que fazer alguma coisa com ela... e estava pensando em produzir vinho também, e seu pai pode me dar alguns conselhos...

Ela franziu a testa.

– É a ele que você tem que perguntar. O que eu tenho a ver com isso?

Carlo olhou para a taça e mexeu o vinho nela.

– Antes de ir falar com ele, queria saber de você se ele ainda está com raiva. Quando me vê por aí, mal me cumprimenta... Talvez eu esteja enganado, não é?

Carmela olhou fixamente para ele.

– Você partiu há muitos anos. A nossa vida por aqui seguiu em frente e não gira em torno de você.

Nesse momento, ouviu-se uma batida, e Carmela abriu a porta, revelando uma senhora idosa de olhos fundos e com uma verruga saliente no queixo, que trazia, no braço, quatro casacos masculinos dobrados.

– Ah, dona Marta... *Tràsi, tràsi*, Carmela sinalizou para ela.

Carlo largou o copo e levantou-se.

– Bom dia, dona Marta. Como vai a senhora?

– Pois então, graças a Deus, não posso me queixar, respondeu a mulher. – E o senhor? Eu vi sua esposa, com *lu piccinnu*. Mas que filha linda...

Carlo sorriu e depois lançou um olhar constrangido para Carmela.

– Carlo está aqui porque quer que eu costure um traje para ele, mas já estava saindo, apressou-se em dizer.

– Sim, é verdade, ele assentiu com a cabeça. – Bem, então voltarei quando estiver pronto.

Carmela o acompanhou até a porta.

– Adeus, dona Marta, despediu-se Carlo. – Adeus, Carmela, ele acrescentou, olhando-a nos olhos.

– Saudações à família, disse ela, antes de fechar a porta.

Carlo partiu, cortando caminho por uma viela de paralelepípedos que, depois de mais de um quilômetro, levava diretamente à casa de *Don* Ciccio. Ele contornou um muro de rocha calcária, para além do qual se avistava a folhagem dos carvalhos, e passou por uma porta em arco que dava para uma clareira com um poço de pedra no centro, em torno do qual havia pequenas casas com a fachada ligeiramente desgastada. Carlo bateu a uma porta dupla, de cor verde, e esperou, balançando-se para a frente e para trás. Quando *Don* Ciccio abriu a porta, ficou um momento atordoado e voltou para ele os olhos cor de breu, como os de Carmela. Ele havia engordado naqueles anos, a julgar pela barriga flácida que se projetava da camisa. Os seus braços, no entanto, ainda eram fortes e tonificados, exatamente como Carlo se lembrava. O nariz, um pouco achatado, estava coberto de pequenas manchas marrons e os cabelos, antes grossos e ondulados, agora estavam cortados curtos e eram ralos nas têmporas.

– Bom dia, *Don* Ciccio, disse Carlo em tom alegre.

– Bom dia, murmurou *Don* Ciccio, com uma cara séria. – O que você quer? Estava claro que ele queria ir direto ao ponto.

Carlo esfregou a nuca, envergonhado.

– Eu queria saber se poderíamos trocar algumas palavras.

Don Ciccio abriu a porta e, com um gesto brusco, convidou-o a entrar. Então caminhou pelo corredor escuro, de costas para ele.

– Como está a sua esposa?, perguntou Carlo.

– Aproveite e pergunte diretamente a ela, respondeu *Don* Ciccio. Ele tomou a primeira porta à esquerda e entrou na cozinha iluminada apenas pela luz da janela. Havia um cheiro forte de alho e nabo, que, na verdade, estavam sendo fritos numa frigideira. Dois grandes cachos de tomates estavam pendurados em um gancho na parede. Gina, a esposa, estava sentada tricotando perto da lareira apagada. Na prateleira acima de sua cabeça, havia uma moldura com uma foto de Benito Mussolini, retratado de uniforme e capacete.

– Olha quem está aqui, disse *Don* Ciccio à esposa, num tom que a Carlo pareceu um pouco sarcástico.

Gina arregalou os olhos, levantou-se e largou as agulhas de tricô na cadeira.

– Carlo, quanto tempo..., disse ela com uma voz fina.

– Que prazer vê-la novamente, dona Gina. Espero que a senhora esteja bem, cumprimentou-a Carlo, pegando suas duas mãos.

– Como quer Deus, respondeu a mulher. Ela não havia perdido o sorriso doce, pensou ele, olhando para as covinhas nos cantos da boca. E ainda usava o cabelo preso em um coque, como sempre fez, embora agora estivesse todo branco. No entanto, a pele do seu rosto ainda estava firme e compacta. *Carmela herdou isso dela*, pensou Carlo.

Don Ciccio puxou uma cadeira e sentou-se, convidando-o a fazer o mesmo.

– Prepare um café para o nosso convidado, pediu à esposa.

Carlo entrelaçou os dedos sobre a mesa, em seguida colocou-os no bolso do paletó e tirou outro charuto.

– O senhor se importa se eu fumar, *Don* Ciccio?

O outro acenou que não. Assim Carlo acendeu o charuto, soltando uma nuvem de fumaça, e o cheiro picante encheu a sala, misturando-se com o dos nabos.

No silêncio que se seguiu, Gina colocou o café nas xícaras da louça boa e colocou-as numa bandeja de prata; depois, sentou-se novamente e recomeçou a tricotar. Só depois de beber o último gole *Don* Ciccio repetiu:

– O que você quer?

Carlo limpou a garganta.

– Bem, como o senhor sabe, o tio Luigi me deixou uma herança de dez hectares, aqueles que ele comprou antes de adoecer. Ele não teve tempo de fazer nada... Então decidi colocá-los em cultivo e gostaria de fazer deles um vinhedo.

Don Ciccio colocou a xícara na bandeja e olhou para a esposa, que ergueu o olhar para encontrar o dele. Depois ele olhou para Carlo e franziu a testa.

– Foi por isso que você veio até mim?

– Quem melhor do que o senhor para me aconselhar, com a experiência que tem? Nunca bebi um vinho tão bom quanto o seu, nem mesmo quando estava no Norte. Peço-lhe que me ensine tudo o que sabe, *Don* Ciccio. Como a um filho.

Don Ciccio olhou-o demoradamente, depois levantou-se lentamente e pegou o cachimbo que estava na lareira, ao lado da foto de Mussolini. Riscou um fósforo, aqueceu o tabaco no fornilho, e, por fim, deu a primeira tragada.

– Como a um filho, você diz, hein?, ele repetiu, soprando a fumaça.

Gina ergueu a cabeça novamente e olhou para ele por um momento com seus pequenos olhos azuis.

– Não, não vou te ensinar como se fosse ensinar ao *meu próprio filho*, continuou *Don* Ciccio. – Mas como ao filho de Pantaleo, que Deus o tenha. Houve um tempo em que você poderia até se tornar meu filho, mas esse tempo *nun existe cchiu*.

– Se eu o ofendi, peço desculpas, murmurou Carlo.

Gina baixou a cabeça e começou a tricotar mais rápido. *Don* Ciccio deu a volta na mesa e sentou-se novamente.

– Farei esse favor para você, é claro, disse ele, estendendo o braço. – Mas saiba que é apenas por causa da amizade que me ligou ao seu pai.

Carlo, muito feliz, levantou-se e apertou-lhe a mão.

– Sou-lhe muito grato, o senhor não sabe quanto, exclamou.

Depois de acompanhá-lo até a porta, *Don* Ciccio voltou à cozinha com passos lentos e sentou-se novamente. Gina continuou a tricotar, mas seu rosto estava tenso.

– Não havia necessidade de pegar a louça boa, ele a repreendeu. Só o que nos faltava era estender o tapete vermelho para esse aí.

~

– Eu estava pensando em cultivar as terras do tio, disse Carlo naquela noite a toda a família reunida para jantar na casa de Antonio e Agata. – Na verdade, venho pensando nisso há algum tempo.

– E você me diz isso assim?, Anna exclamou.

Carlo tocou a mão da esposa e, com um sorriso, disse:

– Eu queria ter certeza antes de contar a você.

Ela baixou os olhos e voltou a comer a torta de carne.

– E o que você quer plantar?, Antonio interveio, surpreso.

– Videiras. Sonho com um rótulo de vinho só meu, como você fez com o azeite. Quero exportá-lo para toda a Itália e até para o exterior, mas com o meu nome, declarou, batendo a mão no peito. – Aqui eles fazem vinho e o mandam para cima, para diluir os vinhos do Norte. Sempre foi assim. E, em vez disso, poderíamos vendê-lo já engarrafado, pois não deixa nada a desejar em relação aos vinhos venezianos ou piemonteses. E eu os conheço bem, já os bebi. Na verdade, o nosso é ainda melhor. Ninguém aqui jamais ousou. E, desse modo, chegou a hora de pensar grande.

Antonio refletiu por alguns momentos e depois sorriu.

– Sim, me parece uma excelente ideia, Carletto.

– Muito bem, você faz muito bem, comentou Agata, de boca cheia.

– Eu te vejo muito determinado, Anna interveio, levantando uma sobrancelha.

– Estou, respondeu Carlo. – Vocês podem imaginar? "Vinícola Greco", exclamou ele, balançando a mão no ar. Parece bom, não?

– Mas o que você sabe sobre o cultivo de vinhedos?, Anna perguntou-lhe.

– Vou ter ajuda, respondeu ele. Então virou-se para seu irmão. – Já pedi ajuda a *Don* Ciccio.

– Ah, é? disse Agata, espantada.

– Quem é *Don* Ciccio?, perguntou Anna.

– Alguém que entende de vinho, Carlo interrompeu. E colocou uma garfada de torta na boca.

– Pode contar comigo para tudo o que precisar, disse Antonio.

– Eu sei. Obrigado, *fratellone*, respondeu Carlo, piscando-lhe o olho.

– Pode contar comigo também, disse Anna, depois de alguns segundos. – Não sei nada sobre vinhas, mas você também não. Isso significa que aprenderemos juntos.

O silêncio caiu. Carlo engoliu o pedaço e pigarreou.

– Não se preocupe, meu amor. Não há necessidade.

– Está quase parecendo que você está recusando a minha ajuda, Anna retrucou.

Antonio e Agata se entreolharam por um momento.

– Mas não, não é isso, disse Carlo imediatamente. Eu só não quero que você faça algo só por fazer. Talvez no próximo ano possa voltar a lecionar. Vai ter alguém que vai se aposentar, não é? Ou quem sabe em alguma cidade próxima... Você sempre diz que sente muita falta da escola.

– Sinto falta de trabalhar, é diferente, respondeu ela irritada. – E de qualquer maneira, não. Não há vaga aqui no momento. Você sabe.

Carlo suspirou, largou o garfo e pegou a mão dela.

– Você precisa dedicar um tempo para descobrir o que mais gostaria de fazer. Algo que se pareça com você. Algo que te apaixone. Não há pressa. E beijou as costas da mão da esposa.

Antonio abriu a boca, como se fosse dizer alguma coisa, mas fechou logo em seguida.

∼

O Fiat 508 Balilla, com sua carroceria banhada pelo sol e interior em tecido aveludado, passava zunindo a oitenta quilômetros por hora na estrada secundária que ligava Lizzanello a Grande Leccio, nos arredores da cidade vizinha, Pisignano. Carlo, com o pé fincado no acelerador e com o charuto apagado entre os dedos, assobiava uma música que compunha na hora.

No assento ao lado, Antonio estava apavorado.

– Calma, ele dizia, segurando a maçaneta interna da porta com as duas mãos.

Mas Carlo não lhe dava ouvidos: há tanto tempo que ele queria um carro que, na manhã de 29 de novembro, dia do seu trigésimo primeiro aniversário, saltou da cama com o único pensamento de ir buscar o seu 508. Ele queria dar a si mesmo um presente importante, agora que não precisava se preocupar com as despesas: havia retirado 10.800 liras da sua caderneta de poupança postal e, sem pensar duas vezes, comprou o carro dos seus sonhos, aquele de que todos falavam, cuja propaganda vinha dominando os jornais há meses. "Chega de andar", dizia o reclame. Ele havia optado pelo modelo Berlina, o de quatro lugares e duas portas. A cor, verde, ele escolhera porque era a de Anna, a dos seus olhos e a do seu manjericão, embora ela ainda não suspeitasse de nada do que sem dúvida teria definido como um *coup de folie*.

Ele começou a reduzir a marcha quando, depois da curva além do muro de pedra seca, avistou a folhagem majestosa e envolvente da grande azinheira, a árvore mais antiga e mais forte que existia naquelas paragens. Quando eram crianças, o pai os levava para lá todos os domingos de manhã. Os três sentavam-se no chão e encostavam-se no grosso tronco da árvore. Pantaleo tirava do bolso duas laranjas ou dois pêssegos, dependendo da estação, e dava um para cada um como café da manhã. E, enquanto as crianças mordiam os frutos que lhes umedeciam os lábios e os dedos, ele começava a contar uma das suas histórias: a lenda da azinheira era a sua preferida, e já a havia repetido inúmeras vezes aos filhos.

Carlo e Antonio desceram do carro e, como quando eram crianças, sentaram-se na terra fofa, apoiando as costas na árvore. Carlo ergueu os olhos e permaneceu em silêncio, dando longas tragadas no charuto. A fumaça, exalada para o céu, ficava presa entre as folhas grossas, que pareciam sugá-la.

– Lembra-se da história da azinheira?, ele então perguntou ao irmão.

– Claro que me lembro, respondeu Antonio. E um momento depois começou a contá-la, imitando a voz alta do pai e usando as mesmas palavras que ele usava: – A azinheira foi considerada durante muito tempo uma árvore funesta porque era a única, entre todas as árvores do reino, a oferecer a sua madeira para fazer a cruz na qual Jesus morreu.

Carlo riu.

– Oh, você faz igual.

Antonio sorriu e continuou, gesticulando:

– Ela só foi reabilitada muitos séculos depois por São Francisco, que disse que não, a azinheira não era de forma alguma uma traidora como todos acreditavam: pelo contrário, foi a única árvore que entendeu que teve que se sacrificar pela redenção, como Jesus estava prestes a fazer.

Carlo balançava a cabeça, divertindo-se, e recitou o final da história em uníssono com o irmão:

– Desde então, tornou-se uma árvore tão sagrada que várias cidades italianas começaram a brigar pelo seu nome. A vencedora foi Lecce, a antiga Lupiae: é por isso que o brasão da cidade tem representada uma loba debaixo de uma azinheira.

Eles começaram a rir, surpresos com a perfeição com que se lembravam de cada palavra.

Carlo então fechou os olhos e deu outra tragada no charuto. Reabriu-os apenas quando sentiu que algo havia surgido diante de seu rosto: uma laranja balançava no ar, a haste entre o polegar e o indicador de Antonio.

– Não vai ser tão boa quanto a do papai... mas feliz aniversário, Carletto.

O rosto de Carlo abriu-se num sorriso, como se tivesse acabado de receber o presente mais precioso do mundo.

Quando não estava ocupado na secretaria municipal, Pantaleo cultivava a horta que havia criado no terreno nos fundos da casa; havia plantado laranjeiras, limoeiros, pessegueiros, romãzeiras, damasqueiros, figueiras e amendoeiras: um pomar tão denso e colorido que estava entre os mais admirados da cidade. Carlo e Antonio se divertiam muito correndo entre os troncos, brincando de pega-pega: quando um subia nos galhos, o outro servia de escada por baixo. Para Pantaleo era uma alegria olhar para eles, árvores e filhos: pode-se dizer que ele amava os dois igualmente. Por outro lado, todo o amor que preenchia seu corpo e alma por Ada, a mulher com quem ele se casou, a mãe de seus filhos, implodiu quando ela o deixou. Não, na verdade, ela não tinha ido embora: estava sempre ali com o corpo, deitada na cama à noite e enroscada numa poltrona durante o dia. Mas algo em sua cabeça morreu para sempre depois do nascimento de Carlo: foi um parto difícil; o pequeno simplesmente não queria se colocar em posição, então eles a tinham apertado, empurrado, cortado, costurado. Torturado. Naquele dia, junto com a criança, também lhe arrancaram o sorriso. Um sorriso que nunca mais voltou.

Na estação da tramontana que soprava do norte, Antonio a cobria com as cobertas, aquecia as luvas perto do fogo e, quando estavam bastante quentes, colocava-as cuidadosamente nas suas mãos dormentes. Carlo ficava observando o carinho do irmão por trás do batente da porta, sentindo-se ao mesmo tempo aliviado e invejoso pelo que ele mesmo não era capaz de fazer: ele jamais teria aceitado uma coisa assim, a visão daquela mãe entregue e vazia. Ele não conseguia deixar de culpá-la, queria sacudi-la com força e arrancá-la para fora daquela maldita poltrona. Queimar todas as poltronas da casa. Ele nunca a perdoou, nem mesmo quando ela decidiu abandonar a si mesma de uma vez por todas porque o esforço de viver se tornara insustentável para ela. Ele a evitara dia após dia, até que ela se transformasse em uma carcaça, com os cabelos brancos ondulados e os tornozelos inchados, cortados por veias tortuosas como fios de lã emaranhados.

Para preencher o desamor por parte da mãe ele tinha o pai, certamente, mas tinha Antonio, mais do que qualquer outro. Foi ele quem o protegeu, acariciou e abraçou todos os dias de sua vida, mesmo sendo apenas quatro anos mais velho. Ele era apenas uma criança, um homenzinho de olhos ternos que, quando chorava, o fazia à noite, em silêncio, com a cabeça escondida debaixo do travesseiro, embora Carlo o ouvisse e nunca lhe tivesse dito nada.

Ele limpou a laranja e jogou a casca no chão, à sua frente. Dividiu a fruta em duas e entregou metade para Antonio.

Carlo mordeu um gomo e, instantes depois, começou a rir de boca cheia.

– O que é? Antonio perguntou a ele.

– Pensa só nisso. O filho de um abstêmio que produz vinho.

Antonio esboçou um sorriso.

– Bem, talvez seja exatamente por essa razão que você tenha decidido fazer isso.

– Para me vingar de todas as vezes que papai me proibiu de beber, você quer dizer?, brincou Carlo.

– Não, só para provar que ele estava errado.

– Então vou produzir o melhor vinho do mundo, disse Carlo, levantando-se. – Um vinho que até ele teria bebido. Então estendeu a mão para Antonio que o ajudou a se levantar. – Quer tentar dirigir no caminho de volta?, perguntou-lhe, caminhando em direção ao carro.

– Não, não, pelo amor de Deus, exclamou Antonio, levantando a mão. – Não é para mim.

~

Embora relutante, Anna começou a preparar a sobremesa para o aniversário de Carlo. O último bolo que fizera, a sua querida *foccacia* de farinha de castanhas, preparada segundo receita da avó, datava do dia em que a sua Cláudia havia completado três meses.

Foi Lorenza quem conseguiu fazê-la prometer, entusiasmada com a ideia de homenagear o tio, pela primeira vez, todos juntos. Ela insistiu tanto, que Anna finalmente a contentou. Nisso, pensou, era idêntica à Agata: ela também ficava martelando até conseguir fazer você dizer sim.

Assim ela comprou, não sem dificuldade, um quilo de farinha de castanha, passas e *pinoli*; e, naquela manhã, assim que Carlo pulou da cama – quem sabe onde diabos ele foi com tanta pressa, sem nem sequer esperá-la para tomar café –, tirou a mesa da cozinha, colocou o avental, amarrou os cabelos no lenço de seda e arregaçou as mangas do vestido preto.

Ela estava amassando a massa do bolo quando ouviu uma buzina tocando repetidamente. Mesmo com as mãos cobertas pela massa pegajosa, foi até a porta e escancarou-a, exclamando:

– Mas quem está fazendo todo esse estardalhaço?

Carlo estava encostado no carro, com os braços cruzados e radiante. Anna deu a volta no carro observando-o em silêncio.

– Bem, sim. Gosto da cor, comentou, ao final. – Não quero nem saber quanto você pagou por isso. Mas depois sorriu.

Antonio, que permanecia sentado no carro, viu que Anna estava com farinha no queixo e no lábio inferior e sentiu um impulso de pegar seu rosto nas mãos e limpá-lo com muitos beijinhos molhados. E a cena que se desenrolava em sua cabeça de repente tornou-se real quando Carlo aproximou seu rosto do de Anna e, com beijos curtos e lentos, lambeu a farinha de seus lábios.

– Mal posso esperar para provar o bolo..., ele sussurrou em seu ouvido.

– Estou indo, Antonio os interrompeu, saindo repentinamente do carro.

– Espere, vou acompanhá-lo, disse Carlo, um pouco surpreso.

– Não precisa, é perto, respondeu ele. – Vejo vocês esta noite, ele os cumprimentou, afastando-se quase correndo.

~

Já fazia dez anos que Carlo não celebrava um aniversário em sua cidade; assim, naquela noite, queria fazer algo grandioso. Ele havia convidado muitas pessoas em quem havia esbarrado nos dias anteriores: velhos amigos, simples conhecidos e até alguns estranhos. Havia pedido quinze litros de tinto na loja de vinhos da cidade e encomendado um refresco no restaurante.

– Faça o que quiser, ele disse ao cozinheiro. Desde que seja abundante.

Os primeiros a chegar foram Antonio e Agata, a qual, para a ocasião, usava um *tailleur* cor vinho com botões folheados a ouro. Ela havia amarrado o cabelo ruivo em um pequeno coque e usava batom da mesma cor, o que destacava cada ruga de seus lábios. Os lóbulos das orelhas pareciam ter-se alongado, talvez devido aos pesados brincos de ouro que exibia com orgulho. Lorenza precedeu os pais e correu em direção a Anna que, também naquela noite, estava vestida de preto.

– E você não vai me abraçar? Olha que o aniversariante aqui sou eu, hein!?, disse Carlo, fazendo cócegas na cintura da sobrinha. Rindo, Lorenza se libertou e, na ponta dos pés, deu um beijo na bochecha macia do tio, que cheirava a menta.

Pouco depois, Anna viu a cidade invadir a sua casa de uma só vez. Era como aquele encontro que havia tentado de todas as formas adiar mas que, no final, se tornou inevitável: dezenas de pessoas, num fluxo ininterrupto de beijos, abraços, apertos de mão, tapinhas nas costas. Os homens tiravam o chapéu e beijavam-lhe a mão, as mulheres tocavam-lhe o rosto com beijos educados. Para fugir desse contato, foi até o gramofone e colocou um disco do qual gostava muito: *Parlami d'amore Mariù*. Ela permaneceu assim por alguns momentos, imóvel, de costas para a sala e para a multidão barulhenta: não estava habituada a todas aquelas demonstrações de entusiasmo, mas aquele era o dia de Carlo e ela não podia estragá-lo ficando de mau humor. Soltou um suspiro, preparou-se e voltou-se na direção da multidão.

A mesa de oliveira no centro da sala transbordava de comida e jarras de vinho e era Agata quem, com a ajuda de Lorenza, ia e voltava da cozinha, cuidando para que nada faltasse.

– Sirva-se, dizia Carlo a quem chegava, apontando para a mesa, com um charuto na boca e um copo na mão.

Anna observou-o por um momento: não era incomum que seu Carlo borbulhasse como uma garrafa recém-aberta, e isso era algo que ela sempre amou nele, desde que se conheceram. Na época em que ele a cortejava, ela não conseguia andar pelas ruas íngremes de Pigna sem que Carlo saltasse na sua frente, surgindo em cada esquina, como um ilusionista.

– Senhorita, você não estaria me seguindo? Você é um pouco insistente, sabia?, ele brincava com ela, quando estava claro que era ele quem a estava seguindo. Anna balançava a cabeça, divertindo-se, e continuava, sabendo que, na próxima viela, ele apareceria de novo. Ela se apaixonou pela sua alegria, pela sua espontaneidade, pela leveza com que Carlo encarava a vida, ela, que havia crescido numa família austera, rodeada de pessoas cautelosas e racionais, que conheciam perfeitamente as regras do *bon ton*, mas não sabiam dizer "Eu te amo". E, na verdade, seus pais morreram sem que jamais lhe houvessem dito...

Enquanto a música terminava, Anna aproximou-se da mesa, serviu-se de uma bebida e foi em direção ao jardim em busca de um pouco de paz. Sentou-se no banco, suspirou e, no silêncio, com os olhos fechados, inspirou o perfume do manjericão.

Antonio foi o único que percebeu que ela havia se afastado. Ele rapidamente pediu desculpas ao pai de uma das colegas de classe de Lorenza, com quem estava conversando, e foi até ela.

– Tudo bem?, perguntou, chegando por trás dela.

Anna virou-se de súbito; ele se aproximou dela com passos lentos, mas permaneceu de pé com as mãos enfiadas nos bolsos da calça.

Ela encolheu os ombros.

– Como um peixe fora d'água. É assim que me sinto.

Antonio colocou a mão no banco e segurou o encosto.

– Antes, eu sabia perfeitamente quem eu era, ela continuou. – Eu tinha meu trabalho, meus alunos, meus lugares. Em suma, minha vida... Agora, em vez disso... eu sequer entendo o que as pessoas dizem.

– Isso não é necessariamente algo ruim, Antonio sorriu. – As pessoas falam muita bobagem...

Anna esboçou um sorriso.

– Mas sinto muito que você se sinta assim..., acrescentou.

Eles permaneceram em silêncio por alguns segundos, então foi Anna quem quebrou o silêncio.

– Não tenho nada de novo para ler, disse.

– Bem, isso pode ser facilmente remediado. A biblioteca municipal está muito bem abastecida. Se você quiser, eu te acompanho lá.

– Sim, eu gostaria muito, respondeu Anna. Ela então se levantou e notou que a gola da camisa de Antonio estava meio levantada; como se fosse o gesto mais natural do mundo, estendeu a mão e arrumou-a, abaixando-a. – Agora sim está bem, comentou, satisfeita. – Vamos, voltemos para dentro.

Antonio ficou pasmo e murmurou um "obrigado": os dedos finos de Anna que tocaram a pele de seu pescoço causaram um tremor repentino e uma espécie de inquietação que lhe apertou as vísceras.

Ele evitou o olhar de Anna durante o resto da noite e permaneceu indiferente mesmo quando, entre aplausos e brindes de felicidades, Carlo cortou a *focaccia* de castanha e depois mordeu-a com gosto. E enquanto o irmão passava o braço pela cintura de Anna e a beijava para agradecer-lhe pelo bolo, Antonio esgueirou-se silenciosamente para o jardim, sentou-se no banco e ergueu os olhos para as estrelas.

A festa terminou tarde da noite; tão tarde que, em determinado momento, Lorenza adormecera em um sofá e ninguém pensou em acordá-la. Antonio e Agata, então, voltaram para casa sozinhos, ele em silêncio e ela, com o batom desbotado, reclamando do fato de ter que ir e vir da cozinha, enquanto Anna estava ocupada se divertindo.

– Eu já subo, disse Antonio assim que entraram em casa. Na penumbra da sala, tirou a rolha de uma garrafa de grappa de gargalo longo, prendeu os lábios no anel e bebeu em copiosos goles, até que a sensação de queimação do álcool invadiu seu peito e o sacudiu com acessos de tosse. Ele guardou a garrafa e subiu. Abriu lentamente a porta do quarto principal, despiu-se, deixou a roupa no chão e deitou-se nu na cama, onde Agata já dormia, deitada de lado. Antonio puxou sua calcinha para baixo. – O que você está fazendo?, ela resmungou, acordando.

– Vire-se, ele ordenou, e ela obedeceu sem dizer uma palavra. Ele a possuiu de olhos fechados, sem nunca olhar para ela e cobrindo-lhe a boca com a mão.

4
[JANEIRO-FEVEREIRO, 1935]

Agata fez o grande anúncio na ceia de Natal. Quando todos estavam ao redor da mesa posta, prontos para erguer as taças para o primeiro brinde, ela disse que Deus lhe havia dado novamente a maior alegria: estava grávida.

Pela expressão atordoada de Antonio, que subitamente se enrijeceu, ficou claro para todos que aquilo também era uma revelação para ele.

– Você tem certeza?, conseguiu perguntar com um fio de voz.

– O médico disse que sim, ela respondeu, com os olhos úmidos.

Carlo deu a volta na mesa e aproximou-se dela para parabenizá-la.

– Estou muito feliz por você, disse-lhe, e então beijou sua bochecha. Anna se inclinou para a frente e estendeu a mão por cima da mesa. – Que bela notícia, disse. E Agata apertou a mão dela.

– Você entendeu a mamãe?, Agata virou-se para a filha, que a olhava com uma expressão um pouco confusa. – Você terá um irmãozinho, explicou-lhe, tocando a barriga.

Lorenza arregalou os olhos e se lançou para abraçá-la: disse-lhe como estava feliz, muito feliz mesmo, depois fixou os olhos no pai, que ainda não havia se movido um centímetro, como se um feitiço o tivesse transformado em uma estátua.

Era a lembrança, subitamente muito vívida, da primeira gravidez de Agata que paralisara Antonio. Aqueles nove meses eternos e sufocantes, com Agata em lágrimas constantes, que tinha medo de tudo, tanto de ficar sozinha em casa quanto de sair para fazer compras se não houvesse alguém disposto a acompanhá-la. As noites tinham sido um inferno, pois ela sempre relutava para pegar no sono, e os dias tinham sido uma reclamação constante pela falta de descanso. Além disso, Antonio tinha que ter o cuidado de medir as palavras, porque qualquer mínima coisa era suficiente para deixá-la nervosa. Como poderia pensar em reviver aquele delírio, especialmente agora que Agata não era mais tão jovem? Se havia sido difícil há nove anos, imagine agora, quando a sua mulher tinha trinta e cinco anos.

– E você, Antônio?, perguntou Agata com uma voz incerta. – Você parece um fantasma, acrescentou, olhando envergonhada para os cunhados.

Anna e Carlo se entreolharam.

– Papai, você não está feliz? Diga alguma coisa, insistiu Lorenza com um rostinho de preocupada.

– Sim, gaguejou Antonio. – Sim, claro que estou feliz.

– Ele está tão feliz que ficou chocado, Carlo tentou minimizar.

Agata, de repente, se acalmou.

– Você está? ela perguntou, suavizando o olhar.

Antonio finalmente se levantou e, ao chegar até Agata, agachou-se ao lado dela e deu um pequeno beijo na barriga mole da mulher. Ninguém parecia notar que havia algo mecânico em seus gestos, como se ele estivesse recitando um roteiro.

Ela acariciou seu cabelo.

– Espero que desta vez seja um menino, disse.

Anna ergueu uma sobrancelha, mas permaneceu em silêncio.

∽

Agata perdeu o bebê no final do terceiro mês, no final de janeiro. Quando Antonio a encontrou curvada na escada, com a camisola encharcada de sangue, entendeu que o ventre de sua esposa estava novamente vazio. E no fundo do seu coração deu um suspiro de alívio.

Ao retornar do hospital, Agata enfiou-se na cama, segurando o rosário de prata nas mãos, e ficou três semanas sem se levantar. De vez em quando murmurava uma oração, mas sabia muito bem que esta havia sido sua última chance de ser mãe. E não conseguia resignar-se.

Lorenza voltava da escola, atravessava os quartos escuros e silenciosos, entrava no quarto e deitava-se ao lado dela, enquanto Agata mantinha o rosto apagado, virado para o outro lado. Quando Antonio voltava da olearia, na hora do almoço e depois para o jantar, olhava pela porta e perguntava se ela precisava de alguma coisa. Agata balançava a cabeça negativamente e puxava o cobertor até os cabelos. Nessa altura, ele se limitava a colocar algo para comer e um cântaro de água na mesinha de cabeceira, nos quais sua esposa mal tocava.

– Tia Anna, faz alguma coisa. Por favor, Lorenza implorou-lhe. Uma tarde, ela caminhou sozinha os poucos metros que separavam as duas casas e bateu à porta da tia e do tio. Anna a colocou sobre os joelhos e abraçou-a por um longo tempo, prometendo que a ajudaria. Ela visitara Agata algumas vezes, que, no entanto, simplesmente a ignorava. Anna então parou de ir até lá; ver a cunhada naquele estado lembrava-lhe como ela tinha ficado logo após a morte de Claudia: fechada na dor, indiferente ao mundo. Ela a entendia, mas doía-lhe vê-la daquele jeito.

Na manhã seguinte, Anna bateu à porta da casa de Agata e Antonio. Ela tinha Roberto nos braços e, na mão livre, segurava um exemplar de *O Morro dos Ventos Uivantes*.

De pijamas e com o cabelo todo desgrenhado, Antonio abriu a porta para ela.

– Como vão as coisas?, perguntou Anna.

Ele encolheu os ombros e curvou boca.

– Eu entendo, ela interrompeu. – Pode ir trabalhar. Eu ficarei aqui.

Ela subiu as escadas e abriu suavemente a porta do quarto, que mal o iluminava. Depois colocou o livro sobre a cômoda e, ainda segurando Roberto nos braços, abriu as pesadas cortinas das janelas.

Agata abriu os olhos e fechou-os um instante depois, irritada com a luz do sol.

Anna colocou Roberto na poltrona, depois pegou o livro e arrastou uma cadeira para perto da cama. – Olha, eu sei que você está acordada, disse ela.

A outra não respondeu.

Anna, então, colocou o livro no colo, abriu-o na primeira página e começou a ler em voz alta:

– "Acabo de voltar de uma visita ao meu senhorio, o único vizinho com quem terei de lidar. Esta é sem dúvida uma região belíssima. Acho que em toda a Inglaterra eu não poderia ter escolhido outro lugar mais distante da agitação da sociedade...".

E continuou lendo sem parar até a hora do almoço, depois fechou o livro.

– Acabou?, perguntou Agata com voz fraca, finalmente abrindo os olhos.

Anna sorriu para ela.

– Por hoje, sim. Continuaremos amanhã.

Ela voltou na manhã seguinte e depois todos os dias, durante as duas semanas seguintes.

Preparava comida para Lorenza e para ela e a alimentava pacientemente; tirava porções de creme Nivea do pote de metal azul e espalhava na pele seca das mãos dela, insistindo nas cutículas das unhas. Algumas vezes, chegou até a forçá-la a levantar-se porque precisava lavar-lhe o cabelo.

– Depois você volta para a cama, tranquilizava-a.

Quando percebia que Agata tinha cochilado, Anna colocava o livro na mesinha de cabeceira e, tomando cuidado para não fazer barulho, saía do quarto, fechando a porta com cuidado. Esticava as costas e descia para fazer um café. Degustava-o sem pressa, vagando pela casa. Tentava imaginar Carlo criança, cochilando no sofá verde, brincando no tapete ou correndo alegremente da cozinha para a sala. Ele deve ter sido uma verdadeira praga, ela pensava, divertindo-se. Olhou, então, para a poltrona ao lado da janela, aquela onde Antonio sempre ficava e onde sua mãe vivia sentada. Carlo quase nunca falava dela: cada vez que Anna tentava tocar no assunto, ele murmurava algumas palavras e depois mudava de assunto. Sabia apenas que ela era uma figura ausente e ao mesmo tempo desajeitada e que, quando morreu, Carlo não havia sofrido tanto. Ou, pelo menos, foi o que ele disse. Então, Anna continuou até a porta fechada do escritório de Antonio e ali parava todas as vezes. A curiosidade de entrar era muito forte, mas ela se continha. *Minha mãe teria dito: "Seria muito mal educado entrar lá sem permissão"*, pensou. Certa manhã, porém, encontrou a porta aberta, talvez por distração de Antonio, e então entrou, com passos lentos, e começou a olhar em volta: uma das paredes estava inteiramente ocupada por uma estante de madeira, repleta de livros. É possível que Antonio tenha lido todos eles? ela se perguntou, um pouco incrédula. No lado oposto havia um sofá de veludo azul e uma mesa baixa de vidro, com um copo e uma garrafa de água sobre ela; o centro da sala era ocupado pela elegante escrivaninha de mogno e uma cadeira com almofada vermelha.

Anna sentou-se na ponta da cadeira e, quase com medo, começou a acariciar os objetos sobre a escrivaninha: uma caneta-tinteiro folheada a ouro e um romance do qual nunca tinha ouvido falar: *Pais e Filhos*, de Ivan Sergeevich Turgenev, leu na capa. *Outro russo*, pensou ela, com ternura. Ao lado, havia um caderno aberto com anotações e notas escritas com uma caligrafia refinada e elegante.

Inclinou-se para ler as frases que Antonio havia transcrito, provavelmente daquele romance: "O niilista não se curva diante da autoridade de ninguém, e não aceita nenhum princípio, mesmo que seja um princípio a que todos obedeçam" e, um pouco mais abaixo: "Ambos ficaram em silêncio, mas precisamente na forma como se calaram, como se sentaram juntos, uma cumplicidade confiante foi demonstrada". Depois estendeu a mão e trouxe para perto de si uma foto em preto e branco com moldura prateada: Carlo e Antonio quando crianças, vestidos como dois janotas. Ela curvou os lábios em um sorriso e colocou a mão no coração: na foto, Antonio estava sério e sereno, enquanto Carlo, ao seu lado, fazia uma careta travessa ao fotógrafo. *Eles permaneciam os mesmos de antes*, pensou ela, depois, com um sorriso.

~

Certa manhã, enquanto Anna continuava lendo *O Morro dos Ventos Uivantes* em voz alta, Agata a interrompeu.

– O que aconteceu com Claudia?, ela perguntou.

Anna sentiu um nó na garganta. Ergueu os olhos da página e encarou a cunhada por alguns instantes. Depois fechou o livro. – Ela se foi enquanto dormia, respondeu com uma voz fraca. – Uma morte inexplicável, assim disse o médico.

Agata levantou-se e sentou-se, com as mãos entrelaçadas.

– Até a noite anterior estava bem..., Anna continuou.

– Eu dei banho nela, brincamos com bolhas de sabão. Cantei uma canção de ninar, e ela adormeceu tranquilamente, no berço, com a manta de lã rosa. Na manhã seguinte, havia partido. E virou os olhos para cima, para conter as lágrimas.

Não disse, contudo, há quanto tempo se culpava, convencida de que fora seu descuido que causara a sua morte. Havia refeito cada momento da noite anterior, e a realidade e as suposições se misturavam, formando uma espécie de névoa impenetrável. Foi o banho? A água estava muito quente ou muito fria? Mas não, ela tinha certeza de tê-la testado com o cotovelo antes; talvez Claudia não tenha arrotado depois da última mamada? Mas ela tinha a impressão de que havia. Ou batera a cabeça em algum lugar e ela não percebeu? Mas naquele dia ela não chorou nem reclamou...

– Pobre criatura, comentou Agata, colocando a mão na de Anna. – Agora você e eu estamos unidas pela mesma dor.

Anna abriu a boca para falar, mas acabou não dizendo nada.

~

No início de janeiro chegaram as quarenta mil mudas que Carlo havia encomendado: trinta e cinco mil da videira *niuru maru* e cinco mil de *malvasia nera* da região de Brindisi. O sistema de fileiras e postes já estava pronto, montado segundo as instruções de *Don* Ciccio. Quando Carlo o levou para conhecer o terreno pela primeira vez, no dia seguinte à sua visita, *Don* Ciccio colocou as mãos na cintura e olhou em volta, diluindo o olhar no horizonte. Depois começou a explicar, afirmando que, antes de mais, era necessário desenhar um sistema que, se bem feito, pudesse incluir até quatro mil vinhas por hectare. A distância entre as fileiras deveria ser de, no mínimo, dois metros e meio, três no máximo, especificou depois, mostrando-lhe com três longos passos. Porém, ao ver que Carlo, como um estudante diligente, anotava tudo o que dizia num caderno de capa preta, *Don* Ciccio riu.

– Mas o que você está escrevendo! Vou mandar para você trabalhadores especializados, que já sabem o que precisa ser feito, disse.

Foi assim que Carlo contratou cerca de vinte camponeses, a maioria dos quais, no passado, tinha trabalhado para *Don* Ciccio. Dava para ver que estavam acostumados a trabalhar duro: no decorrer de dois meses já haviam traçado as fileiras, montado os postes de madeira e amarrado os arames. Carlo mandou fazer uma placa com as palavras QUINTA GRECO: encomendou-a a um "pintor de letreiros" que tinha uma pequena oficina no coração de Lecce. A escrita era em letra cursiva elegante, branca, sobre um painel de madeira de oliveira. Quando o mostrou orgulhosamente a *Don* Ciccio, este fez uma careta. "Isso não passa de enfeite", comentou. Carlo ficou chateado na hora, mas não respondeu.

Após a entrega dos feixes de mudas, transportados em grandes carroças, o trabalho de plantio finalmente começou. *Don* Ciccio foi claro: a melhor época para plantar as mudas era entre o outono e o final do inverno, durante o repouso vegetativo. Naquele período, ele aparecia no vinhedo todas as manhãs para verificar o estado dos trabalhos: essa era a fase mais delicada. Caminhava entre as fileiras com as mãos nas costas e o olhar atento e, de vez em quando, parava para repreender alguém:

– Não, esse buraco não está bom. Deve ter pelo menos meio metro de largura. – Mas tem meio metro, respondiam eles. – Meça-o. À primeira vista, eu diria que não tem sequer trinta e cinco centímetros. E todas as vezes os lavradores tinham que concordar com ele.

Carlo estava sempre perto dele, para aprender o máximo de coisas possível. Mas sem mais o caderno.

E agora que todas as mudas estavam plantadas, *Don* Ciccio olhava para o vinhedo com um olhar satisfeito.

– Se tudo correr como deve, daqui a dois anos você verá os primeiros cachos. Três no máximo, disse ele.

– Mas como assim, três anos?, Carlo ficou surpreso. – Tanto assim? Pensava em fazer a primeira colheita no próximo ano.

O outro começou a rir de fazer gosto.

– Xiii... no próximo ano. Nem sonhando, exclamou ele, fazendo um gesto com a mão. Você tem que ser paciente. As mudas devem seguir o seu ciclo para se tornarem a videira que você imagina. Você sempre quis tudo na hora, você...

Carlo lançou-lhe um olhar irritado, mas teve que engolir o desapontamento: precisava de *Don* Ciccio e, por enquanto, tinha que morder a língua, embora aquele seu comportamento estivesse realmente começando a cansá-lo.

– Agora precisamos deixá-las crescer livremente, sem interferir, continuou *Don* Ciccio. – Falaremos sobre a primeira poda no próximo inverno. Enquanto isso, vá pensando em construir a adega.

~

Carmela acordou por causa do frio. Ela se aconchegou de lado e assoprou as mãos para aquecê-las. Ao lado dela, Nicola dormia profundamente; percebia-se pela sua respiração pesada e ofegante. Ela estendeu a mão para a mesinha de cabeceira e virou o pequeno relógio de mesa em sua direção: eram sete horas e o despertador não deveria tocar antes das oito. Decidiu se levantar, pois tinha certeza de que não conseguiria voltar a dormir. Desse modo, poderia muito bem continuar com seu trabalho, disse a si mesma. Eram incontáveis os casacos que estavam lá para serem remendados ou diminuídos, porque eram passados de pai para filho, calças de flanela para refazer as bainhas, vestidos e ternos de lã para costurar sob medida, colchas para reparar os rasgos. Nas últimas semanas, ela havia trabalhado sem parar.

Naquela manhã, além disso, ela também teria que ir pessoalmente entregar as roupas à senhora Tamburini, um incômodo que levaria mais de uma hora entre a ida, as provas e o retorno. Mas a senhora Tamburini era a sua cliente mais rica, e ela não podia se recusar quando lhe pedia que levasse as roupas para a sua casa: preferia experimentá-las no calor do seu quarto aquecido pela lareira em vez de fazê-lo entre as paredes úmidas da alfaiataria, dizia.

Assim, depois de tomar banho, vestir-se e borrifar atrás dos lóbulos das orelhas o perfume de jasmim que ela mesma fazia, deixando as pétalas macerar em uma solução de álcool e água purificada, foi acordar o filho Daniele com um beijo na testa, e recomendou-lhe que não voltasse a dormir, caso contrário chegaria atrasado à escola.

Nicola abriu a porta do quarto e juntou-se à esposa na sala. Ele vestia pijamas de lã penteada azul e os botões do casaco estavam puxados sobre a barriga proeminente. Carmela pensou que se ele ganhasse mais peso teria que costurar pijamas novos para ele. Por outro lado, Nicola era vinte anos mais velho que ela – em seis meses faria cinquenta anos – e a diferença de idade era evidente. O recuo da linha do cabelo aparecia dia após dia; quando ela se casou com ele, quase onze anos antes, ainda tinha cabelo. Ou pelo menos é disso que ela parecia se lembrar.

– Você já está saindo?, ele perguntou.

Carmela vestiu o casaco e depois tirou os cabelos que estavam presos na gola. Sua cabeça doía por falta de sono e, se ela os tivesse puxado para trás com grampos, a dor só teria piorado, então decidiu não se importar e os deixou soltos.

– Vou levar as roupas para a senhora Tamburini, respondeu ela apressadamente. – Vá ver se Daniele, como sempre, voltou a dormir – disse-lhe um momento antes de sair.

Com cinco cabides presos ao dedo, contendo o mesmo número de ternos femininos embalados e envoltos em papel de seda, Carmela partiu em ritmo acelerado.

Os Tamburini moravam em uma *villa* fora do centro e, para chegar lá, ela tinha que atravessar a Via Paladini, mesma rua onde tinha morado quando criança. Bem em frente ao que hoje era a casa de Antonio. Assim, Carmela viu-se obrigada a passar em frente à casa de Carlo e Anna antes de virar à direita. Diminuiu o passo. O Fiat 508 estava estacionado em frente à porta, e as janelas ainda estavam todas fechadas, com as cortinas brancas puxadas. Ela parou por um momento e olhou para cima, onde ficava a janela do quarto. Recordava-se perfeitamente da casa, como se estivesse estado ali no dia anterior. Quando crianças, ela, Carlo e Antonio iam lá à tarde para lanchar. Tio Luigi recebia-os sempre com uma mesa repleta de iguarias que mandava a empregada preparar: bolos de marmelo, biscoitos de amêndoa, pão fresco e compotas de laranja e tangerina. E enquanto comiam com vontade, ele se sentava, com a bengala nas mãos, olhando para eles, satisfeito.

Carmela sempre acreditou que um dia ela e Carlo iriam morar naquela casa. E que ela teria sido uma dama, em vez de consumir os olhos com agulha e linha.

Imaginou, do outro lado da janela do primeiro andar, Carlo e Anna ainda dormindo, em um abraço. Se não fosse por aquela mulher, pensou, seria ela quem estaria ali agora, deitada ao lado de Carlo. E no quarto no final do corredor, onde Carlo e Antonio passavam ocasionalmente a noite quando crianças, Daniele estaria dormido. Eles poderiam ter sido uma família, sim. Se ao menos aquela Anna não tivesse atrapalhado...

Ainda ardia nela a lembrança daquela maldita carta. Carlo precisou de três páginas muito densas para confessar que havia conhecido outra garota – o nome dela era Anna – e que seu coração agora pertencia a ela. Foi algo repentino, como se um raio o tivesse atingido, assim escreveu. E implorou-lhe que não esperasse mais por ele, porque não seria certo. Se havia algo que não faltava a Carmela era orgulho, por isso a carta de Carlo, à qual ela nunca respondeu, acabou queimada na lareira. E não só porque não deveria ter caído nas mãos de ninguém, mas sobretudo porque ela teria preferido morrer a ser abandonada. E grávida, além disso. A única vez que esteve com Carlo foi dois meses antes, quando ele foi padrinho de casamento de Antonio. E foi um erro. Mas então, o que ela sabia sobre a verdadeira natureza dos homens? Estava convencida de que Carlo voltaria e a levaria ao altar: ele havia prometido, olhando-a nos olhos, um momento antes de entrar no ônibus que o levava novamente embora.

Enquanto observava a carta queimar, com lágrimas de raiva e de sal, Carmela jurou para si mesma que Carlo nunca, jamais saberia. Ele não merecia aquele filho. *Don* Ciccio cuidou do "assunto", como os pais se referiam à questão, arranjando às pressas o casamento com Nicola Carla, um dos muitos pretendentes que pediram a mão da filha. Ele escolheu Nicola porque tinha idade suficiente e parecia o mais otário de todos, alguém que se conseguia enganar impunemente. Carmela teve que aceitar aquele casamento forçado sem dizer uma palavra. "É isso, se você não quer acabar arruinada", ameaçou-a *Don* Ciccio. E quando chorou ao pensar em se casar com um homem muito mais velho, Gina aproximou-se dela e tranquilizou-a com a mão em seu ombro: "Um vale tanto quanto outro, minha filha". No final, todos se tornam iguais, os *masculi*".

De repente, a cortina da janela do quarto se abriu e Carmela viu o perfil de Carlo do outro lado do vidro. Então seus olhos se arregalaram e ela se afastou rapidamente, com os saltos que ressoavam nos paralelepípedos.

5
[ABRIL-MAIO, 1935]

O bibliotecário era um homem gentil, com cabelo ralo e olhar manso. Anna agradeceu-lhe e dirigiu-se para a saída, apertando contra o peito o grosso volume de *Os Miseráveis*, de Victor Hugo, e o mais fino, *Almas Mortas*, de Nikolai Gogol. O primeiro ela escolhera para si, embora fosse uma pena que não o tivessem em francês, pensou com um suspiro. O segundo, obviamente, tinha sido um conselho de Antonio.

– É um romance cruel e engraçado ao mesmo tempo. Eu realmente gostaria de saber o que você pensa, disse. Ele e sua paixão pelos escritores russos... Anna, certa vez, até lhe perguntou por que gostava tanto deles. E Antonio respondeu que, na sua opinião, eram os melhores não só em descrever as misérias humanas, mas também em ter compaixão por elas.
– Eles fazem você sentir que não é errado, é apenas humano, acrescentou.

Enquanto Anna voltava para casa, ansiosa pelas horas que passaria lendo no banco de seu *jardin secret*, especialmente agora que os dias haviam se tornado quentes e perfumados outra vez, ela foi atraída pela agitação vinda de uma pequena multidão que se reunira em frente ao Bar Castello.

Seguiu atrás de um jovem alto e robusto, com as mãos sujas de graxa preta acenando no ar, e perguntou:

– O que está acontecendo? O jovem de repente se virou e olhou para ela com olhos arregalados e a monocelha franzida. Era Mário, o engraxate. Ou melhor, Mario, o fofoqueiro, como todos o chamavam.

– Ferruccio morreu, respondeu ele.
– Ferruccio quem?, perguntou Anna.
– Como quem? O carteiro, disse surpreso.
– Um grave problema brônquico o levou, frisou um outro.

Ferruccio... Sim, agora lembrava. Ela o tinha visto algumas vezes, andando com uniforme e bolsa. Anna deu de ombros e, sem se despedir, afastou-se e continuou seu caminho.

Só voltou a pensar em Ferruccio dois dias depois. Com um pouco de esforço, ela convenceu Agata, que estava um pouco melhor, a acompanhá-la às compras; haviam acabado de sair da mercearia quando Anna notou um anúncio afixado no quadro de avisos de madeira perto da grande palmeira da Piazza Castello. OFERTA DE EMPREGO, estava escrito em letras maiúsculas no centro da folha branca.

– Espera um minuto, disse Anna. E se aproximou do quadro de avisos.

Um pouco relutante, Agata juntou-se a ela um instante depois e começou a ler em voz alta.

DEVIDO AO PREMATURO E DOLOROSO FALECIMENTO
DO NOSSO AMADO CONCIDADÃO
FERRUCCIO PISANELLO, OS CORREIOS REGIONAIS ANUNCIAM
SELEÇÃO PARA CONTRATAÇÃO DE UM CARTEIRO.
PARA INFORMAÇÕES, APRESENTAR-SE AOS CORREIOS.
20 DE ABRIL DE 1935

– Já estão procurando um novo carteiro, comentou Anna.

A cunhada assentiu distraidamente.

– Sim. Mas vamos agora, disse, puxando-a pelo braço, – ainda temos que passar no leiteiro.

~

O inverno não foi tão chuvoso quanto Carlo esperava e, portanto, teve que chamar periodicamente trabalhadores diaristas para regarem as mudas. Contudo, na primavera, quando as videiras começaram a encher-se de rebentos verdes, a sua alegria era quase incontrolável.

– Elas criaram raízes, declarou *Don* Ciccio, olhando em volta, com as mãos na cintura, como sempre. – Você teve sorte.

– Segui todos os seus conselhos, respondeu Carlo.

– Então você também foi inteligente, ele riu. – Agora, preste bem atenção, não se deve mexer nelas, continuou *Don* Ciccio. – Lembre-se do que eu disse: no primeiro ano é melhor evitar a poda. Por caridade, havia quem a fizesse, explicou. No início do crescimento das plantas, muitas pessoas realizavam a poda com tesouras, mas ele não concordava de forma alguma com esse método. Você não deve ficar muito perto das mudas. – Agora me leve para casa, estou cansado e minhas costas estão doendo, ele disse de repente, e se dirigiu para o carro.

Então retornaram ao 508 e percorreram em silêncio a estrada que levava à casa de *Don* Ciccio.

– Espere, vou ajudá-lo a descer, disse Carlo depois de parar na clareira ao lado do poço de pedra. E enquanto *Don* Ciccio se levantava do banco, agarrado ao braço de Carlo, Carmela saía pela porta da casa dos pais. Como sempre, ela estava elegante e bem cuidada, com o cabelo preso em um coque do qual uma mecha escapava e caía suavemente sobre seu rosto, e com as unhas pintadas de vermelho.

– Olá, ela o cumprimentou.

Carlo retribuiu com um sorriso e acompanhou *Don* Ciccio até a entrada. Carmela beijou levemente a bochecha do pai e depois recomendou que ele se deitasse um pouco, pois já havia se cansado demais para aquele dia.

– Desculpe, ele se cansou por minha causa, comentou Carlo quando ficaram sozinhos.

Carmela lançou-lhe um olhar de uma reprovação fingida.

– Como você está?, perguntou a ela.

– Muito trabalho. Este é um período de casamentos.

– Espero que seu marido não se sinta negligenciado, então.

– E por que deveria sentir-se assim? É dinheiro extra para a família.

– E como está seu filho? Eu o vi com o pai. Sabe, ele é muito parecido com você quando criança.

Carmela olhou para baixo e franziu os lábios.

– Pois sim, murmurou.

– De qualquer forma, ele também está bem, respondeu, movendo a mecha rebelde para trás da orelha.

No silêncio que se seguiu, Carlo viu-se olhando para aquela mecha como se estivesse fascinado. Sim, o tempo não afetou a beleza de Carmela... pelo contrário. O fato de agora estar ciente do efeito que causava nos homens a tornava ainda mais fascinante.

Ele logo voltou a si, pigarreou e depois alisou o casaco.

– É melhor eu ir, disse ele. E voltou para o carro.

Impassível, Carmela observou-o sentar-se, ligar o motor e partir com pressa. *Como se estivesse tentando escapar de uma tempestade que se aproxima*, pensou. E não pôde deixar de sorrir.

∾

Anna voltou para casa com duas sacolas de palha cheias de alimentos. Era sempre assim quando ia às compras com Agata; de tanto ouvir: "Experimente isto..." ou "Prove aquilo", ela acabava comprando muito mais do que precisava. Com um suspiro, colocou as sacolas sobre a mesa da cozinha e abriu a porta do seu *jardin secret*: foi até o banco e sentou-se por um momento, apenas o tempo suficiente para recuperar o fôlego. Os primeiros e tímidos botões dos galhos da romã estavam prestes a se abrirem: em breve o jardim voltaria a estar cheio de cores, como da primeira vez que o vira.

– Olha só, a mamãe está de volta!, exclamou Carlo, que a alcançou naquele momento. Ele colocou Roberto nos braços dela, depois se abaixou e deu um beijo em seus lábios. – Tenho que ir à vinícola... Ainda estão cavando os tanques lá embaixo e são um pouco lentos, para ser sincero. Não espere por mim para almoçar... Pode comer, se ficar com fome.

Ao se ver sozinha, Anna apertou Roberto bem junto a si e soltou outro suspiro. Desde que Carlo embarcara na aventura do vinhedo, pouco o via, e quase sempre de passagem. Além disso, a vinícola tinha piorado as coisas, não só porque a ruína comprada por algumas liras exigia uma enorme obra de reconstrução, mas, sobretudo, também porque ela havia sido deixada de fora disso. Ela não a tinha visitado sequer uma vez.

– Quando acabar, levo você lá, disse-lhe Carlo. Muitas vezes almoçava sem ele e passava horas sozinha, horas que lhe pareciam intermináveis. Sim, tinha Roberto para cuidar e havia seus livros para lhe fazer companhia, mas não era o suficiente para ela. Nunca foi suficiente para ela. Estava triste, e até um pouco irritada, pelo fato de Carlo não querer envolvê-la de forma alguma, como se estivesse com ciúmes de todo o projeto. No entanto, quando se casou com ela, sabia que ela não fora talhada para ser apenas esposa e mãe. Que precisava trabalhar, sentir que também era outra coisa. A ela, bastaria poder dar-lhe uma mão, enquanto esperava que surgisse uma oportunidade, talvez uma vaga de professora que fosse disponibilizada em algum lugar. Em vez disso, parecia-lhe que Carlo fingia que nada estava acontecendo.

Deu um beijinho na bochecha do filho e levantou-se do banco. Colocou Roberto no carrinho e depois olhou as sacolas sobre a mesa, ainda por desempacotar. Ela disse a si mesma que lidaria com essa tarefa mais tarde. Agora tinha que cuidar de si mesma. Pegou o carrinho, deu meia-volta e saiu de casa.

Caminhou até a praça, onde ficava a agência dos Correios, a poucos passos do Bar Castello. Parou diante da metade da porta aberta; na parte fechada da porta havia uma placa com o horário de funcionamento:

DAS 8H ÀS 14H
DAS 15H ÀS 19H

Anna entrou empurrando o carrinho e disse:
– Bom dia.

A agência parecia estar concentrada em uma única sala; havia uma mesa no centro, duas escrivaninhas – sobre uma delas havia uma máquina de escrever –, alguns gaveteiros, um fichário, um grande quadro de avisos, um pequeno armário e, ao fundo, uma porta fechada.

– Bom dia, cumprimentou-a o homem sentado em uma das mesas, um tipo atarracado, de pele morena, traços fortes e barba cheia. – Diga.

– Eu li o anúncio no quadro de avisos, respondeu Anna. – Vocês estão procurando um carteiro, não é?

– Sim, senhora. Interessa-lhe para o seu marido?

Anna levantou uma sobrancelha.

– Não, de fato, interessa a mim.

O homem lançou-lhe um olhar divertido.

– O que eu preciso fazer para participar da seleção?, Anna continuou, muito séria.

O homem riu.

– Você acha engraçado?, ela franziu a testa.

– Muito, respondeu ele. E se levantou. Abriu uma gaveta e tirou um pedaço de papel, depois aproximou-se dela e entregou-lhe a folha. – Aqui está a lista do que é necessário, continuou, em tom alegre. – É uma competição baseada em títulos. Você sabe o que isso significa?

Ela olhou para ele e pegou o papel.

– Claro que sei.

O homem fez uma careta e foi se sentar atrás da mesa.

Anna percorreu rapidamente a lista de documentos que teria de apresentar: certidão de nascimento, registro criminal, certificado de boa conduta, diploma escolar...

– Bom dia. Ela foi distraída da leitura pela voz de um homem que emergiu pela porta ao fundo. – Você precisa de alguma ajuda?, perguntou-lhe então, com um sorriso afável. Era um jovem, na casa dos trinta, cabelos muito cacheados, olhos da cor do mar cristalino e um rosto bonito e rechonchudo.

– Já consegui, obrigada, ela respondeu.

– A senhora aqui quer participar do concurso para carteiro, interveio o homem do balcão, sem esconder o sarcasmo.

– Ah, que bom, comentou o homem do rosto simpático, um pouco surpreso. – Sou o diretor da agência, meu nome é Tommaso De Santis, acrescentou, estendendo-lhe a mão.

Ela a apertou.

– Anna Allavena.

– O Carmine já lhe explicou tudo?, perguntou-lhe.

– Ele me deu isto, respondeu Anna, apontando para o papel que segurava nas mãos.

Tomaso assentiu.

– Exatamente. Quando você tiver todos os documentos prontos, volte aqui. Ele sorriu para ela. – Você tem até dia 14 de maio para se inscrever.

– Obrigada, disse Anna. Mas não se mexeu. Ela olhou novamente para a lista de documentos, depois olhou para o diretor e disse: – Você pode me fornecer papel e caneta, por gentileza? Tenho que enviar vários pedidos, ao que parece. Melhor fazer isso imediatamente, eles têm que chegar de Pigna, na Ligúria, sabe? E lançou um olhar desafiador para Carmine.

Pego de surpresa, Tommaso gaguejou:

– Sim. Papel e caneta. Claro... E foi buscá-los em sua mesa. Então os entregou para Anna e, finalmente, ela também sorriu.

~

Quando abriu os olhos, Anna não se lembrou imediatamente de que aquele dia era 13 de maio. Só lhe veio à mente mais tarde, depois de ter regado os pés de manjericão e enquanto bebia o leite morno, sentada no banco do seu *jardin secret*. E esse pensamento só a incomodava. Ela jamais amou seu aniversário, muito menos comemorá-lo. Sempre foi assim, desde criança. Seus pais organizavam uma festinha com seus avós, tios e primos, mas ela permanecia o tempo todo escondida no armário de cerejeira de seu quarto e só saía quando os convidados já haviam ido embora, todas as vezes levando a mãe à loucura.

Ainda de pijamas e com Roberto nos braços, Carlo olhou para o jardim cantarolando:

– Parabéns a você...

Anna se virou e sorriu para os dois. Então Carlo tocou seus lábios com um beijo e acariciou seus cabelos.

– Feliz aniversário, meu amor, sussurrou em seu ouvido.

– *Lomãs*, disse a criança, apontando para as árvores floridas.

– Chamam-se *romãs*, ela o corrigiu.

Era o primeiro aniversário de Anna no Sul, e Carlo queria que fosse especial. Ele sabia que Anna não se importava nem um pouco, mas estava convencido de que ela teria gostado de ter a família ao seu lado naquela ocasião. Mas era para ser uma surpresa, ele recomendou a todos. Principalmente a Lorenza.

– Eu vou confiar uma tarefa muito importante a você, ele lhe dissera alguns dias antes. – Você tem que manter a tia ocupada à tarde. Faça uma longa caminhada, assim, seu pai e eu teremos tempo de enfeitar o jardim. Agata cuidaria da cozinha, preparando sua incomparável torta de carne com acompanhamento de batatas.

Anna, então, passou a tarde passeando pela campanha com Lorenza, que a obrigou a parar em todos os campos para colher margaridas. Ao voltar, junto com a sobrinha, que trazia nas mãos um grande buquê de flores, encontrou Carlo, Antonio e Agata parados em frente a uma mesa posta com centro de rosas vermelhas, talheres de prata, taças de cristal e velas acesas. Lorenza arregalou os olhos, deixou cair as flores no chão e bateu palmas. Ficou lindo!, ela exclamou.

– Sua malandrinha, você sabia?, Anna perguntou a ela.

Eu devia ter imaginado, pensou ela, tentando sorrir. Por outro lado, ela se casou com um homem que adorava festas mais do que qualquer outra coisa. E, apesar da sua relutância, Carlo sempre conseguia enganá-la bem debaixo do seu nariz. No primeiro ano, ele a levou para ver as estrelas na praia de Bordighera, com duas taças e uma garrafa de espumante. E desde então, a cada aniversário, ele a surpreendia com uma façanha. Uma vez ele até a levou para dançar charleston.

Carlo abriu uma garrafa de vinho e encheu as taças. – Para Anna, disse ele, erguendo o copo.

– Para Anna! Antonio e Agata exclamaram em uníssono.

Eles se sentaram à mesa. Agata cortou a torta em fatias triangulares e distribuiu uma para cada, depois fez o sinal da cruz, juntou as mãos e, de olhos fechados, murmurou uma rápida oração de agradecimento.

Como sempre, entre uma mordida e outra, Antonio e Carlo começaram a conversar sobre azeite e vinho, enquanto Agata se lançava a um de seus monólogos, tecendo fofocas de todos os tipos: Anna a ouvia e balançava a cabeça, embora, muitas vezes, não soubesse de quem ela estava falando.

Então, aproveitando um momento de silêncio, e sem se dirigir a ninguém em particular, perguntou de repente:

– Vocês conheciam Ferruccio, o carteiro?

– Claro que sim! Desde criança, respondeu Carlo.

– Que Deus o tenha. Ele nem sequer estava velho, pelo contrário, murmurou Agata.

– Ele vinha doente há algum tempo, especificou Antonio.

– Sim. Pobre Ferruccio, acrescentou Carlo.

– Eles estão procurando um substituto, a seleção termina amanhã, continuou Anna.

– Mmm-mmm, Carlo murmurou com a boca cheia.

Antonio começou a encará-la, intrigado com o rumo que a conversa estava tomando.

E, de fato, depois de uma breve pausa, Anna anunciou:

– Eu também vou me candidatar. Amanhã. E tomou um gole de vinho. Carlo e Agata olharam para ela, atordoados. Antonio, no entanto, abriu um sorriso.

– Meu amor, o que você está dizendo? Você está brincando?, disse Carlo, com um ar meio divertido e meio preocupado.

– De jeito nenhum, ela enrijeceu.

– Mas você é uma mulher!, Agata retrucou.

– E daí?

– Vamos, Anna, Carlo interveio, rindo. – Não é um trabalho para mulheres, o de carteiro.

– E quem disse isso?, rebateu ela.

– Anna, vamos. Talvez no próximo ano você volte a lecionar. Pode ser que um lugar fique disponível. Se realmente quer se manter ocupada, pode me ajudar na vinícola...

– Ah!, Anna deixou escapar. *Agora* você quer minha ajuda. *Agora*.

Carlo olhou para ela, um pouco desconcertado com aquela acusação.

– Ser carteiro não é um trabalho para você, ele protestou então, mas levemente.

– Na verdade, não é adequado para nenhuma mulher, Agata especificou decisivamente.

– O que haveria de errado com isso?, perguntou Anna, irritada.

– Em primeiro lugar, é cansativo, respondeu Carlo, largando o garfo. – É preciso caminhar o dia todo, faça chuva ou faça sol. Olha o que aconteceu com Ferruccio... ele perdeu a saúde. Sejamos realistas. Não existem carteiras mulheres.

– Até agora, disse Anna.

O silêncio caiu. Carlo, com o rosto contraído, encheu novamente o copo. Agata, com os olhos baixos, traçou com o dedo a borda bordada da toalha de mesa. Lorenza gostaria de dizer que parecia uma ideia maravilhosa, mas percebeu que não seria muito bom fazê-lo.

– Tudo bem, voltaremos a conversar sobre isso, interrompeu Carlo, com o rosto sombrio. – Agora mudemos de assunto.

– E você?, Anna perguntou a Antonio. – Não diz nada?

Antonio limpou a garganta. Olhou primeiro para Agata e depois para Carlo.

– Bem, ele respondeu, encolhendo os ombros. – Se você quer tentar... por que não?

– Mas você também!, Carlo ficou bravo. – Não a encoraje.

– Não preciso ser encorajada, Anna interrompeu. – Eu já decidi. Já preparei todos os documentos.

– E quando você fez isso?, Carlo ficou surpreso.

– Enquanto você ficava fora, ela respondeu sarcasticamente.

– Nunca irão te contratar, disse Carlo.

Anna o queimou com os olhos. Ela jogou o guardanapo sobre a mesa e se levantou, afastando-se.

– Tia! Lorenza tentou impedi-la, mas sem sucesso.

~

Naquela noite, Agata fez uma cena com Antonio porque ele havia ficado do lado de Anna em defesa daquela ideia estúpida, para não dizer maluca. Como lhe ocorreu contradizer Carlo? Ele não tinha ouvido? Carlo não queria que sua esposa trabalhasse naquilo! Era o marido! Por que ele se envolveu? Mas será possível que todas as santas vezes ele iria ficar ao lado de Anna? Lorenza tapou os ouvidos e correu para o quarto. Sem dizer uma palavra, Antonio entrou em seu escritório e trancou a porta, deixando Agata gritando sozinha do outro lado da parede.

Na casa de Carlo e Anna, porém, voaram dois pratos e um copo. Anna acusou-o de comportar-se como um marido-patrão. Era *inacceptable*! Ela não se casou com um homem tão mesquinho. Voltar para o Sul o havia transformado em um *imbécile* irreconhecível! A reação de Carlo não demorou a chegar: o que queria provar fazendo o trabalho de um homem?, gritou para ela. Ela não percebia que toda a cidade iria rir dela pelas costas? Era isso que queria para seu filho?

Anna pegou um prato ainda sujo de óleo e jogou-o contra uma árvore.

– Não envolva o Roberto!

– Você quer brincar de pratos voadores? Então vamos brincar!, gritou Carlo. E pegou outro e jogou-o contra o muro do jardim.

– *Je te déteste*! ela deixou escapar, apertando os punhos. *Et je hais de tout mon être ce village et ses habitants*!

– Fale em italiano! Estamos na Itália!

Então Anna pegou uma taça de cristal e jogou-a diretamente em Carlo, tocando seu rosto. Ele, levando a mão à bochecha, olhou para ela, incrédulo.

Tarde da noite, Antonio dormia no sofá do escritório, com um livro aberto no peito, enquanto Agata se revirava na cama, com os olhos bem abertos. Lorenza, no quarto ao lado, dormia abraçada à sua boneca de tecido.

Anna e Carlo, porém, fizeram amor furiosamente até o amanhecer.

~

Na manhã seguinte, Anna virou o guarda-roupa de cabeça para baixo. Onde diabos foi parar seu vestido amarelo, aquele com mangas bufantes? No entanto, estava convencida de que o havia trazido consigo... Procurou feito louca e finalmente o encontrou, todo amassado, no fundo de uma gaveta. Satisfeita, pegou-o e colocou-o sobre si, por cima do roupão de seda azul, e olhou-se no espelho. Sabia que teria que colocar um fim ao luto, mais cedo ou mais tarde. Ela jamais quis que Roberto, enquanto crescia, tivesse uma lembrança muito sombria dela, de uma mãe fúnebre e triste. Estava profundamente convencida de que aquele momento, o momento em que o mundo voltaria a ter cor e no qual ela jogaria fora todas as suas roupas pretas, ela iria reconhecer de imediato. Como um *coup de foudre*. E, agora, tal momento finalmente havia chegado.

Ela desceu com o cabelo preso em um coque baixo e usando um chapéu abaulado no mesmo tom do vestido. Estava linda como uma atriz. Carlo, que andava nervoso pela sala com as mãos nos bolsos da calça, parou de repente e olhou para ela sem fôlego.

– Como estou?, ela disse, dando uma voltinha.

Carlo suspirou.

– O vestido amarelo... disse surpreso. – Está linda, você sabe.

– Era isso o que eu queria ouvir.

– Isso não significa que concordo com o que está fazendo.

– Eu sei. Mas isso é problema seu, respondeu ela, tirando de uma gaveta do armário a pasta contendo os documentos e o requerimento preenchido.

– Achei que só existiam problemas *nossos*. Eu estava errado?

– Ao que parece...

– Anna..., ele murmurou, pegando a mão dela. – Mas você quer mesmo fazer isso?

Ela se desvencilhou de Carlo, pegou a bolsa no cabide e abriu a porta da frente.

– Não adianta esperar "boa sorte" da sua parte, certo?

Carlo não respondeu.

– Muito bem, disse Anna. Apertou a pasta debaixo do braço e fechou a porta atrás de si.

Ela caminhou pela estrada que levava à praça e chegou em frente à agência dos Correios. Um momento antes de entrar, porém, ouviu alguém chamando-a. Virou-se. Era Antonio quem vinha em sua direção, acelerando o passo, com o *Corriere della Sera* na mão.

– E você, o que está fazendo aqui?, perguntou Anna.

– Eu estava no bar e vi você, respondeu, um pouco sem fôlego. – Você... você fica bem com esse vestido... ele continuou, surpreso.

– Obrigada, Anna sorriu. – Eu estava prestes a entrar, acrescentou, apontando para a agência.

– Claro, claro, ele murmurou. – Vá em frente. E enquanto ela se afastava, ele acrescentou: – Boa sorte!

Anna virou-se por um momento e sorriu para ele, depois cruzou a porta da agência. Lembrou-se das palavras de Carlo:

– Nunca vão te contratar. Ela provaria que ele estava errado. E muito.

Naquele exato momento, Carlo batia impacientemente à porta da alfaiataria.

Carmela abriu-a e olhou para ele, espantada.

– Incomodo?, ele perguntou.

– Você nunca incomoda, ela respondeu.

E ela o deixou entrar.

6
[NOVEMBRO, 1935]

Anna saiu de casa de manhã cedo. Usava o uniforme azul até os tornozelos, com gola vermelha, o boné com o brasão incrustado dos Correios Reais e, nos pés, sapatos pretos sem salto. Ela colocou a bolsa de couro no ombro e partiu.

– Bom dia, senhora carteira, cumprimentou a vizinha, que, de roupão e casaco de lã sobre os ombros, varria rapidamente seu pedaço da calçada, cerca de seis ladrilhos.

Anna retribuiu, levantando ligeiramente o chapéu.

– Bom dia!

Chegou à praça: Michele carregava os caixotes cheios de laranjas para a calçada; Mario estava sentado num banco, na esquina, e engraxava o sapato de um homem bem vestido e de chapéu; o barbeiro, de avental branco, fumava um cigarro na porta, esperando o primeiro cliente do dia. Anna foi até o Bar Castello e entrou.

– O de sempre?, perguntou Nando com um sorriso.

Ela acenou com a cabeça, espiando dois velhos sentados à mesa. Eles estavam jogando trunfos, mas pararam e olharam para ela, sussurrando e cutucando um ao outro.

– Aqui está o seu café com grappa, disse Nando.

Anna pegou a xícara e bebeu de um só gole, focando os olhos naqueles dois, que não tiravam os olhos dela, mas agora não falavam mais: estavam de boca aberta. Ela estalou os lábios, sentindo o gosto alcoólico deixado em sua língua.

– Obrigada, Nando, ela disse. E deixou as moedas no balcão. Como lhe divertia saber que, ao sair, seguiriam os comentários habituais. Ela parecia poder ouvi-los, aqueles dois, caluniando uma mulher que estava bebendo àquela hora da manhã. – Coisas de outro mundo, disseram uma vez.

Entrou na agência dos Correios e cumprimentou primeiro Tommaso, que retribuiu com um sorriso, e depois Carmine, que, coçando a barba, lançou-lhe o habitual olhar de desconfiança.

Depois abriu a porta da salinha dos fundos e deu bom dia às telegrafistas Elena e Chiara. As "senhoritas", como as chamava, já que nenhuma delas era casada. A primeira era uma mulher corpulenta e simpática, de rosto largo e conversa fácil, que morava com a irmã mais velha, ela também sem marido; Chiara, a mais nova das duas, era uma menina com óculos de lentes grossas e um sorriso doce que cuidava da mãe idosa.

– Cabe a mim, a filha, dizia, dando a entender que os dois irmãos já tinham esposas e filhos para cuidar.

– Eu trouxe o bolo, que tal?, Elena disse. – Venha aqui, coma uma fatia conosco. É de amêndoa.

Anna perguntou se ela poderia embrulhar: levaria na bolsa e comeria com prazer mais tarde.

Depois foi até a grande mesa no centro do escritório e, como todos os dias, começou a separar a correspondência de acordo com as regiões da cidade.

Entre cartas, pacotes e telegramas, havia um envelope branco. O endereço dizia: *Giovanna Calogiuri, Contrada La Pietra, Lizzanello (Lecce)*. Nenhuma referência ao remetente, apenas o local e o dia do envio impressos ao lado do selo do rei Vittorio Emanuele III: foi postado em Casalecchio di Reno, na província da Bolonha.

– Onde fica *Contrada La Pietra*?, perguntou Anna, virando o envelope nas mãos.

– Quem manda correspondência para *Contrada La Pietra*?, Carmine ficou surpreso.

– Não sei, não tem remetente.

Tommaso aproximou-se dela e leu:

– Giovanna Calogiuri...

– Mas quem, Giovanna, a louca?, Elena o interrompeu, olhando pela porta.

– Quem seria "Giovanna, a louca"?, perguntou Anna.

– Alguém de miolo mole, respondeu Carmine.

– Mas não, é apenas um pouco estranha. De vez em quando eu a vejo fazendo compras na cidade, interveio Tommaso.

– Que estranha o quê? Ela é realmente estúpida, disse Elena. – Na escola, foi a única que não aprendeu a ler depois de três anos. A professora

sempre a colocava atrás do quadro, com os joelhos apoiados no grão-de-
-bico. E depois descia com a régua nas mãos dela.

– Então, a certa altura, ela enlouqueceu, continuou Carmine. – Tinha ataques como uma endemoninhada e jogava tudo para o alto, livros, cadernos, cadeiras... Tiveram que expulsá-la da escola. E fizeram bem.

– Pois é, coitada, mas, então, depois do caso com o cara que virou padre... Tommaso murmurou.

– Ah, sim, isso foi o golpe final. E agora, nada, ela se enterrou lá, em Contrada La Pietra, ela e o cachorro. A mãe, uma mulher santa, que Deus a tenha, aposto que morreu de coração partido por todos os desgostos que sua filha lhe causou. E, mesmo assim, deu tudo certo para ela, para a louca: era filha única e ficou com o dinheiro todo, porque dona Rosalina tinha alguma coisinha guardada. Era cozinheira dos Tamburini. Na minha opinião, essa nem sequer toma banho. Quando vem para a cidade, você pode sentir o cheiro de longe... Elena disse, apertando o nariz.

Anna ergueu uma sobrancelha e, um pouco atordoada com toda aquela conversa, perguntou se poderiam explicar o caminho para chegar a Contrada, pois já estava atrasada. Descobriu, então, que a casa de Giovanna ficava fora da cidade, lá onde se estendiam os olivais: seria um trabalho árduo para os seus pobres pés, já sabia. Naquela noite, teria de mergulhá-los na bacia de água quente por mais tempo que o normal: não sabia dizer quantos quilômetros havia percorrido naqueles primeiros seis meses; as solas dos pés estavam cheias de calos que doíam constantemente.

Ela colocou a carta no final das demais; aquela seria a última parada da manhã. Depois, pendurou a bolsa no ombro e saiu da agência. Lá fora, à porta do Bar Castello, estava Carlo, de pé, decidido a ler o jornal, com um charuto entre os dentes. Eles ainda não tinham se visto naquela manhã: quando saiu de casa, ela o ouviu entrar no banheiro e trancar a porta.

Anna olhou para o relógio em seu pulso esquerdo. Antonio tinha dado a ela quando foi contratada, em maio. Ela adorava aquele relógio: tinha um mostrador retangular com algarismos arábicos e uma pulseira de couro preto. Era incomum, mas simples, do jeito que ela gostava.

Realmente não tenho tempo para parar e cumprimentar Carlo, pensou. Mas, para ser honesta, não sentia nenhuma vontade. De qualquer maneira, o encontraria em casa mais tarde. O que mudou? Desde o seu aniversário, eles continuaram a brigar pelos assuntos mais triviais. "Eles nunca vão te contratar". As palavras de Carlo ainda martelavam em sua cabeça, embora ela o tivesse desmentido descaradamente. Foi a sua escolaridade que fez a diferença: os outros dois candidatos só tinham até a quinta série. Ele deveria estar orgulhoso dela: tinha conseguido, que diabos. No entanto, parecia que Carlo não se importava: ela não o ouvira, havia feito o que queria e ele ainda não a perdoara por isso. E, além disso, ele também acabou ficando do lado daqueles que apontaram o dedo para ela. Parecia-lhe que todos – ele e o coro que dizia "Você não vai conseguir", "Mas você é uma mulher", "Não é trabalho para uma mulher" – estavam apenas esperando vê-la falhar. Para restaurar a ordem das coisas.

Anna sentiu uma súbita sensação de esgotamento e, sem hesitar, continuou pela rua oposta à do bar.

Carlo ergueu os olhos do jornal para acender o charuto e a viu afastar-se. Ela não estava assim tão longe; bastaria chamá-la para fazê-la se virar. Mas não o fez: Carmela estava à sua espera, e ele já estava atrasado. Dobrou, então, o jornal, deixou-o em uma das mesas externas e foi para o carro.

Dirigiu até a esquina da rua onde ficava a casa de Carmela e parou ali por um momento: quando teve certeza de que o carro de Nicola não estava ali, pegou a estrada. Carmela lhe garantira que o marido saía muito cedo para levar o filho à escola e depois ir trabalhar, mas Carlo espiava todas as vezes. Estacionou numa rua lateral, um beco sem saída por onde não passava ninguém e que abrigava apenas uma colônia de gatos abandonados. Ele saiu do carro e continuou a pé. Encontrou a porta entreaberta, como todas as manhãs. Empurrou-a, entrou e fechou-a suavemente atrás de si.

– Sou eu, disse.

Carmela encontrou-o no longo corredor, vestindo a saia de seda branca que usava para dormir, e se lançou a beijá-lo.

– Você está atrasado, ela o repreendeu.

– Me desculpa. Roberto estava birrento esta manhã: demorei para dar-lhe banho e vesti-lo. Deixei-o rapidamente na casa da Agata e vim direto para cá. Para você, mentiu Carlo, abraçando-lhe os quadris.

~

Anna começou seu itinerário matinal com Giuseppina, uma mulher de cabelos brancos presos em um rabo de cavalo baixo e com uma voz estridente. Uma vez por mês recebia notícias de seu filho Mauro, que havia ido em busca de fortuna na Alemanha. E parecia que havia encontrado, a julgar pelo dinheiro que lhe enviava regularmente. Giuseppina era viúva e não sabia ler nem escrever, então Anna tinha que entrar na casa, sentar-se para tomar um café queimado que, com prazer, teria dispensado, e ler a carta para ela, pronunciando bem as palavras, recomeçando do início até duas ou três vezes. Giuseppina fazia o possível para agradecer sinceramente e sempre concluía:

– A senhora é uma pessoa muito boa, dona Anna. Vai saber por que falam tão mal de você... E balançava a cabeça.

Depois era a vez de Angela, uma jovem esguia, de dezenove anos e olhar genuíno, que toda semana recebia um presente do pretendente. Ela batia palmas, feliz como uma criança, e imediatamente abria o pacote, enquanto Anna ainda estava parada na porta. Cada vez eram pequenas e lindas criações em madeira: um vagão de trem, uma caixa de joias, um pingente em forma de coração, uma chave.

– Ele é carpinteiro, sabe. Tem uma loja em Lecce, explicava Angela, muito orgulhosa.

A próxima parada seria com o sr. Lorenzo, um homem rude, de olhos tristes e barba grisalha e emaranhada. Assim que via Anna chegar, dava-lhe as boas-vindas com a saudação fascista, saudação à qual ela prontamente se recusava a responder. Todas as vezes, Lorenzo devolvia a correspondência ao remetente, um homem que tinha o mesmo sobrenome que ele: Colaci. A cena repetia-se sempre: Lorenzo pegava o cartão-postal – uma paisagem diferente de Roma todos os meses –, olhava-o rapidamente com um sorriso e depois dizia:

– Não o quero, leve-o embora.

~

Enquanto Anna saía da casa do senhor Lorenzo, Carlo estava deitado na cama de casal de Carmela, fumando com baforadas lentas e moderadas. Ela, ainda nua, levantou-se e foi abrir a janela para arejar o quarto: antes da volta de Nicola, o cheiro picante do charuto teria desaparecido completamente. Depois voltou para a cama e deitou-se ao lado de Carlo, de lado, com a cabeça apoiada na mão.

– Você é lindo, disse.

Carlo exalou a fumaça por um lado da boca e acariciou-lhe o braço com indiferença.

– Você também.

Carmela estendeu maliciosamente a mão por baixo do lençol.

– Eu tenho que ir..., ele disse sem muita convicção. – Você não tem trabalho para fazer?

Ela retirou a mão, ressentida. – É claro que tenho trabalho a fazer. Estou sempre trabalhando. Sentou-se na cama, pegou a saia que estava na mesinha de cabeceira e vestiu-a de costas para ele.

– Onde foram parar as minhas calças? ele perguntou.

– E eu que sei? Olhe embaixo da cama.

Carlo se inclinou para verificar. As calças estavam lá, do avesso. Os cartões de visita que ele guardava no bolso estavam espalhados pelo chão. Ele saiu da cama e começou a pegá-los um por um.

– O que é isso?, Carmela ficou curiosa.

– Nada.

– Como nada? Deixe-me ver. E arrancou um de suas mãos. – *Anna Allavena. Carteira*, leu. – Agora essa aí está mandando fazer cartões de visita? Todos nós sabemos quem ela é, tem medo que a esqueçamos?, disse ela, tentando ser irônica, mas sua voz perturbada a traiu.

– Me dá aqui, Carlo enrijeceu. E colocou de volta no bolso junto com os outros. – Não é da sua conta, acrescentou com um olhar sério. – Pelo amor de Deus... Bem, cada um com sua cruz, respondeu ela, fazendo um gesto com a mão e calçou os sapatos.

– Mas que cruz. São apenas cartões de visita. Não há nada de errado com isso.

– Até parece. O que há de errado em ter como *mugghiere* alguém que faz tudo o que quer e que se comporta como um homem...

– Anna não se comporta como um homem, o que você está dizendo?

– Ah, não? A mim parece que é ela quem usa calças em casa, não você. Isso é o que todo mundo pensa, sabe. Sem contar que essa senhora também tem o vício da bebida, assim me disseram. Vá perguntar ao Nando sobre a grapa que ela bebe todas as manhãs. O que dizem é que você não consegue controlá-la.

Carlo não respondeu. Vestiu-se rapidamente, colocou o chapéu na cabeça e saiu do quarto sem se despedir.

Abriu a porta e olhou primeiro para a direita e depois para a esquerda. Quando teve certeza de que o caminho estava livre, saiu e acelerou o passo em direção ao carro. Cheio de raiva, ligou o motor e, em vez de se dirigir ao vinhedo, tomou a estrada em direção à olearia.

Estacionou o carro em frente à entrada, bem diante da placa de alumínio turquesa onde se lia OLEARIA GRECO em letras maiúsculas. Entrou e, tirando galantemente o chapéu, cumprimentou Agnese, a secretária. Ela trabalhava com Antonio há pelo menos seis anos e estava sempre debruçada sobre uma pilha de papeis, com uma caneta entre os dedos e os óculos na ponta do nariz, presos por uma corrente de ouro.

– Meu irmão está ocupado? Eu posso?, perguntou Carlo. E, sem esperar resposta, abriu a porta do escritório de Antonio. – Bom dia, *fratellone*, ele o cumprimentou, com o charuto preso entre os dentes.

Antonio ergueu a cabeça do registro de contas e seu rosto se abriu em um sorriso. Ele se levantou.

– Venha, venha, respondeu com um aceno de cabeça.

Carlo chegou até ele e o abraçou, depois pegou seu rosto entre as mãos e deu um beijo em sua testa.

– Olha como é lindo!, ele riu. O irmão tinha um ar particularmente relaxado naquela manhã. Talvez fosse seu rosto recém-barbeado ou seu cabelo bem penteado para trás que cintilava com a brilhantina.

– Você esteve no Fernando?

– Sim, esta manhã. Mas acho que dessa vez ele colocou brilhantina demais, disse, tocando nos cabelos levemente endurecidos.

Carlo puxou a cadeira em frente à de Antonio e sentou-se. Sobre a escrivaninha, o *Corriere della Sera* estava aberto numa página que trazia a foto de uma lápide. A inscrição dizia: "*18 de novembro de 1935 – XIV. Em memória ao ataque, para que a enorme injustiça cometida contra a Itália, à qual tanto deve a civilização de todos os continentes, fique documentada ao longo dos séculos*". Carlo fez uma careta de decepção.

– É um idiota, comentou ele, apontando para o jornal.

– Mas um palhaço perigoso, acrescentou Antonio. – Imagine se não levar isso até ao fim na Etiópia, ainda mais depois da "enorme injustiça" das sanções.

– Seja como for, Antonio continuou, sentando-se novamente. – Por quê você está aqui?

Carlo encolheu os ombros e deu uma tragada no charuto.

– Você sabe o que dizem na cidade? Você ouviu o que andam falando?

Antonio recostou-se na poltrona e suspirou.

– Não. O que andam falando?

– Que me tornei motivo de chacota de todos.

– O que você está dizendo?, Antonio riu.

– É bem isso. Andam falando que quem usa as calças lá em casa é a Anna, não eu.

– Ah, é? E quem anda falando isso?

Carlo ficou pensativo.

– A Carmela.

– Ah, bom, se a Carmela diz... Fonte mais que confiável, zombou Antonio.

– Eu sei que é assim. Eu sinto, sabe, os olhares para mim.

– Mas não, ninguém está olhando para você, ora essa!

– Mas é assim sim, estou te dizendo. Eu sei o que pensam de mim. E dela.

Antonio ficou sério.

– O que deveriam pensar? Que se ganha a vida honestamente? Um crime imperdoável, devo admitir, ironizou.

Carlo balançou a cabeça.

– Você faz tudo ficar mais fácil.

– Porque é assim, Carletto.

– E claro, é fácil ser liberal com a esposa dos outros. Eu gostaria de ver você no meu lugar.

Antonio cruzou as mãos sobre a escrivaninha. Se pudesse, teria dito que estava pronto para dar tudo o que tinha, apenas para ficar em seu lugar, mesmo que por apenas um dia. Quantas vezes se imaginou ficando calado na cama observando-a dormir, acariciando seus cabelos soltos no travesseiro, traçando o perfil de seu rosto com o dedo, dizendo-lhe:

– Deixa estar, Antonio cuida de você.

– Ela está me fazendo passar por um tolo, essa é a verdade, Carlo deixou escapar. – Você sabia que todas as manhãs ela toma uma grapinha no bar?, ele continuou, inclinando-se para frente. – É normal que depois as pessoas acabem falando.

– E você, deixe que falem. O que te importa?

— Não, Antonio. Esta é a minha gente, esta é a minha casa. Eu tenho um negócio aqui. Me importa e muito.

Antonio levantou-se da poltrona, colocou as mãos nos bolsos da calça e foi até a janela.

— E quanto a ela? Você se importa com ela?, ele perguntou, olhando para fora.

— Claro que me importo!, Carlo ficou rígido. — E eu iria ficar aqui falando sobre isso se não me importasse? Que pergunta! Ela é minha esposa.

Antonio olhou para ele novamente, desta vez com um véu de tristeza nos olhos.

— Então, se você se importa, deve ser o primeiro a parar de alimentar os mexericos.

Carlos desviou o olhar.

— Você não está fazendo a única coisa que deveria fazer, disse Antonio, olhando pela janela novamente.

— Te escuto, disse Carlo, cruzando os braços. — E o que seria essa coisa?

— Proteja-a, Antonio respondeu com um fio de voz.

~

Anna pegou a estrada para Contrada La Pietra quando já passava do meio-dia.

O casarão, com telhado vermelho, era cercado por campos e tinha as venezianas trancadas, como se ninguém morasse ali há muito tempo. Quando ela abriu o portão de madeira, um pastor alemão correu em sua direção, latindo, mas ela se agachou e estendeu a mão para ele, com a palma para cima: o cachorro parou e começou a cheirá-la, depois baixou as orelhas e sentou-se na frente dela.

— Cesare! Volte para casa! uma mulher gritou, olhando pela porta. Então avistou Anna. — Quem é?

— Correspondência para Giovanna Calogiuri, respondeu Anna, aproximando-se.

— Sou eu.

Ela não parece nem um pouco louca, pensou Anna quando estava na frente dela. Seus cabelos estavam desgrenhados, e ela provavelmente usava aquele vestido marrom de lã feltrada há sabe-se lá quantos dias, mas havia algo de gracioso em seu rosto: os olhos grandes, cor de avelã, os cílios longos, a boca túrgida e pálida, com maçãs do rosto salientes... E, além disso, não era verdade que cheirasse mal.

– Isto é para você, disse ela, entregando-lhe o envelope. Giovanna permaneceu imóvel.

– A carta é sua, insistiu Anna.

– Você deve estar errada.

– Mas você me disse que é Giovanna Calogiuri, certo?

– Sim.

– Então não há erro algum. Pegue.

– Não tenho o que fazer com ela. Eu não sei ler.

– Bem, disse Anna, depois de alguns segundos. – Se quiser, posso lê-la para você. Não seria a primeira vez que faço isso.

Giovanna mordeu os lábios, incerta. Ao final, disse:

– Entre...

A casa era digna e arrumada, e cheirava a naftalina. Tinha poucos móveis e, sem dúvida, estava um pouco desgastada: vários azulejos da cozinha estavam lascados, as cortinas de algodão rosa estavam puídas na borda inferior e havia uma rachadura em uma das paredes que ia do teto ao rodapé. No entanto, imediatamente pareceu acolhedora para Anna, um lugar para se sentir seguro.

– Vou fazer um café para você, disse Giovanna.

– Eu gostaria muito, obrigada. Anna sentou-se e colocou a sacola na mesa da cozinha. Tirou o pedaço de bolo que Elena havia embrulhado para ela no guardanapo de pano.

– Então tu és a forasteira. Ela mudou para "tu", talvez sem perceber. Virou a cabeça para Anna e, enquanto segurava a cafeteira, sorriu para ela.

– Em pessoa.

– Me desculpa. Giovanna corou.

– Não, não, não há necessidade. Eu sei que é assim que eles me chamam.

A outra fez uma careta envergonhada. – O uniforme fica bem em ti, disse. E acendeu o fogão.

– Ah, obrigada, respondeu Anna, muito feliz. – Eu também acho, sabe!

Beberam o café em silêncio e partilharam a fatia de bolo de amêndoa, enquanto Cesare roncava aos seus pés. Anna olhou para o relógio. Posso abrir a carta agora?

Giovanna assentiu com a cabeça. E mordeu o lábio novamente. O envelope continha um pedaço de papel dobrado em dois, com rabiscos azuis claros nos cantos. Segurando a carta com as duas mãos, Anna começou a ler:

> Prezada Giovanna,
>
> Espero que esta minha carta te encontre bem. Em primeiro lugar, quero pedir desculpas por não ter escrito antes, mas não tem sido fácil aqui. Não pense que não tenho pensado em você. Mas, você sabe e já conversamos sobre isso, era preciso que o tempo passasse e que houvesse a distância certa entre nós. Não consigo tirar dos meus olhos a última imagem que tenho de você, das tuas lágrimas, do seu desespero... Você não sabe quanto sofro toda vez que essas coisas me vêm à mente. Espero que você tenha encontrado paz em seu coração.
> Saiba que eu te amo e sempre amarei.
> Te desejo muita serenidade. Vou rezar para que assim seja.
>
> Pe. Giulio

Anna ergueu os olhos e percebeu que Giovanna tinha lágrimas escorrendo-lhe pelo rosto.

– Você está bem? então perguntou a ela, colocando a mão em seu braço.

Giovanna se levantou, pegou um pano de prato sujo de molho de tomate e enxugou o rosto.

– Mas..., Anna hesitou. Por que ele está lhe enviando uma carta? Não sabe que você não sabe ler?

A outra assoou o nariz.

– Não. Tive vergonha de contar a ele.

– Oh! Mas não há nada do que se envergonhar. Sempre há tempo para aprender a ler.

– Não para mim.

– Vale para todos, acredite em mim.

– Para mim não, repete Giovanna. – Não vejo as palavras...

Anna fez uma cara confusa.

– Posso te ajudar. A vê-las, quero dizer. Eu era professora do ensino fundamental, sabe.

– Não, Giovanna exclamou decidida, torcendo as mãos.

– Bem, se você ainda quiser responder a ele, pode ditar a carta para mim.

Giovanna mordeu o lábio e desviou o olhar.

– Se mudar de ideia, você sabe onde me encontrar, Anna disse a ela com um sorriso. Levantou-se, colocou a bolsa de volta no ombro, fez um carinho em Cesare e abriu a porta.

Ela não podia saber que percorreria aquela estrada tantas vezes a ponto de desgastar mais de um par de sapatos.

7
[FEVEREIRO-MARÇO, 1936]

No final da manhã de um dia de fevereiro com céu cinzento e denso, Giovanna entrou no correio. Ela apareceu timidamente na entrada e ficou parada, torcendo as mãos.

Tommaso e Carmine se entreolharam. Anna estava sentada à mesa esvaziando a bolsa da correspondência pendente do dia, entre a qual havia outro cartão postal para o sr. Lorenzo, desta vez representando a Fonte de Trevi. Mais cedo ou mais tarde ela lhe perguntaria por que persistia em devolver todos os cartões-postais daquele que – ela descobrira – era seu irmão.

– Bom dia, senhora, disse Tommaso, indo ao encontro de Giovanna.
– Precisando de alguma coisa?

Anna levantou o olhar.

– Giovanna?, exclamou com espanto.

Elena imediatamente espiou pelos fundos, ouvindo pela porta entreaberta.

– Estou pronta, anunciou Giovanna, levantando a mão para arrumar da melhor maneira possível os cabelos que havia penteado.

– Para quê?, perguntou Anna. Quase três meses haviam se passado desde que tinham se encontrado e, para falar a verdade, ela nunca mais pensara naquele dia em Contrada.

Giovanna abaixou a cabeça, claramente desapontada.

– Para responder, disse em um sussurro. Ela tinha a aparência de alguém que, pelo contrário, não fizera nada além de quebrar a cabeça dia e noite durante semanas antes de tomar uma decisão.

– Mas claro, disse Anna, arrastando a cadeira. – Perdoe-me. Agora me lembro, claro que me lembro.

– O que está acontecendo?, perguntou Tommaso.

– Oh, nada. Giovanna quer ditar uma carta para mim, certo?, respondeu, movendo os olhos em direção a ela.

Giovanna assentiu e mordeu os lábios.

– Ela quer ditar uma carta, Elena sussurrou para sua colega, que estava curvada escrevendo. – Entendeu?

– Sim, entendi, irritou-se Chiara, sem olhar para ela. E empurrou para cima os óculos que escorregavam pelo nariz.

– Vai saber para quem. Ah, mas depois, com certeza, a carteira vai me contar tudo, claro, exclamou Elena, ainda em voz baixa.

– Venha, vamos, ficaremos mais à vontade no bar, disse Anna. – Vou levar papel e caneta. Abriu um dos gaveteiros de madeira e tirou uma folha de papel acastanhada.

– Tommaso... Você não se importa se eu me ausentar por meia hora, não é?

O diretor sinalizou para ela não se preocupar, para seguir em frente.

Então atravessaram a rua até o Bar Castello, e Anna apontou para uma das mesas do lado de fora. Giovanna sentou-se olhando em volta com uma expressão de medo.

– Tudo bem?, Anna perguntou a ela.

– Sim, sim, ela gaguejou.

Anna colocou o papel sobre a mesa, pegou a caneta e disse que estava pronta, quando quisesse...

Giovanna hesitou por um momento.

– Mas primeiro você tem que me prometer que não vai contar a ninguém.

Anna colocou a mão em seu braço.

– Eu prometo a você, isso vai ficar entre mim e você.

A outra assentiu e, finalmente, abriu um sorriso. Seus grandes olhos castanhos se iluminaram. Sim, ela era realmente linda, pensou Anna.

Giovanna começou a ditar com a voz trêmula, e suas bochechas queimaram no ponto da carta em que ela contava a Giulio quanto sentia falta dos seus beijos e daquelas "carícias especiais" sob os lençóis, que a faziam sentir-se leve e com névoa diante dos olhos.

Anna escrevia sem pestanejar, séria e concentrada.

– Você pensa mal de mim?, perguntou Giovanna, parando repentinamente.

Anna ergueu os olhos do papel.

– Mal de você? E por que pensaria?

– Pelas coisas que eu digo... E mordeu os lábios.

– Oh, escute, Anna suspirou. – Se fosse um homem quem as estivesse dizendo, estaríamos aqui nos perguntando qual o problema?

∼

Agata caminhava com a vizinha pelo lado oposto da praça, segurando um saco de pano cheio de farinha.

– Mas aquela não é sua cunhada?, perguntou a vizinha, indicando-a com um aceno de cabeça.

Agata se virou e as viu, Anna e Giovanna, que riam com vontade, íntimas e alegres. Ela sentiu uma pontada imediata de ciúme: Anna nunca tinha rido com ela durante todo esse tempo. Desde que se tornou carteira, ela pensava que era sabe-se lá quem. E nem tempo para ela tinha mais, nem mesmo para fazerem compras juntas. Nem mesmo uma vez.

– A louca e a forasteira. Bela dupla, acrescentou a vizinha.

Agata ficou cheia de ressentimento e lembrou-se de alguns dias antes, quando, durante o terço da tarde de sábado, teve de ficar do lado da cunhada para defender a honra da família. Por outro lado, o fato de Carlo fazer as suas "visitas" matinais a dona Carmela parecia agora o segredo de Polichinelo.

– É, mas quando alguém levanta muito a crista, ela merece certas coisas, disseram as mulheres reunidas em roda, entre um *Pater Noster* e uma *Ave Maria*. Agata respondeu que era melhor que cada uma olhasse para dentro de suas próprias casas, e não para as dos outros, e encerrou a discussão.

Ela endureceu seu olhar. "*Paru cerca paru, e paru trova*", respondeu à vizinha, pegando-a pelo braço.

~

Anna dobrou o papel ao meio e prometeu a Giovanna que enviaria a carta no dia seguinte. Padre Giulio não havia deixado nenhum endereço, mas ela sabia para onde mandá-la, disse. Quantas paróquias poderia haver em Casalecchio di Reno?

Assim que voltou ao correio, Anna foi tomada de assalto.

– Bem?, Elena a pressionou, indo atrás dela.

– Bem, o quê?

– Conte, para quem a louca está escrevendo?

– Para começar, você poderia não chamá-la de "a louca"? Ela tem nome.

Elena olhou para ela, perplexa.

– Mas nós sempre a chamamos assim... E olhou para Carmine, para que ele pudesse lhe dar apoio.

– Para nós ela continua e sempre será a louca, disse ele, laconicamente, acariciando a longa barba.

Anna balançou a cabeça e começou a juntar suas coisas.

– Vamos, conte-nos alguma coisa, fica entre colegas, insistiu Elena.

– Mas não vou te contar nada.

– Qual é o problema, você não confia em mim?, Elena insistiu, franzindo a testa.

Anna revirou os olhos e pegou a bolsa.

– Chega, acabou, Tommaso interveio de sua mesa. – Você tem razão; são assuntos privados.

– Obrigada, Tommaso, disse Anna. E saiu da agência dando adeus com a mão.

– Mas olhe só essa daí, Elena reclamou.

– *Eu* avisei, repetiu Carmine, encolhendo os ombros. Elena continuou a olhar para a porta com uma expressão ressentida. E eu que ofereci até bolo para ela... deu seu último resmungo e voltou ao seu lugar.

∽

A resposta do Pe. Giulio chegou três semanas depois. Anna correu até Giovanna, embora sua bolsa estivesse lotada de correspondências, o que significava que aquela parada lhe custaria pelo menos uma hora extra de trabalho. Mas ela não se importava: a espera da mulher passara a ser sua também, e ela não podia mais esperar.

Giovanna abriu a porta sonolenta, enrolando-se num xale de lã. Cesare se aproximou, abanando o rabo.

– Você estava dormindo?, Anna perguntou-lhe enquanto cruzava a porta. E cumprimentou o cachorro com um carinho na cabeça.

– Sim, mas não se preocupe, respondeu ela. Venha, vou fazer o café.

– Chegou, exclamou Anna, agitando o envelope debaixo do nariz.

O semblante de Giovanna escureceu, e ela pegou a jarra de café da prateleira.

– Que cara é essa? Você não está feliz?

– Depende do que ele escreveu.

– Mas ainda não sabemos! Oh, ouça, vou abrir.

– Giovanna deixou o café de lado e guardou o pote, sentou-se e começou a roer o polegar. Cesare agachou-se perto de seus pés.

Anna rasgou o envelope de um lado e tirou a carta. Desdobrou-a, limpou a garganta e começou a ler.

Cara Giovanna,
Fiquei surpreso ao receber sua carta, pois, propositalmente, não deixei nenhum endereço... De qualquer forma, eu a li com atenção, mais de uma vez. E quero te dizer que também não esqueci. Como poderia? São lembranças muito preciosas que carrego comigo todos os dias e que aquecem o meu coração.

Pe. Giulio

P.S. Seria apropriado que você não me enviasse mais cartas tão, como posso dizer, apaixonadas. Sempre há muitos olhares curiosos.

– Não sei se entendi direito o que ele disse, comentou Giovanna, visivelmente confusa. E com os dentes ela arrancou a cutícula da unha.

Anna ficou pensativa e começou a tamborilar os dedos na mesa. – Eis o que vamos fazer, exclamou ela, radiante.

– Do que você está falando?

– Me ocorreu uma ideia. Amanhã, no entanto. Agora não dá tempo, disse com um sorriso, antes de sair.

Assim, ela retornou no dia seguinte, à tarde, com um cartão-postal em preto e branco representando a Piazza Castello e um maço de selos de dez centavos.

As palavras de amor, as "apaixonadas", seriam escritas de um modo tão minúsculo, que ficariam escondidas sob os selos postais. Bastaria umedecê-los para retirá-los delicadamente e fazê-las aparecer.

– Mas como ele vai se dar conta disso? Refiro-me ao fato de ter que levantar os selos, questionou Giovanna perplexa.

Anna havia pensado em tudo.

– Você lhe enviará uma carta separada, com instruções, alguns dias antes do cartão postal. Só lhe escreveremos isto: "Os selos escondem mais palavras do que se pensa, se souber como encontrá-las". Se ele não for completamente estúpido, entenderá o que deve fazer quando receber o cartão postal. E se eu estiver certa, como acredito que estou, ele responderá pelo mesmo método. Quer apostar?

~

A primavera havia chegado. Carlo percebeu isso ao sentir o cheiro daquele domingo de Páscoa, ensolarado e de céu limpo. Naquela manhã, ele levaria Roberto à missa: já fazia algum tempo que não ficava sozinho com o filho. Nas últimas semanas, tinha-o visto muito pouco, pois a primeira poda do vinhedo, um ano depois da plantação, absorvera-o inteiramente, e a Quinta Greco voltara a encher-se de operários que, desde a madrugada, permaneciam curvados com tesouras nas estacas. *Don* Ciccio só apareceu uma vez, no primeiro dia de poda, e não ficou mais de uma hora. Limitou-se a explicar a Carlo como deveria ocorrer aquela fase tão delicada que determinaria a quantidade e a qualidade das futuras uvas.

– Depois você vai ver, acrescentou ele, rabugento como sempre. E, assim, Carlo aprendeu que tudo dependia da quantidade de botões que você decidisse podar: quanto mais sobrasse nas mudas, mais abundante seria a produção, sim, mas com menor teor de açúcar e pequena concentração de compostos aromáticos. Portanto, o melhor a fazer era manter, no máximo, dois botões para cada planta, os mais vigorosos, aqueles que dariam origem ao caule. Quando, supervisionando o trabalho, percebia que alguns trabalhadores – geralmente os mais jovens e menos experientes – cortavam os botões bons, aqueles dos quais era evidente que escorria mais seiva, deixando os mais fracos, Carlo os repreendia imediatamente. – Peço desculpas, sr. Greco, ouvia-se eles respondendo.

Vestiu Roberto com sua roupa de domingo, casaco azul com calça *en pendant*, camisa branca e gravata prateada.

– Você está muito bonito, disse-lhe, prendendo as suas bochechas entre os dedos. Roberto deu uma risada feliz, e Carlo colocou um dedo na frente da boca do menino. – Mamãe está dormindo, sussurrou.

Ele aproximou-se da porta do quarto e entreabriu-a lentamente: Anna estava deitada do lado direito, com os cabelos espalhados no travesseiro e a máscara de seda preta sobre os olhos. Ficou ali por alguns segundos olhando para ela, prendendo a respiração. Ela era, de fato, maravilhosamente linda, pensou. E, de repente, sentiu todo o cansaço do mundo, o peso da distância que se criou entre eles, em todos aqueles meses, a altura do muro que, discussão após discussão, haviam levantado. A última havia sido justamente na noite anterior, e o jantar fora ruim para os dois. Foi ele quem a provocou, apenas para dar-lhe nos nervos. Ele sabia quanto Anna se importava com o fato de só se falar italiano em casa; ela havia, de modo categórico, proibido o uso do dialeto, e se Carlo, vez por outra, deixasse escapar uma palavra, ela o repreendia imediatamente. "Não na frente da criança, por favor", dizia. Mesmo assim, durante todo o jantar, ele insistiu em ensinar ao filho, sentado na cadeira alta de madeira, como dizer isto ou aquilo no dialeto pugliese, incentivando-o a repetir cada palavra. Anna o intimara a parar, ao passo que ele, por sua vez, intensificava a questão, aplaudindo cada vez que Roberto acertava a pronúncia.

Agora, pensando nisso, sentia-se profundamente envergonhado: sentia-se estúpido e infantil. Talvez ela estivesse certa quando dizia que voltar para o Sul o havia tornado um *imbécile* e *réactionnaire*...

Pela primeira vez, ali parado, encostado no batente da porta, observando-a dormir, ele temeu ter perdido a estima dela.

Uma possibilidade que, mesmo imaginando, parecia-lhe insuportável.

Fechou a porta e voltou para o quarto do filho. Tomou-o nos braços e desceu as escadas muito lentamente.

Chegou cedo à igreja de San Lorenzo para a missa das dez e meia. Ele entrou, molhou o dedo na água benta e fez o sinal da cruz. Ao fundo, num dos lados do altar-mor, rico em decorações barrocas, sentava-se o organista. Carlo percorreu o piso de faiança da nave central, ladeado por duas naves laterais que abrigavam os altares menores, e escolheu um dos bancos do meio da fila da esquerda, o reservado aos homens, junto ao monumento sepulcral de Giorgio Antonio Paladini, o antigo senhor de Lizzanello. Em poucos minutos a igreja ficou lotada. Carlo notou a família de *Don* Ciccio avançando em direção aos bancos da primeira fila: Gina segurava firme o braço do marido, enquanto Carmela e Nicola caminhavam um ao lado do outro. Daniele, o filho, os seguia, ficando um passo atrás. Pararam e sentaram-se: *Don* Ciccio, Nicola e Daniele à esquerda, Carmela e a mãe na fila da direita.

Quando chegou o momento da comunhão e o órgão começou a tocar, Carlo levantou-se e, segurando Roberto nos braços, dirigiu-se ao altar, colocando-se na fila. Foi assim que se viu ao lado de Daniele, que, naquele momento, saía do banco, seguido pelo pai e por *Don* Ciccio.

– Bom dia, *Don* Ciccio, Carlo falou baixinho, sorrindo.

O outro respondeu, erguendo o queixo.

– Terminou a poda?, ele então lhe perguntou, também em voz baixa.

– Sim, sim, acabou, respondeu Carlo. – Esperemos que sim.

– Olá, Carlo. Nicola apertou sua mão. – Daniele, diga olá ao senhor Carlo, ordenou então ao filho.

O menino se virou e levantou o boné.

– Bom dia, disse, sem vontade.

Com um olhar divertido, Carlo colocou a mão em seu ombro.

– Como você está, meu rapaz? E sorriu.

Don Ciccio de repente ficou perturbado e desviou o olhar.

– Vão ficar aí parados? interrompeu a voz rouca de um homem na fila, atrás deles.

E assim, Carlo, Roberto e Daniele na frente, e os outros dois atrás, percorreram os poucos metros que os separavam do padre, avançando em pequenos passos.

Carmela permaneceu sentada ao lado da mãe, esperando que terminasse a vez dos homens e começasse a das mulheres. O tempo todo ela acompanhava com o olhar Carlo e Daniele, que caminhavam ao lado, enquanto as batidas do seu coração martelavam forte, machucando o seu peito. Se o órgão tivesse parado de tocar repentinamente, todos na igreja as teriam ouvido.

~

Na última segunda-feira de março houve um clima festivo na agência dos Correios. Após oito anos de noivado, Tommaso se casaria com a sua Giulia, uma menina frágil e muito tímida, de boa família, filha única de um *patrunu*. O gerente trouxe uma bandeja repleta de doces com pasta de amêndoa e abriu uma garrafa de espumante; embora fossem apenas oito da manhã, todos beberam uma taça com prazer. Quando Anna entrou, todos estavam em volta da mesa, taças nas mãos, diante da bandeja de doces já quase vazia. Naquele dia, Lorenza estava com ela, vestindo uniforme escolar, saia preta e blusa branca com gola escura: durante meses ela insistiu em conhecer o lugar onde sua tia trabalhava; então, naquela manhã, Anna finalmente decidiu trazê-la consigo. Com a condição, porém, de que ela a acompanhasse imediatamente à escola, sem armar nenhuma confusão.

– Que garotinha linda, Tommaso a cumprimentou. – Quantos anos você tem?

– Onze!, exclamou Lorenza.

– Mas ela é a filha do Antonio, você não a reconheceu?, disse Elena.
– Mas é a cara da mãe. E então virou-se para Lorenza. – Você deveria tê-la visto na sua idade: eram cara de uma e focinho da outra.

– Você conhece minha mãe?

– É claro que conheço. Estávamos na mesma classe quando éramos pequenas.

– Mas onde você vê a semelhança com Agata, além do cabelo?, Anna se ressentiu. – Você não vê que ela tem os mesmos olhos de Antonio? O mesmo sorriso?

Elena olhou para a menina com os braços cruzados.

– Bem, pode ser. Para mim, se parece apenas com a Agata. O que você diz, Carmine?

– Não sei. Não consigo me lembrar dos olhos de Antonio, com tudo o que tenho para fazer.

– Oh, velho brontolão, Elena suspirou, dispensando-o com um aceno de mão. – Como sua esposa consegue aguentar você, eu não sei.

– Você tem que ver quanto eu a tolero, Carmine riu.

– Onze..., Tommaso repetiu. – Você já decidiu o que fará depois da escola primária?

– É claro que decidiu, respondeu Anna. – Ela está se preparando para o exame do ensino médio. Irá frequentar o ensino médio clássico e depois a universidade, acrescentou com orgulho.

Houve muita discussão na família. Agata teria preferido a escola de formação profissional de três anos para a filha.

– Pelo menos essa te ensina um trabalho, foi seu comentário; já Antonio, porém, não tinha dúvida de que Lorenza iria para a universidade. Ela seria a primeira Greco formada; ele sonhava isso para a filha desde o dia em que ela nasceu, e ninguém no mundo iria impedi-lo. Então, Agata, que raramente via tamanha determinação no marido, acabou concordando, mas não sem vários resmungos. Ela, por sua vez, tinha sido criada à base de pão e senso prático: de que adiantava estudar tantos anos se o objetivo, no final das contas, era *travagghiare*? E depois, na realidade, o que ela realmente desejava para Lorenza era um bom casamento. Isso sim é o que dá segurança, respeito e comida na mesa.

– O ensino médio clássico. Muito bem, elogiou Tommaso, fazendo um carinho em sua bochecha.

Diante daquele contato inesperado, a menina imediatamente corou e abaixou a cabeça.

Anna pegou a sua mão e mostrou-lhe a agência, explicando rapidamente quem fazia o quê. Lorenza, como sempre, começou a bombardeá-la com perguntas:

– E para que serve esta balança? – E o que há neste gaveteiro? – Quem fica nesta escrivaninha? – Por que vocês têm um cofre?

Anna respondeu a todas as perguntas, depois disse-lhe:

– Mas agora fica boazinha aqui, porque a tia tem que encher a bolsa.

– Venha conosco, convidou Chiara, estendendo-lhe a mão. Lorenza apertou-a, seguiu Chiara e Elena até o telégrafo, enquanto Tommaso se sentava à sua mesa e Carmine abria a metade da porta, o que significava que, a partir daquele momento, a agência estava aberta.

Assim que a bolsa ficou cheia, Anna fechou a fivela, colocou-a no ombro e foi dar uma olhada na sala dos fundos.

– Bem, estou pronta, disse ela. – Vamos.

Lorenza sentou-se na mesa com as perninhas balançando, enquanto Chiara lhe explicava como funcionava o telégrafo. Com cada impulso elétrico, ela dizia, se criava uma sequência de linhas e pontos. Código Morse, era como se chamava. E seu trabalho era codificá-lo e traduzi-lo em uma mensagem.

– Como uma mágica!, Lorenza exclamou, arregalando os olhos.

– Sim, uma espécie de mágica, Chiara sorriu docemente para ela.

Do seu lugar ao lado, Elena soltou um suspiro e murmurou que não conseguia encontrar nada de mágico em seu trabalho.

– Anda, *ma petite*, disse Anna, ajudando a sobrinha a sair da mesa. – Caso contrário você se atrasará e eu também. Hoje também há correspondência para o seu pai.

~

Antes de ir à olearia – que seria a última paragem daquele dia – Anna bateu à porta de Angela: tinha uma caixinha para lhe entregar. Ela tirou-a da bolsa e pesou-a, notando que era extremamente leve. Depois tentou sacudi-la lentamente para adivinhar seu conteúdo: quem sabe o que o tenaz pretendente inventou dessa vez. Angela a recebeu com sua habitual expressão radiante, tirou a caixinha das mãos de Anna e, como sempre, a abriu imediatamente. Ela, então, arregalou os olhos e lentamente tirou um anel de madeira incrustado que imediatamente colocou no dedo.

– É do meu tamanho, disse ela com um sorriso, mostrando a mão para Anna.

– É muito lindo, comentou, olhando para o anel. Ela, então, levantou os olhos para Angela. – Eu realmente acho que ele lhe dará o verdadeiro em breve.

A garota encolheu os ombros, com uma expressão coquete.

– Minha mãe também diz isso.

Anna chegou à olearia quase na hora do almoço. Agnese a recebeu com um sorriso.

– Podes dá-la para mim, disse, estendendo a mão. Mas Anna respondeu que preferia fazer a entrega pessoalmente. Ela, então, bateu à porta do escritório de Antonio e esperou que ele dissesse: "Entre!" para passar.

– Correio!, ela então o cumprimentou com um sorriso, sacudindo o envelope.

Antonio deu um pulo e deixou cair no chão a pasta que estava aberta sobre a mesa.

Anna começou a rir.

– Que surpresa agradável, disse ele então, caminhando na direção dela.

– Para você, ela respondeu, entregando-lhe o envelope.

Antonio pegou-o e, sem sequer olhar, colocou-o na mesa atrás de si. Depois convidou Anna a sentar-se.

– Como está?, perguntou-lhe, sentando-se novamente na poltrona em frente. Olhou para o pulso dela para verificar se ainda usava o relógio que lhe dera. E, quando teve a confirmação, sentiu-se confortado.

Ana encolheu os ombros.

– Estou bem, embora seu irmão não esteja facilitando a minha vida. Tornou-se uma batalha constante, como se ele tivesse que me fazer pagar todos os dias, suspirou.

Antonio baixou o olhar.

– Eu não entendo o que aconteceu com ele, Anna continuou, com o rosto tenso. – Ele não se parece com o meu Carlo... Está tão obcecado com o que essas pessoas pensam... mas por quê?

– Vai passar, respondeu Antonio. – Carlo é assim. Quando coloca uma coisa na cabeça... não vê mais nada. Torna-se uma espécie de desafio para ele e pode demorar muito para se dar por vencido.

Ela assentiu, acenando com a cabeça.

– Sim, eu sei bem..., disse. E fez uma pausa. – Entendi imediatamente que seu irmão era teimoso. Ele persistiu em me cortejar por mais de um ano. Pense que no começo eu realmente não me importava, eu gostava de outro...

– Ah é? Antonio ficou surpreso, sentindo uma ponta de ciúme.

– Sim. Ele se chamava Amedeo. Queria ser pintor. Era um belo rapaz...

– E então?

Ana suspirou.

– E então seu irmão chegou e colocou na cabeça de... eliminá-lo. Ele e todos os outros pretendentes.

– Por que, você teve muitos?, Antônio sorriu.

Ela encolheu os ombros.

– Alguns, sim. Ele mudou de posição na cadeira. – Ah, mas eu o fiz esperar muito antes de dar um beijo nele, disse, orgulhosa. – Meus primos ficavam me dizendo: – Não estique muito a corda, – Não deixe alguém como Carlo escapar. E sabe o que eu respondia?

Antônio balançou a cabeça.

– Que era ele quem não deveria me deixar escapar!

– Faz todo o sentido..., Antonio comentou com a voz embargada.

– Eu gostaria que ele entendesse quão importante é esse trabalho para mim, acrescentou Anna, voltando a ficar séria. – Você entendeu imediatamente... por que ele ainda não consegue fazer isso?

Antonio se levantou e colocou as mãos nos bolsos.

– Quer ver meu lugar favorito?, ele perguntou a ela de repente.

Ela olhou para ele, curiosa.

– Que lugar?

– Não fica longe. Está bem acima de nossas cabeças, ele respondeu, apontando para o teto.

Eles saíram pela porta dos fundos e chegaram a um espaço aberto cercado por muros altos e em ruínas.

– Onde estamos?, perguntou Anna, olhando em volta.

– Venha por aqui, disse Antonio, liderando o caminho.

Eles caminharam por um beco que corria ao longo de uma das paredes, tão estreito que tiveram que passar um de cada vez. Dali subiram uma longa escadaria de pedra que conduzia ao terraço da olearia.

– Olha, exclamou Antonio quando chegaram ao topo.

Anna deu alguns passos à frente. Lá de cima, parecia que ela conseguia segurar a cidade inteira nas palmas das mãos: reconheceu a igreja, a praça, o castelo, os habitantes que se moviam, minúsculos como formigas.

– Você pode até ver a agência dos Correios!, disse, apontando para o prédio.

Antônio aproximou-se dela.

– Atrás de nós está o mar. Colocando as mãos nos braços dela, ele gradualmente a virou.

Anna olhou mais longe e, muito mais à frente, viu uma faixa de água que cortava o horizonte ao meio.

– É lindo aqui, disse. – Sinta a paz...

– Pois é. É por isso que venho aqui todos os dias, respondeu.

Anna sorriu para ele e depois olhou para o mar. Naquele momento, uma rajada de vento bagunçou seus cabelos presos em uma trança, fazendo com que uma mecha caísse para o lado. Ela fechou os olhos e deixou a brisa acariciar seu rosto.

Antonio olhava para ela com a cabeça ligeiramente inclinada: imaginou traçar com um dedo o perfil dela que se destacava no céu; ouviu o silêncio daquele lugar exposto, mas íntimo, e percebeu que nunca estiveram tão sozinhos, protegidos de tudo. Então ele se aproximou dela, pegou seu rosto entre as mãos e colocou delicadamente seus lábios nos dela, num beijo longo e muito doce.

Quando abriu os olhos novamente, Anna de repente se afastou e levou uma mão à boca.

Antonio, com um ar atordoado, recuou até tocar o corrimão com uma das mãos e apoiar-se nele.

– Desculpe-me, Anna, ele disse com a voz engasgada.

Ela lançou-lhe um olhar horrorizado. Sem dizer uma palavra, caminhou em direção à escada e desapareceu de vista.

8
[MAIO-JUNHO, 1936]

Desde aquela manhã no terraço, Antonio já não conseguia dormir em paz. Ele se revirava na cama, suado e dominado por uma fome de ar que não conseguia explicar. Parecia que sua respiração estava presa no peito e não conseguia colocar para fora. Na primeira vez, pensou que ia morrer: sentou-se e, com medo nos olhos, acordou Agata, apertando-a com a mão. A esposa o fez deitar de bruços e, como se soubesse perfeitamente o que era preciso fazer, apertou sua mão e ordenou que soprasse o ar pela boca, contando até dez.

– Finja que sua respiração tem que passar pelo teto de um lado para o outro, disse a ele. Assim, à força de longas exalações que gradualmente se tornaram mais profundas, Antonio finalmente se acalmou.

As últimas semanas foram as piores de sua vida. Com uma pontada de dor, tentou escapar da presença de Carlo, mas, cada vez que o olhava nos olhos, era obrigado a esconder seu desconforto com um sorriso forçado, que o fazia sentir-se um verme, um traidor, o mais abjeto dos abjetos. De manhã, ele havia deixado de tomar café no Bar Castello para não correr o risco de encontrar Anna na hora em que ela fosse ao correio; assumira compromissos de trabalho inexistentes para chegar atrasado aos almoços de domingo com toda a família e ficar por lá o mínimo possível. No entanto, não adiantou muito. Ele se sentia como um animal enjaulado, caçado, e obrigado a andar em círculos sem parar. Nas poucas vezes em que encontrou os olhos de Anna, não encontrou neles nenhuma faísca, nenhum tremor, como se nada tivesse acontecido. Parecia-lhe que ela havia imposto a si mesma uma disciplina férrea, quase militar, para apagar cada momento daquela maldita manhã. Tanto que ele começou a se perguntar se não havia sonhado, se aquele beijo só vivia em sua cabeça. Todos os dias ele reconstituía mentalmente os acontecimentos, cada palavra dita, cada olhar, cada gesto, para lhes dar sentido, e mesmo assim os fragmentos continuavam todos ali, diante dos seus olhos, e não havia como agrupá-los. Queria fugir, recuperar o fôlego longe de todos para não ser obrigado, a cada momento, a lidar com a sua culpa.

A ideia lhe foi dada por um conhecido seu, Enrico, que conheceu por acaso em Lecce, na Câmara de Comércio. Era 10 de maio de 1936, um dia depois de Mussolini ter proclamado o império da África Oriental Italiana: depois da Eritreia e da Somália, a Etiópia também caiu sob os golpes dos fascistas.

Enrico era dono de uma empresa de construção e, muito feliz, disse-lhe que havia acabado de obter o passe colonial na delegacia: embarcaria de Brindisi, no início de junho, num navio a vapor com destino a Asmara, capital da Eritreia. Como ele, outros empresários locais decidiram estender os seus negócios às colônias italianas e mudaram-se para lá.

Para Antonio, de repente, isso parecia ser a solução para tudo.

A possibilidade de partir para a África, o lugar mais distante que podia imaginar, insinuou-se nele e abriu caminho com força até se tornar uma escolha, a única que lhe poderia dar algum alívio. Ele iria exportar o seu azeite para as colônias italianas e iniciaria um negócio por lá, dizia a si mesmo. Ficaria fora por um tempo, apenas o suficiente para começar a respirar normalmente de novo. Assim, sem dizer nada a ninguém, apresentou o pedido de emigração à prefeitura e passou pelo processo burocrático necessário para obter autorização para partir. Uma vez verificado o seu profissionalismo e integridade moral, a sua situação penal e política, o seu estado de boa saúde, etc., também lhe foi concedido um passe colonial e permissão para exercer a sua atividade na África italiana. Ele partiria com uma pequena carga de azeite e, se o comércio com Asmara corresse bem, como esperava, receberia outras latas de abastecimento. Agnese foi a única com quem ele conversou sobre a viagem: na verdade, cabia a ela preparar a mercadoria a ser enviada e também cuidar da olearia durante a sua ausência. Sobre a discrição e lealdade de Agnese, Antonio não tinha a menor dúvida.

Ele havia decidido que informaria a sua família apenas alguns dias antes de partir, quando ninguém poderia mais detê-lo.

∽

– A adega está terminada. Você vem ver?, Carlo perguntou-lhe à queima-roupa numa manhã de domingo, enquanto Anna bebia seu leite morno sentada no banco do jardim, com os olhos fixos nos ramos floridos das romãzeiras. Ela o conhecia muito bem para não entender que aquele pedido inesperado significava apenas uma coisa: Carlo finalmente havia deposto as armas. Ele nunca foi bom em pronunciar a palavra "desculpe": quando sentia muito, preferia demonstrar isso com ações, sempre dizia.

– Sim, Anna respondeu sem tirar os olhos das romãs. – Eu irei.

Carlo sorriu para ela e, pela primeira vez em meses, tocou-lhe o rosto com as costas da mão. – Prepare-se com calma, vou vestir o Roberto, disse ele.

– Você vai faltar à missa hoje?

– Vou sim. Ninguém vai se importar, eu acho, respondeu ele.

Para ser sincero, ele não tinha vontade de encontrar Carmela e suportar seus olhares de reprovação, que eram um pedido silencioso de explicação. Nos últimos tempos, tinha reduzido as "visitas" matinais e, há mais de uma semana, havia parado completamente. Em realidade, ele se sentia aliviado: Carmela começara a fazer exigências e a ficar de mau humor quando ele não lhe dava as respostas que ela esperava ou se, por acaso, ele mencionasse Anna muitas vezes ou mesmo se fugisse da cama rapidamente, algo que acontecia com cada vez mais frequência. A verdade é que ele não aguentava mais aquela vida; se, no início, lhe parecia ter dado a Anna um castigo justo – embora ela não tivesse consciência de sua traição –, agora se sentia culpado. Tinha vergonha de tê-la lançado às bocas famintas da cidade, de ter permitido que falassem mal dela, de ter menosprezado o amor que os unia aos olhos dos outros.

Então entraram no 508 e, antes de seguirem para a vinícola, Carlo perguntou se ela queria tomar um café com grapa com ele no Bar Castello.

Anna olhou para ele, franzindo a testa.

– Essa é mais uma provocação?, perguntou.

Ele parou o carro e se virou para ela.

– Não, é de verdade, ele a tranquilizou, tomando-lhe a mão. – Eu gostaria que isso se tornasse *nosso* ritual de agora em diante.

Ela o estudou por um momento, depois cedeu a um sorriso.

– Você já ouviu uma coisa dessas, Roberto?, ela disse, inclinando a cabeça para olhar para o filho que estava sentado em seu colo. – Papai quer tomar um traguinho.

Carlo estacionou o carro na praça já lotada de gente e, ao descer com Anna, pensou ter visto olhares, cutucadas e conversas. Eles avançaram em direção ao bar, cada um segurando uma das mãos da criança, que cambaleava no meio.

Vestindo o avental branco que cobria a barriga, Nando os cumprimentou, amigável como sempre.

– O que vão querer?, perguntou com um sorriso.

– O de sempre, respondeu Anna, com o braço apoiado no balcão. – Mas para dois, acrescentou, voltando o olhar para Carlo.

Os dois velhinhos estavam sempre ali, sentados à mesma mesa, como se fossem recortes de papelão que Nando guardava no armário no final do dia e tirava todas as manhãs antes de abrir.

Anna bateu a xícara na de Carlo.

– *Santé*, disse ele. E eles beberam de um só gole.

Os dois velhos lançaram um rápido olhar e depois voltaram, de cabeça baixa, ao seu jogo de trunfo.

Carlo só percebeu a presença dela quando, de volta ao carro, estava prestes a abrir a porta. Carmela estava ali, no adro, toda rígida, com um véu preto na cabeça e de braço com o marido, este absorto numa conversa com um pequeno grupo de homens.

Ela estava olhando para ele com fogo nos olhos.

Carlo desviou o olhar e entrou no carro.

Já fora da cidade, na estrada que leva à vinícola, Anna baixou a janela e deixou o vento acariciar seu rosto. De repente ela se sentiu encorajada, como se tivesse escapado de um perigo. Cada peça *tinha* que voltar ao seu lugar, pensou, observando os olivais que pareciam se revezar. *Não aconteceu nada de irremediável*, repetia para si mesma. Aquilo com Antonio foi um relâmpago de loucura e fragilidade; o mais razoável era minimizar, reduzir o que ocorreu a confetes para serem levados pelo vento. Ela tinha certeza de que ele também sentia o mesmo e que não havia necessidade de um dizer algo ao outro: os dois seguiriam em frente e esqueceriam rapidamente. Não havia alternativa.

– Aqui estamos, exclamou Carlo, virando à direita. Parou o carro no espaço aberto em frente à vinícola e puxou o freio de mão. – Venha conhecer o reino do papai, disse então, todo alegre, ajudando Roberto a descer do carro. Estendeu a mão para Anna, ela a segurou e juntos, com Roberto no meio, partiram, enquanto o sol do final da manhã aquecia o ar.

Carlo abriu o portão de madeira e eles entraram. Anna gostou imediatamente dos tetos abobadados; mas, acima de tudo, gostou do cheiro que enchia a sala, o de tufo.

– É aqui que engarrafaremos, explicou ele, desenhando círculos com os braços. – A tampadora vai para lá, aqui vamos guardar as garrafas vazias, continuou, indicando outro ponto da sala. – E daqui para lá..., ele continuou, arrastando-a para a próxima sala, vamos colar as etiquetas. Ele abriu uma porta. – E aqui é o meu escritório. Era uma sala pequena, com uma escrivaninha, uma cadeira e uma estante vazia. – Ainda faltam algumas coisas, acrescentou.

Anna continuou a olhar em volta com uma expressão surpresa.

– Vamos, vamos descer, disse ele. Eles desceram até onde estavam os tanques de concreto. "O vinho vai fermentar aqui", explicou ele, agachando-se perto de um tanque.

– O que posso dizer, Carlo? Este lugar é... seu. Você fez um excelente trabalho, ela murmurou, deixando seu olhar vagar ao redor.

– Você realmente gostou?, Ele estava radiante.

– Sim, realmente.

– E tem uma coisa que não te contei ainda, ele continuou. Ninguém sabe... Eu queria que fosse uma surpresa depois de engarrafado. Mas, de fato, não há razão para esperar.

– Do que você está falando?, perguntou Anna, curiosa.

– De *Donna Anna*. É assim que será chamado o primeiro rótulo. O primeiro vinho da Vinícola Greco.

Os olhos de Anna se umedeceram. – Você está falando sério?, ela perguntou com um sorriso.

– Muito sério, declarou Carlo, encantado com a felicidade da esposa. Anna colocou a mão em seu rosto. Então lhe deu um beijo.

– Donna Anna!, Roberto repetiu com a sua vozinha.

~

A resposta do Pe. Giulio chegou com o florescimento das rosas.

Assim que Giovanna viu o cartão postal, que representava a Piazza Maggiore em Bolonha, ela caiu na gargalhada e seus grandes olhos castanhos se encheram de luz. Cesare, contagiado por aquela alegria, saltou sobre ela, abanando o rabo.

Sob o olhar impaciente dela, Anna pegou uma esponja úmida, torceu bem e deu pequenas e leves batidinhas sobre os selos; depois, com a ponta de uma faca, levantou-os, começando pelos cantos, um de cada vez. E, como ela esperava, algumas palavras apareceram.

– E, então, Giovanna lhe perguntou eufórica. – O que está escrito?

Ana hesitou.

– Vou ler para você, mas com uma condição, disse ela. – Deixe-me ensiná-la a ler e escrever.

O rosto de Giovanna escureceu.

– Você sabe que não consigo, ela respondeu, ficando agitada.

– Isso não é verdade. Deixe-me pelo menos tentar.

– Eu te disse, não consigo ver as palavras. Tudo fica muito confuso... como uma única mancha preta...

– Eu sei como fazer, Anna a interrompeu. – Você só precisa confiar em mim.

Giovanna mordeu o lábio e lançou-lhe um olhar resignado.

– Oh, muito bem, Anna aplaudiu. – Começaremos amanhã, acrescentou ela peremptoriamente.

– Agora você pode ler?, perguntou Giovanna.

– Agora sim. E piscou para ela.

As palavras ocultas do Pe. Giulio revelaram um homem cheio de paixão, aquele por quem Giovanna se apaixonara e que ela finalmente tornava a reconhecer. E a quantos pensamentos "inadequados" ele se entregou, ao abrigo dos olhos dos outros. De fazer até Anna, que nunca demonstrou qualquer modéstia, corar. *Sinto-me dividido em dois*, escreveu ele. *Meus pensamentos são pecaminosos e tomam conta das minhas noites como uma fera que não sei como domesticar. À noite deixo-me devorar, e cada vez que acordo peço perdão a Deus. Escreva-me novamente, conte-me os seus, os pensamentos pecaminosos.*

Naquele dia, Anna deixou Contrada quando o sol começava a recuar e, durante toda a viagem de volta, refletiu sobre o fato de que aquilo era uma verdadeira bobagem, aquela coisa de castidade. No seu mundo ideal, os padres poderiam casar e constituir família, ou dizer que estavam apaixonados como qualquer outra pessoa. Afinal, o trabalho deles não era como muitos outros?

Ela havia pensado muito em como ajudar Giovanna. Não tinha ideia de por que ela não conseguia "ver as palavras", como ela mesma dizia. Nos anos em que lecionou nunca lhe aconteceu nada parecido, por isso procurou encontrar a resposta nos manuais médicos disponíveis na biblioteca municipal. E, mesmo assim, não encontrou: a doença de Giovanna parecia ser uma patologia sem nome, um distúrbio sobre o qual ninguém tinha ouvido. Então, não teve outra escolha senão confiar em seus instintos. Disse a si mesma que, se na cabeça da amiga as palavras se acumulavam na página como um bando de pássaros, tudo o que ela precisaria fazer era mantê-las imóveis. Então, pegou um papelão retangular branco e, com uma tesoura, cortou uma janelinha de dois centímetros de comprimento e da altura da linha de um livro. No dia seguinte, bateu à porta da amiga com dois exemplares de *Orgulho e Preconceito*: um era dela, surrado de todas as releituras; o outro havia tomado emprestado.

Sentou-se diante de Giovanna e explicou-lhe como seriam aquelas aulas da tarde que, a partir de então, disse, passariam a ser diárias.

– Eu leio em voz alta, lentamente, e você acompanha sua cópia, isolando as palavras de vez em quando com este papelão. Você vê esta pequena janela? Eu a fiz de propósito.

– Mas... vamos ler tudo?, perguntou Giovanna, consternada, revirando o romance nas mãos. Cesare esticou o focinho e começou a cheirar o livro, curioso.

– Não espero outra coisa!, respondeu Anna.

∽

Carmela se olhou uma última vez no espelho. Vestia um vestido que havia confeccionado especialmente para a ocasião, copiado de um modelo que recortara da revista Eco del Cinema. Era um vestido azul marinho com flores azul claro, a saia era plissada até a altura dos joelhos, mangas três quartos e um cinto branco que marcava a sua cintura. Ajustou na cabeça um chapéu cloche de lã da mesma cor que o vestido, passou batom e aplicou uma fina camada de pó no rosto. Colocou um envelope amarelo na bolsa e saiu de casa com o ar que estava prestes a dar um golpe decisivo.

Ela caminhou rapidamente até a casa de Carlo, passando pelas ruas laterais a fim de evitar atravessar a praça; avançou pelo pátio e, uma vez diante da porta, bateu.

Ele abriu, ainda de pijamas. Assim que viu Carmela, seu rosto ficou pálido.

– O que você veio fazer?

– Se Maomé não vai à montanha... Não se preocupe, eu sabia que ela não estaria neste momento. Posso entrar?

– Claro que não, você enlouqueceu?, Carlo respondeu, olhando por cima do ombro dela. Seus traços faciais se contraíram, criando sulcos na testa, o que ela nunca havia notado antes.

Carmela espiou pela porta e viu Roberto sentado num tapete brincando com um cavalo de madeira.

– O que você quer?, insistiu Carlo.

Ela olhou para ele com uma expressão zombeteira.

– Você é o melhor de todos em desaparecer. Desapareceu há doze anos e desapareceu também agora. O que você acha? Que as pessoas devem sempre aceitar e permanecerem caladas e silenciosas? Desta vez, quem vai falar sou eu.

Carlo colocou a mão no batente da porta. – Carmela, isso tinha que acabar mais cedo ou mais tarde, murmurou, lançando outro olhar para a rua.

– E você decidiu sozinho. Do dia para a noite. Como sempre.

– Não havia necessidade de discutir. A que propósito teria servido?

– Claro. Você chega, pega o que quer e depois saudações a todos. Você fez o mesmo com meu pai; pediu ajuda a ele e depois esqueceu que ele existia, nem sequer um muito obrigado pelo trabalho todo.

– Deixe *Don* Ciccio em paz. Saberei como recompensá-lo, você não precisa se preocupar com isso.

Naquele momento, ouviu-se o barulho de cascos nas pedras da calçada: uma carroça, puxada por uma mula e com um homem montado, passava pela estrada perpendicular.

– Você não pode ficar aqui, Carmela.

– Estou indo embora, estou indo embora, explodiu ela, com um gesto de impaciência. – Mas primeiro tenho que te entregar isto, disse ela, tirando o envelope amarelo da bolsa.

– O que é?

– Abra. E lhe entregou.

Carlo pegou-o, levantou a aba do envelope e tirou uma folha de papel sépia dobrada em duas. Era uma certidão de nascimento. Ele leu: "Daniele Carlà". E, abaixo, a data de nascimento: "16 de dezembro de 1924".

– O que isso significa? Por que você me trouxe a certidão de nascimento do seu filho?

– Para alguém do mundo dos negócios, você não sabe fazer contas. E começou a contar, abrindo os dedos: – Abril, maio, junho, julho, agosto... Você continua até dezembro?

– Eu não entendo, ele gaguejou.

– Não é difícil, Carlo. Você pode chegar lá.

– Carmela, o que você está fazendo?, ele perguntou, levantando a voz. Roberto parou de brincar e olhou para o pai. "Papai, sede", choramingou. Carlo virou-se e olhou para ele, atordoado.

– Vá dar de beber ao seu filho, vamos, disse Carmela, com uma careta. Ela tirou o certificado das mãos dele, girou nos calcanhares e foi embora. Que importava quão zangado Carlo estava e por quanto tempo ficaria zangado, pensou. A única coisa importante era a certeza de que, a partir daquele dia e por todos os dias que viriam, cada vez que Carlo olhasse para ela, mesmo que de longe, veria a mãe do seu filho. Do seu primeiro filho homem. Ele não podia mais ignorá-la. E isso era suficiente para ela.

Pelo menos por enquanto.

∼

Carlo passou os dias seguintes dominado por uma fraqueza incomum no corpo e no espírito.

Tentou se lembrar das poucas ocasiões em que encontrara Daniele: a primeira vez que o viu, andando pela cidade com Nicola; a manhã em que passou na casa de *Don* Ciccio e o encontrou lá, na casa dos avós, fazendo a lição de casa; o momento em que o viu acender um cigarro às escondidas, nos fundos do Bar Castello, junto com um amigo; e no domingo de Páscoa, na igreja, enquanto caminhavam lado a lado em direção ao altar. Em todas essas vezes, ele o observara de forma distraída, como se olhasse para um figurante.

Agora ela conseguia explicar para si mesmo certos olhares de *Don* Ciccio, suas piadas hostis, aquelas frases que Carmela deixava penduradas, como se engolisse o restante à força. Sentiu uma súbita onda de raiva atravessar seu peito: *Don* Ciccio, Gina, Carmela... eles orquestraram tudo, haviam puxado as cordinhas durante todos aqueles anos, e ele não passou de uma marionete. Como puderam tê-lo mantido no escuro? E Nicola? Ele também concordou com essa encenação? Quem mais na cidade sabia?

Exasperado, uma manhã, antes de ir para a vinha, desviou-se subitamente em direção à olearia e, uma vez em frente à porta, buzinou sem parar.

Antônio escancarou a porta.

– Você tem um jeito discreto de se anunciar, brincou. Mas notou a expressão sombria do irmão e imediatamente ficou sério.

– Entre, temos que ir a algum lugar, disse Carlo apressadamente.

– Onde?

– Depois te explico.

– Mas... Antonio hesitou. – Aconteceu alguma coisa? Devo me preocupar?

– Não. Mas vem comigo.

– Deixe-me avisar Agnese... Antonio voltou e saiu instantes depois, desta vez com o casaco dobrado sobre o braço.

Assim que o irmão entrou no carro, Carlo pisou no acelerador e partiu cantando pneu.

– Estamos com pressa?, perguntou Antonio, segurando a maçaneta.

– Não, respondeu Carlo, mantendo as mãos rígidas no volante e o olhar fixo na estrada.

– Então diminua a velocidade. Pelo menos chegaremos vivos.

Carlo dirigiu até a escola, encostou o carro no meio-fio e desligou o motor.

– E o que faremos agora?, perguntou Antonio.

Carlo abriu o painel do carro e tirou um charuto. Levou-o à boca e acendeu-o.

– Agora vamos esperar, disse ele.

Depois de alguns minutos, Daniele chegou e se juntou a um pequeno grupo de colegas em frente ao portão da escola.

– Ali está ele, exclamou Carlo.

– Mas quem?

– Daniele. Lá. Respondeu ele, apontando para o garoto.

– O filho da Carmela?, perguntou Antonio hesitante.

Carlo soprou a fumaça.

– Sim, o filho da Carmela.

– Carlo, não consigo acompanhar a tua fala... Você pode me explicar por que estamos aqui?

– Você acha que ele se parece comigo?

Antonio olhou para ele, alucinado.

– Contigo? Por que ele deveria se parecer com você...

– Olhe-o com atenção, ele interrompeu abruptamente. – Você pode encontrar algo meu aí? Dos Greco?

Antonio inclinou-se um pouco para a frente e, através do vidro do pára-brisa, estudou o menino.

– Não, Carletto, ele disse finalmente. – Absolutamente nada...

– Sim, Carlo murmurou, com os olhos focados em Daniele, que, com as mãos enterradas nos bolsos da calça, ria com outro garoto.

– E acredito que foi fácil fazê-lo debaixo do nariz de todos. É a cara de Carmela, felizmente para ela.

Antonio se virou para encará-lo, parecendo consternado.

– Eu entendi corretamente?, ele perguntou.

Carlo bateu com o dedo no charuto e um pequeno cilindro de cinza caiu no chão. Então ele deu partida no 508 e desviou para a direita.

– Ela queria me fazer pagar, aquela cretina, rosnou.

– Mas você tem certeza de que é verdade?

– Sim. As datas coincidem. Aconteceu quando vim para o seu casamento. E Daniele nasceu em dezembro.

– Quem sabe?, perguntou Antonio.

O outro encolheu os ombros.

– Pelo que eu sei, os pais de Carmela têm certeza. Quanto a Nicola, não sei...

– Mas você vai contar para Anna?

– O quê, você é burro? Não.

Antonio hesitou.

– E o que você vai fazer?

– Nada, respondeu Carlo imediatamente. – O que eu deveria fazer?

– Você não tem medo que ela conte para Anna?

Carlo deu uma tragada no charuto.

– Não irá contar. Ela construiu sua vida sobre uma mentira gigantesca, apenas para salvar a sua honra e a da sua família, e não pode destruir tudo agora. Ela não é tão estúpida. E, depois, *Don* Ciccio jamais permitiria isso.

– Então, desculpe, mas por que ela teria te contado? Vai esperar algo de você, certo?

– Não. Ela só queria me atormentar. Eu a conheço. Mas isso não funciona comigo. Os filhos pertencem a quem os cria. No que me diz respeito, aquele menino é filho de Nicola.

Antonio simplesmente assentiu e abaixou a cabeça. Ele sabia perfeitamente o que estava acontecendo com Carlo: estava se distanciando, construindo um muro com tijolos de falsa indiferença. Essa sempre foi a única forma que ele conheceu para se proteger, para não ser derrubado pelos golpes da vida. Ele tinha feito o mesmo com a mãe, esticando o fio que os unia até o limite, a ponto de não poder mais vê-la.

Quando voltaram à olearia, Antonio soltou um suspiro profundo e, com o rosto tenso, disse-lhe que também ele, na verdade, tinha algo para lhe contar.

– Decidi ir embora, Carletto. Vou para Asmara, com outros empresários. Vou tentar iniciar um comércio de azeite com as colônias, e para isso terei que ficar lá por um tempo... Você é o primeiro para quem eu conto. Embarco em dez dias. Ele falou de uma só vez, sem olhá-lo no rosto e devorando as palavras.

Carlo ficou pasmo.

– Mas assim, de repente?

– Não, não, estou pensando nisso há algum tempo.

– E por que você nunca me contou nada?

– Era só uma ideia...

– Que ideia o quê? Você já organizou tudo... Mas por quanto tempo vai ficar ausente?

Antônio encolheu os ombros.

– Não sei... O tempo para dar a conhecer o meu azeite por lá. Talvez dê errado e eu volte logo, quem sabe.

– Parece que você quase teve medo de me contar, disse Carlo, franzindo a testa. – É por isso que tem estado tão estranho ultimamente.

Antonio sentiu seu coração acelerar.

– Não... acontece que... eu não sabia como você reagiria.

– Bem, estou surpreso, não vou esconder isso de você. Mas o que posso dizer: se você quer fazer isso e está feliz, *fratellone*, então eu também estou feliz!

O rosto de Antonio de repente se iluminou.

– Sério?

– Mas claro que sim! De fato, você está certo em querer expandir...

– É, Antonio disse com um sorriso forçado. – Talvez eu esteja com mais medo da reação de Agata e Lorenza... Não acho que vão aceitar bem... E depois, não sei, detesto deixar você sozinho agora, com essa história...

O outro colocou a mão em seu ombro e apertou-o.

– Não pense em mim. Estou bem. Verdade. E quanto a Agata e Lorenza, bem... elas vão entender, ele o tranquilizou. – E se não entenderem, vou ajudá-lo a fazê-las compreender. É apenas uma viagem de negócios. Você não vai desaparecer para sempre, vai?

Antonio sentiu seu coração afundar. Nunca antes houve segredos entre eles.

Se ao menos eu não te amasse tanto, pensou ele. *Se ao menos.*

~

Naquela noite, Antonio voltou para casa quando a mesa já estava posta. Agata estava na cozinha, com o avental branco amarrado nos largos quadris, mexendo uma panela de cobre com uma colher de pau. Ele aproximou-se dela e a cumprimentou, colocando a mão em suas costas. Sua esposa deu-lhe um beijo rápido e molhado no rosto e disse-lhe para trazer Lorenza para baixo, porque a sopa estava quase pronta.

Antonio, então, subiu e abriu delicadamente a porta do quarto. A filha estava sentada à mesa desenhando em um caderno com um lápis bem apontado.

– *Ma petite*, ele a cumprimentou.

Lorenza deu uma risadinha.

– Você me chamou como a tia... Então saiu da cadeira com um pequeno pulo, correu em direção a ele e o segurou bem apertado.

– Está com fome?, perguntou-lhe, acariciando seus cabelos.

A menina levantou a cabeça e assentiu.

– Então, vamos. O jantar está pronto. Não vamos deixar a mamãe esperando.

Eles voltaram para baixo no momento em que Agata trazia a sopa para a mesa. Sentaram-se; Agata fez o sinal da cruz e, com as mãos entrelaçadas, recitou graças ao Senhor, com devoção, mas rapidez: seria uma pena deixar a sopa esfriar.

Antonio olhou primeiro para a esposa, depois voltou o olhar para a filha: as duas irradiavam alegria naquela noite. Agata levantou-se para servir a sopa no prato de Lorenza e estava sorrindo. *Ela parece tão diferente quando sorri*, pensou Antonio. E, ao observá-la, sentiu com absoluta clareza que Agata era uma parte dele, da sua história. Ele, sem dúvida, amava-a muito: era a mãe de sua filha. No entanto, havia um *mas*. Estava lá desde o início. Um *mas* incômodo, que ambos, a partir de certo momento, fingiam não ver. Agata foi a primeira mulher a dizer-lhe "Eu te amo", foi ela quem o quis e partiu obstinadamente para conquistá-lo. Antonio, por sua vez, limitou-se a ser escolhido: seu irmão havia partido há pouco tempo e ele se sentia terrivelmente sozinho. Agata lhe parecia uma alternativa à solidão.

– O amor se aprende, ela lhe disse. – E você aprenderá. Até lá, o meu será suficiente. Mas não foi suficiente, e ele nunca aprendeu a amá-la. Havia entre eles uma espécie de pacto tácito que, se tivesse sido quebrado, teria reduzido suas vidas a escombros, enterrando as coisas boas que conseguiram construir juntos, apesar de tudo.

Antonio tinha consciência de que as palavras que estava por dizer quebrariam o vidro de uma pintura que, naquele preciso momento, parecia cheia de harmonia. Como as pinturas bucólicas de sua mãe que estavam penduradas em todas as paredes da casa. Em poucos segundos, apagaria o sorriso do rosto da esposa e da filha, endurecendo-lhes os traços, enrijecendo-lhes os músculos. Ainda assim, não podia sentir-se realmente culpado. Pelo menos, não tanto quanto imaginava que deveria se sentir.

Então ele derramou as palavras na mesa de uma só vez.

Agata parou, colocou a colher no guardanapo ao lado do prato e escondeu as mãos debaixo da mesa.

– E quanto tempo você vai ficar fora?, ela perguntou depois de um longo silêncio, com a voz embargada.

O tempo que for necessário...

– Papai, mas a África é longessíssima.

– É realmente outro mundo, murmurou Agata.

– Você não pode levar a mim e a mamãe também?

Antonio pegou-lhe na mão e, fazendo suas as palavras de Carlo, tentou tranquilizá-la; afinal era apenas uma viagem de negócios, ele não iria embora para sempre.

– Mas você já tem um trabalho aqui, retrucou Lorenza. – Por que precisa de outro?

– O que faremos aqui sem você? O que eu faço se algo acontecer com a menina?, Agata reclamou.

– Por que algo deveria acontecer...

– Mas, então, assim de repente... você parte em dez dias e eu não sabia de nada. Depois acrescentou: – Carlo e Anna sabem?

– Eu disse ao Carlo. Imagino que agora Anna também saiba, respondeu Antonio.

– Papai, não vá. Lorenza mexeu-se na cadeira, inquieta.

– Olha o que sua filha está te pedindo..., Agata murmurou. – Você não poderia, pelo menos, dar ouvidos a ela?

– Volto logo, exclamou ele, tentando animá-la. Então acariciou Lorenza. – E prometo que escreverei para você todas as semanas.

– Você jura?, ela perguntou com um olhar muito triste.

– Eu juro, respondeu Antonio.

– Não jure, disse Agata friamente. Ela, então, se levantou e levou seu prato ainda fumegante para a cozinha.

Na manhã do dia 22 de junho, Antonio pegou a mala de couro marrom e colocou-a ao lado da porta da frente. Olhou para a cozinha: Agata, com os olhos inchados de tanto chorar, filtrava o carvão da panela com água em que havia fervido a roupa; estava coletando-a em uma tigela e usaria mais tarde para lavar o seu cabelo e o de Lorenza. Antonio sentiu uma vaga sensação de nostalgia e ternura, mas não conseguiu dizer nada. Voltou para a sala, levantou a mala e fechou a porta atrás de si.

Foi a pé até a casa de Carlo: seria ele quem o acompanharia até o porto de Brindisi, no 508.

Foi Anna quem abriu-lhe a porta. Ela olhou primeiro para ele e depois para a mala.

– Carlo está quase pronto, disse.

– Não há pressa, eu é que estou adiantado, respondeu Antonio.

Anna cruzou os braços e soltou um suspiro. – Nos encontraremos novamente em breve? perguntou-lhe, então.

Antonio ergueu os olhos e fitou-a intensamente, em silêncio.

Anna corou e desviou o olhar.

Naquele momento, Carlo reuniu-se a eles, parecendo sem fôlego. Como sempre, ele cheirava a loção pós-barba mentolada.

– Cheguei, *fratellone*, estou aqui, exclamou com um sorriso. Então trouxe o carro, e Antonio colocou a mala no porta-malas, enquanto Anna, parada na porta, observava os dois com um olhar indecifrável.

No final, ela apenas disse:

– Boa viagem. E entrou sem dar tempo a Antonio para responder.

9
[JULHO-OUTUBRO, 1936]

O casamento de Tommaso foi celebrado num domingo de julho, na igreja de San Lorenzo. A cerimônia foi simples e íntima. Prefiro assim, observou o diretor. Era preciso ter cuidado e não cansar ainda mais o coração debilitado da sua doce Giulia. Mas a curiosidade de dar uma espiada no vestido da noiva era incontrolável, razão pela qual, à espera dos noivos à saída da igreja, havia uma multidão de comadres mexeriqueiras, todas em posição de sentido. Anna reconheceu Giuseppina, que, assim que a viu, cumprimentou-a, acenando com a mão e com um grande sorriso. Ela sempre parece tão feliz em me ver, Anna pensou com ternura. Um segundo depois, notou dois membros fascistas que davam parabéns aos sogros de Tommaso, de quem pareciam bastante próximos. Anna endureceu o olhar e olhou para eles, irritada: será que tinham mesmo que usar aquelas malditas camisas pretas para ir a um casamento?

O vestido de Giulia, desenhado e costurado por Carmela, era romântico e suave, com mangas compridas e decote drapeado, emoldurado por pequenas pérolas, as mesmas que embelezavam o solidéu que ela usava nos longos cabelos loiros. Nas mãos, ela segurava um buquê de copos-de-leite. Os sussurros começaram a correr por toda a praça:

– Que elegante, ela realmente parece uma princesa! Aquela menina sempre foi muito graciosa... Que pena a sua saúde, pobre criatura...

Os olhos de Tommaso estavam brilhantes e claros como a água da praia numa manhã de verão, e os cachos endurecidos por uma quantidade desproporcional de brilhantina formavam uma espécie de coroa. Ninguém teve coragem de insinuar que os cônjuges não estavam verdadeiramente felizes e apaixonados, embora no fim da praça já houvesse quem apostasse quanto tempo aquela felicidade iria durar.

Tommaso e Giulia partiram no dia seguinte para a lua de mel na costa de Amalfi. Só ficariam lá por uma semana. Carmine foi nomeado diretor, não só pela antiguidade, mas também por ser o único homem na agência.

No calor do verão, Anna deixou de lado o uniforme de inverno e vestiu um leve, de algodão azul com mangas curtas; além disso, com grande alívio, deixou de usar as grossas meias pretas, algo que Carmine não deixou de salientar de imediato.

– Você representa os Correios, não pode andar por aí com as pernas nuas, como veio ao mundo, ele a repreendeu.

– Façamos assim, respondeu Anna, enquanto enchia a bolsa postal. – Prometo que vou colocá-las de volta com a condição de que, a partir de amanhã, você também as use.

Chiara começou a rir e cobriu a boca com a mão. Elena, porém, colocou as mãos na cintura e franziu a testa, iludindo-se de que aquela simples atitude servia de aviso. Mas Anna nem olhou para ela.

Naquela manhã, ela descobriu que, em breve, haveria outro casamento para celebrar: entre Angela e seu devotado carpinteiro. Quando bateu à porta da menina para entregar-lhe não o pacote habitual, mas um envelope branco sem remetente, Anna não pôde deixar de notar um anel de ouro com um pequeno diamante em seu dedo.

– Você fez parte dessa história, você sabe, Angela disse inesperadamente, com lágrimas nos olhos. – Quando eu contar isso aos meus filhos, não poderei deixar de mencionar a linda carteira que todas as terças-feiras me trazia presentes do pai deles. Acrescentou que, no dia seguinte à cerimônia, se mudaria para Lecce, para a casa que o seu futuro marido comprara especialmente para eles, a poucos passos da loja, e que lamentava muito a ideia de não vê-la mais.

Anna simplesmente sorriu para ela, um pouco envergonhada. Depois tirou do bolso do casaco os cartões de visita com o seu nome e entregou um à jovem.

– Assim você poderá mostrar aos seus filhos, disse ela.

∽

As aulas de Giovanna continuaram: com exceção dos domingos, Anna ia a Contrada quase todos os dias, das quatro às seis da tarde. Como Anna esperava, a natureza romântica de Giovanna se refletiu imediatamente no romance, e ela estremecia toda vez que Elizabeth e o charmoso sr. Darcy apareciam juntos na página. A curiosidade de saber se iriam se casar ou não acabou estimulando-a: nos últimos tempos, acontecia, cada vez com mais frequência, que, terminada a aula, Giovanna continuasse lendo sozinha. No início, avançou algumas linhas, mas depois de dois meses, conseguiu ler uma página inteira sozinha. Escrever, porém, era muito mais cansativo para ela. Anna começou a fazê-la escrever cartões-postais para o Pe. Giulio, sentando-se ao lado dela e soletrando cada palavra. Se a mensagem fosse particularmente longa, poderia levar dias.

No último postal, Pe. Giulio informava-lhe que, na segunda quinzena de agosto, viria visitar os familiares e que teria muito prazer em vê-la novamente. Supondo que ela também o quisesse, especificou.

~

A primeira carta de Antonio, porém, chegou perto da noite de San Lorenzo, junto com as estrelas cadentes. Naquela manhã, assim que Anna leu o destinatário e o endereço – *Lorenza Greco, via Paladini 43, Lizzanello (LE), Itália* –, sentiu a respiração ficar presa no peito por um instante. Virou o envelope e viu o remetente. Sim, Antonio finalmente escreveu, depois de um silêncio de semanas.

Anna pensou em abrir o envelope e ler a carta antes de todos: ela sabia bem como levantar a aba e depois fechá-la, certificando-se de que parecesse intacta. Ficou alguns minutos diante da grande mesa da agência, olhando o envelope e a caligrafia de Antonio, tão precisa e elegante.

As badaladas do relógio da prefeitura marcando nove horas foram suficientes para distraí-la de seu propósito. Como se tivesse levado um tapa, balançou a cabeça e pensou: *Mas como eu pude imaginar uma coisa dessas?* Então, rapidamente colocou o envelope de volta na bolsa.

Agata abriu-o, rasgando-o de um lado e tirando duas cartas: uma curta, para ela, e outra bem mais longa, para Lorenza. Ela rapidamente examinou as palavras do marido, com olhos sedentos, e depois afundou-se na cadeira, como se a leitura a tivesse esgotado.

– Pelo menos ainda está vivo, esse infeliz, ela comentou.

A falta de notícias de Antonio deixara os nervos de Agata à flor da pele. Se, quando saía, ela dizia a todos que, em sua opinião, ele havia morrido ou se afogado no Mar Vermelho e, portanto, tinha o olhar desolado de uma mulher recém-viúva, em casa explodia com qualquer bobagem e seu alvo favorito era, inevitavelmente, Lorenza. O que quer que a filha tivesse feito ou deixado de fazer – a cama por arrumar, o atraso de alguns minutos, o copo de leite esquecido na mesa depois do café da manhã – despertava nela uma fúria cega, era um rastilho de pólvora que a fazia explodir. Os olhos de Lorenza lacrimejavam o tempo todo; com a cabeça baixa, ela apertava os lábios com força para conter as lágrimas.

– O que ele escreve? Está bem? Anna perguntou, tentando usar um tom calmo.

Agata dobrou as duas cartas e guardou-as no bolso do vestido.

– *Ele* está bem, respondeu ressentida. – Estamos nós aqui, *eu e a filha dele*, sublinhou, sofrendo as dores do inferno por causa dele. Mas de qualquer modo, concluiu, levantando-se da cadeira com um suspiro, ninguém pensa em nós.

Anna fez uma careta de decepção.

– Bem, ela tentou replicar, sempre estamos aqui. Vocês não estão, de forma alguma, sozinhas.

– Belo consolo, disse Agata, virando-lhe as costas.

Anna balançou a cabeça e se dirigiu para a porta.

– Ah, acrescentou Agata, sem se virar.

– Ele envia saudações a vocês. A você e a Carlo.

Naquele dia, logo depois do almoço, Lorenza chegou ofegante à casa dos tios, segurando a carta na mão.

– Chegou, tia!, gritou, correndo em sua direção e acordando Roberto de sobressalto, que dormia no sofá.

– Eu sei, Anna sorriu para ela. – Eu entreguei para a sua mãe.

– Leia, vamos, convidou Carlo, sentando-se no sofá ao lado do filho, que se virou e voltou imediatamente a dormir.

Lorenza sentou-se ao lado do tio, enquanto Anna permaneceu de pé e cruzou os braços sobre o peito. Depois abriu a carta, manuseando-a com a ponta dos dedos como se fosse papel de cristal, e começou a lê-la com sua vozinha estridente.

> *Minha doce e querida Lorenza,*
>
> *aqui estou, finalmente. Sei que estou imperdoavelmente atrasado, mas garanto que há razões mais do que válidas para não ter escrito antes. Sinto muito se você pensou que eu não tivesse vontade, e me dói imaginar que tenha se sentido esquecida. Mais do que tudo, porém, tenho vergonha de não ter cumprido meu juramento de escrever para você todas as semanas. Prometi rápido demais, admito, sem ter a menor ideia do que encontraria aqui quando chegasse. Portanto, peço desculpas do fundo do meu coração, minha filha. Você me perdoa?*

Seu pai está bem. Instalei-me numa pousada agradável e acolhedora. Chama-se Casa dos Italianos e da janela do meu quarto dá para ver a Casa de Ópera, uma maravilha arquitetônica! Você iria adorar, sabe? À entrada, há um chafariz em forma de concha, rodeado por duas imponentes escadarias que conduzem ao pórtico da entrada. Ainda na semana passada vi uma peça de Pirandello, Non si sa come. *Gostei demais e fiquei pensando nela por dias... Quando eu voltar vou te levar ao teatro: você já está crescida o suficiente.*

Asmara é uma cidade em contínua evolução e expansão, e já fiz vários contatos com donos de restaurantes e de pensões locais, a quem visito diariamente para oferecer e provar o meu azeite. Dois restaurantes da Alameda Itália, rua principal da cidade, já encomendaram abastecimento para os próximos meses. Essa não é uma boa notícia? Espero que você fique tão feliz com isso quanto eu.

Não sei quando regresso; ainda há muito trabalho a fazer aqui.

Tentarei escrever para você com mais frequência, mas, enquanto isso, conte-me como está sendo o seu verão: você já foi à praia? Que livros você está lendo?

Procure ser obediente e não irritar a mamãe.

Eu te amo
Teu pai

– Pois então, parece-me que ele está bem, comentou Carlo, abrindo os braços e levantando-se.

Lorenza permaneceu sentada, de cabeça baixa sobre a carta que continuava a segurar firmemente nas mãos.

– Algo errado, *ma petite*?, perguntou Anna, aproximando-se.

– O que ele quer dizer com não sabe quando vai voltar?, ela perguntou em um suspiro.

– Isso significa que os negócios estão seguindo o caminho certo, confortou-a Carlo. – Não se preocupe, ele estará de volta quando as aulas começarem. E vai te trazer um lindo presente, você vai ver!

Anna sentou-se ao lado dela e a abraçou.

– Está tudo bem, sussurrou para ela. – Aliás, você quer saber o que vamos fazer? Esta noite você ficará para jantar conosco e vamos preparar o pesto juntas. Preciso da minha melhor ajudante, concluiu ela com um sorriso.

A menina de repente ergueu os olhos e olhou para ela feliz. Mas depois seu olhar ficou sombrio.

– Vamos convidar a mamãe também, certo?, ela perguntou, quase com medo.

– Mas é claro, interveio Carlo.

– Esta noite vamos todos comemorar juntos a primeira venda do seu pai, acrescentou alegremente.

~

Na manhã seguinte, Anna saiu de casa mais cedo do que de costume – naquele horário nem a vizinha estava varrendo a calçada – e dirigiu-se rapidamente para a biblioteca municipal. Passou pela praça ainda vazia, exceto por Michele, que descarregava grandes melancias de uma carroça. Anna acelerou o passo e entrou pela porta aberta da biblioteca. Perguntou ao homem gentil do outro lado do balcão se por acaso havia um exemplar de *Non si sa come*. Ele fez uma expressão hesitante e perguntou quem era o autor.

– Luigi Pirandello, respondeu ela.

O homem, então, levantou-se da cadeira e dirigiu-se à seção dedicada a teatro. Anna esperou uns bons dez minutos antes que o bibliotecário reaparecesse com o volume nas mãos. Durante toda a manhã, enquanto ia de casa em casa, esvaziando aos poucos a sacola, só conseguia pensar no livro e no motivo pelo qual Antonio escreveu que amava tanto aquele drama, a ponto de não conseguir parar de pensar nele. Mal podia esperar para sentar-se e lê-lo no banco de seu *jardin secret*.

E, naquela tarde, Anna leu contínua e avidamente até a hora do jantar, quando o jardim se tingia das cores do crepúsculo: o drama de Pirandello contava a história de um homem que, tomado por uma paixão incontrolável, se deitou com a esposa de seu amigo mais próximo, antes de ter uma terrível crise de consciência. O remorso por aquele ato mesquinho, praticado por impulso, tornou-se tão grande que o homem quis ser punido a todo custo.

Só quando chegou à última página e fechou o livro é que Anna percebeu qual era a verdadeira e profunda razão pela qual Antonio havia partido. Tal como o protagonista da história, ele também procurou punição para si mesmo e encontrou-a fugindo para o lugar mais distante possível dela e de Carlo.

~

As aulas recomeçaram no final de setembro e, apesar das previsões otimistas de Carlo, Antonio não regressou. Ele enviou a Lorenza algumas linhas nas quais lhe desejava um bom início do ano letivo e a incentivava a estudar muito e se tornar a melhor de todas. Porém, quanto ao seu retorno, não havia sequer uma vaga promessa. Lorenza estava prestes a iniciar o ensino médio quinquenal, o que lhe permitiria cursar três anos do ensino médio clássico e depois ir para a universidade, sonho que Antonio tinha para ela desde criança. Enquanto Carlo a acompanhava a Lecce com o 508 para o seu primeiro dia de aula, Lorenza olhou pela janela com um olhar triste, pensando que, se seu pai não havia voltado mesmo para uma ocasião tão importante, isso significava que aquele sonho não significava mais nada para ele.

Ela começou a passar todas as tardes na casa de seus tios. Era como se o ar ao redor de Agata estivesse envenenado e ela o respirasse profundamente apenas para jogá-lo em Lorenza. A essa altura, ela já se incomodava até com a forma como a filha mastigava durante o almoço ou o jantar.

– Você pode parar de fazer todo esse barulho pelo menos uma vez? Coma como um cristão, não como uma fera!, ela repetia com uma expressão exasperada. E então, com o coração disparado, Lorenza obrigava-se a mastigar devagar e com a boca fechada.

Depois havia a questão das lições de casa, uma vez que os trabalhos de casa do ensino secundário se revelaram extremamente exigentes. Agata não só não sabia como ajudá-la, como também não tinha o menor interesse em tentar.

– Se dependesse de mim, eu teria colocado você para trabalhar, bufava. – A ideia do ginásio foi do seu pai. E agora seu pai não está aqui e quem sabe quando ele voltará. Vire-se!

Obviamente, coube a Anna ajudar a menina e, felizmente, ela tinha quase todas as tardes livres, já que, a essa altura, Giovanna conseguia ler muito bem sozinha. Como ficou emocionada quando Elizabeth, finalmente, aceitou o pedido de casamento de Darcy!

Aquelas tardes juntas enchiam as duas de alegria: Anna ajudava Lorenza nos trabalhos de casa e depois os corrigia, preparava-lhe um lanche com pão, geleia e suco de romã e, em algumas noites, dava-lhe banho com pétalas de sabão de Marselha, escovando-lhe os cabelos por um longo tempo.

Só havia uma coisa que arruinava o humor de Anna, deixando-a furiosa, e essa coisa era a glorificação do fascismo, que, especialmente nos seus trabalhos de casa de italiano, sempre vinha à tona.

– Inaceitável!, deixou escapar uma tarde, percorrendo os temas que Lorenza tinha à escolha para escrever uma redação. Depois, em tom cantante, leu: – *Porque sou uma pequena italiana, Quais obras do fascismo você mais admira? De Vittorio Veneto à Marcha sobre Roma, um mártir e heroi da recente guerra ítalo-etíope*. Você sabe que o fascismo está errado, não é?, disse-lhe ela então.

Lorenza abaixou a cabeça.

– Mmm-mmm, ela murmurou, um pouco em dúvida.

– Seu pai também lhe diria isso se estivesse aqui.

– Mas minha professora gosta do Duce..., Lorenza tentou responder.

– Sua professora é uma verdadeira imbecil, Anna disse imediatamente.

A menina olhou para ela com uma expressão confusa.

– Mas todo mundo na escola gosta do Duce...

– Se todo mundo gosta de alguma coisa, não significa que seja certo. Ela então suspirou e tentou ser razoável. – Obviamente você não precisa contar essas coisas à professora. Nem a ela nem a qualquer outra pessoa, entendeu?

– Escuta, tia... a garotinha resmungou. – Mas o papai não volta porque não quer mais ficar com a mamãe?

Anna engoliu em seco e hesitou por um longo tempo antes de responder.

– Mas em que você está pensando?, exclamou então, acariciando sua bochecha. – Seu pai está lá para trabalhar, você sabe. Ele está fazendo isso por você também. Na verdade, especialmente por você.

– Mas eu não pedi a ele.

– Ele voltará logo, não se preocupe, *ma petite*.

– E como você sabe?

– Eu conheço seu pai.

E, ao dizer isso, Anna se perguntou se era realmente assim.

∼

Certa manhã, no final de outubro, Giovanna saiu pela porta de madeira da biblioteca municipal com um exemplar de *Educação Sentimental*, de Flaubert, debaixo do braço. Ela pensou em quantas histórias havia perdido, em todos aqueles anos, convencida de que não era capaz de ler. No entanto, bastou a obstinação de Anna para provar que estava errada. Agora, queria recuperar o tempo perdido e devorar histórias até ter uma indigestão. Claro, ela ainda cometia muitos erros, principalmente quando tinha que escrever, mas a janelinha agora não passava de uma lembrança.

Passou pelo garoto que vendia jornais e seu olhar caiu sobre uma manchete da *Gazzetta del Mezzogiorno*. "A aliança entre Itália e Alemanha assinada ontem por Ciano e von Ribbentrop", leu. Ela não entendia muito de política; sempre achou algo chato. No entanto, parecia-lhe que esse anúncio não dizia nada de bom.

– Olá, amiga! Anna apareceu atrás dela, impecável em seu uniforme azul de inverno. – O que você pegou? Deixe-me ver.

Giovanna mordeu o lábio e entregou-lhe o livro.

– Ah, você me ouviu! É uma obra-prima, você verá! Anna quase gritou. – Ninguém conseguiu descrever melhor as expectativas do amor e como elas são destruídas. Então, olhou para Giovanna com uma pitada de arrependimento nos olhos.

A outra olhou para baixo e pegou o livro de volta.

– Chegará no próximo verão, desta vez eu posso sentir isso, murmurou. – Eu sei que você não acredita mais, mas você verá que vai chegar.

Anna assentiu um pouco constrangida.

– Vou indo. Posso esperar por você mais tarde? Você leva romãs para o suco?

– Claro que sim, respondeu Anna.

Enquanto sua amiga se afastava, Anna não pôde deixar de ouvir as duas vozes femininas murmurando no banco atrás dela.

– Mas aquela ali não era a estúpida? Como ela começou a ler agora?

– Imagina. Ela está fingindo. Quando algo está torto você não endireita, eh.

Anna respirou fundo, virou-se e caminhou em direção às duas mulheres.

– Oh, bom dia, senhora carteira, uma das duas a cumprimentou.

– Eu, aqui, de estúpida só vejo vocês, disse Anna. Então, indiferente às suas expressões incrédulas, ela se virou e saiu.

– Que temperamento o dessa forasteira, comentou a segunda mulher, balançando a cabeça.

∼

Os meses haviam passado, e provavelmente teriam passado outros mais se, no último dia de outubro, Agata não tivesse enviado aquele telegrama ao marido.

LORENZA ESTÁ DOENTE.
VOCÊ DEVE VOLTAR URGENTEMENTE PARA CASA.

Foi assim que Antonio arrumou a mala às pressas, anunciou o seu regresso com um telegrama de resposta e partiu de uma hora para outra. Quando o navio saiu do porto de Asmara, ele permaneceu no convés olhando para a cidade à medida que ela ia diminuindo gradualmente. Todas as coisas que lhe aconteceram naqueles meses, de repente pareciam pertencer a outra pessoa, a um homem que viveu lá e mentiu em seu lugar. Então, enquanto o navio cruzava o Mar Vermelho, ele percebeu que nunca mais poria os pés na África. No entanto, já havia compreendido há algum tempo que sua dor não havia diminuído em nada. Ele a encontraria intacta e inexorável quando voltasse.

A de Lorenza não passava de uma febre banal, e ela se recuperou muito antes que Antonio tocasse o solo italiano.

Eu menti, não foi? Agata dizia a si mesma. *No final das contas, eu consegui. Pelo menos ajudou a trazê-lo para casa.*

10
[VERÃO, 1937]

Naquele ano, parecia que as jovens que ainda não eram casadas tinham concordado em casar todas juntas: entre o início da primavera até o final do verão, o adro da igreja de San Lorenzo foi transformado num tapete de grãos de arroz, já que ninguém se preocupava em limpar entre um casamento e outro.

O trabalho para Carmela triplicou. O vestido feito no ano anterior para Giulia foi tão admirado, que as encomendas dispararam: a alfaiataria virou alvoroço de futuras noivas, que ansiavam por um vestido de sonho "como o da filha do *patrunu*". Foram semanas febris: às quatro da manhã, Carmela acordava, preparava a cafeteira maior, aquela de seis xícaras, e ia bebendo aos poucos, fazendo durar até a hora do almoço, e enquanto, do outro lado da porta que dividia a casa da alfaiataria, Nicola e Daniele dormiam como troncos, ela, de camisola, desenhava esboços sem parar, até a hora de abrir. Ela mantinha sempre aberto sobre a mesa um exemplar da *Moda Illustrata*, revista na qual se inspirava para criar seus próprios modelos.

Às vezes, de madrugada, ouvia os passos do filho descendo as escadas, passando pela cozinha e parando em frente à porta da alfaiataria. Daniele aparecia, com os cabelos desgrenhados e vestindo apenas cueca e regata branca, depois sentava-se calmamente ao lado da mãe, com a cabeça apoiada nos braços entrelaçados sobre a mesa e ficava ali observando-a, atento e curioso, enquanto o lápis de Carmela dançava no papel traçando corpetes bordados, caudas leves e mangas transparentes.

– Mãe, não quero mais ir à escola, disse Daniele certa manhã, do nada. – Eu quero fazer o que você faz.

Carmela parou com o lápis no ar e colocou-o lentamente sobre a mesa.

– O que você quer dizer com não quer mais ir à escola?

Daniele abaixou a cabeça.

– Prefiro trabalhar com você, ele respondeu em voz baixa.

– Mas isso não se pode fazer.

O filho hesitou por um momento.

– E por que não?

– Você realmente está me fazendo essa pergunta? Você é homem, e se realmente quer sair da escola e começar a trabalhar, por mim tudo bem, mas tem que fazer trabalho de homem.

Daniele olhou para ela, desapontado.

– Deixe-me, ao menos, tentar. Eu também desenho vestidos no meu caderno. Você quer vê-los?

– Não, exclamou ela asperamente. Não quero ver nada. Uma alfaiataria não é para homens. Agora vou encontrar um emprego para você e não quero mais ouvir essas bobagens. Agora vá, que tenho coisas para fazer.

Esse pedido inesperado a perturbou, preocupando-a pelo resto do dia. O que ele estava pensando, meu Deus? Um homem atrás da máquina de costura? E ele até começou a desenhar vestidos! Aquele seu filho havia crescido muito delicado. Ele não pertencia a Nicola; no entanto, herdara o mesmo caráter gentil dos Carlà. Ela tinha que fazer algo imediatamente para fazê-lo abandonar essas ideias malucas.

Foi conversar com o pai a respeito, pedindo-lhe que encontrasse rapidamente um emprego para o neto.

– É preciso que seja um trabalho que exija esforço físico. Caso contrário, vai acabar usando saia, declarou ela dramaticamente.

– Peça ao pai, que ele o faça trabalhar duro, respondeu *Don* Ciccio com serenidade.

Carmela deu um sorrisinho sarcástico.

– Nicola mal trabalha para si mesmo.

– Mas eu quis dizer o verdadeiro pai.

Ela olhou para ele, chocada.

– Com todo o respeito, meu pai, mas você também ficou abobado?

Don Ciccio encolheu os ombros.

– E por que não? Você sabe quantas pessoas querem trabalhar para a Quinta Greco?

– E o que ele deveria fazer? Estou ouvindo. Ser escravo daqueles lá? ela disse, rígida. – Mas nem morta vou mandá-lo sujar as mãos de terra para os Greco.

– As mãos ficam sujas e depois você as lava, respondeu *Don* Ciccio. – Vai ter dinheiro circulando lá, e não será pouco. *Ele* está fazendo grandes coisas naquele lugar, enfatizou, abrindo os braços. – E você não quer que seu filho fique com pelo menos uma parte disso?

– E como é que ele tomaria essa tal parte? Perguntou Carmela, de repente curiosa. – *Ele* não nos deve nada.

Don Ciccio levantou-se da cadeira e pegou o cachimbo da lareira. Acendeu-o calmamente e deu uma primeira tragada, um pouco pensativo. Permaneceu em silêncio por alguns segundos, depois, imperturbável, disse:

– Você, minha filha, está subestimando o poder do vínculo de sangue...

– Mas que vínculo de sangue!, ela o interrompeu, com raiva. – Aquele lá não se importa nem um pouco com Daniele. Finge que nada aconteceu. Desaparece e esquece. É o estilo Carlo Greco, não te parece que o conhecemos bem?

– Você errou em contar a ele. Você foi impulsiva e tola, como todas as mulheres, repreendeu *Don* Ciccio. – Mas agora que contou, aproveite. Coloque esse filho debaixo do nariz dele. Ele deve vê-lo todos os dias. Não como agora, que mal sabe como ele é. Ele pode começar como um simples operário, mas ainda é *nu piccinnun*, não tem nem dois fios de barba. E então você verá... devagar se vai ao longe.

Carmela olhou para ele, em dúvida.

– Vou ver o quê? Você acha que ele deixará a propriedade para ele? E caiu numa gargalhada amarga.

– Não, respondeu sério *Don* Ciccio, soprando uma nuvem de fumaça. – Aquilo ele não pode deixar, nós sabemos disso. Mas, no final, ele também dará algo ao garoto. E não será uma fatia pequena. Confie no que eu digo, eu sei como as coisas acontecem. O sangue sempre vence.

Ela endureceu o olhar.

– Então peça você que lhe dê um trabalho, disse ela resolutamente. – Eu não vou mendigar favores.

∽

Com um charuto entre os dentes, Carlo estava curvado na vinha vigiando os agricultores, que se ocupavam com a "poda verde" que era feita no verão. Em setembro – e Carlo não aguentava mais esperar, já estava esperando há três anos – finalmente chegaria a hora da colheita. O rótulo Donna Anna já tinha sido encomendado e, entre as várias propostas que o pintor lhe apresentou, escolheu aquela com a imagem de uma rosa aberta num lindo vermelho vivo.

Ele se levantou, espreguiçando-se, e nesse momento viu chegar *Don* Ciccio. Um pouco surpreso, ele o cumprimentou, acenando com a mão. – *Don* Ciccio, que surpresa! Você andou debaixo desse sol? Não deveria se cansar. O tom era afável, mas também revelava uma certa perplexidade.

Don Ciccio respondeu que ainda não era um velho decrépito e convidou-o para um passeio entre as fileiras do parreiral. Estava curioso para dar uma olhada nos trabalhos, disse.

Eles, então, encaminharam-se para a vinha. *Don* Ciccio olhava em volta com olhos atentos, parando de vez em quando para aconselhar algum trabalhador:

– Não corte muito perto do botão da coroa, deixe pelo menos alguns centímetros... Tire estas folhas porque elas criam sombra para o cacho.

Só quando estavam suficientemente distantes, entre as plantas do fundo nas quais ainda não haviam trabalhado, é que ele decidiu falar.

Carlo acendeu o charuto e ouviu-o com um misto de apreensão e melindre, deslocando o peso do corpo ora num pé, ora no outro.

– O menino só precisa ganhar experiência e aprender o que é trabalho duro, destacou *Don* Ciccio.

– Para desenvolver o temperamento e o caráter e se tornar um homem. Você sabe, *o pai dele, o Nicola*, enfatizou, não sabe ensinar muito bem essas coisas...

Carlo de repente sentiu as pernas congelarem. – Mas por que justamente aqui... com tantos vinhedos por aí, tentou responder.

Don Ciccio deu alguns passos à frente, colocou as mãos nos bolsos da calça e depois virou-se, de costas para ele.

– Meu pai, que Deus o tenha, sempre disse que não há nada pior no mundo do que a ingratidão, declarou.

– Mas sou grato ao senhor pela ajuda que me deu, *Don* Ciccio. O senhor sabe disso, Carlo apressou-se em apontar.

Don Ciccio virou-se e fixou os olhos nele.

– É isso o que peço pelo serviço que prestei, disse ele, abrindo os braços para indicar o vinhedo. –Você vai me recusar?

Carlo passou a mão pelo cabelo encharcado de suor. Depois, colocou as mãos na cintura e, com o rosto contraído, olhou para o horizonte.

– Se é isso que pede... murmurou ele, derrotado.

– Bom, disse *Don* Ciccio com um sorriso. – Vou enviá-lo a você aqui amanhã de manhã. E já estava prestes a voltar, quando Carlo, com uma pequena corrida, parou na sua frente.

– Permita-me uma última observação, disse ele, desta vez com uma expressão confiante. – Espero que o senhor não me subestime a ponto de me considerar estúpido. Aos meus olhos, seu neto será um trabalhador como todos os outros. Ele tem o sobrenome Carlà.

Don Ciccio olhou para ele, sarcástico.

– Ele carrega o sobrenome do pai. E de quem mais, senão o dele?

~

Aquele foi o verão em que Lorenza deixou de ser criança. Assim que viu os filetes de sangue escorrendo por suas pernas, ela começou a gritar, apavorada.

– Por que você está gritando? É o *marquês*. Você se tornou uma mulher, que bom para você, disse Agata após juntar-se a ela no banheiro. Colocou nas mãos da garota uma pilha de retalhos de algodão feitos de um velho lençol branco e mostrou-lhe como deveria usá-los na calcinha, recomendando que fossem trocados pelo menos a cada duas horas. – Se não fizer isso, você vai cheirar mal e as pessoas vão querer ficar longe de você, explicou. Depois começou a listar todos aqueles comportamentos que, nos "dias de sangue", ela deveria evitar como uma praga: que não ousasse tocar nas plantas e flores, senão as secaria; que ficasse longe da massa de pão, caso contrário não cresceria; e do vinho; porque senão viraria vinagre. Quando Lorenza contou todas essas coisas à tia, Anna caiu na gargalhada.

– Por que você está zombando de mim?, Lorenza se abateu.

– De modo algum estou zombando de você! Você tem certeza de que sua mãe disse exatamente essa bobagem?

– Claro, respondeu Lorenza, abaixando o olhar.

– São bobagens, não acredite.

– Então por que ela me diria esse tipo de coisa?

– Essas são crenças tão antigas quanto o mundo. Sem qualquer fundamento. Venha, vou te mostrar. Ela tomou-a pela mão e arrastou-a para o jardim. – Toque no meu manjericão, ela ordenou.

Lorenza instintivamente deu um passo para trás.

— Tia, eu não gostaria de...
— Chega disso e toque nele. Vamos, chegue mais perto.
Com passos incertos, Lorenza aproximou-se de um arbusto.
— Toque, vamos, Anna reiterou. — Então poderá ver por você mesma que nada murcha. Na verdade – acrescentou com um olhar divertido –, quando terminarmos aqui, desceremos até a despensa. Você sabe qual, certo? Aquela onde seu tio guarda as garrafas de vinho. E nós tocaremos em todas elas.

~

Eram também dias de sangue quando, no final do primeiro ano do ensino médio, Lorenza descobriu que teria de fazer recuperação tanto em latim quanto em grego.
— Você vê?, comentou Agata, agitando o boletim debaixo do nariz de Antonio. — Quase não passou nas demais disciplinas. Eu lhe disse que era melhor mandá-la para uma escola profissionalizante. Mas, de qualquer maneira, quando alguém me escuta?
A menina, sentada no sofá verde, com as mãos entrelaçadas, baixou a cabeça, desolada.
— Vou encontrar um professor que irá te ajudar, Antonio respondeu com uma voz calma. — Ela vai conseguir, acrescentou. E lançou um sorriso para sua filha. Mas o sorriso caiu no vazio.
Desde o primeiro dia do seu regresso de África, Antonio teve a sensação de ser um hóspede indesejado na sua própria casa. Não encontrou nenhum braço aberto para recebê-lo, com exceção dos de Carlo, o único que parecia feliz em vê-lo novamente. Agata, por sua vez, imediatamente o confinou a dormir no sofá do escritório.
— Você me deixou sozinha na cama por meses e agora quero continuar sozinha, ela disse, sem sequer olhar para ele. Antonio não disse uma palavra, limitando-se a tirar lençóis limpos e um travesseiro mole da cômoda, com os quais ainda dormia. Não houve um dia em que sua esposa não lhe enviasse piadinhas venenosas. — Você terá que se contentar com a culinária que temos por aqui, dizia ela, enquanto trazia os pratos para a mesa; se ele se demorasse na olaria, chegando atrasado para o jantar, ela o recebia com sarcasmo: — Ele acha que ainda está lá no hotel;

quando anunciou a Lorenza que a levaria para ver um espetáculo no Teatro Politeama, em Lecce, Agata comentou, irritada: – Mas não é que ele pegou o capricho pelo teatro por lá? Sempre que falava sobre África dizia apenas "lá" e fazia uma careta.

Antonio tentava responder todas as vezes com calma e gentileza, mas aquela atitude, em vez de apaziguar Agata, inflamava-a ainda mais.

Mas o que mais o magoava era a mudança profunda de Lorenza. Se encontrasse os olhos do pai, ela bruscamente abaixava os dela; não corria mais para encontrá-lo quando ele voltava do trabalho; parecia medir cada palavra, como se vivesse com medo constante de errar, mas, acima de tudo, – e era o que mais lhe doía – já não exclamava "belissíssimo". Na verdade, ela não se entusiasmava mais com nada.

Com uma pontada de pesar, Antonio percebeu quanto sua ausência havia afetado a vida de sua filha e de sua esposa. Um abismo se abriu entre eles. E suas tentativas de preenchê-lo estavam se mostrando inúteis.

O comércio de azeite com Asmara durou apenas alguns meses, até o dia em que, no final do inverno, as cargas de azeite lhe foram devolvidas, seguidas de uma longa carta que Anna entregara no seu escritório.

Ela permaneceu parada, olhando para ele, com olhar questionador, esperando que ele abrisse o envelope. Era a primeira vez que ficavam sozinhos novamente, pensou Antonio. Em outras ocasiões, alguém da família sempre esteve presente e, além de algumas piadas amigáveis, nunca se falaram realmente. No entanto, foi o suficiente para ele olhar outra vez para o verde dos olhos de Anna para entender que nunca haveria lugar longe o suficiente para onde escapar.

– Obviamente, li o nome do remetente. Quem é Lidia?, Anna perguntou, indo direto ao assunto.

Antonio desviou o olhar, murmurando que era dona de um dos restaurantes com os quais fazia negócios.

– Mentiroso.

– Mas por que esse tom desagradável?, ele perguntou-lhe, perplexo.

– Essa mulher é a razão pela qual você nunca mais voltou, pela qual você abandonou sua filha?, ela o pressionou. – Você tem ideia de quanto Lorenza sofreu?

– Eu não abandonei ninguém! ele exclamou ressentido.

– Seja sincero, Antonio.

Ele suspirou, sentou-se na poltrona perto da janela e olhou para fora, semicerrando as pálpebras.

Anna foi sentar-se na poltrona em frente e cruzou os braços. – Estou te ouvindo, disse ela.

– Não foi... nada, respondeu Antonio em voz baixa.

Houve uma mulher, admitiu ele, e era Lidia, sim. Ele a conheceu no mesmo dia em que desembarcou em Asmara. No auge da fome, entrou no primeiro restaurante que encontrou na Alameda Itália e lá a viu pela primeira vez. Ela era filha de dois colonos venezianos que se mudaram para a capital da Eritreia em 1930 e abriram um restaurante-teatro, A Pequena Veneza, frequentado principalmente por emigrantes italianos. Lidia era garçonete: tinha acabado de completar vinte e dois anos e era de uma beleza rara, com longos cabelos loiros cacheados, rosto salpicado de sardas e um sorriso largo e sincero.

– Você está apaixonado por ela?, Anna o interrompeu, um pouco agitada.

Antonio olhou para ela, perplexo.

– Apaixonado? Mas o que você está dizendo... Eu por ela, pelo menos, não, respondeu, levantando-se da poltrona. – Eu te disse. Não foi *nada*.

Era evidente que ele não lhe contara o restante, nem nunca contaria a ninguém, nem mesmo ao irmão. Com aquela menina, Antonio havia se comportado muito mal e agora sentia vergonha de si mesmo. E tinha vergonha disso. Noite após noite, ele a seduzia, recitando poemas de autores dos quais ela nunca tinha ouvido falar. Ele a fez se apaixonar pelo som dos versos e, como um animal faminto, acabou agarrando tudo o que Lidia espontaneamente lhe deu do seu corpo infantil, da sua pele lisa, que jamais conhecera as mãos de um homem antes, ao amor incondicional que se seguiu. A adoração daquela menina, por quem Antonio sentia apenas uma confusa sensação de ternura, acabou se tornando um bálsamo para a ferida profunda que aquele beijo em Anna lhe causou. Ali, a milhares de quilômetros de casa, Antonio entendeu que poderia ser quem quisesse, sem fugas e sem dor. Portanto, demorou muito pouco para que ele assumisse outra identidade e se tornasse o namorado oficial de Lidia aos olhos de todos: naquela perspectiva, ele não era casado, não tinha filha, não amava loucamente a esposa do irmão... era apenas um homem sem família que chegara a Asmara em busca de fortuna. E ninguém jamais poderia negar isso. Por isso, fez promessas a Lidia que jamais conseguiria cumprir e assumiu compromissos com os pais dela que já sabia que não iria respeitar. Tudo, até mesmo um castelo de mentiras, apenas para manter aquela sensação de alívio que sentia, aquela ruptura com a dor que o consumia. Ele sabia que havia partido o coração dela quando foi embora de repente.

– Espero que, pelo menos, tenha valido a pena, comentou Anna, irritada.

– Mesmo que tenha, o que isso importa para você?

Anna não respondeu.

– Por que você parou de usar tranças?, ele perguntou após alguns momentos de silêncio, surpreendendo-a.

Seu cabelo, longo e negro, caía suave e solto sobre os ombros. Primeiro ela lhe lançou um olhar atordoado; depois, respondeu: – Gosto mais deles assim.

– Eu também, Antonio sorriu. – Não os prenda mais.

∼

– Bom dia, sr. Carlo. Até mais, sr. Carlo. Era assim que Daniele se dirigia a ele cada vez que o via chegar ao vinhedo e depois ao sair. Carlo retribuía, erguendo o queixo com um leve constrangimento, e imediatamente dava-lhe as costas, começando a conversar com outra pessoa. Nos primeiros dias, para dizer a verdade, ele esperou que o menino lhe desse um motivo – qualquer motivo – para mandá-lo embora; nem mesmo *Don* Ciccio teria objetado se seu neto se revelasse um imprestável, e ele, finalmente, teria tirado esse fardo de seus ombros. Vê-lo todos os dias, com aquele rosto bom e limpo e olhos com cílios longos que exalavam ternura, tornava extremamente difícil para ele continuar a dar ouvidos à sua resistência.

Daniele, porém, mostrou-se um trabalhador incansável, querido por todos – sempre havia alguém que gritava no intervalo da manhã:

– Vem cá, meu jovem! E oferecia-lhe metade de seu sanduíche –, ele aprendia rápido e cumpria as suas tarefas com um zelo incomum para um rapaz da sua idade. Ele já sabia viver no mundo como um homem, independentemente do que *Don* Ciccio dissesse, pensou Carlo, sentindo, ao mesmo tempo, uma vaga sensação de orgulho.

∼

No dia 9 de agosto chegou na agência o substituto de verão, que ocuparia o lugar de Anna por duas semanas.

– Você ouviu, Carmine? Nossa carteira vai para Gallipoli. Ah, sortudo é quem pode se dar a esse luxo. Elena a cumprimentou, colocando um sorriso forçado em seu rosto enraivecido.

Antes de voltar para casa, Anna parou na biblioteca para escolher o romance que levaria nas férias. Depois de vagar pelas prateleiras por muito tempo, passando os olhos rapidamente pelas contracapas, ela ficou intrigada com *Afinidades Eletivas*, de Goethe, e com a questão crucial que ele colocava: o que acontece com um par de elementos se um terceiro entra em jogo?

No dia seguinte, toda a família Greco partiu para o mar, arrumando as bagagens no teto do 508. Carlo havia alugado um chalé acolhedor a poucos passos da praia, com uma elegante varanda e três quartos, um para ele e Anna, o outro para Antonio e Agata e o último para as duas crianças. Foi preciso muito trabalho para convencer Agata; ela não queria que aquelas férias soassem como uma recompensa aos ouvidos de Lorenza. Ela havia ficara em recuperação em duas disciplinas e, a seu ver, deveria ficar de castigo durante todo o verão. Como sempre, Antonio, pacientemente, tentou mediar até algumas horas antes da partida. No final, conseguiu arrancar o consentimento da esposa, com a condição de que Lorenza trouxesse consigo os livros e que sua presença na praia junto com os demais fosse limitada a duas horas pela manhã e duas pela tarde; o restante do tempo ela passaria trancada em casa, estudando latim e grego.

– Estou avisando, Antonio: se sua filha for reprovada em setembro, disse Agata, decidida a dar a última palavra, não vou mais mandá-la para a escola.

Com Giovanna, no entanto, não houve jeito. Anna tentou de todas as formas convencê-la, descrevendo os banhos ao pôr do sol, quando o sol mergulhava no mar Jônico, os passeios na areia fresca de manhã cedo, as conversas na varanda até tarde da noite. Mas não conseguiu. Giovanna recusou gentilmente, mas com tenacidade; o Pe. Giulio viria visitá-la naquele verão, ela tinha certeza.

Aqueles dias em Gallipoli foram calmos e leves, feitos de longos banhos, de cochilos na areia aquecida pelo sol, de almoços na praia com pêssegos e melão, de passeios ao pôr do sol pelas vielas estreitas do centro e de noites íntimas na varanda, acariciados pela leve brisa e pela vista dos barcos retornando ao porto ao luar.

Os nervos de Agata pareceram relaxar aos poucos: ela voltou a se dirigir ao marido sem rancor e, sobretudo, sem evocar mais aquele "lá" que tanto a obcecara nos meses anteriores. Até sua atitude em relação a Lorenza suavizou-se.

– Você estudou o suficiente por hoje. Agora vá se refrescar, vamos, dizia ela, olhando para o quarto onde Lorenza estava sentada na cama, com o livro aberto à sua frente. Na maioria das vezes, ela se oferecia para preparar o jantar para todos. – Vocês vão para lá, daqui cuido eu, dizia ela, e os mandava embora com um aceno peremptório.

Anna adorava acordar antes de todo mundo, quando o céu estava começando a clarear e a casa ainda estava livre de vozes e risadas. Aquecia o leite por menos de um minuto e depois levava a xícara para a varanda; ali, sentava-se na espreguiçadeira e mergulhava na leitura de *Afinidades Eletivas*. Todas as manhãs, Antonio juntava-se a ela com o seu livro nas mãos – naquele verão estava lendo os contos de Tchekhov – como se estivesse sempre com os ouvidos atentos, ao ouvi-la mover-se, decidia segui-la. Em silêncio, sentava-se na espreguiçadeira da frente, dava-lhe um sorriso e abria a página onde estava o marcador. Então ficava lendo com ela, compartilhando o silêncio e a paz das primeiras horas do dia.

A casa começava a ganhar vida apenas uma hora depois, quando a risada jovial de Carlo na cozinha e o barulho das xícaras que Agata tirava da prateleira ecoavam lá dentro.

– Bom dia!, Carlo aparecia na varanda sorrindo, abaixava-se para tocar os lábios de Anna com um beijo e depois se virava para fazer cócegas nas costelas do irmão.

– Bom dia, Carletto, Antonio o cumprimentava, rindo. Um momento depois, fechava o livro e entrava novamente na casa. – Vou ver se o café está pronto, dizia, deixando a espreguiçadeira livre para Carlo.

~

Dois dias antes de *Ferragosto*, Giovanna ouviu uma batida. Cesare começou a latir e parou de repente quando ela abriu a porta.

Pe. Giulio, vestido com batina preta e colarinho branco, esboçou um sorriso. Tinha o rosto bem barbeado, um pouco enrugado e encovado nas bochechas, mas era tão bonito quanto Giovanna se lembrava: traços finos e delicados, olhos grandes e escuros e nariz levemente arrebitado.

Ela levou as mãos ao rosto e começou a saltitar, feliz.

– *Ciao*, Giovanna.

Ela jogou os braços em volta do pescoço dele e o abraçou com força.

– Eu sabia que você viria, disse, com a voz trêmula.

Então ela olhou para ele e estava prestes a beijá-lo, mas ele a impediu, colocando a mão sobre sua boca.

– Deixe-me primeiro tirar a batina, disse ele com uma expressão séria.

Ela olhou para ele por um momento com uma expressão perplexa e depois gaguejou:

– Claro, claro. Entre.

Durante o resto da tarde abandonaram-se ao amor, enquanto a batina preta e o colarinho branco do Pe. Giulio estavam cuidadosamente dobrados sobre a cadeira.

Deitado em um canto do quarto, Cesare os fixou todo o tempo com um olhar triste.

11
[DEZEMBRO, 1938]

Carlo comprou um pinheiro de dois metros de altura. Na manhã do dia 8 de dezembro, levantou-se cedo e, cantando alegremente *Tu scendi dalle stelle*, foi acordar Roberto. Mas era feriado, então o menino, puxando o cobertor sobre os olhos, disse resmungando para deixá-lo dormir um pouco mais.

– Dez minutos, não mais, brincou Carlo, bagunçando seu cabelo. Depois desceu e ocupou-se em acender o fogo da lareira.

Roberto reuniu-se ao pai depois de uma boa meia hora, Carlo estava sentado ao pé do grande pinheiro e tirava das caixas os enfeites de Natal: bonecos de papel machê para o presépio, guirlandas, bolas coloridas, pingentes de madeira no formato de flocos de neve, uma ponteira dourada.

– Aqui está você, finalmente, Carlo sorriu para ele. – Eu o estava esperando para começar.

Assim, pai e filho começaram a decorar a árvore, enquanto o fogo da lareira crepitava: Roberto entregava-lhe os enfeites, e Carlo, subindo numa escada de madeira, arrumava-os com extremo cuidado. De vez em quando, ele descia da escada, dava alguns passos e depois comentava:

– Não, temos que mover aquela bola vermelha para cima... e temos que descer alguns flocos de neve. Você vê que eles estão todos lá em cima e não há nenhum aqui embaixo?

Quando Anna voltou para casa, na hora do almoço, encontrou-os ainda ocupados, arrumando a árvore.

– Papai, já chega, está bem assim, disse Roberto aborrecido. – É a quinta vez que você troca aquela coisa de lugar.

Anna sorriu.

Carlo segurava um anjinho de madeira na mão: era a última decoração, e ele simplesmente não conseguia decidir sobre o lugar definitivo para aquele enfeite.

– Dê para mim, disse Anna, divertida. Ela pegou o anjinho e o colocou à vista de todos, no centro da árvore, entre uma bola branca e uma vermelha. – Está perfeito aqui, declarou.

Carlo observou e depois assentiu, não muito convencido.

Roberto deixou-se cair no sofá.

– Finalmente terminamos, disse ele. – Estou muito cansado.

– É uma pena que você esteja cansado, disse Anna com um sorriso. – Eu queria levar você e Lorenza ao cinema, ver um desenho animado... Bem, isso significa que irei sozinha com ela, e você ficará aqui, descansando.

Roberto imediatamente levantou a cabeça.

– Tá bom, mas estou só *um pouco* cansado, ele exclamou.

Anna e Carlo se entreolharam e sorriram.

∼

Ao chegarem em frente ao cinema Olímpia, Anna parou diante do cartaz e, apontando o dedo, perguntou ao filho: – O que está escrito aqui?

Roberto aproximou-se e leu com fluência:

– Branca de Neve.

– Excelente!, exclamou orgulhosa.

Roberto havia começado a escola primária em setembro, embora Anna já viesse lhe ensinando o alfabeto há algum tempo. "A de Anna, B de basílico, C de Carlo..." ela repetia-lhe sempre que tinha oportunidade.

– Deixe-o aprender junto com as outras crianças quando chegar a hora, interrompia Carlo, contrariado.

– Por que, se ele pode começar com vantagem?, ela respondia, e continuava: – D de domingo, E de estrada, G de Greco...

E, assim, quando as aulas começaram, Roberto já sabia escrever seu nome em letras maiúsculas e sem nunca sair das linhas.

Todos os três gostaram muito da *Branca de Neve*. Roberto saiu da sala entusiasmado, cantarolando "Hey-Ho!" e imitando o andar dos sete anões que iam trabalhar, e assim continuaram durante todo o trajeto para casa, enquanto Lorenza ria alto e Anna balançava a cabeça, divertindo-se.

– Você deveria fazer teatro de variedades, ela brincou.

– Eu também quero um príncipe que vem me acordar..., suspirou Lorenza.

– Que *venha* me acordar, Anna a corrigiu. E, depois de alguns passos, acrescentou: – Por que, você também está dormindo, como a Branca de Neve?

– Não, Lorenza murmurou, envergonhada. – Eu queria dizer que... bem, resumindo, eu também sonho com um príncipe que... Ela hesitou.

– ... *venha* me salvar.

Anna parou. Com uma expressão aborrecida, pegou o braço da sobrinha e gentilmente virou-a para si. Roberto percebeu que elas tinham ficado para trás e parou.

– Só existe uma pessoa que pode salvá-la, disse Anna a Lorenza em tom grave. – E você sabe quem é?

A sobrinha olhou para ela, quase intimidada, depois balançou a cabeça.

– É você, Anna continuou, apontando o dedo para ela. – Só você pode se salvar. Não há príncipe que se importe, acredite em mim.

Lorenza inquietou-se, depois voltou a caminhar com a cabeça baixa. Essas palavras a perturbaram: sua mãe sempre lhe repetia que a mulher só se torna completa quando encontra um marido e se estabelece, que é o homem quem salva e protege, e que, se você nasce mulher, sozinha não consegue nada. E as suas colegas de escola pensavam da mesma forma: se estudavam era apenas para encontrar o melhor partido possível, afirmavam, com ar sedutor. Para cada uma delas o "depois", aquilo que "queriam ser quando crescessem", era ter uma casa bonita, para manter arrumada e limpa, um bom marido que as sustentasse e filhos saudáveis para tomarem conta. Jamais as tinha ouvido mencionar outra coisa quando falavam sobre o futuro. Quanto a ela, sempre se sentiu um passo atrás das meninas da sua idade: pelo segundo ano consecutivo tinha sido aprovada com ressalvas, tendo o grego e o latim para recuperar, e também naquele verão teve que estudar em vez de aproveitar os longos dias de sol, de jogos e de despreocupação. Ela sentia permanentemente sobre si o olhar desapontado de seu pai, embora ele tentasse não demonstrar e, de fato, persistisse em pagar generosamente ao professor Gaetani, agora aposentado, para enfiar aquelas línguas antigas em sua cabeça, para ela inúteis e, muitas vezes, incompreensíveis. E, além disso, ela também se sentia feia, ao contrário das colegas: toda vez que o espelho devolvia a imagem de seu rosto coberto de pústulas, tinha vontade de quebrá-lo. Ela os evitava ao máximo, acelerando o passo caso passasse na frente de um. Nem mesmo a tia Anna lhe dizia mais que ela era linda.

~

Como todos os anos, nas semanas anteriores ao Natal os Correios se vestiam para as férias. Não se contavam mais quantos eram os cartões de felicitações, cartas, cartões postais presentes embrulhados, cestas de guloseimas caseiras para serem enviadas aos entes queridos que moravam longe. Anna sabia que, durante todo o mês, a grande mesa de centro estaria repleta de bandejas de *mustazzoli*, peixe com pasta de amêndoa, e daqueles estranhos doces de Natal em forma de pequenos nhoques, cobertos de mel e amêndoas torradas, cujo nome ele ainda lutava para pronunciar – *purcidduzzi* ou *purceddruzzi*? –, sem contar as xícaras de café e garrafas de *limoncello*, aquele que Elena preparava com as próprias mãos. E ela era a anfitriã, oferecendo algo para quem quer que entrasse.

– Entre, sirva-se de um doce, dizia ela, apontando para a mesa.

Há algum tempo, Carmine havia aumentado de peso, mas não parava de se levantar para se servir de um golinho de limoncello e comer um docinho. Quando voltava para trás do balcão, de boca cheia, Tommaso lançava-lhe olhares de reprovação. Por outro lado, a única coisa que Chiara havia aumentado fora a espessura de suas lentes. Ela jamais se sentia tentada sequer por um pedacinho de pasta de amêndoas e ficava na sala do telégrafo trabalhando de cabeça baixa.

– Mas deixe isso para lá e venha aqui conosco, Elena a convidava. "Eu realmente não entendo essa garota. Está sempre tão triste", comentava desanimada.

– Não estou triste, de modo algum, respondia Chiara da sala dos fundos.

Eram dias cheios e cansativos, durante os quais Anna rodava pela cidade como um pião, sempre com pressa para recolher e entregar tudo no prazo. Não era incomum ter que trabalhar inclusive à tarde.

Naquele ano, Giuseppina recebeu o melhor presente que poderia desejar: seu filho Mauro havia deixado a Alemanha, onde "o ar havia se tornado venenoso, com aquele Hitler lá", e voltado para a Itália, com a carteira inchada o suficiente para reformar a casa, deixando-a nova.

– Venha, senhora carteira, deixe-me apresentá-la ao meu filho, disse Giuseppina. A senhora havia se colocado à porta, esperando por ela e, assim que a viu passar, a chamou.

– Anna foi muito querida, ela disse ao filho. – Ela deu voz às suas palavras durante todo esse tempo, como Ferruccio fazia antes.

Mauro estendeu a mão para apertar a de Anna e agradeceu calorosamente, acrescentando que, no que precisasse, poderia bater à sua porta.

Anna sorriu, envergonhada, e respondeu que não havia necessidade de agradecer, que ela apenas havia feito o seu trabalho. Porém, Mauro ainda insistiu em lhe dar um pacote de *Lebkuchen*, os típicos biscoitos de Nuremberg.

– Você verá que iguaria!

Já o senhor Lorenzo continuava a cumprimentar Anna com o braço levantado, embora ela insistisse em não retribuir. Porém, naquele ano, depois de pegar mais um cartão postal que ela lhe trouxera, ele não o devolveu. O irmão lhe escrevera que não queria mais ouvir desculpas, que era hora de voltarem a celebrar o Natal juntos, em família, quer ele quisesse, quer não. Ele e Renata chegariam justamente a tempo para a ceia de Natal.

O homem ficou tão aborrecido, que leu a mensagem em voz alta.

– Renata é sua sobrinha?, Anna então perguntou, com a secreta esperança de, finalmente, esclarecer o mistério dos cartões postais rejeitados.

– Não, ele deixou escapar.

– Ah, peço desculpas. Eu pensei que...

– Renata era minha noiva, disse o sr. Lorenzo, asperamente. Eles *fugiram* juntos uma noite, como ladrões, anos atrás.

Anna ficou petrificada.

– Sinto muito, gaguejou, mortificada. Ela, então, despediu-se, desejando-lhe um Feliz Natal, embora duvidasse de que seria. E, enquanto retomava seu caminho, foi tomada por uma sensação estranha, algo indefinido que oscilava entre o alívio e o sentimento de culpa.

∽

Os primeiros fios de bigode apareceram em Daniele. Na vinha, os trabalhadores mais velhos brincavam afetuosamente com ele.

– *Mo' non sei più nu piccinnu, finalmente masculu diventasti*, eles riam, dando-lhe um tapinha na bochecha ou nas costas. Ele sorria, mas odiava, do fundo do coração, aqueles pelinhos acima dos lábios: não só eram horríveis de se ver, mas também lhe causavam uma coceira constante.

Quando voltava do vinhedo, com o pagamento no bolso da calça, corria para o quarto e colocava a metade numa caixa de metal, que guardava no fundo do guarda-roupa. Em um ano e meio de trabalho conseguiu guardar um belo pé-de-meia, mesmo que ainda não bastasse: queria comprar uma Singer, igual a que sua mãe usava na alfaiataria. Na caixa de metal, além do dinheiro, ele também escondia seu caderno de modelos. Todas as noites, depois do jantar, ele se retirava rapidamente, dava boa noite, e depois passava horas inteiras desenhando vestidos elegantes para mulheres. Quando tinha certeza de que a mãe havia saído para fazer alguma coisa, ele entrava furtivamente na alfaiataria e começava a folhear a última edição da *Moda Illustrata*, ou apanhava os retalhos de tecido que ela havia jogado fora.

De vez em quando, à noite, Carmela abria a porta da alfaiataria, encostava-se no batente com os braços cruzados e perguntava-lhe:

– Como foi o seu dia?

– Bom, ele respondia apressadamente, com um pé já no degrau da escada que levava aos quartos.

– O sr. Carlo estava lá hoje?

– Sim, óbvio. Está sempre lá.

– Ele continua a tratá-lo bem?

Daniele assentia com a cabeça todas as vezes, e Carmela ficava satisfeita com aquela resposta silenciosa. Ele nunca lhe dissera que o sr. Carlo tivesse sido particularmente bom e generoso para com ele: às vezes, dava-lhe umas liras a mais do que o seu pagamento diário e, ao entregar-lhe o dinheiro, piscava-lhe o olho, como se lhe dissesse para não contar a ninguém; além disso, durante as duas vindimas realizadas, confiou-lhe uma das tarefas mais importantes: antes de os cachos serem colocados nas gamelas para a prensagem, ele devia verificar se todas as uvas estavam intactas e sãs e, caso contrário, livrar-se das defeituosas.

Quando o Donna Anna finalmente foi engarrafado, o sr. Carlo, orgulhosamente, deu-lhe uma garrafa.

– Deixe *Don* Ciccio provar, recomendou.

Daniele jamais havia visto um vinho daquela cor: era de um rosa transparente, fino e elegante.

– É bom, declarou seu avô após prová-lo. Depois levou ao nariz e sentiu os aromas durante muito tempo, identificando o aroma frutado de cerejas e morangos silvestres.

~

Na ceia de Natal, a família Greco se reuniu na casa de Anna e Carlo. E, desta vez, Giovanna finalmente deixou-se convencer a juntar-se a eles.

– De jeito nenhum você vai passar o Natal sozinha este ano também, Anna disse a ela. – Vai ficar conosco, e não quero ouvir desculpas. Traga Cesare também, se quiser.

Anna e Carlo passaram a tarde cozinhando: ele preparou o caldo, enquanto ela trabalhava na massa e no recheio dos *tortellini*. Como segundo prato, haveria a famosa torta de carne de Agata, que ela fez questão de preparar. Pouco antes da chegada dos convidados, Carlo colocou no gramofone o disco de *Un'ora sola ti vorrei* cantado por Nuccia Natali, passou o braço pela cintura de Anna, radiante em um longo vestido de cetim azul, e começou a dançar, movendo-se lentamente, enquanto na outra mão segurava o charuto aceso.

Quando todos estavam presentes, Carlo abriu uma garrafa de Donna Anna e encheu os copos e, alguns sentados no sofá, outros junto à lareira, alguns em pé, ergueram os copos para o Natal de 1938.

Lorenza trouxera *Conto de Natal*, de Charles Dickens; ela se aninhou no sofá e começou a ler em voz alta, enquanto Roberto a ouvia com a cabeça apoiada em seu ombro. Cesare abanava continuamente o rabo, entusiasmado com toda aquela gente, e perambulava pela casa, parando para cheirar ora um, ora outro, em busca de carícias.

Anna agarrou a mão de Giovanna, conduziu-a rapidamente para cima e ordenou que se sentasse à penteadeira.

– Esta noite você precisa de batom e uma gota de perfume. É uma celebração, exclamou.

Passou-lhe um batom cor de cereja nos lábios e, segurando a bomba, borrifou um pouco de perfume atrás das orelhas e nos pulsos. Fora Carlo quem lhe dera de presente de aniversário. Ele o encomendara especificamente a um perfumista em Lecce, entre todos os aromas que o homem o fez cheirar, Carlo escolheu aquele com nota de fundo de almíscar e sândalo.

– *Voilá*! Olhe para você, está linda, disse Anna.

Giovanna inclinou-se e olhou a sua imagem no espelho: seus olhos pareciam brilhar, realçados pelo vermelho dos lábios e pelo alfinete prateado que usava no peito. Se ao menos Giulio pudesse vê-la naquele momento... Poucos dias antes da véspera de Natal, ele havia lhe enviado um cartão postal com o desenho de uma menina em uma janela olhando encantada para os flocos de neve, junto com um pacote contendo um alfinete com uma flor prateada acompanhada de um bilhete: *Use-a e pense em mim*.

Quando Anna e Giovanna desceram, os outros já estavam sentados ao redor da mesa oval da sala: Carlo, à cabeceira da mesa, Antonio e Agata à sua esquerda, Lorenza e Roberto à frente. Anna sentou-se à direita de Carlo e pediu a Giovanna que ocupasse a cadeira ao lado dela.

Agata juntou as mãos e começou a recitar o *Pater Noster* com os olhos fechados. Todos a imitaram, exceto Anna, que permaneceu imóvel, esfregando distraidamente a nuca com uma das mãos. Depois do *Amen* e do sinal da cruz, Carlo levantou-se e encheu os pratos: duas conchas cheias de *tortellini* em caldo.

– Giovanna, o batom fica bem em você, disse Antonio.

Ela corou e mordeu o lábio.

– Obrigada, respondeu com voz rouca. Que alegria estar ali com eles, pensou, com uma família de verdade, com a árvore colorida, a lareira acesa, os presentes para abrir, as risadas e todas aquelas coisas boas para comer. Ela se virou para Anna e olhou-a com os olhos úmidos.

– O que foi?, Anna perguntou-lhe, com uma expressão divertida. Giovanna, em resposta, lançou-se a abraçá-la. Agata ergueu os olhos para o céu, mas ninguém percebeu.

Ao bater da meia-noite, todos se reuniram em volta da árvore para desejar felicidades e trocar presentes. Carlo abriu outra garrafa de Donna Anna. E, enquanto todos se ocupavam em abrir pacotes e embrulhos num ambiente confuso e alegre, Antonio aproveitou para inclinar-se sob a árvore e pegar um pacote retangular embrulhado em papel dourado.

– *Pour toi*, disse ele, e o entregou à Anna.

Ela devolveu-lhe um sorriso genuíno.

– *Merci*, respondeu, e o desembrulhou.

Sentada no tapete, admirando a escova com cabo de prata que recebera de presente dos tios, Lorenza começou a observar furtivamente a cena.

"*E o Vento Levou*", Anna leu na capa do livro.

– Já li e gostei muito, especificou Antonio.

– Do que você gostou?

Ele pensou por um momento.

– Scarlet, a protagonista, tem algo que lembra você, ele finalmente respondeu.

Anna abaixou a cabeça em direção ao livro, formando um sorriso nos lábios.

– E depois, continuou Antonio, gostei do fato de ela sempre encontrar forças para começar de novo, mesmo depois de uma guerra.

Ele não poderia saber que aquela era uma frase dramaticamente profética.

Aquele de 1938 seria, por muito tempo, o último Natal de paz.

Para a família Greco e para o mundo inteiro.

SEGUNDA PARTE
[ABRIL DE 1945 – JUNHO DE 1949]

12

[ABRIL, 1945]

– Interrompemos as transmissões para comunicar uma notícia extraordinária...

Anna largou o pano de prato na mesa da cozinha, entre as sobras do jantar, e deu passos largos em direção à sala. Ela, então, se agachou em frente ao rádio, que ficava no armário do canto, e aumentou o volume.

– As Forças Armadas alemãs renderam-se aos anglo-americanos, dizia o locutor, com a voz embargada de alegria.

– A guerra acabou. Repito: a guerra acabou!

– Carlo!, gritou Anna em direção às escadas.

O marido apareceu no topo da escadaria, com a escova de dentes na mão e um pouco de pasta de dente no canto da boca. Ainda era-lhe estranho vê-lo sem o bigode: ele o raspara de uma hora para outra. "Não o quero mais, me faz pensar em Hitler", dizia.

– O que está acontecendo?, perguntou com um olhar preocupado.

Anna se levantou e sorriu para ele. – Os alemães se renderam, disse, apontando para o rádio.

Carlo deixou cair a escova de dente no chão, desceu rapidamente os degraus e correu em direção a Anna, abraçando-a pelos quadris e levantando-a no ar.

– Coloque-me no chão!, ela protestou, rindo.

Mas ele continuou a segurá-la, e, com a cabeça jogada para trás, exclamou:

– Você sabia que daqui você fica ainda mais bonita?

– Você não, com essa pasta de dente no rosto, ela riu. – Vamos, vá se limpar. Ele a colocou de volta no chão, e Anna, com a ponta do polegar, começou a esfregar a pasta de dente. – Pronto, agora você está em ordem. E ele lhe fez um carinho.

– Vamos contar ao Roberto!

– Amanhã. Agora ele já está dormindo...

– Talvez ele ainda esteja lendo.

Ele agarrou a mão de Anna, e eles subiram. Abriu lentamente a porta do quarto, iluminada pelo abajur da mesinha de cabeceira que Roberto queria que permanecesse aceso a noite toda. O filho dormia de costas, com a cabeça inclinada para o lado e um exemplar de *Topolino* aberto sobre o peito. O menino tinha agora doze anos, mas seu rosto ainda estava rosado e sem pelos, como o de uma criança. À medida que foi crescendo, acabou se tornando uma cópia em miniatura de Anna: os mesmos cabelos grossos e pretos, os mesmos olhos verdes, o mesmo perfil reto. O sorriso e o olhar astuto, porém, não; esses ele herdara de seu pai.

– Ah, vamos deixá-lo em paz, ele está dormindo tão tranquilamente... Anna sussurrou.

– Como você quiser..., Carlo respondeu, com uma pitada de decepção. E fechou a porta novamente.

Ao descerem as escadas, ouviram uma gritaria confusa vindo de fora. Eles aceleraram o passo e olharam pela janela da sala: eram as pessoas que saíam para a rua para comemorar. Havia os que gritavam: "Acabou! Acabou!, os que riam, os que choravam, os que se abraçavam, os que batiam nas portas das casas adormecidas, gritando:

– Saiam!

Anna e Carlo se entreolharam. Ele pegou o casaco do cabide, vestiu-o por cima dos pijamas, tomou bem forte a mão de Anna e saíram.

Imediatamente, correram para a casa de Antonio e Agata.

Carlo bateu com insistência e, no escritório do térreo, acendeu-se uma luz. Depois de alguns instantes, Antonio, sonolento e de pijamas, abriu a porta, olhando com olhar desconcertado para o irmão e a cunhada que, de mãos dadas, sorriam para ele. Ele, então, olhou em volta, para a alegre confusão que reinava na rua, e finalmente perguntou:

– Mas o que diabos está acontecendo?

– Enquanto você dormia, abençoado, os alemães levantaram a bandeira branca, respondeu Carlo, sorrindo ainda mais.

– Mas... como?

– Ainda não parece verdade para mim também, Anna interveio.

– Quem está aqui a uma hora dessas? A voz alarmada de Agata chegou até eles. A mulher desceu as escadas e juntou-se ao marido na porta. Ela usava um roupão rosa e uma touca da mesma cor, de onde escapavam mechas brancas bagunçadas. Há algum tempo, seu cabelo ruivo estava grisalho e, nos cantos da boca, duas rugas profundas criaram linhas até o queixo, dando-lhe uma expressão perpetuamente abatida.

– O que houve? Todo mundo enlouqueceu?, acrescentou, ao dar-se conta da comoção na rua.

– A guerra acabou, Agata, murmurou Antonio com os olhos úmidos.

Com uma das mãos Agata apertou o braço do marido e com a outra fez o sinal da cruz.

– Graças a Deus, murmurou.

– Ei, venham, vamos acordar o Nando, para ele abrir o bar! Temos que beber!, gritou um homem todo alegre. E, imediatamente, uma pequena multidão o seguiu.

Como se só naquele momento tivesse se lembrado de que estava de camisola na frente de toda aquela gente, Agata, instintivamente, deu um passo para trás e voltou para dentro.

∼

Anna só refletiu quando ela e Carlo voltaram para casa: pensou na luz do escritório que se acendera e em Antonio que abrira imediatamente a porta de pijamas, com ar de quem acabara de acordar.

– Eles não dormem mais juntos?, ela perguntou a Carlo, sem mais nem menos.

– Quem, meu amor?, disse ele, enrolando-se no sobretudo.

– Seu irmão e Agata...

Carlos encolheu os ombros.

– Isso não nos diz respeito, disse.

– Claro que não. Foi só curiosidade, respondeu ela, fingindo não se importar muito.

∼

Anna saiu de casa e respirou fundo: o ar agora cheirava a primavera e a glicínias, principalmente àquela hora da manhã. Ela fechou a porta, agarrou o guidão da bicicleta encostada na parede do pátio e levou-a para fora.

– Bom dia, senhora carteira, veio a saudação pontual da vizinha, que, como todas as manhãs, fazia questão de varrer seu pequeno trecho da calçada. Anna retribuiu, levantando ligeiramente o *berretto*, depois montou na sela da sua Bianchi Suprema, o modelo feminino que comprara por 900 liras em 1940, ano em que Fausto Coppi venceu o primeiro Giro d'Italia. Desde então, e com enorme alívio para os seus pobres pés endurecidos por anos de idas e vindas nos paralelepípedos, ela a usava todos os dias. Acima de tudo, para trabalhar. Foi na sua bicicleta que entregou todos aqueles telegramas do ministério da Guerra convocando os jovens às armas. Quantos ela viu fazerem as malas e partirem, enquanto suas famílias se desesperavam. Alguns nunca regressaram e nem de todos os que morreram sabia-se onde ou como; outros carregavam os sinais da guerra no corpo e no espírito e nunca os apagariam. Contaram a Anna que alguns, que haviam retornado de licença, jogavam sobre si mesmos uma panela com água fervente, causando queimaduras gravíssimas, para não voltarem a lutar. Cada vez que chegavam os telegramas de convocação, Anna os folheava rapidamente, com o coração acelerado, e só depois que se certificava de que nem o nome de Carlo nem o de Antonio estavam ali, colocava a mão no peito e soltava um suspiro de alívio. *Nenhum dos colegas de mesma faixa etária de Carlo foi chamado ainda*, pensava ela, encorajando-se. *E muito menos irão reconvocar Antonio, aos 41 anos*, dizia para si mesma logo em seguida, sentindo o coração aliviar.

    Além disso, quantas cartas vindas da linha de frente ela teve que ler para pais, irmãs, esposas ou namoradas com olhos cansados e feições destruídas. Anna nem conhecia muitos desses jovens... sim, talvez ela tivesse visto algum deles na cidade, mas não tinha certeza. No entanto, das suas palavras e das suas cartas ela ainda se lembrava perfeitamente. Havia o Giuseppe, um operário da Quinta Greco que fora enviado para lutar na Rússia, que não escrevia à sua esposa, Donata, sobre a guerra, mas apenas sobre seus sonhos: quando a noite caía no abrigo frio e fedorento onde tinha que dormir, ele sonhava em estar em casa com ela; a vida deles feita de pequenos hábitos, dos quais só agora ele havia se dado conta e dos quais sentia falta como do ar. E o Francesco, filho mais novo do casal que administrava a tabacaria onde Carlo comprava seus charutos, que sempre agradecia aos pais pelo tabaco que lhe enviavam e sempre lhes pedia que enviassem cada vez mais: era a única forma de conseguir um pouco mais de ração, visto que, explicava, ele o trocava pelo pão de seus companheiros soldados. *Mamma, estou sempre, sempre com fome,* era o fechamento inevitável de suas cartas. E o Pietro, que como civil era pedreiro, que escrevia da Ucrânia à sua irmã Maria contando sobre a vez que ele e os seus companheiros marcharam duzentos quilômetros ao longo do rio Donez, e sobre os prisioneiros que tinha visto num vale ocupado pelos alemães. Homens amontoados, com metralhadoras apontadas para eles, sem comer e prostrados, que faziam suas necessidades nas calças e fediam como animais. *Se isso acontecer comigo, prefiro morrer imediatamente*, escreveu. E o Andrea, que ajudava o pai na barraca de queijos do mercado de sábado, que sempre pedia à sua Annunziata que não se deixasse dominar pela tristeza, que a guerra um dia acabaria, de alguma forma, e prometia-lhe que, quando voltasse, iriam comemorar todos os dias...

Anna pedalou até a praça, que naquelas primeiras horas do dia ainda estava agradavelmente vazia e silenciosa, e dirigiu-se ao Bar Castello. Desceu da bicicleta e olhou para o relógio, aquele de mostrador retangular que Antonio lhe dera em maio de 1935 e que, desde então, nunca mais tirara; de vez em quando, ela chegava cedo e podia se dar ao luxo de tomar café sentada. Apoiava a Bianchi contra a parede e sentava-se em uma das mesas do lado de fora. Fernando fumava seu cigarro matinal, encostado na porta da barbearia; a esposa de Michele, uma mulher esguia e de braços fortes, descarregava na calçada uma caixa de laranjas que parecia bastante pesada; o canto onde antes ficava Mário, o engraxate, com as mãos sempre engorduradas, estava vazio e assim permaneceria para sempre. – Ai daquele que tomar o meu lugar, porque eu volto de qualquer maneira, avisou a todos antes de partir como soldado.

Com um sorriso, Nando trouxe-lhe o café misturado e Anna inalou voluptuosamente o cheiro pungente da grapa. Ele colocou a mão com um tom paternal em seu ombro e voltou para dentro: havia perdido muito peso naqueles anos, e o velho avental branco precisava agora de uma volta dupla no cinto.

Anna estava saboreando o último gole quando avistou a figura pesada de Elena emergindo de uma das vielas que levavam à praça, aquela onde a senhora dos tecidos costumava ficar todos os sábados. Elena avançou lentamente e com o rosto tenso em direção à agência dos Correios ainda fechada. Há algum tempo, a única coisa que fazia era reclamar dos tornozelos que, segundo ela, haviam ficado do tamanho de melões e tornavam cada passo uma dor. Com um suspiro, a mulher tirou a chave da bolsa e abriu a porta.

Levando sua bicicleta, Anna a alcançou.

– Expulsaram você da cama esta manhã?, exclamou Elena, espantada.

– Não tenho conseguido dormir muito, sabe-se lá porquê, respondeu Anna, e colocou a bolsa sobre a mesa.

– Eh, você está dizendo isso para mim?, Elena comentou, tirando o casaco de lã. – Já faz algum tempo que durmo mal. Às vezes, ainda ouço aquelas sirenes nos meus ouvidos.

Alguns momentos depois, chegou Chiara. Ela continuava sendo uma garotinha com óculos de lentes grossas, mas agora sorria muito mais. Havia conquistado o coração de um médico, diziam por aí, o "novo" que chegara à cidade durante a guerra e que cuidara da mãe de Chiara até o fim. Elena constantemente lhe lançava piadas maliciosas, tentando saber mais, mas era perda de tempo: não era possível tirar uma única palavra da boca de Chiara.

Carmine entrou de cabeça baixa, mancando levemente. Tivera de cortar a barba quando foi convocado para lutar, mas agora ela havia crescido novamente, eriçada e cheia de fios brancos. Nunca quis falar dos seus poucos dias na linha de frente: tudo o que se sabia na cidade era que tinha partido com o engraxate e que, no dia 30 de agosto de 1942, Carmine se salvou e Mário não. Ambos estavam no petroleiro *Sant'Andrea*, que acabara de partir do porto de Taranto com destino à Grécia, quando vinte aviões ingleses bombardearam o navio, que pegou fogo e afundou. Carmine voltou para casa com uma queimadura no pé e com o seu característico mau humor completamente inalterado. De fato, ele murmurou um "Olá" e foi direto sentar-se em sua cadeira. E quando Elena perguntava como estava, ele tocava a barba e respondia:

– Normal, como devo estar? O que significava que ele ainda não tinha bebido o segundo café do dia.

Tommaso chegou por último. Desejou bom dia com o seu sorriso gentil e, segurando sua pasta de couro perto do peito, dirigiu-se à sua mesa. Como lhe acontecia com frequência, Anna pensou que os olhos do diretor pareciam diminuir a cada dia. Certamente, o seu olhar cristalino e entusiasmado já havia desaparecido há algum tempo, desde a noite em que a guerra lhe tirou aquilo que mais lhe importava no mundo: a sua

Giulia. O coração daquela frágil menina, que ele tanto amou, não resistiu à enésima sirene de alarme que a arrancou do sono. Ela havia morrido no caminho de casa para a olearia de Antonio, que durante o dia era o local para ir com seu cartão de racionamento a fim de reservar sua porção de azeite e, à noite, se tornava o abrigo antiaéreo mais seguro da cidade. Quando começava aquele terrível uivo com duração de quinze segundos, intercalados com outros tantos segundos de silêncio, muitos corriam para lá, sem fôlego, envoltos em casacos que mal escondiam os pijamas dos homens e as anáguas das mulheres. Quantas noites eles passaram ali, amontoados, sob pesados cobertores de lã. Só as crianças conseguiam voltar a dormir, aninhadas nos braços das mães, enquanto os adultos se entreolhavam com olhos aterrorizados e ouvidos tensos, esperando o pior.

E agora o pior havia passado.

Anna terminou de encher a sacola, saiu e, pegando a bicicleta, partiu. Mas tinha andado apenas alguns metros quando uma buzina soou atrás dela.

Ela colocou um pé no chão e se virou: Antonio aproximou-se dela e baixou a janela.

– Precisa de uma carona?, ele brincou.

– Não, obrigada, não confio em como você dirige, Anna respondeu com um sorriso.

Antonio começou a rir.

– E faz bem!

Ele teve que tirar a carteira de motorista um ano antes, quando Carlo lhe deu 508. Já não precisava mais dele, pois havia comprado um Fiat 1100 de um lindo preto brilhante.

– Melhor vender, não precisa me dar, o que eu vou fazer com isso? Acha que vou me meter a aprender agora, aos quarenta e cinco anos? Antonio tentou recusar, mas Carlo não quis ouvir.

– Não consigo ver você ainda andando a pé, por favor, ele insistiu.

– Mas eu gosto muito de caminhar, respondeu Antonio. No entanto, no final, acabou se rendendo. – Mas eu só vou usá-lo se for necessário, declarou.

E assim foi: na maior parte do tempo, o Fiat 508 ficava na frente de casa, e Antonio só o colocava em movimento se tivesse que sair dos limites da cidade.

– Aonde você está indo?, Anna perguntou a ele.

– Vou até à vinícola.

– Avise-me se chegar lá vivo, disse. Ela, então, se despediu e começou a pedalar novamente.

Antonio riu e virou à direita. Ele estava na metade da viagem, no meio de uma estrada secundária, quando o carro começou a roncar e parou de repente. Perplexo, Antonio baixou o olhar e percebeu que, desde o momento em que parou para falar com Anna, havia percorrido todo o trajeto em primeira marcha; nem sequer tinha pensado em engatar a segunda marcha. Depois de algumas tentativas, conseguiu, contudo, reiniciar o carro e, ao chegar à vinícola, estacionou na grande clareira onde descansavam as carroças utilizadas para transportar as uvas do vinhedo.

Ele empurrou o batente entreaberto da grande porta de madeira e deu uma olhada ao redor.

– Carlo? ele chamou.

– Estou aqui embaixo!

Antonio desceu as escadas que levavam ao porão, onde ficava a adega com os tanques de concreto. Sempre fazia muito frio lá embaixo, pensou ele, tiritando.

Carlo estava conversando com um homem mais velho, mais baixo que ele, com bochechas encovadas e enrugadas, que usava suspensórios e boné na cabeça.

– Venha, venha, Antonio, insistiu, acenando com a mão. – Este é Franco. Eu te falei sobre ele, não foi?

– Sim, claro, respondeu Antonio, apertando sua mão.

– Finalmente chegamos a um acordo, explicou Carlo, satisfeito. E ele colocou a mão no ombro do homem.

– Parece que sim, ele respondeu.

O acordo dizia respeito à venda de alguns hectares de terreno não muito longe de Quinta Greco e nos quais Carlo já estava de olho há algum tempo: queria expandir o vinhedo... ou melhor, tinha que produzir mais, visto que, finalmente, os negócios estavam indo bem. Não foi nada fácil continuar a produzir vinho durante a guerra: boa parte dos trabalhadores tinha sido chamada para a linha de frente, e embora algumas das suas esposas tivessem ocupado o lugar deles nos campos, a mão de obra continuava a ser insuficiente, isso sem falar sobre a dificuldade em encontrar garrafas de vidro, o que forçou Carlo a desacelerar a produção.

Até que os americanos chegaram. No dia 11 de setembro de 1943, enquanto o Norte ainda estava nas mãos dos alemães, o rei fugia para Brindisi e todo o país estava em desordem, os americanos tinham de fato desembarcado em Taranto e Brindisi. Carlo sentiu imediatamente que esta poderia ser a oportunidade certa, aquela que ele esperava há muito tempo para dar "o salto", como ele a chamava. Dizia-se que alguém tinha que aproveitar a possibilidade de fornecer álcool aos soldados americanos. E por que não ele? Podia apostar qualquer coisa no fato de que esses estrangeiros jamais haviam provado um vinho tão bom como o seu. Então ele deu ordem para que preparassem uma caixa de garrafas de Donna Anna e a colocassem no Fiat 508.

– E para onde vão essas garrafas?, perguntou-lhe Daniele, a quem Carlo havia promovido a gerente da vinícola quando o anterior fora enviado para lutar no Norte.

– Para Brindisi, meu rapaz, respondeu Carlo sentado à sua mesa, enquanto escrevia o bilhete que a acompanhava. – Vamos levá-las ao próprio rei!, ele acrescentou com uma risada, girando o dedo indicador no ar. – Seja como for, é apenas uma amostra. Se eu estiver certo, teremos muitas caixas para enviar.

Daniele olhou para ele com uma expressão confusa, mas não perguntou mais nada.

Algum tempo depois, um jipe com três soldados a bordo apareceu na vinícola. Um dos oficiais apertou a sua mão e se apresentou como comissário de suprimentos do Exército dos Estados Unidos. Em um italiano duvidoso, ele agradeceu o gentil presente que haviam recebido e bebido com extremo prazer, e agora viera conhecer o homem que produzia aquele vinho extraordinário, rosado e brilhante, com aroma de *cherry* e *blueberry*. Carlo sorriu para ele e acompanhou os três soldados a uma visita à vinícola, enquanto Daniele ao seu lado intervinha ocasionalmente, principalmente com gestos, para explicar alguma fase da vinificação. Ao final do passeio, o oficial acenou com a cabeça com olhar satisfeito e, antes de partir, encomendou um grande fornecimento de Donna Anna para as tropas americanas.

– Eu sabia!, Carlo exclamou assim que o jipe se afastou. Num lampejo de entusiasmo, pegou a cabeça de Daniele entre as mãos e deu um beijo em seu cabelo. A princípio, o menino ficou vermelho, mas depois deixou-se levar pela euforia e riu também.

Franco despediu-se, levantando o boné, e começou a sair da sala.

– Avisarei quando o notário puder nos receber, disse-lhe Carlo antes que ele pudesse subir as escadas. – Então, *fratellone*, acrescentou, colocando o braço em volta do pescoço de Antonio. – O que traz você aqui? Quantas vezes deixou morrer o carro no caminho?

– Apenas uma.

– Oh, estamos progredindo!

– Faz três dias que você não aparece, senti sua falta, disse Antonio.

– Meu coração mole, brincou Carlo, apertando o rosto do irmão entre os dedos.

Naquele momento, Daniele apareceu na adega.

– Sr. Carlo?

– Diga-me, meu rapaz, ele respondeu.

– Estou indo para o vinhedo. A tampadora está pronta.

– Muito bem... Sim, claro, pode ir.

Mas Daniele hesitou.

– Sr. Antonio, ele disse, então, claramente envergonhado. – Posso perguntar ao senhor como está Lorenza? Faz um tempo que não a vejo na cidade.

– Altos e baixos, respondeu ele, colocando as mãos nos bolsos das calças.

– Imagino que sim, respondeu Daniele, com um ar triste. – Talvez um dia destes eu pudesse acompanhá-la ao cinema, juntamente com as suas amigas. Para distraí-la um pouco... Obviamente com a sua permissão. E baixou o olhar.

– É gentil da sua parte se preocupar, Antonio murmurou. E deixou o pedido cair em ouvidos surdos.

– Não se preocupe, ela vai se recuperar, interveio Carlo. – Vocês são jovens, tudo passa, na sua idade.

Daniele assentiu com pouca convicção, despediu-se dos dois e seguiu em direção às escadas.

– Saudações ao seu avô, não se esqueça, gritou-lhe Carlo lá detrás. – E diga-lhe que, assim que puder, irei vê-lo.

Daniele e Lorenza tornaram-se amigos em março de 1943, quando o melhor amigo de Daniele, Giacomo, filho de Michele, o fruteiro, se apaixonou.

– Olha como ficou *beddra* a *figghia* do Antonio Greco, disse Giacomo, cutucando Daniele ao ver Lorenza passar na frente da loja. Às vezes, ele a chamava com um assobio e depois fazia sinal para que ela se aproximasse. – Shh, mas o quê, você chama as meninas assim? Daniele o repreendeu, abaixando o braço com um olhar divertido. Mas Giacomo pegava uma fruta da primeira caixa que tinha em mãos e entregava-a a Lorenza, segurando-a na palma da mão. – Só a melhor fruta do país para a menina mais bonita, disse ele. Ela sorria, envergonhada, pegava a fruta nas mãos – uma vez foi uma bela e suculenta laranja, outra vez uma tangerina, outra vez uma pera – e agradecia. Quando ela saía, Giacomo ficava olhando para a garota, vidrado: parecia que, além dos olhos, todas as sardas que cobriam o seu rosto também sorriam.

Que Lorenza, a sobrinha do senhor Carlo, havia se tornado uma *beddra*, Daniele certamente percebeu. Ele se lembrava dela quando ainda era uma criança. Sem dúvida que se encontravam com frequência, mas, apesar de terem quase a mesma idade, nunca tiveram, de fato, a oportunidade de conversarem um com o outro. Ela havia ficado mais alta e seus quadris ficaram mais arredondados; seu cabelo ruivo brilhante estava esticado até as costas e as pústulas que antes cobriam seu rosto desapareceram, deixando apenas algumas pequenas marcas que só podiam ser vistas de perto. Os olhos, então, eram iguais aos do senhor Carlo quando sorria, pensou Daniele: emitiam o mesmo brilho, como se se iluminassem por dentro.

Giacomo começou a cortejá-la descaradamente. Nas manhãs de domingo, na praça, ele ficava à espreita no banco e esperava que ela passasse: se não estivesse acompanhada da mãe ou da tia, aproveitava a situação e saía atrás dela.

– Bom dia para a mais linda, dizia-lhe, levantando o boné. – Meu amigo e eu podemos acompanhá-la até a sua casa?, acrescentava, apontando para Daniele.

– Mas estou a poucos passos, respondia Lorenza, toda alegre.

– E daí? Poucos passos hoje, poucos passos amanhã... Giacomo dizia com um sorriso. Então os três partiam; Daniele ficava sempre alguns passos atrás. Ainda assim, podia ouvir a voz de Lorenza: ela falava sobre seu dia, sobre suas colegas de escola, sobre quando a guerra terminaria, mas, acima de tudo, sobre o que lhe ensinavam no ensino médio: a história de amor de Páris e Helena, a rivalidade de Aquiles e Heitor, a longa jornada de Ulisses de volta para casa... Giacomo caminhava ao lado dela e olhava-a com admiração, sem dizer uma palavra. – Nunca me canso de ouvi-la. Isso significa que estou apaixonado?, dizia a Daniele assim que Lorenza entrava em casa.

Numa tarde de maio de 1943, ela os convidou para irem ao cinema com duas de suas simpáticas colegas de escola que, naquele dia – assim dissera Lorenza –, tinham vindo de Lecce para fazerem juntas os trabalhos escolares. Mas Daniele intuiu imediatamente, pelos olhares sugestivos que as três amigas trocavam, que aquilo não passava de uma desculpa e que aquele passeio tinha sido pensado e orquestrado nos mínimos detalhes. Eles tinham ido ver *Un Pilota Ritorna*, de Roberto Rossellini, na exibição da tarde. Lorenza escolheu a última fila, sentou-se e, com um olhar, sinalizou a Giacomo para que se sentasse ao lado dela. Daniele se viu sentado entre as outras duas garotas, cujos nomes ele não se lembrava. Mais tarde, percebeu que também não se lembrava de quase nada do filme. Ficou o tempo todo distraído, tentando entender o que estava acontecendo a um assento de distância dele. Ele ouviu Giacomo e Lorenza rindo e conversando em voz baixa, enquanto as duas amigas se entreolhavam e piscavam, como se dissessem:

– Você viu? E, no momento em que, na tela grande, Massimo Girotti disse a Michela Belmonte: "Você é tudo para mim" e então se ouvia o estrondo do bombardeio noturno, Daniele percebeu que seu amigo havia tomado o rosto de Lorenza nas mãos e colocado seus lábios nos dela.

A história deles se desenrolava com o som de beijos roubados nas vielas, enquanto Daniele montava guarda, cuidando para que ninguém estivesse passando, com olhares cúmplices na praça ou na loja e com encontros favorecidos por subterfúgios e mentiras, como naquela vez em que Lorenza dissera seus pais que iria estudar com as amigas e pegou o ônibus com destino a Lecce, no qual Giacomo também viajava, embora a uma distância segura. Naquela tarde – Giacomo confidenciou a Daniele no dia seguinte –, ele e Lorenza fizeram amor numa *pagghiara*, no campo, nos arredores de Lecce. Para ela foi a primeira vez, e havia chorado, mas de felicidade. E Giacomo, enquanto a segurava nos braços, nua e trêmula, pensara: *vou me casar com ela*. E, um segundo depois, ele lhe anunciou, sério: – No domingo irei falar com seu pai. Lorenza agarrou-se a ele.

– Não há nada que eu queira mais, respondeu ela.

A última vez que Daniele e Lorenza viram Giacomo foi na manhã do dia 2 de julho do mesmo ano: era uma sexta-feira, e dois dias depois Giacomo deveria ir à casa de Lorenza pedir sua mão.

– Vocês já foram à festa da Madonna della Visitazione, em Salice Salentino?, Giacomo perguntou aos dois, enquanto colocava as caixas de frutas dentro da loja. Daniele estava sentado na calçada, e Lorenza estava de pé, segurando nas mãos o saco de cerejas que acabara de comprar, o segundo em dois dias. – Vou desde pequeno, explicou Giacomo. – Minha mãe nasceu lá, e meus avós ainda moram lá. Tem uma grande feira, onde você encontra de tudo... Ano que vem a gente se organiza e vocês também podem vir, vocês dois!

Naquele dia, justamente enquanto a festa acontecia, um bombardeiro americano B-24 lançou uma bomba a pouca distância da casa dos avós de Giacomo, uma fazenda em campo aberto onde toda a família estava almoçando.

A única sobrevivente foi a mãe de Giacomo, esposa de Michele, o vendedor de frutas, que, a respeito daquela manhã, só falava do barulho devastador e dos animais da feira, que, descontrolados, fugiram em pânico, pisoteando e atropelando coisas e pessoas.

A cidade inteira compareceu ao funeral. Na igreja lotada, Daniele lutou para conter os soluços; ao seu lado, Carmela, irritada, continuava a sussurrar que ele tinha que se comportar, que um homem chorando em público não era coisa para se ver.

Quando os caixões de Giacomo e Michele foram retirados da igreja e a procissão começou a se mover lentamente em direção ao cemitério, Lorenza largou o braço do da mãe, avançou para se aproximar de Daniele e, de repente, ele a abraçou. Enquanto Carmela olhava para eles, sem saber como interpretar aquele gesto, ele colocou a mão nas costas dela e o leve cheiro de roupa lavada de seus cabelos invadiu suas narinas.

Ainda abraçada a ele, Lorenza começou a soluçar, e então, inesperadamente, soltou um grito tão desesperado que Daniele teve a impressão de vê-lo se espalhar cada vez mais, até encher as ruas e praças de toda a cidade.

Naquela noite, após o funeral, Daniele voltou para a pequena casa para onde havia se mudado há algum tempo. Ali morara sua avó paterna, uma mulher tímida e meiga que partira no início do verão de 1940 e que, ele estava convencido, se deixou morrer justamente porque não queria ver outra guerra. A residência era muito pequena – apenas dois cômodos –, as paredes sempre se enchiam de mofo e, no inverno, parecia impossível aquecê-la, mas Daniele não a trocaria por nenhuma outra. Foi a sua primeira casa de verdade, o lugar onde, uma vez terminado o trabalho na vinícola, ele poderia desenhar roupas e costurar em paz, longe dos olhos da mãe. Com as economias que conseguiu acumular, comprou uma Singer, que ocupava o centro do cômodo que servia de sala de jantar e cozinha. Em um canto, estavam empilhados rolos de tecidos de diversas cores e padrões. Quando, na feira de sábado, parou pela terceira vez na barraca de tecidos para testá-los, com os olhos brilhando, mas sem nunca comprar nada, a mulher do coque inclinou-se ligeiramente para a frente e, com um sorriso cúmplice de alguém que tinha entendido, lhe sussurrou:

– *Venha me visitar em casa, meu jovem. Assim escolhe com calma.*
No guarda-roupa, localizado no quarto ao lado, onde também ficava a cama, estavam pendurados três vestidos elegantes que nenhuma mulher ainda havia usado.

Daniele sentou-se à mesa e abriu o livro de modelos em uma página em branco. Ele não conseguia tirar da cabeça o funeral e a sensação de Lorenza agarrada a ele, desesperada e inconsolável. Então pegou o lápis e começou a desenhar um vestido. Para ela.

13
[JUNHO, 1946]

Na noite anterior a 2 de junho de 1946, Anna decidiu que ela mesma cortaria o seu cabelo. Movendo-se lentamente para não acordar Carlo, sentou-se à penteadeira e, sob a luz fraca do abajur, olhou seu reflexo no espelho.

Acariciou os longos cabelos pretos, atravessados por alguns fios prateados, dividiu os cabelos ao meio, fazendo as duas mechas caírem sobre o peito, pegou a tesoura da prateleira de mármore e, sem deixar de olhar, fez um corte limpo, primeiro na mecha da esquerda e depois na da direita, na base do pescoço. Umedeceu as mãos numa bacia com água, passou-as pelos cabelos e, por fim, tirou os bobes de uma gaveta e começou a enrolar cada mecha. Então foi dormir.

Pendurada num cabide na porta do armário estava a roupa que ela havia escolhido. Iria votar pela primeira vez na vida, e iria vestindo um *tailleur* verde manjericão: o casaco era justo na cintura e a saia, na altura dos joelhos, era evasê. Uma blusa vaporosa de *rayon* rosa completava o conjunto.

Ela também dera a sua contribuição para que esse dia finalmente chegasse. Em outubro de 1944, lera no jornal o apelo da *Unione Donne Italiane [União das Mulheres Italianas]*, que havia fundado o comitê pró-voto em Roma tendo em vista as eleições locais de 1946. Sentiu-se imediatamente eufórica, ansiosa por fazer alguma coisa. Então pegou um maço de folhas brancas e, em uma delas, copiou, com sua caligrafia redonda e graciosa, o texto da petição da UDI que convidava todas as mulheres de todos os municípios da Itália a assinarem.

> *Nós, mulheres de Lizzanello, pedimos ao Governo de Libertação Nacional o direito de votar e de sermos elegíveis nas próximas eleições locais. Acreditamos que a exclusão desse direito deixaria as mulheres naquela posição de inferioridade injusta em que o fascismo quis mantê-las, não só dentro do Estado, mas também em relação às mulheres de todos os países civilizados. O fascismo, com a sua louca política de guerra, destruiu as nossas casas, dispersou as nossas famílias, colocou-nos frente a frente com responsabilidades mais sérias no trabalho, na educação dos nossos filhos, na*

luta diária pela existência. Lutamos ao lado dos nossos homens contra o fascismo e o opressor alemão, com tenacidade e coragem durante os difíceis meses de ocupação. Sentimos que, deste modo, adquirimos o direito de participar plenamente no trabalho de reconstrução do nosso país.

Pedimos, portanto, que a nossa legítima aspiração seja tomada em consideração pelos homens do Governo e que a justiça e a igualdade de direitos que estão na base de qualquer sistema verdadeiramente democrático sejam finalmente dadas às mulheres de Itália.

A manhã seguinte era um domingo, e enquanto Carlo e Roberto ainda dormiam, ela desceu até a sala, pegou a mesinha de madeira ao lado da entrada e saiu.

– Precisa de uma mão, senhora carteira?, perguntou-lhe o sobrinho do vizinho, um menino magrelo, assim que a viu colocar-se a caminho com os papeis debaixo do braço e a mesa na outra mão.

– Não, obrigada, eu mesma faço, respondeu com um sorriso.

Ela havia chegado à Piazza Castello, posicionado a mesa ao lado do banco e sobre ela colocado os papeis: de um lado, o que continha o texto da petição; do outro, os em branco para coletar as assinaturas.

Embora ainda fosse cedo, obviamente atraiu olhares curiosos de quem estava em frente ao bar, de quem estava prestes a entrar na igreja e de todos os transeuntes.

– Mas o que a forasteira está fazendo? A pergunta ricocheteava de boca em boca. O primeiro a se aproximar para dar uma olhada foi um velho com uma bengala. Ele vestia camisa e calça brancas e exalava um leve odor de lã úmida.

– O que é isso?, perguntou com uma voz cavernosa, apontando para a mesa com sua bengala.

– Uma coleta de assinaturas, Anna respondeu com um sorriso. – Para pedir ao governo que deixe as mulheres votarem também. É uma iniciativa nacional, sabe?

O homem franziu a testa.

– Posso lê-la para o senhor?, continuou, pegando o papel nas mãos. – Sente-se aqui. E mostrou-lhe o banco, onde o homem, com um pouco de relutância, se sentou, colocando as duas mãos no cabo da bengala.

Nesse momento, também Nando se aproximou, e alguns clientes do bar o seguiram, e então chegaram duas mulheres, com lenços pretos na cabeça, que se dirigiam de braços dados em direção à igreja de San Lorenzo.

– Bem, o mundo de cabeça para baixo é o que você quer, protestou o velho assim que Anna terminou de ler. Ele aproveitou a bengala e levantou-se do banco.

– Por que, você acha que tem sido correto até agora?, replicou ela, ressentida.

Mas ele não lhe respondeu. Virou-lhe as costas e caminhou em direção ao bar, seguido por dois homens que balançavam a cabeça.

– Não dê ouvidos a ele, interveio Nando, com uma careta de desgosto. – Porque aquele ali nem sequer deixa a esposa sair de casa sem a sua permissão.

– Eu gostaria de assinar, disse timidamente uma das duas mulheres.

Radiante, Anna entregou-lhe a caneta.

– Por favor, aqui, disse ela, mostrando a folha de papel em branco.

Todas as tardes, depois do trabalho, durante várias semanas, Anna se instalava na praça com a sua mesinha. Ela parava as mulheres ou esperava que elas se aproximassem, intrigadas; lia-lhes a petição e, muitas vezes, explicava o seu significado em palavras mais simples. Finalmente, com um sorriso, estendia a caneta para assinarem. Ela ouvia as perguntas mais estranhas sendo feitas:

– Mas isso é legal? A polícia não virá depois me procurar em casa?
– Mas é um voto que conta igual ao dos homens?
– Bem, eu não acredito, mas vou assinar mesmo assim, tudo bem? Ou – Vou assinar, mas não vou contar ao meu marido. E você também não vai contar, não é, carteira?

Carlo havia-lhe garantido seu apoio "incondicional" desde o início, embora tivesse se mantido bem longe do banquinho.

– Estamos prestes a engarrafar. Eu realmente não posso sair da vinícola... dizia. Antonio, porém, juntou-se a ela na praça depois de alguns dias, segurando uma placa de papelão onde estava escrito em letras maiúsculas: ASSINE AQUI PARA O VOTO FEMININO. – Achei que poderia ser útil, disse a ela. – É um pouco desengonçado, eu sei... ele acrescentou, olhando para o papelão.

– É perfeito, Anna o interrompeu, com um grande sorriso. – Coloque-a aqui na frente.

Antonio colocou a placa no chão, encostada na perna da mesa.

– Por que você não fica e me dá uma mão?

– Se quiser, sim, com prazer, respondeu.

– Sim, eu quero.

E, daquela tarde em diante, sempre que podia, Antonio acompanhava-a no pequeno banco, imitando em todos os sentidos tudo o que Anna fazia. De vez em quando, ela parava tudo e olhava para ele atentamente.

– O que é? perguntava, sentindo os olhos dela sobre ele.

– Nada, ela respondia, corando.

Em poucas semanas, eles haviam coletado centenas de assinaturas, inclusive de todas as mulheres que Anna conhecia pessoalmente: Giovanna, Agata e suas amigas do rosário, Lorenza, Elena, Chiara, as vizinhas, a secretária de Antonio. Até Carmela se aproximou do banquinho, com um vestido justo e batom combinando com as unhas, e perguntou:

– Onde tenho que assinar?

No início de janeiro de 1945, Anna colocou os papeis com as assinaturas num envelope amarelo e, muito satisfeita, escreveu nele o endereço: *Comitê de Iniciativa da Unione Donne Italiane, via 4 de novembro 144, Roma.*

~

No dia 2 de junho, Anna levantou-se ao amanhecer, sentou-se novamente à penteadeira e começou a tirar os bobes, um de cada vez. Seus cabelos caíam nas laterais do rosto em ondas suaves e, enquanto ela os arrumava com algumas escovadas, Carlo acordou.

À luz suave que se infiltrava pela cortina, ele observou a esposa, esfregou os olhos e levantou-se, apoiando o peso no cotovelo.

– Anna!, ele então gritou em direção à porta. – Tem uma mulher que não conheço no quarto, com más, muito más intenções!

Ela se virou, rindo.

– Você é realmente estúpido.

– Você está muito bonita, sabe. Carlo não conseguia tirar os olhos dela.

– *Merci*!, ela respondeu, continuando a pentear o cabelo.

– Venha aqui, ele disse a ela, dando tapinhas na cama. – As urnas podem esperar mais um pouco. Eu não.

~

Iriam todas votar juntas, decidiram. Então Anna saiu, chegou à casa de Agata e bateu.

Agata abriu a porta arfando e com as bochechas vermelhas.

– Você está bem?, Anna perguntou-lhe, entrando.

Agata fechou a porta.

– Nada. Estou pegando fogo, respondeu ela, abanando-se com a mão. – É, minha mãe estava certa, disse, indo em direção à cozinha, enquanto Anna a seguia. – O *marquês* é um castigo, quando vem e mesmo quando já não vem mais.

– Mas você ainda não está vestida?, Anna exclamou assim que viu Lorenza de camisola, sentada à mesa da cozinha mergulhando biscoitos no leite.

– Há uma hora que estou tentando tirá-la da cama, está com preguiça. Eu há muito já estou pronta, reclamou Agata. – Mas o que você fez com seu cabelo?

– Eu os cortei. Você gostou?, perguntou Anna, deslizando um cacho entre os dedos.

– Não sei. Você ficou estranha, respondeu Agata, franzindo a testa. – Eu tenho que prestar atenção.

– O Antonio já saiu?

– Faz dez minutos.

Anna assentiu. Então ela se voltou para sua sobrinha.

– Lorenza, vamos, se apresse. Giovanna já está nos esperando.

– Eu não vou, respondeu Lorenza em um tom aborrecido.

– Como assim?

– Eu não me importo em votar.

– Ela não quer mais estudar, não quer votar, não quer trabalhar... Agata suspirou.

– Lorenza, não fale bobagem. Este é um dia importante para você também, Anna a repreendeu.

– Para você, talvez, não para mim.

– Eu não te permito dizer uma coisa dessas, exclamou Anna. – Se não vier, você insulta, antes de mais nada, a você mesma. Vá se vestir, ordenou-lhe, esticando o braço.

Lorenza levantou-se da mesa, bufando.

– Eu coloquei o *tailleur* bom para você sobre a cama, gritou Agata para ela.

Desde a morte de Giacomo, Lorenza havia mergulhado num torpor que parecia interminável. Não queria mais ir para a universidade.

– Eu sou adulta agora, eu decido, ela insistia. Antonio havia tentado fazê-la mudar de ideia, mas não adiantou conversar com ela, encorajá-la e mostrar-lhe o futuro que estaria perdendo ao desistir de estudar.

– E seus sonhos, hein? Que fim eles fizeram?, Antonio insistia com ela.

– Esse não era o meu sonho, era o seu, respondia asperamente. – Se há uma coisa que entendi é que a felicidade não pode ser encontrada nos livros.

– Você está errada, respondeu Antonio.

– Ah, sim? Então me conta, você que lê tanto: você é feliz? Parece-me que não.

– Você está com raiva e sofrendo. Eu entendo, entendo mesmo, disse então Antonio, com doçura. – Mas pense um pouco mais, por favor. Me entristece muito ver você desistir do seu... do *nosso* sonho.

– Talvez você estivesse ocupado demais para perceber, continuou Lorenza, hostilmente. – Eu tinha encontrado um sonho só meu. Com Giacomo. Mas esta maldita guerra me tirou isso.

Lorenza olhou para as roupas na cama, uma saia preta plissada e uma blusa de seda amarelo claro com um pequeno laço no decote. Ela soltou um suspiro e sentou-se na beira da cama. Era um dos trajes de festa, o mesmo que usaria naquele domingo, quando poderia ficar noiva de Giacomo e sua vida feliz começaria. E agora? Quem ou o que ela era, sem um homem que a amasse? Com um sobressalto, Lorenza levantou-se, abriu o guarda-roupa e tirou o primeiro vestido que lhe veio às mãos: qualquer vestido de dia a dia serviria.

∽

Giovanna esperava em frente ao portão da escola primária, onde haviam sido montados os locais de votação, e olhava em volta com expressão ansiosa, agarrada à bolsa preta.

A guerra, porém, trouxe-lhe a única coisa que sempre desejou: em 1943, Pe. Giulio fugiu da Emilia e refugiou-se no Sul, embora não restasse mais ninguém da sua família de origem. O ar na sua área tornou-se sufocante: os *partigianos* começaram a atacar os padres, especialmente na área entre Bolonha, Modena e Reggio Emilia, e muitos foram mortos. Ele apareceu na porta de Giovanna usando roupas laicas, com uma bolsa surrada no ombro, rosto cansado, olhar aterrorizado e barba desgrenhada.

– Ajude-me, ele implorou. – Mantenha-me aqui com você. Ela abriu a porta de sua casa e, durante algumas semanas, Giulio ficou escondido lá. E ali permaneceu até encontrar uma vaga como vice-pároco em Vernole, cidade de origem de seus pais, a cerca de quinze quilômetros de Lizzanello. Ele havia se instalado em uma pequena casa, aquela que lhe fora designada ao lado da igreja. Igualmente, todas as tardes, depois da última missa, montava na bicicleta e pedalava quilômetros pelas ruas discretas dos campos para chegar a Contrada La Pietra. Algumas noites ele subia novamente na bicicleta e retornava para Vernole; outras, quando se sentia muito cansado, ficava para dormir na casa de Giovanna, saindo logo antes do amanhecer. Mesmo que ninguém nunca os tivesse visto juntos, os rumores começaram a se espalhar na cidade. Giovanna entendia isso por alguns olhares que lhe lançavam quando ia visitar Anna ou fazer compras. "Não tem a mínima vergonha", ela tinha ouvido murmurarem. Mas a ela não importava nada.

Anna correu ao encontro da amiga, ao passo que Agata parou a uma curta distância, segurando Lorenza perto do braço.

– Mas eu realmente não entendo você, *figghia* minha. Eu tinha preparado aquele *tailleur* tão elegante para você... O que as pessoas vão pensar? Que não temos roupas boas?, Agata estava repreendendo-a, pela enésima vez desde que partiram.

– Você está feliz? perguntou Anna, correndo para abraçar Giovanna. – Hoje é um dia especial.

– Se você está feliz, eu também estou, respondeu ela, dócil como sempre.

– Vamos, entremos!, exclamou Anna, com um amplo gesto do braço.

Dentro da cabine de votação, com o coração batendo forte, Anna tocou a cédula com a ponta dos dedos e, lentamente, para que aquele momento durasse o máximo possível, desenhou uma cruz no símbolo da república: uma cabeça de mulher com uma coroa régia decorada com folhas de louro e carvalho.

Depois, assim que saiu, ergueu os olhos para o céu, esticou os lábios em um sorriso e suspirou. Que dia memorável foi aquele: ela se lembraria dele para sempre.

– Agora todos para o bar, é tudo por minha conta, disse ela alegremente.

Giovanna aceitou o convite com entusiasmo e pegou-a pelo braço.

– Quero um bolo de amêndoa, exclamou. Então elas partiram, seguidas por Agata e Lorenza.

No espaço aberto em frente ao Bar Castello havia vários pequenos grupos: os que estavam furiosos com aqueles que queriam votar na monarquia, os que riam, os que fumavam, os que brindavam com um copo de vinho. Ao redor deles, crianças brincavam, correndo atrás de uma bola e gritando. Não muito longe, em volta do banco, estavam alguns garotos, inclusive Roberto, com o cabelo penteado para trás e com o colete abotoado sobre a camisa branca. Ao seu lado, estava uma jovem pequenina com feições delicadas que olhava para ele com olhos de adoração. De vez em quando Roberto olhava para ela e sorria, envergonhado.

– Quem é aquela?, perguntou Anna.

– Aquela quem?, Agata perguntou em resposta.

– Aquela ao lado do Roberto.

– Ela é filha do Fernando, respondeu Lorenza. A menor das três.

– E o que ela quer do meu filho?

– Mas deixe-o estar, exclamou Agata. – Aos treze anos ele também começa a ter os impulsos. É normal.

– Mas que impulsos, Anna ficou irritada. – Ele ainda é uma criança. A única coisa em que ele precisa pensar é em estudar. *Depois, em casa, vou ter uma bela conversinha com ele, pode apostar,* pensou, e começou a caminhar.

De repente, atrás deles, ouviram alguém gritar:

– Lorenza! Todos se viraram ao mesmo tempo e viram Daniele correndo em direção a eles, acenando com a mão.

Lorenza se desvencilhou do braço da mãe e foi ao seu encontro.

– Que bom ver você. Como vai?, ele perguntou com uma leve falta de ar.

Lorenza encolheu os ombros. – Assim, assim. Dias bons e outros não tão bons.

– Sempre peço notícias suas...

– Eu sei. O tio Carlo me conta. Obrigada...

– Você parece mais magra desde a última vez que te vi.

Lorenza baixou os olhos.

– É você quem diz? A mim, não me parece.

– De olho, acho que fiz as medidas erradas..., Daniele murmurou quase para si mesmo.

– Medidas? De que medidas você está falando?, perguntou Lorenza, perplexa. Danielle corou. – Do seu vestido.

– Que vestido?

– É... um presente.

– Para mim? Você me comprou um vestido? ela perguntou, atordoada.

– Na verdade não... eu o fiz. Mesmo que eu ainda seja lentíssimo e o tempo seja o que é.

– Espere, espere. E desde quando você costura?, perguntou Lorenza, cruzando os braços sobre o peito.

– Na verdade, gosto mais de desenhar roupas do que de costurá-las. Criei uma pequena alfaiataria em minha casa, mas ninguém sabe. E colocou um dedo nos lábios, como se lhe dissesse para guardar isso para si.

– Bem... mas agora estou curiosa para ver.

– Lorenza, vamos!, Agata a chamou de volta. – Estamos esperando por você.

– Estou indo!, ela respondeu, virando-se para a mãe.

– Olha, mas..., continuou Daniele. – Se eu te convidar para ir ao cinema novamente, você dirá sim desta vez?

Lorenza sorriu.

– Direi que sim... contanto que você me mostre sua pequena alfaiataria. E meu vestido, acima de tudo!

– Lorenza!, insistiu Agata.

– Eu tenho que ir, disse ela, visivelmente irritada.

– Próximo domingo?, perguntou-lhe com um olhar esperançoso.

– Tudo bem. No próximo domingo, respondeu Lorenza. – Vejo você na frente do Olímpia. Então ela acelerou o passo e se juntou às demais.

～

– Olha, ali estão o papai e o tio Carlo!, exclamou Lorenza, apontando para eles. Após o encontro com Daniele, seu humor mudou completamente.

Carlo e Antonio estavam sentados em uma mesa do lado de fora do Bar Castello com outros dois homens, bem vestidos e de aparência distinta.

– Oh, aqui estão nossas esplêndidas damas, Carlo as saudou. E deu uma tragada no charuto.

Antonio levantou-se e foi imediatamente buscar mais cadeiras.

– Aqui, disse ele, arrumando-as ao redor da mesa. Ao estender a cadeira para Anna, ele perguntou em voz baixa: – Mas... e o cabelo?

– Por quê? Você não gostou? ela perguntou, um pouco ressentida.

– Eu não disse isso...

– Bom, disse um dos dois homens, levantando-se. O outro fez o mesmo. – Vamos deixar vocês com a família. Continuamos a conversa amanhã.

– Certamente, disse Carlo, apertando a mão de ambos. Antonio, em vez disso, cumprimentou-os com um pequeno aceno com o queixo.

– Que conversa?, perguntou Anna. Carlo e Antonio se entreolharam.

– Contamos a elas?, murmurou Carlo, com um brilho nos olhos.

– Uma hora teremos que contar...

– O que vocês têm para nos contar?, Agata interveio.

Carlo apertou o charuto entre os dentes e depois abriu os braços.

– Olhem para mim, ele exclamou.

– Você está nos dizendo que você é lindo? Mas disso já sabemos, Anna respondeu em tom de brincadeira.

Giovanna deu uma risadinha e cobriu a boca com a mão.

– Obrigado, meu amor, disse Carlo, acariciando o rosto de Anna. – Não, olhe melhor para mim. Você tem diante de você o futuro candidato a prefeito de Lizzanello.

– Sério?, Anna estava perplexa.

– Sério.

– E de onde te veio essa ideia?

– Eles me propuseram, respondeu, acenando com a cabeça na direção dos dois homens que haviam ido embora. – Eles dizem que eu posso conseguir. Amanhã me levarão para conhecer o secretário provincial e conversarmos como se deve a respeito de tudo.

– É bem verdade que, desde que começou a fazer negócios com os americanos, você se tornou uma pessoa importante, alguém que consegue votos, ironizou Agata.

– O secretário provincial de qual partido, desculpe?, perguntou Anna.

– Da Democracia Cristã.

Ela franziu a testa instantaneamente. Lorenza não pôde deixar de seguir o olhar do pai enquanto ele encarava a tia com olhos que perguntavam silenciosamente:

– Por que você ficou triste? Você está bem?

– É uma notícia, de fato, muito boa, comentou Agata, olhando para a cunhada.

– Certamente que é!, exaltou-se Carlo. – E agora vou buscar um pouco de vinho para todas essas lindas damas, gritou, girando o dedo.

– Eu vou com você, Antonio se ofereceu, arrastando a cadeira. – Vou ajudá-lo a trazer os copos.

– Tragam também os doces de amêndoa, pediu Giovanna.

Carlo afastou a cortina de cordas e, no balcão, viu Carmela na companhia do marido. Sua alegria desapareceu em um segundo.

– Nando! Uma garrafa de Donna Anna e seis copos, por favor, interveio Antonio.

– Vocês estão comemorando?, perguntou Carmela, olhando Carlo nos olhos.

– Hoje brindamos às nossas mulheres, respondeu Antonio, para tirar o irmão do embaraço.

Nicola murmurou que estava certo, que aquele era um dia de festa para todas elas e que, certamente, deveria ser comemorado.

– Como está *Don* Ciccio?, Carlo então perguntou.

Carmela encolheu os ombros.

– Como estava é como está. Ele não sai mais da cama. Diz que sente facas em suas costas.

– Sinto muito... Dê-lhe meus cumprimentos, por favor.

– Seus cumprimentos sempre o agradam, disse ela.

Carlo assentiu e começou a tamborilar com os dedos no balcão.

Nicola olhou para o relógio e disse que ele e sua senhora realmente precisavam ir.

– Desejo-lhes um bom dia, acrescentou e, tirando o chapéu, dirigiu-se à saída.

Carmela seguiu-o com passo indolente. Mas, ao passar por Carlo, roçou o ombro no braço dele.

∼

Na tarde do domingo seguinte, Lorenza chegou atrasada ao Olímpia e viu que Daniele já a esperava. Ele estava encostado na parede, e a luz do sol iluminava metade de seu rosto: estava com o boné inclinado para o lado, camisa xadrez e calça escura sustentada por suspensórios. Por um momento, Lorenza ficou sem fôlego; Giacomo também sempre usava boina e suspensórios. E tinha a mesma camisa xadrez...

Ela olhou para o pôster do filme programado: *Sciuscià*, de Vittorio De Sica, depois aproximou-se de Daniele.

– Me desculpa. Você está esperando há muito tempo?, perguntou, insinuando um sorriso.

Ele imediatamente se afastou da parede.

– Não, de modo algum, não se preocupe, respondeu.

Eles entraram e foram para a fila da bilheteria.

– Do que trata? O filme, quero dizer, perguntou Lorenza.

– Não sei muito bem. Li rapidamente algo no jornal: trata-se de dois garotos que trabalham como engraxates em Roma.

Lorenza torceu o nariz e pensou que preferiria uma bela história de amor.

– Sabe, estou um pouco ansioso com a ideia de que você verá o vestido mais tarde, disse Daniele de repente.

– Isso ainda me parece estranho, ela respondeu.

– O quê?, ele perguntou, tirando seu porta-moedas.

– O fato de você desenhar vestidos... Giacomo não me contou...

– Porque ele também não sabia, explicou Daniele com um vago sorriso. – Sempre foi uma coisa só minha. Se minha mãe souber..., acrescentou, com uma careta. Então, virou-se para o vendedor de bilhetes: – Dois, por favor.

– Por quê?, perguntou Lorenza.

Ele encolheu os ombros e pegou os ingressos.

– Na opinião dela, isso não é coisa para homem..., ele respondeu, caminhando em direção à sala.

– Que bobagem, disse indignada. – É por isso que você não contou nem ao Giacomo?

– Não sei. Talvez..., Daniele respondeu. Depois abriu a cortina vermelha e deixou Lorenza entrar primeiro.

~

Algumas horas depois, Lorenza estava sentada no sofá da casa de Daniele, olhando em volta.

– É acolhedora..., ela disse, virando-se para o cômodo ao lado, onde Daniele tinha ido pegar o vestido no guarda-roupa.

– Eu também acho, respondeu Daniele. Um momento depois, voltou à cozinha segurando um cabide onde estava pendurado um vestido azul com aplicações amarelas, com saia rodada, sem mangas e com as costuras ainda visíveis.

– Faltam as mangas, a saia precisa ser encurtada um pouco, deve ir até o joelho... E depois quero colocar uns botões arredondados aqui no corpete e um cinto na cintura, apressou-se em explicar.

Lorenza enviou-lhe um sorriso terno.

– Mas para terminar, preciso medi-lo bem..., acrescentou.

– Vou provar agora mesmo, então, disse Lorenza, levantando-se. E tirou o cabide das mãos dele.

– Vá lá para o quarto, disse Daniele, indicando-o com um aceno de cabeça.

Lorenza passou pela porta e fechou-a, mas não completamente.

Daniele puxou uma cadeira da mesa e sentou-se para esperar, com os cotovelos apoiados nos joelhos e batendo o pé.

– Tudo bem?, perguntou-lhe depois de menos de um minuto.

– Sim, sim, ela respondeu. – Estou tirando minha roupa.

Daniele assentiu. Depois inclinou-se lentamente para trás com o tronco, até poder ver Lorenza pela fresta: vislumbrou a linha sinuosa dos seus quadris e a curva redonda dos seus seios, sobre os quais repousavam os seus longos e lisos cabelos ruivos.

Ele sentiu uma agitação repentina no estômago e um desejo instintivo de possuí-la. Pulou da cadeira e encheu um copo de água. Tomou tudo de um gole só e serviu mais, também engolindo rapidamente, como se estivesse procurando uma maneira de se desligar.

– Talvez esteja um pouco grande, você tinha razão, disse Lorenza, abrindo a porta com o vestido no corpo.

Daniele engoliu em seco e, com as bochechas vermelhas, respondeu que sim, verdade, estava pelo menos um tamanho maior.

– Mas já vou apertá-lo, concluiu.

14
[NOVEMBRO, 1946]

– Vote em Carlo Greco nas eleições municipais! Escolha a Democracia Cristã!, trovejava a voz do alto-falante içado sobre o Fiat Topolino que circulava sem parar pela cidade. Montando a Bianchi e com a bolsa pendurada no ombro, Anna acabava trombando com ele em todas as ruas, como se os dois homens a bordo a estivessem seguindo. Ela não conseguia escapar daquela cantilena nem andando pelas ruas laterais; aliás, parecia-lhe que ali a voz ricocheteava nas paredes das casas, fazendo ainda mais eco e ficando ainda mais obsessiva.

Naquelas paredes, além disso, havia inúmeros cartazes eleitorais nos quais o nome do seu marido se destacava sobre o símbolo cruzado da Democracia Cristã. COM ESTE VOTO VOCÊ GARANTE O SEU BEM, dizia. Ou: VOTE EM PESSOAS HONESTAS E COMPETENTES PARA A ADMINISTRAÇÃO DO MUNICÍPIO. VOTE PELA DEMOCRACIA CRISTÃ. E como se não bastasse, quando parava para entregar a correspondência havia sempre alguém que lhe dizia:

– Parabéns ao seu marido, senhora carteira, – Diga ao Carlo que vou votar nele, por favor, – Ele irá vencer, eu sinto... E assim por diante. Anna forçava-se a sorrir e a agradecer, embora desejasse despedaçar o alto falante e rasgar os cartazes, um por um. *Ele tinha que concorrer justamente pela Democracia Cristã*, pensava ela, cada vez mais irritada.

– Não vou pôr uma cruz sobre a cruz, foi a sua reação quando Carlo, entusiasmado como uma criança, trouxe para casa um monte de folhetos eleitorais recém-impressos.

– Mas o que você está dizendo? ele respondeu, no tom de quem suspeitava que tivesse sido uma brincadeira.

– Olha que estou falando sério.

– Você não irá votar no seu marido por uma estúpida questão de princípio?

– Não se trata apenas uma *questão de princípio*, disparou. – Eu não voto em católicos nem morta.

– É em mim que você deve votar, não nos católicos!

– Se você quer meu voto, então mude de partido.

– Mas você se dá conta do que está dizendo? E em quem você votaria, vamos ver?

– No Partido Comunista! Você sabe quantas pessoas na *Unione Donne Italiane* são comunistas? Eu também sou!

– E quando foi que você se tornou uma, que eu não percebi? À noite, enquanto eu dormia?, Carlo perguntou.

– Os comunistas se preocupam com os direitos das mulheres!

– Você acha que eu não me importo com seus direitos? Está falando sério?

– Já que você diz "seus" com esse tom, então...

– Sinto muito se não sou mulher. Me desculpe se eu disse "seus", ele respondeu sarcasticamente, levantando as mãos.

– Eu também sinto muito, Carlo. Mas não vou mudar de ideia. Jamais.

– Então você não vai me apoiar, você decidiu.

– Não farei nada para te prejudicar. Mas esqueça o meu voto.

– E você, esqueça como é dormir com um marido, respondeu ele, furioso, saindo do quarto. E, a partir daquela noite, ele começou a dormir no sofá da sala.

Até Roberto, que sempre se mantinha afastado das brigas, desta vez assumiu a defesa do pai. – Mas parece normal para você não votar no papai?

– "Normal"... Como você gosta de usar essa palavra.

– E a você, *maman*? O que a normalidade fez de errado para você?

– Então, vejamos, você decide o que é normal?, Anna o inquiriu, colocando as mãos nos quadris.

– Eu poderia te fazer a mesma pergunta, respondeu Roberto, colocando as mãos na cintura para imitá-la.

Antonio e Agata, no entanto, trabalharam arduamente para apoiar a campanha eleitoral de Carlo, especialmente nas últimas semanas antes da votação: ele acompanhava o irmão de casa em casa, participava de reuniões do partido e distribuía panfletos; ela visitava as suas amigas das reuniões do rosário e as vizinhas de casa para ter certeza de que votariam "da maneira certa".

Até mesmo no correio não se falava em de outra coisa. De acordo com as previsões deles, Carlo venceria, sem dúvida.

– Infelizmente!, comentou Carmine. – Saiba que darei o meu voto aos socialistas, não ao seu marido!, acrescentou, apontando o dedo para Anna, que foi forçada a morder a língua, embora quisesse muito concordar com ele. Elena, por outro lado, declarou-se imediatamente uma defensora entusiástica de Carlo. Ela disse a Anna que até o novo pároco, o Pe. Luciano, antes de cada "*Ite, missa est*" lembrava aos fieis que só aqueles que eram democráticos e cristãos poderiam defender a liberdade e o futuro dos seus filhos. E concluía, inevitavelmente:

– Você vai se tornar a esposa do prefeito, já imaginou?

Somente o grande anúncio de Chiara conseguiu desviar a atenção do assunto por um tempo. Certa manhã, ela chegou com uma bandeja de doces que parecia maior que ela e, com um pouco de constrangimento, anunciou que estava noiva do médico e que o casamento estava marcado para a primavera seguinte. Então – acrescentou –, permaneceria com eles mais algumas semanas, até o Natal, depois pediria demissão.

Elena, Carmine e Tommaso foram imediatamente parabenizá-la, enquanto Anna lançou-lhe um olhar duvidoso e não se mexeu.

– Por que arranjar um marido deveria impedi-la de continuar a trabalhar?, ela então perguntou à queima-roupa, fazendo com que o silêncio caísse no escritório.

Tímida como sempre, Chiara baixou o olhar. Mas então, ajustando os óculos no nariz, ela respondeu com uma voz gentil, mas firme.

– Sabe, para mim não é nenhum sacrifício parar de trabalhar. Quero ser uma boa esposa e isso é uma coisa exigente, que leva muito tempo... Sou feliz assim, não se preocupe comigo, concluiu com um sorriso.

– Olha, no seu lugar eu faria a mesma coisa, hein, Elena interrompeu, mordendo um doce. – O que você acha? Se eu tivesse um homem para cuidar de mim, sabe quanto tempo demoraria para sair daqui?

Anna olhou para as duas mulheres e estava prestes a responder quando um pensamento lhe passou pela cabeça: se Chiara fosse embora, seria necessário um novo operador de telégrafo. E quem melhor que Lorenza? Poderia ser uma forma de sacudi-la, de tirá-la do torpor em que caíra. Sim, iria propor isso à sobrinha naquele mesmo dia. E Antonio, certamente ficaria grato, pensou, feliz por ter tido essa ideia.

~

– Você pode falar, por favor? Pode fazê-la pensar?, disse Carlo, andando nervosamente de um lado para o outro no escritório de Antonio.

– Você sabe como a Anna é... Ela não escuta ninguém, respondeu o irmão, sentado na poltrona.

– A você sim. Ele sempre ouve você. Juro que desta vez não deixo passar.
– Mas quanto mais você insiste, pior fica. Parece que não a conhece...
– Você aceitaria?, Carlo perguntou-lhe, exasperado. Apenas para responder sozinho um instante depois: – Não, você não aceitaria!
– Não sei, Carletto, suspirou Antonio. – No final das contas, o que muda? Você tem os votos de toda a cidade. Não será o de Anna que fará a diferença.
– Não é essa a questão, retrucou o outro, colocando as duas mãos sobre a mesa. – Ela é minha esposa. Seu voto conta mais que todos os outros.
– Mas se ela não quiser votar na Democracia Cristã, você não pode forçá-la.
– Antó, você está do meu lado ou do dela?, disse Carlo, irritado.
– Não estou do lado de ninguém.
– Imagine só, eu que achava que meu irmão estivesse do meu lado...
– Mas é claro, Carletto. Claro que sim.
– Então fale com ela. Você vai me ajudar, não é?
– Está bem, está bem. Vou tentar, Antonio desistiu, levantando as mãos, mas pensando: *Por que eu nunca falo: – Eh, não, desta vez me deixem em paz, resolvam vocês mesmos? Por quê?*

Assim, no dia seguinte, ele colocou-se à espreita do lado de fora do correio, na hora em que Anna terminava seu turno.
– Antonio, o que está fazendo aqui?, ela ficou surpresa quando o viu.
– Eu estava por perto, queria dizer olá.
– Tá bom, você fez bem, respondeu Anna, e agarrou o guidão da Bianchi encostada na parede.
– Vamos andando juntos para casa?
– Mas aconteceu alguma coisa?, perguntou desconfiada.
– Não, e o que tem que acontecer? Eu te disse, eu estava aqui e esperei por você.
– Anna olhou fixamente para ele. Então partiu, levando a bicicleta ao seu lado.

Ele acelerou o passo para acompanhá-la e atravessaram a praça quase vazia, já que era hora do almoço e as pessoas tinham ido para casa comer. Continuou a segui-la quando ela pegou a rua à esquerda, passando pela loja já fechada de Michele. Antonio, então, repassou mentalmente o discurso que havia preparado: como começar, as palavras que havia escolhido para tentar convencê-la sem irritá-la muito, as respostas às suas objeções.

Exasperada com aquele silêncio prolongado, Anna parou e apertou-lhe o braço. Então, olhando-o diretamente nos olhos, ela disparou:
– Vamos. Diga-me o que tem a me dizer.

Antonio deu um enorme suspiro.
– É sobre Carlo.
– Eu sabia.
– Ele não consegue digerir.
– Sim, eu percebi, ela exclamou, e recomeçou a andar rapidamente, com as rodas da bicicleta escorregando nas pedras do calçamento.
– Não fique com raiva, espere, disse ele, andando atrás dela. – Venha, vamos sentar um momento, por favor, acrescentou, pegando-a pela mão.

Anna parou, corou e olhou para a mão de Antonio apertando a dela.
– Olha só, vamos nos sentar alí, propôs ele, soltando a mão dela, e apontou para o degrau de pedra de uma casa que parecia desabitada, numa viela muito estreita.

Anna encostou a bicicleta na parede e sentou-se.
– E então? Ela perguntou, cruzando os braços.

Antonio sentou-se no degrau.
– Então... E respirou fundo. – Você se lembra de como se sentiu quando decidiu ser carteira e Carlo ficou contra você?
– Eu não estou contra ele, ela o interrompeu, irritada.
– Fique quieta por um segundo, disse ele, cobrindo a sua boca com a mão.

Esse gesto fez com que os olhos de Anna se arregalassem, mas ela não se mexeu.
– O que eu quero dizer, continuou Antonio, é que você sabe muito bem como é quando as pessoas ao seu redor não estão do seu lado.

Gentilmente, ela tirou a mão dele da sua boca.
– Sim, mas não o estou impedindo de fazer nada, reiterou.
– Eu sei, Anna, ele a tranquilizou, suavizando a voz. – Mas é ruim do mesmo modo. Para ele, o seu apoio é mais importante do que qualquer outra coisa. Ele não consegue sem isso.

Ela abaixou o olhar.
– E o que devo fazer? Ir contra os meus princípios?
– Sim. Por uma vez, sim.

– Mas isso não é nada justo!, ela exclamou, ressentida. – Devo fingir ser alguém que não sou? É como estar em uma jaula, você tem ideia de como é?

Antonio levantou-se de repente. Enfiou as mãos nos bolsos da calça e chutou uma pedra.

Depois de um longo silêncio, Anna olhou para ele.

– Me desculpa. Sinto muito..., disse.

– O que você sente muito? ele perguntou, com uma voz dura.

Anna colocou-se em pé e aproximou-se dele. Ela colocou a mão em sua bochecha e olhou para ele atentamente. Antonio fechou os olhos e apoiou o peso da bochecha na palma da mão dela, depois ergueu a sua mão e fechou-a sobre a de Anna.

Quando ele reabriu os olhos, seus olhares se encontraram novamente. Eles se encararam por um longo tempo em silêncio. Então Anna tirou a mão, subiu na bicicleta e saiu pedalando rápido. Antonio ficou olhando para ela, com uma expressão perturbada, até que a viu virar à direita na Via Paladini. Só daí ele se moveu também.

Naquela noite, enquanto Lorenza arrumava a mesa e Agata provava o cozimento da sopa de feijão levando aos lábios uma colher de pau cheia de caldo fumegante, Antonio fechou a porta da olearia e caminhou rapidamente em direção ao cinema Olímpia. Chegou sem fôlego e entrou sem sequer olhar para o pôster do filme.

– Já começou faz um pouco, eh, avisou o rapaz da bilheteria.

– Não importa, respondeu Antonio, entregando-lhe as moedas. Ele entrou na sala escura, enquanto, na tela grande, Anna Magnani tirava os grampos do cabelo, linda, em um vestido de noite com acabamento de pele. Ele se sentou na última fila, a dois assentos de Melina, uma viúva da guerra com um corpo magro, quase infantil, com sobrancelhas grossas e cachos bem pretos. Deixada sozinha e sem um tostão, ela começou a fazer "o trabalho". Todos na aldeia sabiam que bastava sentar-se na última fila.

Melina virou-se para Antonio, que, movendo lentamente a cabeça, assentiu.

~

Centenas de garrafas estavam prestes a ser enchidas com a safra de 1946 do Donna Anna. Também naquele ano, parte da produção acabaria nos Estados Unidos: o vínculo criado entre Lizzanello e a América no outono de 1943, na verdade, nunca fora interrompido. Para essas garrafas, Carlo decidiu imprimir os rótulos em inglês – algo nunca visto naquela região –, e estava a caminho de Lecce para retirá-los na gráfica quando Roberto o parou.

– Papai, posso ir com você? Terminei meu dever de casa, estou entediado, disse ele, sentado com a cabeça no tapete e as pernas levantadas no sofá.

– E por que não?, exclamou Carlo. – Entre no carro, vamos.

A estrada que conduzia a Lecce era delimitada de ambos os lados por muros de pedra seca, para além dos quais se estendiam campos de oliveiras e árvores frutíferas, pontilhados pelos típicos *pagghiare* em formato piramidal, onde os agricultores guardavam suas ferramentas, além de fazendas. Naquele dia, o céu estava limpo e o cheiro pungente de chicória selvagem crescendo nas paredes encheu a cabine do carro.

Carlo dirigiu-se à Porta San Biagio, uma das antigas entradas da cidade, e estacionou no espaço aberto em frente, sob os dois pares de colunas barrocas que adornavam a porta, acima das quais estavam duas lobas de pedra e o brasão do rei Fernando IV de Nápoles.

Avançando pelas pedras do calçamento, passaram pela porta e seguiram até a gráfica, que ficava em uma viela, à esquerda da igreja de San Matteo.

– Esta igreja é estranha, observou Roberto com o nariz empinado. – Viu, papai? Embaixo é convexo e em cima é côncavo, explicou, apontando para ela.

Carlo parou por um momento e ergueu os olhos. – É. É estranha. Sua mãe gostaria, comentou ele, em tom um tanto sarcástico. E continuou andando, enquanto Roberto o seguia, virando-se, de vez em quando, para olhar mais uma vez a igreja.

Carlo parou diante da placa TIPOGRAFIA DO COMÉRCIO e entrou. A pequena loja de teto abobadado cheirava a tinta, e, nas paredes, havia grandes cartazes das óperas apresentadas no Teatro Politeama. Ele retirou os rótulos, embrulhados em papel pardo, e os colocou debaixo do braço.

– Venha, vamos comer um *pasticciotto* no Caffè Alvino, na Piazza Sant'Oronzo. É o melhor da cidade, disse ele ao filho. Então colocaram-se a caminho, enquanto Carlo mantinha a mão em seu ombro. Depois de menos de cem metros chegaram ao Caffè, que, como as outras lojas, dava para o calçamento da praça, no centro da qual havia uma alta coluna com a estátua do santo. Sentaram-se a uma das mesas do lado de fora, em frente ao anfiteatro romano, cujos vestígios haviam sido descobertos apenas alguns anos antes, em 1940; atrás do anfiteatro erguia-se um edifício imponente onde se destacavam as palavras Istituto Nazionale Assicurazioni: foi o próprio Mussolini quem o inaugurara na década de 1920.

– Daquele prédio grande ali a mamãe não gostaria nem um pouco, comentou Roberto. Mas Carlo não respondeu.

Pediram dois *pasticciotti*, um café para Carlo e uma *cedrata* para Roberto.

– Quando você e a mamãe pretendem fazer as pazes?, perguntou Roberto, mordendo o *pasticciotto* e sujando os lábios com o creme de limão.

Com as costas apoiadas no encosto rígido da cadeira de metal, Carlo acendeu o charuto e deu a primeira tragada.

– Ah, é por isso que você continuou tocando no assunto... Bem, certamente não depende daquele que vos fala, respondeu ele. – Mas não se preocupe; não tem nada a ver com você.

– Pelo contrário, tem a ver comigo enquanto eu morar em casa com vocês, retrucou Roberto. – Não aguento mais olhar para você com mau humor. Vocês não podem resolver isso como adultos desta vez? E limpou os lábios com um guardanapo.

Carlo olhou para o filho com ar divertido e pensou que Anna o havia criado igual a ela, sem rodeios, beirando a insolência. Em um ano, ele cresceu de forma surpreendentemente, como se tivesse esperado o fim da guerra para decidir crescer: quase o alcançou em altura, e a voz de criança, com suas notas agudas, desapareceu sabe-se lá onde.

– Faremos tudo o que pudermos para te deixar contente, disse Carlo, sorrindo.

Voltaram para o carro a fim de retornarem à cidade, mas quando Carlo pegou o caminho para casa, Roberto disse:

– Não, vamos, deixa eu ir com você até a Vinícola.

– Mas se você nunca quis ir porque diz que fica entediado lá, protestou Carlo.

– Tá bom; se eu ficar entediado eu te falo e você me leva para casa, riu Roberto.

Chegaram, desceram do carro e, com o maço de rótulos debaixo do braço, Carlo entrou pela porta da Vinícola e cumprimentou calorosamente os trabalhadores.

Roberto o seguiu, um pouco surpreso com todas aquelas idas e vindas.

– Não tinha aquela máquina ali antes, disse ele a certa altura, apontando para a tampadora.

– Sim, você está certo... Carlo confirmou. – Venha, vou te mostrar de perto. Então, entregou os rótulos para uma espécie de *faz tudo* que passava e aproximou-se da máquina.

Nesse momento, Daniele surgiu do porão, com a boina na cabeça e um lápis atrás da orelha.

– Bom dia, sr. Carlo, disse.

Carlo virou-se e de repente sentiu as pernas fraquejarem: era a primeira vez que se encontrava no mesmo espaço que os seus filhos. Sem dúvida já haviam se visto, na igreja ou na praça, mas não eram amigos de escola nem brincaram juntos, visto que Daniele tinha quase vinte e dois anos e Roberto, treze. E tinha certeza de que nunca haviam se falado: não podia jurar, mas sentia isso instintivamente. E agora eles estavam prestes a fazê-lo. Como dois perfeitos estranhos se encontrando.

– Ah, este é Daniele Carlà, nosso mestre de adega, disse a Roberto.

Daniele sorriu e se aproximou, estendendo a mão.

– Oi.

– Oi, meu nome é Roberto...

– Sim, este é Roberto, meu filho, Carlo o interrompeu, um pouco apressado.

Os dois meninos não pareceram notar nada.

– Você sabe como isso funciona?, Roberto então perguntou a Daniele, apontando o dedo para a tampadora.

– Sim, certamente. Quer que eu te mostre?

Carlo cruzou os braços sobre o peito e, com o coração batendo forte, ficou observando os meninos. Daniele pegou uma das muitas garrafas vazias que estavam alinhadas ali perto, prontas para serem levadas para a sala dos barris, e posicionou-a na base da tampadora.

– Viu? explicou, enquanto Roberto olhava para ele com atenção. – Aqui você coloca a rolha e, empurrando esta alavanca, você a enfia dentro da garrafa, retirando o ar.

– Não parece difícil. Posso tentar?

– Sim... Daniele concordou. – Mas tome cuidado para não se machucar, eu te ajudo. Colocou delicadamente os braços sobre os de Roberto e guiou as mãos dele pela tampa até que a rolha foi parar direto no gargalo da garrafa. – Viu? Você fez um ótimo trabalho, exclamou.

Roberto ergueu os olhos e sorriu para ele, satisfeito.

Já estavam no Fiat 1100 quando Carlo disse a Roberto que precisava voltar porque havia esquecido alguma coisa. Certificando-se de que não havia nenhum trabalhador por perto, ele pegou a garrafa vazia e sem rótulo da máquina de tampar, aquela que seus filhos tinham acabado de fechar juntos, levou-a para o escritório e escondeu-a na última gaveta da escrivaninha, Então, voltou para o carro.

～

O comício que encerrou a campanha eleitoral fora realizado dois dias antes das eleições, em 22 de novembro. Um pequeno palco foi montado no centro da Piazza Castello, no qual uma bandeira com o símbolo DC tremulava sob as rajadas de vento norte.

Mais alguns minutos e chegaria Carlo Greco, anunciou ao microfone um homem com um longo casaco preto aberto na barriga grande e com os cabelos ralos desgrenhados pelo vento.

Anna olhou em volta, perguntando-se por que Antonio e Agata ainda não haviam chegado. Ao seu lado estava Roberto, de braços cruzados, com os olhos fixos no palco vazio.

– Talvez eles já estejam aqui, mas não os vemos, Anna sugeriu, continuando a deixar seu olhar vagar pela praça lotada. Não muito longe, viu Chiara, entrelaçada no braço do namorado, que se elevava vários centímetros sobre ela. Também viu Elena, perto do Bar Castello, conversando, rindo, no ouvido da irmã. – Para onde diabos eles foram... disse irritada.

– Se quiser, vou procurá-los, disse Roberto.

– Sim, vá ver.

Enquanto o filho se afastava, Anna notou Carmela, que se dirigia para colocar-se bem embaixo do palco. Atrás dela estavam seu marido, Nicola, e seu filho. Ela usava uma estola de pele colocada com facilidade no ombro direito de um vestido justo de lã vermelha, com mangas três quartos e saia na altura dos joelhos, um chapéu de aba pequena feito do mesmo tecido e batom *en pendant. Parece que ela vai a uma recepção, e não a um comício*, pensou Anna. A mulher olhou para ela, saudou-a erguendo o queixo e Anna retribuiu educadamente, depois voltou o olhar para o palco. Quem sabe se Carlo, no final das contas, escolheu o terno risca de giz. Ela o deixou enquanto ele olhava para dois ternos sobre a cama, um risca de giz e outro cinza-ferro. Carlo estava tenso; dava para perceber pela maneira como ajeitava os cabelos e pelo fato de olhar para aqueles dois ternos como se sua vida dependesse dessa escolha.

– Coloque o risca de giz, Anna havia sugerido, com o único objetivo de tirá-lo daquele impasse.

– Você acha que é melhor?

– Sim. Mas, de qualquer modo, só o que você pensa contará, certo?

– Você está certa, ele admitiu. – Estou me preocupando demais.

– Sim. Estou indo, vejo você lá. Ela havia vestido o casaco e estava prestes a sair do quarto quando ele a deteve, segurando-a pelo pulso.

– Ei, espere um minuto, ele murmurou.

– O que é?

– Queria agradecer-lhe novamente por mudar de ideia. Eu sei o que isso significa para você, estou muito grato e...

– *Maman*, eu os encontrei! A voz de Roberto tirou-a daquela lembrança. Antonio e Agata estavam se aproximando. Estavam de braços dados, ou melhor, era ela quem segurava o braço do marido com as duas mãos. A elegância de Agata a surpreendeu bastante: àquela altura, Anna já estava acostumada a vê-la sem nem um pingo de maquiagem, com os cabelos penteados de qualquer jeito e usando vestidos floridos de ficar em casa. Naquele dia, porém, ela ostentava batom lilás, um penteado elaborado, obtido com vários grampos, e, no casaco marrom, trazia inclusive um broche folheado a ouro representando um talo com folhas e uma flor aberta. Lorenza juntou-se a eles logo depois, olhando em volta como se estivesse procurando alguém. Ela usava um vestido azul e amarelo de mangas compridas, apertado na cintura por um cinto que separava o corpete abotoado de uma saia rodada na altura dos joelhos.

– Como você está linda, *ma petite*, Anna a cumprimentou com um sorriso. É um vestido novo?

– Não, uma amiga minha, Cecília, me deu. Não cabe mais nela desde que ela teve o bebê.

– Cecília quem?, perguntou Anna, parecendo confusa.

– Mas sim, uma antiga amiga de escola, aquela que mora em Lecce, respondeu Agata. – É lindo, o vestido é lindo, hein. Mas ela vai ficar doente! Eu disse para se agasalhar melhor, com esse vento, murmurou Agata, apertando mais o casaco.

– Eu não estou com frio, protestou Lorenza.

Aparentemente, fui a única que não se vestiu bem para a ocasião, pensou Anna, olhando para seu vestido de lã verde muito simples.

– Como está Carlo?, Antonio perguntou, evitando olhar Anna nos olhos.

– Um pouco nervoso, mas dá para entender, respondeu ela.

– Ele irá causar uma ótima impressão, disse Agata.

– Veja quantas pessoas vieram ouvi-lo, acrescentou ela, satisfeita.

– Aqui está ele, disse Lorenza de repente, radiante.

O pequeno grupo imediatamente se voltou para o palco, que ainda estava vazio. Lorenza, porém, separou-se deles e foi em direção a Daniele, que, por sua vez, a viu e correu em sua direção.

– Você finalmente o vestiu. Ficou ótimo em você, disse ele, segurando-lhe as mãos.

– Eu literalmente adorei, respondeu Lorenza.

– É lindo porque é você quem o está usando, disse ele docemente. – Vou fazer mais para você! Quantos você quiser!

– Acho que vou precisar... Roupas de escritório, na verdade. Na próxima semana começo um curso de telégrafo.

Daniele olhou para ela estranhamente.

– De... telégrafo?

– Chiara vai se casar e tia Anna me perguntou se eu queria substituí-la, então... vou tentar, explicou ela, encolhendo os ombros com um sorriso.

– Bem, essa é uma boa notícia, não é? ele disse.

Agata, que observava toda a cena de longe, esticou os lábios em um sorriso.

– Aquele é o rapaz que trabalha com o papai, disse Roberto. – É o Daniele, o mestre de adega.

– Você o conhece?, perguntou Anna.

– Eu o conheci há alguns dias, na Vinícola. Ele foi gentil.

– Ele é um bom rapaz. Todo mundo diz isso, não é, Antó?, perguntou Agata.

Antonio também manteve os olhos fixos em Lorenza e Daniele. Mas ele não estava sorrindo nem um pouco.

– Antó?, Agata chamou-o. – Você está me ouvindo?

– Sim..., ele murmurou, com um ar ausente.

– Eu ficaria muito feliz se ele e Lorenza... bem, vocês me entenderam, continuou Agata, com uma expressão travessa.

– Não fale bobagem, por favor, Antonio retrucou. Agata ficou atordoada. – E o que eu disse de errado?

Anna lançou a Antonio um olhar perplexo. *Não é típico dele usar esse tom... O que deu nele?*, pensou.

Naquele momento, um estrondo de aplausos irrompeu da praça. Carlo subia ao palco, com seu terno risca de giz. Ele cumprimentou a praça, agitando os braços, e depois se aproximou do microfone.

– Queridos amigos e concidadãos, estou feliz por ver tantos de vocês..., começou, com a voz embargada de emoção.

∽

Na manhã do dia 24 de novembro, na cabine de votação, Anna pegou a caneta e ficou muito tempo olhando a cédula.

Depois desenhou uma cruz no símbolo do Partido Comunista.

Ninguém jamais saberia, exceto ela mesma. E nada mais importava.

Naquela noite, Carlo voltou a dormir ao lado dela.

15
[ABRIL, 1947]

Sobre a mesa de trabalho da alfaiataria, a revista *Oggi* estava aberta em uma matéria que falava das irmãs Fontana. Com os óculos apoiados no nariz, o batom e os grossos cabelos presos em um coque, Carmela estava debruçada sobre a página, lendo absorta. Havia uma foto do prédio romano de três andares para onde as irmãs haviam mudado sua casa de alta costura. Que sonho, pensou ela, seria possuir um verdadeiro e espaçoso ateliê, e não aquele quarto úmido de poucos metros quadrados onde ela tinha que trabalhar, cuja área tinha sido retirada do chiqueiro adjacente à casa.

Duas batidas na porta, leves e próximas, de repente a tiraram daqueles devaneios.

– Estou indo!, ela exclamou e fechou o periódico, bufando.

Abriu a porta, mas o "bom dia" que ia dizer morreu em sua garganta. Na frente dela estavam Anna e Giovanna.

– Olá, Carmela. Podemos entrar?, perguntou Anna em um tom amigável.

Reunindo toda a calma, Carmela conseguiu murmurar:

– *Trasìti*. Depois, quando as duas mulheres entraram, ela indicou-lhes as duas pequenas poltronas. – Sentem-se. O que posso fazer por vocês? perguntou, apoiando-se na mesa atrás dela com as duas mãos.

– Gostaríamos que você nos fizesse algumas calças, explicou Anna.

– Como as da atriz, interveio Giovanna.

– Qual atriz?, perguntou Carmela.

– Katharine Hepburn, respondeu Anna. – Você a conhece?

– Claro que a conheço, exclamou Carmela, um pouco ressentida.

– Então, queremos as mesmas calças que ela.

Carmela franziu a boca e estreitou os olhos até ficarem apenas duas linhas.

– Espera aí, acho que tenho isso em algum lugar... E começou a vasculhar os recortes de jornais que guardava em uma prateleira. – Aqui, estavam bem aqui, na verdade, disse depois de alguns momentos. Ela aproximou-se das duas mulheres com a página nas mãos e mostrou-lhes uma foto de Hepburn vestindo calças de cintura alta e pernas largas, combinando com uma blusa preta com mangas arregaçadas. – Assim?

– Exatamente!, confirmou Anna, iluminando o rosto.

Carmela colocou o recorte sobre a mesa.

– Tenho que tirar suas medidas, explicou ela apressadamente.

– Com quem eu começo?

– Comigo, disse Anna, que imediatamente se levantou e abriu o zíper lateral da saia.

– Mas o que você está fazendo?, Giovanna agitou-se.

Anna paralisou.

– Estou me despindo...

– E por quê?

Carmela franziu a testa.

– E como vou fazer para tirar as medidas dela, se não for assim?

– Mas eu não quero me despir na frente dela, protestou Giovanna, apontando para Carmela e levantando-se da poltrona.

Anna aproximou-se dela e colocou a mão em seu braço.

– O que deu em você? Demora alguns minutos... ela a tranquilizou. – Não é verdade?, perguntou a Carmela.

– Sim, e o que te custa?, ela respondeu, com uma pitada de impaciência em sua voz. *Louca era e louca continua*, pensou, balançando a cabeça. *Sempre digo que quandu uno nasce tundu nu muore quadru*.

– Sente-se, não se preocupe, Anna continuou, e colocou-lhe a mão no rosto.

Giovanna olhou para ela com os olhos úmidos e assentiu. Então ela sentou-se novamente.

Anna terminou de baixar o zíper e tirou primeiro a saia e depois as meias de náilon, ficando apenas com a calcinha.

Carmela não pôde deixar de se concentrar na pele diáfana de suas pernas, nas coxas cônicas e nos tornozelos finos. *Como as de uma galinha*, pensou.

– Fique aqui, ela pediu, apontando para o centro da sala e pegando a fita métrica. Levantou-lhe um pouco o suéter, fez com que ela abrisse os braços e mediu primeiro a cintura e depois os quadris. Anotou os números – sessenta e oito e noventa e quatro centímetros – no caderno aberto na mesa ao lado do exemplar de *Oggi*. Ela, então, se agachou para medir a circunferência da coxa, joelho e tornozelo. Por fim, posicionou a fita métrica na altura da cintura e desenrolou-a para baixo, até o calcanhar. Depois que essas medidas também foram escritas, disse: – Acabei com você, pode se vestir.

– Você viu como é simples?, Anna exclamou com um sorriso, virando-se para a amiga.

A outra mordeu os lábios e levantou-se lentamente da poltrona, enquanto Carmela a examinava com um misto de sanção e irritação. No final, porém, a costureira conseguiu tirar as medidas necessárias também para Giovanna, que estava com o rosto em chamas o tempo todo. Então combinaram o tecido e a cor da calça: as duas queriam em algodão, suave, talvez de um lindo bege claro.

– Demora pelo menos dez dias. Tenho outros trabalhos para terminar primeiro, Carmela avisou enquanto as acompanhava até a porta. – Vocês podem trazer o dinheiro quando vierem buscá-las.

Assim que fechou a porta, Carmela encostou-se nela com as costas e soltou o ar, percebendo apenas naquele instante que permanecera sem fôlego durante toda aquela visita inesperada.

~

No calor daquele dia de início de abril, Anna pegou Giovanna pelo braço.

– Vou acompanhá-la até sua casa, disse, indo em direção à Contrada La Pietra. Elas caminharam em silêncio por um tempo, mas, no final, Anna não conseguiu se conter. – Mas por que você teve vergonha de se despir?, ela lhe perguntou.

Giovanna baixou o olhar.

– Por causa do Giulio... Ele fica bravo se alguém me vê com pouca roupa.

– Mesmo que seja a costureira?, Anna exclamou, espantada.

– Não sei. Acho que sim... Ele sempre diz que meu corpo é dele e pronto.

Anna se preocupou e tomou alguns segundos antes de responder: – Bem, mas não é assim. Seu corpo é só seu e de mais ninguém...

– Nem mesmo de Giulio?

– Não, nem mesmo de Giulio.

Elas caminharam alguns metros em silêncio, lado a lado. Anna, então, parou, perturbada por uma intuição, e virou-a para si. – Agora vou te fazer uma pergunta. Você deve me prometer que responderá com sinceridade.

Giovanna olhou para ela com um olhar desapontado.

– Eu nunca menti para você...

– Eu sei, Anna tranquilizou-a, pegando sua mão. Ela respirou fundo, hesitou e então se decidiu. – Giulio nunca te forçou a fazer algo que você não queria, certo? Refiro-me ao seu corpo...

– Eu... eu não... eu não entendo o que você quer dizer...

– Na cama, especificou Anna, indo direto ao assunto. – Há alguma coisa que você faz que te incomoda ou te causa dor?

– Não..., Giovanna sussurrou.

– Você está me dizendo a verdade?

– A amiga mordeu o lábio e assentiu.

– Tenho que ir para casa, disse então. Ela recolheu a mão, deu um pequeno beijo na bochecha de Anna e saiu correndo.

Deixada ali, no meio da rua, Anna a observou partir e refletiu amargamente sobre o que acabara de acontecer.

Giovanna havia lhe contado sua primeira mentira.

∼

– Bom dia, dona Gina, disse Carlo, tirando o chapéu. – *Don* Ciccio pode me receber?

– Bom dia, dona *sr. prefeito,* Gina o cumprimentou, com uma pitada de aspereza. – Você não aparece há muito tempo. Esquecemos seu rosto...

– A senhora tem razão, dona Gina, ele se desculpou, segurando o chapéu nas mãos. – Mas só agora encontrei tempo. Não foi falta de vontade.

Ela olhou para ele com cautela.

– *Tràsi,* disse finalmente. Depois fechou a porta, mandou-o esperar no corredor e foi verificar se o marido estava acordado. Sempre havia um cheiro forte naquela casa, notou Carlo com uma careta de aborrecimento. Como alho queimado... Gina voltou depois de alguns minutos. – Ele disse que pode te receber, ela murmurou, e seguiu na frente pelo corredor escuro. Parou diante da porta entreaberta do quarto e, antes de abri-la, recomendou: – Não deixe que ele se canse. Não tem mais forças para se levantar devido à dor.

Carlo assentiu, assegurando-lhe que seria uma visita curta.

O quarto estava praticamente escuro; na verdade, apenas uma luz muito fraca entrava pelas venezianas fechadas. Carlo avançou tateando, tentando não esbarrar em nenhum móvel, e identificou primeiro o perfil de ferro forjado do pé da cama e, depois, o volume da manta sob a qual *Don* Ciccio estava deitado.

Parou ao pé da cama e murmurou:
– Bom dia, *Don* Ciccio... É o Carlo. Como está?
Ele soltou um suspiro.
– Como Deus quer, respondeu.
– A sua esposa me disse que o senhor não sai mais da cama...
– E para ir aonde?, o outro riu amargamente. – Nem sequer caminhar *nun ci la fazzu cchiu...*
– Sinto muito... Se eu puder fazer alguma coisa...
– *Nisciunu* pode fazer nada, *Don* Ciccio o interrompeu. – Em vez disso, diga-me: como vai a Quinta? As coisas estão indo bem? Você ainda vende para americanos?
– E como estão! Tudo indo bem, graças a Deus. Eu também cultivei o Primitivo, comprei as barricas de carvalho e criei outra adega... Espero que o senhor possa, em breve, provar o primeiro tinto da minha Vinícola.
Don Ciccio permaneceu em silêncio por alguns segundos.
– O vinho tinto exige muita paciência..., disse então.
– E eu a tenho, respondeu Carlo.
– Você está aqui para receber minha benção? *Don* Ciccio brincou. E um suspiro escapou dele.
– Não, Carlo murmurou. – Para falar a verdade, estou aqui para tratar de um assunto delicado...
– E qual?
– Tenho que falar com o senhor sobre o meu... Parou, se corrigiu:
– ... sobre o seu neto.
– Ele aprontou alguma coisa?
– Não, não... pelo contrário. Ele só faz coisas boas.
– Então, o que está havendo?
Carlo hesitou, apertando a mão em torno do ferro forjado.
– É sobre ele e a filha do meu irmão Antonio... disse. – Eles têm passado muito tempo juntos ultimamente.
– Continue, sussurrou *Don* Ciccio.
– Meu irmão está preocupado. A última coisa que ele desejaria, Deus não permita, é ver sua filha casada com... Carlo fez uma pausa. – Com o seu primo.

– Seu irmão sabe?

– É o único que sabe.

O outro deu uma espécie de grunhido.

– Muitas pessoas já sabem.

– Confio em Antonio como confio em mim mesmo, o senhor não precisa se preocupar. Ele não falou até agora nem jamais falará. Eu lhe dou a minha palavra.

– Continue, repetiu *Don* Ciccio.

– Bom, pensei muito nisso, em como fazer... E talvez tenha encontrado a solução: preciso de alguém para cuidar dos assuntos da vinícola em Nova York. Poderia ser ele. Indo embora por um tempo, enfim... Só pelo tempo necessário...

Don Ciccio soltou uma risada rouca, seguida de um ataque de tosse.
– Essa seria uma solução?, ele perguntou então, depois de se acalmar.

– Todos sabem: longe dos olhos...

– Sim, interrompeu *Don* Ciccio. – Quem sabe melhor sobre isso do que você..., Carlo achou injusto, mas não respondeu. – Preciso perguntar-lhe se o senhor tem alguma coisa contra eu enviar o rapaz, ele disse em vez disso.

– Por quanto tempo seria?

– Por alguns meses.

– Você falou com a mãe dele?

– Não, preferi falar sobre isso primeiro com o senhor. Houve um longo silêncio.

– Bem, mal a ele isso não pode fazer, disse *Don* Ciccio ao final. – Uma mudança de cenário por um tempo, conhecer outro mundo...

– Suas palavras me confortam, *Don* Ciccio. Embora eu não duvidasse da sua sabedoria...

– Mas não se iluda pensando que isso vai ajudar, interrompeu *Don* Ciccio asperamente. Depois, com um suspiro, acrescentou: – E agora vá, estou cansado.

Carlo despediu-se e saiu para o corredor. Gina estava sentada na cozinha ali perto, em frente à janela, e ele teve a impressão de que ela passava dias inteiros assim, esperando que o marido a chamasse ou que precisasse dela. Sem dizer nada, levantou-se e acompanhou Carlo até a porta.

Assim que a fechou, chegou até ela a voz de *Don* Ciccio, altiva apesar de tudo:

– Gina! Diga para Carmela vir! Eu tenho que falar com ela!

∼

Carmela caminhava enfurecida, balançando ritmicamente a bolsa, enquanto o vento norte soprava, implacável, e suas mechas de cabelo amarradas ao acaso caíam sobre seu rosto. Ela nem se olhou no espelho naquela manhã, mas não se importou.

Chegou ao prédio da prefeitura e entrou quase correndo.

– Dona Carmela, onde a senhora vai?, gritou o porteiro lá detrás.

– Tenho que falar com o prefeito, respondeu ela bruscamente, continuando a avançar com o olhar fixo à frente.

– Não sei se ele está ocupado... Deixe-me verificar primeiro, implorou o porteiro, correndo atrás dela.

Mas para Carmela era como se aquele homem não existisse. Chegou em frente à porta onde estava aparafusada a placa de latão com a palavra PREFEITO, agarrou a maçaneta e escancarou a porta.

Carlo estava sentado à escrivaninha, debruçado sobre uma montanha de papeis, com um charuto entre os dedos. Ele levantou a cabeça de repente.

– Senhor prefeito, peço desculpas – falou o porteiro já ofegante, que havia chegado naquele momento –, mas a senhora não me deu tempo de avisá-lo. Ela diz que precisa falar com o senhor...

– Sim. E com uma certa urgência, acrescentou Carmela, apertando a bolsa contra o peito.

– Tudo bem, Giuseppe. Deixe a senhora Carlà entrar, não se preocupe, disse Carlo com um aceno de mão.

O porteiro pediu desculpas mais uma vez e começou a sair, mas não antes de lançar um olhar feio para Carmela que, obviamente, não se importou.

– Então?, perguntou Carlo, levantando-se. – O que está acontecendo?

– O que está acontecendo é que eu enfio essas unhas onde o sol não brilha, respondeu ela, abrindo a mão e exibindo as unhas laqueadas de vermelho.

– Possivelmente..., murmurou Carlo, sentando-se na beirada da mesa. E deu uma tragada no charuto.

Ela se aproximou dele. O seu rosto estava agora a poucos centímetros do dele.

– Não brinque comigo, ela ameaçou.

– Posso saber o que eu fiz?

– Daniele não vai para a América, está me ouvindo?

– Você falou com *Don* Ciccio..., Carlo suspirou.

– Eu falei com ele, sim, ela explodiu. – Então os dois podem esquecer que vou mandar meu filho para o outro lado do mundo.

– Podemos discutir isso com calma?

– Não há nada para discutir aqui. Meu filho está onde eu estou, disse Carmela, dando tapinhas no peito. E aqui fica.

Carlo soltou um suspiro e voltou a sentar-se atrás da mesa.

– Mas só por alguns meses... ele não vai para a guerra! Olha, é uma oportunidade para ele também, eh...

– Cale a boca, ela o interrompeu, colocando o dedo na boca. – Você não me seduz mais com palavras. Esses tempos acabaram!

– Eu não estava tentando te seduzir, defendeu-se Carlo. – Só quero que você entenda que não é a tragédia que você pensa. É uma viagem, Carmela. Uma viagem necessária para consertar as coisas.

– Necessária para quem? Para a sua família, não para a minha. Não é culpa de Daniele se *aquela lá* fica lançando olhares para ele, disse com desprezo.

Carlo tentou se conter.

– Escute, Daniele é quem irá decidir. Ele tem vinte e dois anos e não precisa da sua permissão. Você quer apostar que ele ficará feliz com isso? Eu o conheço.

– *Você* conhece *meu* filho? *Você*?

– Mais do que você pensa, Carlo respondeu-lhe sério, olhando-a diretamente nos olhos.

– Ah, que bom saber disso!, ironizou Carmela, com a voz, de repente, embargada. Ela, então, desviou o olhar, cruzando os braços.

Carlo continuou a observá-la em silêncio; ele sabia muito bem que quando ela mordia o lábio inferior daquele jeito era para conter as lágrimas, por mais orgulhosa que fosse. Vê-la naquele estado, no entanto, provocou nele uma súbita onda de ternura.

– Escute, disse Carlo, suavizando a voz. – Se eu mandar Daniele para Nova York, não é só para mantê-lo longe de problemas, mas porque ele é bom! Ele é muito bom, sabe lidar com as pessoas. E tenho certeza de que conseguirá bons negócios por lá. Eu confio nele.

Carmela olhou para ele novamente.

– E depois, vou pagá-lo bem, tenha certeza, continuou Carlo.

– Quão bem?

– O que ele merece.

– Meu filho merece o máximo.

– E ele terá o máximo...

Num instante ela recuperou a expressão soberba de sempre.

– Se é assim... ela murmurou.

~

Anna esperava Lorenza na porta de casa, com as mãos agarradas ao guidão da Bianchi e olhando constantemente para o relógio. Quando a sobrinha finalmente chegou, ela empurrou a bicicleta e partiu, levando-a consigo, enquanto Lorenza acelerava para alcançá-la.

– Desculpe, tia, disse a garota. – Eu me atrasei hoje de novo.

– Eu notei isso, respondeu Anna.

– É que esta manhã minha mãe esqueceu de me acordar.

– Como assim, aos vinte e dois anos, você ainda não é capaz de acordar sozinha?

– Não vou me atrasar amanhã, você vai ver.

Todas as manhãs eram assim: um rosário de desculpas ridículas e promessas nada convincentes. Anna já não tinha certeza de ter sido uma boa ideia propor-lhe aquele emprego: Lorenza parecia perpetuamente apática, como se não se importasse com nada.

– Você não é obrigada, percebe, você sempre pode procurar outro emprego, algo de que realmente goste, ela lhe dissera várias vezes.

Mas Lorenza encolhia os ombros.

– Acontece que eu não sei do que eu gosto, era sua resposta. – Um trabalho é igual a qualquer outro.

Para aquela agência dos Correios, ao contrário, a chegada de Lorenza foi uma verdadeira festa. No primeiro dia, todos vieram conhecê-la, com muitas comemorações e muitos elogios. Até aquele mal-humorado do Carmine exclamou:

– Finalmente! Já é hora de uma lufada de ar fresco chegar a esta agência. Enquanto Elena, quase emocionada, dizia: – Ainda me lembro de quando você veio aqui há muitos anos... Você era dessa altura! E deu uma boa risada.

Não, pensou Anna, continuando a empurrar a bicicleta. *Talvez ela não goste do trabalho, mas não se pode dizer que não tenha sido bem-recebida por todos.* Elena, em particular, imediatamente gostou dela, por ter entendido que poderia conversar e fofocar com Lorenza, ao contrário de Chiara, que "nem dava para perceber se estava lá ou não", como ela havia dito um dia, furiosa. Anna, muitas vezes, as via debruçadas sobre alguma revista, comentando a beleza deste ou daquele ator; recentemente, então, haviam começado a gostar daqueles semanários que ofereciam "romances de amor em fotogramas" e ficavam suspirando e se cutucando enquanto os liam.

Houve, porém, uma reação que a surpreendeu: a do diretor. Pouco depois da chegada de Lorenza; Tommaso, na verdade, começou a usar uma quantidade considerável de colônia, a ponto de deixar um rastro persistente ao passar; por outro lado, havia parado de usar brilhantina e agora exibia cachos macios e rebeldes, o que o fazia parecer decididamente mais jovem do que seus quarenta anos. De vez em quando, levantava-se da mesa, olhava para o telégrafo e, com um sorriso, perguntava a Lorenza:

– Está tudo bem? Acontecia também de ele antecipar-se e abrir a porta para ela, com uma galanteria que nunca tivera antes, ou, se passasse no Bar Castello, sempre se oferecia para lhe trazer alguma coisa: – Quer um café? Ou um doce?

– Sim, obrigada, respondia Lorenza, sorrindo. – Quero os dois.

Ele também era muito tolerante com seus erros; distraída como era, não era incomum que cometesse erros ao transcrever alguma coisa ou perdesse algumas palavras.

– Mmm... algo não bate, dizia, então, Elena examinando o texto do telegrama. – Acho que você deixou passar alguma coisa aqui, sabe? E apontava um ponto entre duas palavras.

Nesses casos, não era raro Tommaso vir imediatamente da outra sala, dizendo:

– O que você está fazendo, vamos... Coloque você mesma, basta que seja possível entender o significado. Lorenza então corava, enquanto Elena se limitava a obedecer, mas não sem lançar um olhar perplexo para

Tommaso. O diretor era um homem gentil e prestativo, é verdade, mas sempre fora inflexível no trabalho. Pelo menos até aquele momento...

    Naquela manhã, Anna saiu do escritório com a sacola meio vazia. Subiu na Bianchi e passou por duas senhoras que estavam junto à fonte enchendo um garrafão de vidro, contornou a muralha do castelo, virou à direita da torre e enveredou por uma subida de paralelepípedos. Ela levantou-se do selim e empurrou a bicicleta com pedaladas firmes, até que, depois de alguns metros, a estrada se nivelou novamente e ela voltou a sentar-se. Continuou à esquerda, em uma viela com vista para pequenas varandas com grades de ferro enferrujadas: em uma delas havia calcinhas penduradas para secar. Anna parou, abriu a sacola e tirou um envelope branco. Estava escrito: *Marilena Cucugliato, travessa da Torre, número 4, Lizzanello (Lecce)*. Ela procurou o número da casa, mas não conseguiu encontrá-lo. Havia o um, o dois, o três e mais adiante também o cinco e o seis: faltava exatamente o quatro, como se tivesse sido pulado. Um homem magro, de pijamas e com cara de sono, saiu para uma varanda e acendeu um cigarro.

– Com licença, senhor!, Anna o chamou.

O homem exalou fumaça e olhou para a estrada.

– O senhor sabe me dizer onde fica o número quatro? Não consigo encontrá-lo...

– Você está procurando pela perfumista? Fica ali, no alto da escada, respondeu ele, apontando para uma abertura na parede oposta de onde iniciava uma escada de pedra. Anna sequer a tinha visto.

Ela agradeceu ao homem, largou a bicicleta e subiu as escadas.

– Feche o nariz, você vai ficar atordoada com a quantidade de perfume que ela coloca, ele gritou atrás dela, rindo.

A passagem era muito estreita e escura e cheirava a mofo. Depois de cerca de quinze degraus, Anna chegou diante de uma pequena porta em arco e bateu duas vezes. Quem a abriu foi uma mulher corpulenta de uns sessenta anos, com um vestido disforme de lã azul, que exalava um perfume tão alcoólico de lavanda que Anna ficou ligeiramente tonta. Os cabelos da mulher, grisalhos e volumosos, estavam presos em um rabo de cavalo na lateral do rosto rechonchudo.

– A senhora é Marilena Cucugliato?

A outra assentiu.

Anna entregou-lhe o envelope e imediatamente começou a sair; ela estava ficando sem ar.

Mas a mulher disse:

– Bem-aventurada você, que é tão magra; eu ali quase não consigo passar. E apontou-lhe as escadas. Anna deu-lhe um sorriso formal e tentou sair novamente, mas a mulher a impediu: – Quer um café? Aqui em cima quase ninguém sobe. E sorriu para ela.

Anna hesitou, mas ocorreu-lhe que, naquele dia, a bolsa não estava cheia, então ela não estava com tanta pressa. Muito feliz, Marilena a deixou entrar em casa e fechou a porta. O interior da casa nada tinha a ver com a entrada escura e estreita: todas as paredes eram cobertas com papel de parede rosa e inúmeras pinturas pequenas, representando flores de todos os tipos. Havia também vasos de flores verdadeiras, colocados em quase todos os lugares, na cômoda da entrada, na mesa da sala, na cômoda encostada na parede. A mulher convidou-a a sentar-se numa sala de veludo vermelho e, poucos minutos depois, voltou com uma bandeja e duas xícaras de café fumegante.

Anna esperou o café esfriar um pouco e olhou para a mulher, que continuou a encará-la, sorrindo.

– Vejo que você gosta de flores, comentou então, só para dizer alguma coisa.

Marilena olhou em volta, segurando a xícara com as duas mãos.

– Ah, elas. Elas são as minhas amigas!

Anna lançou-lhe um olhar perplexo.

– Ninguém sabe ouvir como as flores, sabe?, continuou a mulher. – Falo com elas todos os dias. Confio-lhes as minhas memórias de juventude, os meus medos, as minhas pequenas alegrias e arrependimentos. Principalmente os arrependimentos. E fez uma pausa. – Como esperado de bons amigos, as flores nunca julgam você. Você tem amigos de verdade?

Anna bebeu um pequeno gole de café. – Tenho uma amiga que me é muito querida, respondeu ela. *E é a única que tenho*, pensou.

– Segure-a bem firme, então, disse a mulher. – Sabe, eu também tive uma grande amiga, há muito tempo... Ela levantou-se devagar e colocou as xícaras na bandeja. – Mas então... Suspirou.

– Eu realmente preciso ir, anunciou Anna, levantando-se. Agradeceu a Marilena pelo café e dirigiu-se até a porta.

Refez o caminho das escadas, saiu para a luz do sol e montou na bicicleta. A varanda onde o homem estava parado anteriormente estava vazia agora.

~

Com a notícia, Daniele quase caiu da cadeira.

– Sério, sr. Carlo? O senhor não está brincando comigo? Ele indo para a América. Ele, Daniele Carlà, em Nova York. Continuava a olhar para Carlo com uma expressão de espanto, a mesma de uma criança diante de um presente enorme e inesperado. Nova York. Os arranha-céus. As luzes. A moda sobre a qual lia nas revistas. Ele aceitou na hora, sem nem pensar por um segundo. Ele precisava atrair novos clientes, lhe disse Carlo, *bater o ferro* na América enquanto estava quente. Começaria com os bares e restaurantes italianos da área que eles chamavam de Little Italy. – Que significa "pequena Itália", explicou-lhe. – Ali vivem apenas italianos. Você não terá problemas de comunicação, não se preocupe. Junto com ele, no mesmo transatlântico, partiria uma carga do Donna Anna. E também não precisava se preocupar com o dinheiro, pois tudo seria de sua responsabilidade, como era óbvio: ele lhe daria uma bela quantia antes de partir e, uma vez lá, iria enviar-lhe dinheiro regularmente. Se tudo corresse bem, poderia partir já no final do mês: o transatlântico *Saturnia* zarparia do porto de Nápoles no dia 27 de abril. Ele se encarregaria de obter os documentos a tempo. – Eles me devem mais do que alguns favores, disse Carlo, piscando.

– Obrigado pela confiança, sr. Carlo. Não vou decepcioná-lo, respondeu Daniele, estendendo a mão. Carlo sorriu e apertou-a; depois, instintivamente, puxou-o para si e abraçou-o. O rosto de Daniele ficou vermelho e seus olhos se arregalaram, morto de vergonha. – Eu sei, respondeu Carlo. – Você nunca me decepcionou.

Daniele mal podia esperar para contar a Lorenza. Ele imaginou a alegria dela pela oportunidade que lhe foi dada, pela viagem extraordinária que faria e por todas as histórias que compartilharia com ela quando voltasse.

Em vez disso, foi recebido por uma avalanche de raiva que o deixou atordoado.

— Você também vai me abandonar, eu sabia. Não se importa comigo. Só pensa em si mesmo, como todo mundo. Vai, vai, vai para o outro lado do mundo, exclamou ela com uma atitude melodramática, enquanto andava de um lado para o outro na pequena casa de Daniele. Suas tentativas de confortá-la, de jurar que a amava, que logo voltaria, mostraram-se inúteis.

— Eu não acredito em você. Não acredito mais em quem vai embora, declarou ela, deixando-se cair no pequeno sofá, exausta.

Daniele ajoelhou-se e pegou uma mão dela, colocando-a entre as suas, implorando que ela visse as coisas como elas eram, não como temia que fossem.

— Espere, ele disse então. E pegou do chão um pedaço de um lindo tecido rosa claro, cortou uma pequena tira com sua tesoura longa e pontiaguda e enrolou-a entre os dedos até obter um formato que lembrava um anel. Então, olhou Lorenza nos olhos e, delicadamente, colocou o anel em seu dedo anelar. — Você acredita em mim agora?, perguntou.

Lorenza esboçou um leve sorriso e assentiu.

E assim, quatro anos após a morte do amigo, Daniele livrou-se do que restava do seu sentimento de culpa e finalmente se permitiu beijar a garota por quem se apaixonou.

~

Anna olhou-se no espelho, satisfeita, cantarolando *La Barchetta*, de Nilla Pizzi, que o rádio tocava naquele momento.

— *Guarda lassù in alto mare c'è una barchetta piccina, ad ogni ondata s'inchina quasi dovesse affondar...*

Sim, as calças lhe caíram perfeitamente. Tinha que admitir que Carmela havia, de fato, feito um ótimo trabalho; encomendaria outras, uma de cada cor. Ela fechou o último botão da blusa preta de manga curta e tirou o colar de pérolas da mãe da caixa de joias de madeira incrustada. Enrolou-o em dois círculos e colocou-o no pescoço, por cima da blusa. "*La barchetta in mezzo al mare deve andare assai lontan, ma per farla navigare ci pensa il capitan...*" entoou com a voz um pouco mais alta, fazendo uma pirueta.

Roberto olhou pela porta do quarto e encostou-se no batente, olhando para a mãe com um olhar surpreso.

– *Comme tu es belle, maman!*, ele exclamou. – E essas calças?

Ela se virou e, com um grande sorriso, colocou as mãos na cintura, numa pose de estrela de cinema.

Roberto riu com vontade.

Naquele mesmo momento, na casa de Contrada La Pietra, Pe. Giulio segurava uma grande tesoura e se preparava para cortar as calças de Giovanna, enquanto ela, encolhida na cama com as mãos no rosto, soluçava incontrolavelmente. Cesare, sentado no chão, olhava para ela e gemia.

– Calças são para mulheres de má reputação, declarou impassível Pe. Giulio.

E começou a cortar.

16
[JULHO, 1947]

– Mas você tem as chaves?, perguntou Carmela, posicionando-se diante do marido.
– As chaves do quê?, disse Nicola, afundado na poltrona da sala.
– Da casa da sua mãe.
– Sim, ele murmurou. – Daniele me deu. Por quê?
– Dê-as para mim, ela ordenou, estendendo a mão. – É preciso limpá-la e deixá-la tomar um pouco de ar. Está fechada há mais de dois meses.
– Já tratei disso, ele tentou tranquilizá-la. – Vou lá de vez em quando. Abro as janelas. Passo uma vassoura.
Carmela cruzou os braços sobre o peito.
– Você? Mas nunca vi você pegar uma vassoura na vida. Dê-as para mim, vamos. E estendeu a palma da mão novamente.
– Realmente, não há necessidade, reiterou Nicola. – Eu cuidarei disso. É a casa da minha mãe, certo?
– Na verdade, agora é a casa de Daniele. E o que é do meu filho também é meu. Então, você vai me entregá-las ou terei que tomá-las à força?
Nicola soltou um longo suspiro, depois segurou-se nos braços da poltrona e levantou-se com esforço, ficando com o rosto vermelho. Ele havia completado sessenta e dois anos recentemente, mas era como se fosse pelo menos vinte anos mais velho, pensou Carmela. Toda aquela gordura, que a enojava profundamente, agora tornava cansativos para ele até os movimentos mais simples. Além disso, à noite ele roncava tão alto que ela o mandou dormir no que fora o quarto de Daniele.
Nicola dirigiu-se ao cabideiro da entrada, procurou no bolso do casaco e finalmente disse:
– Aqui estão, tirando um molho de chaves. – Esta pequenina é da porta da frente, esta da porta principal, explicou-lhe com uma voz sem graça.
– Obrigada, disse-lhe, arrancando-as das mãos dele. – Precisava tudo isso? Ela, então, pegou a bolsa do cabide e anunciou: – Estou indo.
Chegando à casa, abriu o portão e atravessou o minúsculo jardim que antecede a entrada propriamente dita. Caminhou pela grama malcuidada

que tocava seus joelhos. *Deveria ter mandado alguém cortá-la*, pensou, depois girou a chave na fechadura e abriu a porta. Estava escuro como breu lá dentro e o cheiro de umidade era sufocante. Carmela deixou a porta da frente aberta e abriu as venezianas da janela que dava para o jardim. À luz do dia, viu os lençóis brancos cobrindo os móveis, uma xícara com sujeira incrustada na pia da cozinha e a cafeteira deixada no fogão; uma vassoura e uma pá cheia de bolas de poeira estavam encostadas na parede. *Ah! Ele realmente varreu*, ela pensou. *Mas nem mesmo a pá do lixo esvaziou.* Balançou a cabeça e viu, num canto, os sapatos de couro preto que Daniele usava nos feriados. Depois colocou a bolsa na pia, arregaçou as mangas do vestido e, em meio a uma nuvem de poeira, retirou o lençol de cima, revelando um sofá de dois lugares e uma mesa baixa. Ela o enrolou e foi até o jardim para batê-lo bem, depois voltou para casa e estendeu o lençol limpo no sofá.

Cuidadosamente, levantou o segundo lençol, que cobria algo no centro da sala.

O que ela viu a deixou sem fôlego.

Da nuvem de poeira emergiram uma máquina de costura e uma mesa de trabalho. Deixando o lençol cair no chão, Carmela aproximou-se: sobre a mesa havia um grande cesto contendo retalhos, linhas coloridos, dedais, um alfineteiro e uma almofada de agulhas, duas fitas métricas cuidadosamente dobradas e uma régua de madeira..

Desconcertada, ela sentou-se e começou a revirar aqueles objetos nas mãos, um de cada vez, como se fossem as pistas de uma caça ao tesouro. É por isso que Nicola não queria me dar as chaves. Ele sabia de tudo, aquele desgraçado!

De repente, colocou-se de pé e foi para o quarto. Abriu primeiro as venezianas e depois as portas do guarda-roupa. À esquerda, reconheceu as roupas de Daniele: o seu terno de domingo, as camisas, as calças, os casacos. À direita, porém, havia rolos de tecido empilhados lateralmente. Pendurados nos cabides, trajes femininos.

Carmela pegou um e olhou longamente: era um vestido de lã vermelha, com saia até os joelhos, e adornado com uma gola de pele presa por um broche redondo. Colocou-o em cima da cama e pegou outro: um modelo de primavera com xadrez preto e branco, cinto na cintura e botões no busto.

Tirou todos, um após o outro, mesmo os ainda não acabados, que tinham as mangas fixadas com vários alfinetes coloridos. No fundo do guarda-roupa, ela avistou, então, uma caixa de metal de aspecto familiar: era aquela que Daniele sempre guardava em seu quarto quando menino, e que nunca conseguira abrir, pois estava sempre trancada. Ela a pegou com as duas mãos e tentou levantar a tampa, que desta vez se abriu, revelando uma pilha de cadernos de capa preta, os mesmos que ela usava para seus esboços.

Sentou-se na cama, entre as roupas empilhadas, e começou a folhear os cadernos, arregalando os olhos a cada página: os desenhos de Daniele eram surpreendentemente lindos. *Mais bonitos que os que ela fazia*, pensou com uma ponta de ressentimento: vestidos de noite, vestidos de cerimônia elegantes, roupas de dia em cores vivas... sem falar em certos modelos que Carmela nunca tinha visto, nem nas suas revistas de moda. Ela se sentiu traída, por ter sido mantida no escuro tanto pelo filho quanto pelo marido, e, ao mesmo tempo, irritada, porque Daniele não a ouvira. Na verdade, ele fez o que quis à sua própria maneira. Todo esse tempo ele a fizera de boba, fazendo-a acreditar que tirara da cabeça a ideia absurda de desenhar e de costurar roupas como uma menina. *Ele sabe mentir muito bem*, pensou ela, cheia de ressentimento. *Afinal, o sangue não mente... e o sangue dele é o dos Greco.*

Ela pendurou as roupas no armário e fechou as portas. Depois colocou os cadernos de volta na caixa, colocou-a debaixo do braço e guardou-a na bolsa.

～

— Esse calor está me matando, queixou-se Elena, enquanto se abanava com um maço de folhas. — Aqui parece um forno.

— Você quer um pouco de água?, Lorenza perguntou-lhe.

— Sim, vá buscar, por favor, Elena respondeu, com ar de exaustão.

Lorenza não teve tempo sequer de sair da sala antes que Tommaso levantasse a cabeça da mesa.

— Você precisa de alguma coisa? ele perguntou com um sorriso.

— Vou pegar um copo d'água para Elena, ela respondeu, e dirigiu-se à prateleira na qual estava a garrafa de vidro, com os copos empilhados ao lado. Mas percebeu que a garrafa estava quase vazia.

– Vou até à fonte, acrescentou então, virando-se para Tommaso.
– Já volto.
– Demore o quanto precisar, ele respondeu.
Lorenza saiu para a rua, e o calor apertou-lhe a garganta. Ela foi direto até a pequena fonte da Piazza Castello e começou a encher a garrafa, segurando-a com uma das mãos. Enquanto a água fresca corria, lançou um olhar distraído ao redor. E quando seu olhar parou no Bar Castello, ela os viu.
Eram seu pai e sua tia Anna, que havia saído do correio poucos minutos antes. Ele entregou-lhe um livro e ela, tirando a mão do guidão da bicicleta, pegou-o e ficou olhando para a capa por alguns segundos; depois voltou a olhar para Antonio e sorriu para ele, dizendo alguma coisa. Ele olhou para ela com a cabeça levemente inclinada para o lado, como você faz quando tem medo de perder alguma coisa. Após uma breve conversa, ela colocou o livro na bolsa, montou no selim e, pedalando lentamente, partiu. Nisso, ele enfiou as mãos nos bolsos das calças e ficou olhando, até que ela virou à direita, desaparecendo de vista.
– Quer consumir toda a água da cidade?, interpelou-a uma mulher que passava.
Lorenza, de repente, olhou para a fonte e viu que a garrafa estava transbordando sabe-se lá há quanto tempo.
– Desculpe-me, disse, fechando rapidamente a torneira. A mulher balançou a cabeça e continuou seu caminho, resmungando.
– Tudo bem? Você não voltava mais... Tommaso disse-lhe, vendo-a retornar ao escritório.
Lorenza continuou e foi colocar a garrafa na prateleira.
– Sim, claro, ela respondeu de modo rude enquanto enchia um copo.
– Finalmente. Eu estava prestes a derreter, Elena suspirou, pegando o copo das mãos dela.
Lorenza sentou-se novamente à sua mesa e, durante as duas horas seguintes, trancou-se num silêncio tão pesado quanto o calor daquele dia. Ela não conseguia apagar a imagem do sorriso mais doce que vira no rosto de seu pai enquanto falava com sua tia Anna. Jamais o tinha visto sorrir daquele jeito para sua mãe... e talvez nem para ela. Tentou distrair-se, pensando em Daniele, mas acabou se sentindo ainda mais sozinha. Desde que partiu, ele havia escrito apenas uma carta para ela,

contando-lhe, nos mínimos detalhes, muitas coisas nas quais ela não conseguia prestar atenção. Como eram realmente aqueles arranha-céus que iluminavam as noites da cidade grande? E como foi caminhar naquela ponte de dois quilômetros de extensão, tão linda que parecia suspensa sobre a água? E era verdade que era possível entrar naquela grande estátua de uma mulher com uma tocha na mão? No final da carta, Daniele disse a ela que um dia iriam juntos para Nova York, e ela também veria todas as coisas extraordinárias que havia do outro lado do oceano.

A verdade é que aquela carta, tão cheia de entusiasmo e de espanto, magoou-a e irritou-a. Ela preferiria ler que Daniele estava tomado de saudades dela, melancólico e decepcionado com aquele mundo diferente e tão distante.

– O que há com você? Está taciturna hoje, disse-lhe Elena.

– Nada, respondeu Lorenza em tom indolente.

– Está pensando no seu namorado?, brincou com ela com um sorriso.

Lorenza não respondeu. Em vez disso, levantou-se de um salto e foi até a mesa de Tommaso.

– Vamos tomar um café? Perguntou-lhe.

Ele olhou para ela, surpreso. Depois sorriu.

– Com muito prazer, respondeu.

– Mas é por minha conta.

~

Anna parou, colocou um pé no chão e tirou o lenço do bolso do casaco para enxugar a testa e o pescoço encharcados de suor. O calor daquela manhã era enervante. Ela não via a hora de chegar em casa, colocar a cabeça sob o jato de água fria e ler um pouco. Pouco antes, no bar, Antonio lhe emprestara o exemplar de um romance chamado *Hora de Matar*, escrito por um certo Ennio Flaiano, autor do qual Anna jamais tinha ouvido falar. Ele havia ganhado recentemente um importante prêmio literário, Antonio lhe explicou.

– Faço questão que você o leia, acrescentou. – Sublinhei algumas frases... Se quiser, sublinhe as que mais lhe chamam a atenção e depois conversaremos sobre elas.

Finalmente, chegou a última entrega da manhã: a conta de energia para uma senhora idosa que era surda de um ouvido e para quem Anna tinha que ler todos os itens – cota de consumo, imposto governamental, aluguel de medidores, selo... – pelo menos umas três vezes antes que a mulher se convencesse de que não havia erros. Fechou a sacola vazia e depois olhou para o relógio: sim, tinha tempo para dar um pulo em Contrada La Pietra. E não importava se tivesse que enfrentar o calor: tinha que aproveitar as horas em que Padre Giulio estava na paróquia. Não via Giovanna há duas semanas. Talvez estivesse errada, mas, para Anna, parecia, há algum tempo, que sua amiga tentava fugir de sua companhia: ela não a visitava mais na cidade com a mesma frequência de antes e, muitas vezes, sequer deixava-se encontrar em casa. Nas poucas ocasiões em que se viram, Giovanna parecia calada e envergonhada, como se mal pudesse esperar para ir embora. A última vez que Anna foi bater na casa de Contrada foi Giulio quem lhe abriu a porta, e Anna ficou surpresa, porque não esperava encontrá-lo ali no meio da tarde. "Giovanna está descansando", ele disse com um rosto endurecido. Ele sequer a deixou entrar.

– A esta hora?, Anna levantou uma sobrancelha.
– Estava com dor de cabeça.
– Tudo bem, talvez eu volte amanhã, disse ela.
– Não se preocupe em voltar para *nos* ver, ele respondeu. Então olhou para as calças que Anna usava. – Se ela quiser, vai aparecer. E fechou a porta na cara dela.

Anna chegou a Contrada e, ao abrir o portão, assobiou para chamar Cesare, mas o cachorro não apareceu. Seguiu em frente e bateu à porta.
– Giovanna, você está aí? Sou eu.
Demorou um bom tempo para Giovanna decidir abrir a porta.
– Finalmente!, Anna exclamou, irritada. – Então, você ainda está viva.
– Sim, eu sim, ela disse em um sussurro, voltando para casa.
Anna a seguiu e colocou a sacola sobre a mesa.
– O que você quer dizer?
– Cesare.
– E quando isso aconteceu?
– Duas semanas atrás...
Anna colocou uma mão no quadril e olhou para ela, irritada.
– E só agora você está me contando?
– Desculpe, nem me ocorreu, disse. – Você quer um café?

– Esqueça o café. Você pode me dizer o que há de errado? Desaparece, não me diz que Cesare morreu...

– Eu não desapareci. Aqui estou..., disse Giovanna, baixando o olhar.

– Olhe-me nos olhos, Anna ordenou. Giovanna ergueu lentamente a cabeça. – Vou te perguntar de novo: você pode me dizer o que há de errado? Eu fiz algo a você?

– Não... Puxou a cadeira e sentou-se.

– Eu não acredito em você... eu sei que há alguma coisa, Anna insistiu.

Giovanna torceu as mãos, depois foi até a pia e despejou um pouco de água em um copo com a borda lascada.

– Por que você está tentando me afastar de Giulio?, ela então perguntou.

Anna olhou para ela, chocada.

– Eu? Mas o que você está dizendo?

– Foi você quem disse aquelas coisas sobre o corpo... Que não é dele... Você até mesmo o acusou de me machucar.

– Eu não acusei ninguém... Só te fiz uma pergunta. E sobre o fato de seu corpo não ser dele, bem, volto a repetir. Não entendo: onde você quer chegar?

– Conversei sobre isso com Giulio. E ele me explicou que não é como você diz. Que você não consegue entender o que existe entre mim e ele, e que só diz isso porque quer afastá-lo de mim. Por quê? Você não quer que eu seja feliz?

– Mas por que você contou a ele? Você não deveria.

– Ele não quer segredos entre nós.

Anna fechou os olhos por um momento e esfregou a testa com os dedos, como se de repente tivesse lhe sobrevindo uma forte dor de cabeça.

– E depois ele ficou bravo por causa das calças, continuou Giovanna. Anna reabriu os olhos. – O que as calças têm a ver com isso?

– Ele falou que foi ideia sua, disse Giovanna, agarrando o copo. – Que uma coisa dessas jamais teria me ocorrido.

– É por isso que eu nunca te vi usando as calças? É ele quem não quer?

– Ele as rasgou...

– E você permitiu que ele fizesse isso?

Ela encolheu os ombros. Bebeu o último gole de água e colocou o copo sobre a mesa.

– Eu não acredito... Anna murmurou para si mesma.

– Mas é verdade!, exclamou Giovanna, com uma atitude agressiva que nunca teve antes. – É verdade que a ideia foi sua. Foi você quem me levou à costureira. Eu nem mesmo queria aquelas calças.

– Mas o que você está dizendo? Você sabe que não é assim. Você estava tão feliz...

– No final você sempre me obriga a fazer tudo o que você faz. Disse Giovanna quase gritando.

Anna olhou para ela, chocada.

– Entendi, ela disse então, em voz baixa. Pegou a bolsa e se dirigiu para a porta. Ela sabia que sua amiga não iria impedi-la, que simplesmente a deixaria ir. Aquela não era a sua Giovanna. Sentia-se profundamente perturbada pelo poder que Giulio exercia sobre ela, pela forma como ele conseguia distorcer a realidade, pela assustadora capacidade que tinha de enfiar na cabeça de Giovanna palavras e pensamentos que não pertenciam a ela. *Ele me explicou isso... Ele diz isso...*

– Sinto muito por Cesare, disse, um momento antes de fechar a porta atrás de si.

Fez o caminho de volta com um nó na garganta e uma tristeza insuportável no coração.

~

No final daquela semana de calor infernal, a família Greco decidiu passar o domingo à beira-mar. Eles colocaram tudo – comida, bebidas, roupas de banho, roupas extras, livros, revistas, toalhas e cadeiras dobráveis – nos dois carros e deixaram Lizzanello no início da manhã. Tommaso também estava com eles.

– Vocês é que têm sorte, eu também gostaria de dar um belo mergulho, ele comentou de sua mesa, ouvindo a tia e a sobrinha conversando sobre o mar e como mal podiam esperar a chegada do domingo para ir para lá. Lorenza virou-se e, encolhendo os ombros, lhe disse: – Você também vem, certo? Ficaríamos felizes. Não é mesmo, tia? E olhou para Anna. – Sim, claro, ela respondeu, hesitante, lançando à sobrinha um olhar questionador. Mas Lorenza ignorou-a e depois, voltando-se para Tommaso, disse: – Bom, então estaremos esperando por você às oito. Na frente da minha casa. Você sabe onde fica, não é?

— Você consegue me acompanhar?, brincou Carlo, sentado ao volante, com óculos escuros e um charuto entre os dentes. Anna, ao lado dele, riu. Roberto, que sempre odiou acordar cedo, estava deitado no banco de trás, com cara de mau humor e olhos fechados.

Antonio estacionou o Fiat 508 ao lado do carro de Carlo e respondeu:

— Se eu lembrar de engatar a segunda marcha, sim, talvez eu consiga.

Carlo começou a rir. Agata, sentada ao lado de Antonio, também riu. Atrás, Lorenza e Tommaso se entreolharam e sorriram.

Era muito cedo, então a praia de San Foca ainda não estava lotada. Eles colocaram as toalhas perto da margem e abriram as cadeiras dobráveis de madeira, enfiando as pernas na areia. Agata, Anna e Lorenza se dirigiram a uma das cabines e vestiram seus trajes de banho, depois voltaram e reuniram-se aos demais.

— No três, todos na água!, exclamou Carlo, que rapidamente tirou a camisa e as calças, permanecendo com o traje de banho.

— Papai, estou com sono, resmungou Roberto, deitado na toalha com os braços sobre os olhos.

— Eu vou esperar mais um pouco, murmurou Anna, deitada com o peso nos cotovelos.

Carlo colocou as mãos nos quadris e olhou para eles, levantando uma sobrancelha.

— Ah, é?, ele disse. Então, de repente, tomou Anna nos braços e correu em direção ao mar, enquanto ela, rindo, se contorcia e implorava para que ele a colocasse no chão, e, ao final, jogou-a na água. Ela saiu instantes depois, tossindo e rindo ao mesmo tempo.

— Agora é a vez do seu filho, disse Carlo, dirigindo-se a Roberto, que deu um pulo e começou a correr.

— Olha, que eu vou te pegar!, Carlo gritou atrás dele.

— Mas coitadinho, deixa ele em paz, interveio Agata, rindo.

No final, Carlo conseguiu agarrar o filho pela cintura, levantou-o e jogou-o na água, em meio às risadas de todos.

— Simpático, o seu tio, comentou Tommaso, que estava sentado na toalha ao lado de Lorenza, com o braço apoiado no joelho.

— Sim, ele sempre foi um brincalhão.

— Você não toma banho?

— Logo, respondeu Lorenza, e tirou um exemplar da *Bolero* da bolsa.

– Eu acho que vou fazer isso e é agora, disse Tommaso, e levantou-se. Ele desabotoou a camisa de manga curta e a tirou, depois tirou a calça e a camiseta e ficou com um calção azul escuro que chegava até o meio da coxa.

Lorenza espiou por cima da revista e não conseguiu esconder seu espanto: Tommaso tinha ombros largos e confiantes, músculos dos braços bem definidos e um corpo magro e bem torneado. Ele a pegou olhando-o e sorriu timidamente. Então Lorenza, corada, escondeu o rosto entre as páginas da *Bolero*.

Antonio caminhou em direção ao mar e depois parou na beira, cruzou os braços e deixou os pés imersos até os tornozelos. Roberto saiu da água e foi em direção ao tio.

– Está muito fria, disse ele, tremendo.

– Vá deitar-se ao sol, respondeu Antonio, dando-lhe tapinhas nas costas e olhando para frente novamente.

Nesse momento, Carlo deu um mergulho e começou a nadar com braçadas longas.

– Às vezes me pergunto de onde ele tira toda essa energia.

A voz de Anna o fez virar-se. Encontrou-a ao seu lado e não pôde deixar de pensar que, naquele dia, o verde dos seus olhos parecia adquirir uma cor mais cheia e brilhante, como se suas íris tivessem incorporado todos os tons do mar.

– E pensar que, quando criança, ele tinha medo de água, respondeu Antonio. – Demorou tempo para perdê-lo. E agora, olha lá, que tritão, continuou em tom divertido.

– Estou preocupada com Giovanna, disse Anna do nada.

Antonio se assustou e olhou para ela, repentinamente muito sério.

– E por quê?

Ela lhe contou sobre o encontro de algumas manhãs atrás, sobre as palavras duras de Giovanna, sobre como Giulio se apoderou de sua cabeça e de seu corpo, das calças rasgadas, de como ela saiu de lá chateada e desanimada. – Ele é um homem perigoso... eu realmente gostaria que fosse embora, concluiu.

Antonio contraiu os lábios.

– Não é tão simples... Ela está apaixonada por ele, não?

Anna balançou a cabeça.

– Não, ela não está apaixonada. Está subjugada, é diferente. Como pude não perceber que tipo de homem ele era? E pensar que eu até a incentivei... E deu um pequeno chute na areia, levantando um amontoado de grãos.

– Não é culpa sua, disse Antonio. – Como você podia imaginar algo assim?

– Eu poderia ter... ela respondeu em um suspiro.

– Não vejo como.

– Eu deveria ter entendido desde as primeiras cartas... Já estava tudo escrito nas entrelinhas...

Antonio curvou os lábios em um pequeno sorriso.

– Muitas vezes acontece assim, não é? O que é realmente importante está nas entrelinhas. Mas nem todos são capazes de procurar. Ou talvez prefiram não o fazer...

Anna olhou para baixo e traçou um círculo na areia com o pé. Então, olhou para Antonio novamente. "*Non si sa come*", disse.

Antonio olhou para ela, desorientado.

– O drama de Pirandello sobre o qual você falou na carta. Eu o li na época.

– Você nunca me contou... A voz de Antonio falhou.

Ela encolheu os ombros.

– Aquela também era uma mensagem nas entrelinhas... E lançou-lhe um olhar intenso.

Antonio olhou para ela, mas não conseguiu dizer nada, porque, naquele momento, Carlo chegou à margem e juntou-se a eles.

– A água está maravilhosa, disse a Antonio, penteando o cabelo para trás com a mão. – Se atire, *fratellone*. E jogou água nele.

– Estou indo, estou indo, disse, protegendo-se dos respingos com as mãos. Deu alguns passos à frente e mergulhou no mar com um pequeno impulso.

– Agora você vai me dar um beijo? disse Carlo, fazendo beicinho com os lábios de uma forma engraçada.

– Não, Anna respondeu, sorrindo. Assim você aprende a não me jogar na água traiçoeiramente.

Reuniram-se ao resto do grupo, e Anna deitou-se na toalha.

– Como está a água?, perguntou Agata, que descascava um pêssego com uma faca.

– Fria, Anna respondeu. E fechou os olhos.

Carlo sentou-se ao lado de Lorenza, esfregando-se com uma toalha.

– Eh, tio, está me molhando toda!, ela protestou.

Ele riu.

– Parece-me que à protagonista de... E deu uma espiada na revista. – ... *Luz na escuridão* não faria mal nenhum dar um mergulho, por mais triste que esteja... E deu-lhe um leve empurrão no ombro. – Onde está Tommaso? ele então perguntou a ela.

– Está nadando lá, respondeu Lorenza, e indicou o mar com um aceno de cabeça.

– Ele está caidinho, hein?

– Mas quem? ela exclamou, corando.

– Eh, você me pergunta quem? Seu lindo diretor, certo?

– Ele é assim, é gentil com todos.

– Ah, vá lá, Carlo sorriu.

– E mesmo que estivesse, não me importa, acrescentou Lorenza, ficando séria.

– E por quê? Ele é um homem forte. Respeitável. De bom caráter. E também não é feio.

– Estou esperando por outra pessoa, você sabe, ela interrompeu.

Carlo não conseguiu conter uma careta.

– Daniele?

– Sim.

Ele se levantou e começou a tirar a areia das panturrilhas.

– Ele escreveu para você de novo?, perguntou com toda a loquacidade que conseguiu reunir.

– Só uma vez. E para você?

Carlo hesitou e depois decidiu mentir.

– Sim, sim.

– Ah, Lorenza ficou surpresa – E o que ele conta? Como está?

– Ele está bem. Trabalhando muito e gosta da cidade. Conhecendo muitas pessoas novas...

Lorenza mordeu o lábio inferior.

– Ele lhe enviou saudações para mim?

– Na verdade, não, disse ele, fingindo decepção. E examinou o rosto da sobrinha, esperando ver, pelo menos, um vago traço de decepção.

– Não tem problema, disse Lorenza. E mergulhou novamente o rosto nas páginas da *Bolero*.

~

– Mas onde vai aquele lá?, exclamou Agata.

Antonio havia se distanciado bastante e agora parecia apenas um pontinho na água transparente.

Continuando a olhar para o mar, a mulher começou a descascar outro pêssego.

– E agora minhas mãos e pés ficaram manchados, resmungou.

Deitada ao seu lado, com um braço sobre o rosto para protegê-lo do sol, Anna virou-se para olhar para ela.

– Oh. Você estava dormindo? Agata perguntou a ela.

– Sim, Anna respondeu com um bocejo. E se levantou. – O que você estava dizendo?, perguntou, esfregando o rosto.

– Nada, nada.

Anna começou a mexer na bolsa, tirou um livro e colocou-o sobre a toalha. Então continuou procurando.

– Mas onde foi parar o lápis, disse, com o rosto enfiado na bolsa.

Agata olhou para a capa.

– Ennio Flaiano... *Hora de Matar*, murmurou. Levou alguns segundos, mas então ela reconheceu: era o mesmo livro que tinha visto no escritório de Antonio, na semana anterior, quando começou a tirar o pó. Sim, era exatamente esse, com uma pequena mancha de café no canto da capa.

Com um movimento de irritação, Agata jogou fora o caroço de pêssego. Outra lembrança ressurgiu, autoritária e dolorosa: quando esperava Lorenza, ela teve que passar os últimos meses da gravidez na cama, por ordem do médico. Antonio, então, deitava-se ao seu lado e, para passar o tempo, lia um romance para ela. A certa altura, porém, ela lhe confessou que não aguentava mais todas aquelas histórias inventadas sobre pessoas que nunca existiram. Que ele lhe contasse histórias reais, ou melhor, histórias sobre pessoas que ela realmente conhecia. O que está acontecendo na cidade?

– Diga-me, como terminou aquele assunto do Nando? – A esposa o levou de volta para casa? – Michelina vai se casar ou não? – E o filho da Cosima, arranjou emprego ou está sempre em casa?

Antonio olhou para ela, balançando a cabeça. Não, ele não sabia nada sobre a vida da cidade.

– Que diferença faz para você saber sobre Nando ou Cosima?, ele exclamou. – Essas são histórias muito mais bonitas, mais convincentes... mais verdadeiras do que a verdade! Fazem você entender muitas coisas, fazem você pensar...

Sem responder, Agata virou-se de lado e fechou os olhos.

Desde então, ele nunca mais tentou ler um livro para ela. *Nem eu nunca mais lhe pedi que o fizesse*, pensou, com uma ponta de amargura. Ela lembrou-se de que Anna também havia começado a ler-lhe um romance quando ela estava mal porque havia perdido o bebê. No entanto, mesmo naquela época, isso não ajudou a fazê-la se sentir melhor. *Eles enchem a cabeça de palavras e depois não sabem como encontrar as palavras certas para consolar as pessoas,* pensou.

– Vocês os trazem até para o mar, que gente chata vocês são, disse ela asperamente, em voz alta. Mordeu o último pedaço de pêssego e recostou-se com um suspiro.

Anna ergueu os olhos do livro e olhou para ela, confusa.

– Desculpe, você estava falando comigo?

Agata fechou os olhos e não respondeu.

17
[NOVEMBRO-DEZEMBRO, 1947]

— Você viu, mamãe? Elizabeth e Philip.
— Quem?, perguntou Agata fazendo uma careta.
— A princesa da Inglaterra, *mamma*! Ela se casou.

Sentada à mesa da cozinha, Lorenza, de camisola, tomava o café da manhã. Na frente dela, estava o artigo da *Oggi* descrevendo o casamento de Elizabeth de Windsor com Philip, duque de Edimburgo. Com uma expressão extasiada, passou o dedo pelas fotografias: a multidão que dava as boas-vindas aos recém-casados à saída da Abadia de Westminster, a saudação da varanda do Palácio de Buckingham, o seu vestido, em seda marfim, incrustado de pérolas e cristais, com uma cauda de quatro metros...

Agata aproximou-se da mesa, com o pano de prato nas mãos, e inclinou-se para dar uma olhada.

— Seria essa a princesa?, perguntou, torcendo o nariz.
— No meu casamento quero uma cauda longa como esta, disse Lorenza sonhadoramente.
— E o que é você, uma princesa? Você? Agata deu uma risadinha, pegando a xícara vazia. — Vá se vestir, vá, senão vai se atrasar para o trabalho. Colocou a xícara na pia, junto com os outros pratos sujos do café da manhã, e balançou a cabeça.
— O que uma coisa tem a ver com a outra? Quero um vestido do qual todos se lembrem.
— Primeiro espere a proposta, depois pense no vestido.
— Assim que ele voltar, *mamma*. Ele prometeu.

Agata fez sua mão dançar no ar, como se dissesse que eram apenas palavras ao vento.

— O que é? Você não acredita?, irritou-se Lorenza.
— As promessas dos *masculi* são como o vento norte, disse Agata. — Duram três dias. E levantou três dedos.
— Não as de Daniele, Lorenza o defendeu.
— Ah, verdade? Agata colocou o pano de prato no ombro e encostou-se na pia. — E por que ele não volta? Quem sabe quem ele encontrou na

América, me escute. Você tem que esquecer daquele lá. Você ainda está em idade de casar e logo não estará mais. E enfatizou o conceito movendo o polegar e o indicador. – Os homens começarão a olhar para aquelas que são mais jovens e mais frescas do que você e ninguém mais vai te querer.

Lorenza sentiu seu coração bater cada vez mais rápido e, num piscar de olhos, sentiu-se inundada por uma raiva que parecia vir de longe.

– *E você que ninguém te quer mais,* sussurrou, empurrando a cadeira para trás. – *Nem mesmo o papai,* acrescentou respirando fundo, antes de sair do cômodo.

Como se tivesse recebido um forte tapa na cara, Agata sentiu uma tontura repentina, puxou uma cadeira da mesa da cozinha e sentou-se lentamente. Era como se um enorme enxame de mosquitos tivesse começado a zumbir diante de seus olhos, obscurecendo sua visão e audição. Ela se forçou a respirar fundo, e depois uma segunda e uma terceira vez.

– Antonio... murmurou, mas sua voz morreu em sua garganta como a chama de um fósforo gasto. Naquele momento, ela esqueceu completamente que o marido não estava em casa: apenas meia hora antes, Antonio havia tomado seu café e, antes de sair, cumprimentou-a com um beijo no rosto, como sempre. Era o único beijo do dia, o único contato físico que Antonio agora lhe concedia e pelo qual ela sempre ansiava, todas as manhãs. Assim que acordava, ia ao banheiro e lavava o rosto com o sabonete Palmolive, depois descia, preparava o café e arrumava a mesa com as xícaras e colheres: quando Antonio chegasse perto de seu rosto, ele o encontraria macio e perfumado, e pensaria que mesmo depois de tantos anos ainda era agradável o cheiro da pele de sua esposa.

Agata tentou se levantar, girando no encosto da cadeira, mas a tontura a obrigou a sentar-se novamente. Ouviu Lorenza descer as escadas e abrir a porta da frente. Manteve-se atenta por alguns segundos, esperando. Mas a despedida da filha não chegou naquela manhã.

∽

Lorenza partiu com o coração cheio de raiva e, ao mesmo tempo, tomada por um sentimento de culpa. As palavras lançadas contra sua mãe eram lâminas afiadas que a feriram profundamente, ela sabia disso muito bem. Ficou tentada a voltar e pedir perdão, mas o seu ressentimento pela ferida tomou conta dela e a forçou a continuar.

Sim, era verdade, pensou, ao chegar à casa dos tios. Daniele ainda não havia retornado, não obstante, naqueles meses, depois de um silêncio que ele atribuiu ao trabalho, o rapaz tenha passado a lhe escrever muitas cartas. Ele sempre, e apenas, falava sobre Nova York, sobre os amigos que fizera em Little Italy, sobre os novos clientes, sobre os negócios que havia fechado e dos quais Carlo tinha muito orgulho. Vender Donna Anna não foi nada difícil, revelou-lhe: bastava uma taça para conquistar a todos. O que ele não contara a ninguém, exceto a Lorenza, era que, três noites por semana, frequentava uma oficina de alfaiataria num porão da Mulberry Street: era administrada por uma senhora da Campania, Marisa, uma mulher simpática, sempre com uma piada pronta, que costurava ternos masculinos para uma loja na Quinta Avenida. A certa altura, chegou também uma foto: Daniele num elegante terno risca de giz, paletó afunilado na cintura, ombros largos e acolchoados, lenço de seda no bolso, gravata e chapéu *como o de Humphrey Bogart em Casablanca*, explicou a ela. *Você gostou do casaco? Fui eu que o desenhei e costurei!* Assim que a oficina terminasse, em dezembro – disse-lhe na carta – ele voltaria. E também lhe confidenciou sua intenção de deixar de trabalhar na Vinícola Greco: estava grato ao senhor Carlo, e o seria para sempre, mas era hora de realizar seus sonhos. Ele abriria seu próprio ateliê, em Lecce, e os dois se mudariam para lá juntos. Isto é, se ela ainda o quisesse. *Eu te amo, pequena Lorenza*, era como concluía cada carta. Palavras ele escrevia muitas, exceto aquela que realmente importava, ou seja, "casamento". Lorenza gostaria de entendê-lo, de ficar feliz por todas as coisas boas que estavam acontecendo com ele, mas a verdade é que não podia deixar de ficar com raiva por ele não ter escolhido ficar, por não ter desistido de aquela viagem porque ele preferia – queria – estar com ela. Tal como o seu pai, que muitos anos antes partira para África, embora ela lhe tivesse implorado para não ir...

Dentro de alguns meses completaria vinte e três anos, pensou, e era a única que restava, entre todas as suas conhecidas, que ainda não se casara. Algumas já estavam grávidas do segundo filho. E ela? O que de concreto tinha nas mãos? Ainda morava com os pais, no mesmo quarto em que dormira quando criança, nos mesmos lençóis rosa com bordas bordadas. Quando teria uma casa sua para cuidar?

Como sempre, Anna estava esperando por ela na porta da frente. Vestia o casaco do uniforme e, por baixo, as calças: agora as usava sempre, visto que havia mandado fazer cinco pares em cores e tecidos diferentes.

— Que cara azeda, ela a cumprimentou, franzindo a testa. — O que está acontecendo?

— Eu discuti com a minha mãe, respondeu Lorenza.

Anna partiu empurrando a bicicleta ao seu lado.

— Você quer falar comigo sobre isso?

Lorenza ficou tentada a desabafar, mas então pensou na mãe e sentiu uma ponta de pena dela. Sempre amarga, sempre triste, sempre sozinha... uma solidão que, no final das contas, era dela também. Não, não queria revelar a ninguém, muito menos à tia Anna, o peso que estava sobre ela.

— Agora eu não quero, respondeu, sem olhar nos olhos dela, e continuou em frente.

Como todas as manhãs, quando as duas mulheres entravam na agência, o rosto de Tommaso se iluminava. Ele desejava um "bom dia" a Lorenza com um largo sorriso e depois a seguia com o olhar até que ela abrisse a porta do gabinete onde ficava o telégrafo. Era impossível não perceber, mas, até aquele momento, Lorenza optara por não prestar atenção. Naquele dia, porém, sentada à sua mesa, ela ponderou que Tommaso era o perfeito "homem para casar", como dizia sua mãe. Ele não foi e nunca seria um herói de fotonovelas, impulsivo e avassalador, mas, em troca, podia contar com ele para uma vida "despreocupada", outra expressão que Agata usava com frequência e que significava ser tratada com respeito fora e dentro de casa, levar uma existência digna, ter a tranquilidade econômica de um trabalho honesto e seguro.

Ela não percebeu que Tommaso havia se aproximado dela segurando um jornal.

— Estão passando *L'onorevole Angelina* no cinema, disse a ela.

— Aquele com Magnani, certo? Eu vi o pôster, respondeu Anna, fingindo estar ocupada.

— Por que não vamos uma noite dessas? Quero dizer, todos nós, propôs Tommaso, olhando ao redor.

— Sim, boa ideia, disse Anna, colocando a bolsa no ombro. — Vamos sábado?, ela então perguntou, um momento antes de sair.

∽

Com exceção de Carmine, que recusou o convite resmungando, todos foram juntos ao cinema naquele sábado: os funcionários da agência e toda a família Greco. A sala estava lotada, e eles procuraram lugares livres: Carlo e Roberto avançaram em direção às primeiras filas, enquanto Elena conversava com Agata, indicando alguns lugares livres do outro lado da plateia, e Lorenza e Tommaso, deixados para trás, seguiram ao lado um ao outro, sem pressa. Antonio e Anna entraram por último e, assim que chegaram na sala, ele encontrou o olhar de Melina, sentada no lugar de sempre, ao fundo. A mulher brincava com uma mecha de seu cabelo encaracolado, enrolando-a entre os dedos, e cumprimentou-o com um sorriso provocador.

– Você a conhece?, perguntou Anna.

– Quem?, disse Antonio, corando.

– Como quem? A mulher que sorriu para você, Anna respondeu, indicando-a com um aceno de cabeça.

Mas Melina já estava olhando para outro lugar.

– Você deve ter se enganado; ninguém sorriu para mim, gaguejou Antonio.

– Que seja... Anna respondeu, nada convencida.

Carlo ergueu a mão e sinalizou para Anna e Antonio se juntarem a ele.

Agata e Elena ocupavam dois assentos laterais e Elena agitava os braços para apontar a Tommaso e Lorenza que havia outros dois assentos livres, um dos quais ficava no início da fila. Assim que chegaram, Tommaso olhou para Elena, e ela imediatamente entendeu a mensagem silenciosa: ele se moveu para dentro, deixando assim livre a poltrona ao lado da de Lorenza. Mas não pode deixar de dar uma risadinha.

Durante o filme, Tommaso estava muito nervoso; estava tão inquieto na cadeira que alguém por trás acabou dizendo:

– Ah, fique quieto, pode ser? Um bicho te picou?

– O que foi? Você está desconfortável?, sussurrou Lorenza.

– Não, não, ele respondeu, acenando com a mão. – Está tudo bem.

Quando as luzes se acenderam e a sala começou a esvaziar, Elena pegou Agata pelo braço e juntou-se aos demais, de modo que o diretor e Lorenza ficassem sozinhos para caminhar em direção à saída.

– Então, você gostou?, Tommaso perguntou a ela.

– Muito, respondeu Lorenza. – Sabe, eu fiquei pensando que ela é igual à minha tia..., murmurou.

– Ela quem? Anna Magnani?

– Sim, mas não me refiro fisicamente, explicou Lorenza. – Refiro-me à personagem. São mulheres especiais, pessoas como elas. Tão combativas... nunca têm medo de nada, acrescentou em tom melancólico. Ela tinha certeza de que se sua tia Anna estivesse lá, no lugar de Anna Magnani, também ela teria "brigado", só para dar casas aos pobres onde pudessem morar.

– Você também é especial, disse Tommaso.
Lorenza balançou a cabeça lentamente.
– Olha, eu realmente penso assim, ele insistiu.
Ela deu um leve sorriso.
– É gentil da sua parte dizer isso.
– Eu penso assim desde que você chegou à agência... é como se você tivesse trazido luz à minha vida... Desculpe-me, ele ficou envergonhado um momento depois, – não sou bom nessas coisas, já faz um tempo que...
Lorenza o interrompeu colocando um dedo em seus lábios.
– Eu sei, ela murmurou, suavizando o olhar, um momento antes de afastar a cortina vermelha.

~

Naquele mês de novembro, em seu aniversário de 44 anos, o primeiro como prefeito, Carlo deu uma festa com grande pompa e circunstância, com música, dança e cestas de charutos à vontade. Contratou uma pequena orquestra de Lecce, à qual pagou generosamente, com piano, trompete, saxofone e violino. Naquele ano, as garrafas de Donna Anna ganharam um novo rótulo, que comemorava o décimo ano de produção. Donna Anna Anniversario estava escrito ao lado do logotipo da rosa em flor. Para a ocasião, a composição fora ligeiramente alterada: o mestre de adega, que naquele momento substituía Daniele, sugeriu diminuir a percentagem de Negroamaro e aumentar a de Malvasia. O resultado foi um vinho excepcionalmente fresco, com uma inconfundível cor cereja brilhante, enriquecido em relação ao anterior pelo toque de pétalas de rosa. Em seu aniversário, Carlo o serviu em abundância aos seus convidados.

Vagando pelo salão lotado, Anna não pôde, contudo, deixar de notar quão diferente aquela festa era em comparação às outras: houve um tempo em que Carlo convidava o povo comum de Lizzanello, desde os agricultores aos trabalhadores e comerciantes da cidade. Desta vez, porém, enviou o convite a amigos e apoiadores do partido, alguns dos quais vinham de Lecce, bem como aos membros da Câmara Municipal, que compareceram acompanhados pelas suas mulheres e filhos. Estava também presente o Pe. Luciano, que trouxe as desculpas do bispo, retido por um compromisso anterior. Mais do que uma festa, era uma espécie de ritual que sancionava um distanciamento, pensou Anna.

Carlo circulava pela sala sorridente e alegre, com um charuto nos dedos, parando para conversar com todos. De vez em quando trazia Antonio para a conversa: procurava-o entre as pessoas com os olhos e, assim que o avistava, começava a chamá-lo.

– Você já conhece meu irmão?, ele então dizia, colocando a mão em seu ombro. Agata, por outro lado, estava sentada no sofá, com as costas curvadas e as mãos cruzadas no colo, olhando o crepitar do fogo da lareira e, de vez em quando, levantava os olhos para Lorenza e Tommaso que, sentados juntos no sofá da frente, conversavam intensamente.

De repente, Carlo acenou com as mãos, pedindo silêncio. A orquestra parou e todos se reuniram em torno dele.

– Senhoras e senhores, espero que estejam se divertindo, exclamou. – A julgar pelas garrafas vazias, eu diria que sim! E sorriu.

– Um brinde ao nosso prefeito!, gritou um homem, erguendo a taça.

– Parabéns!, – Feliz aniversário!, – Muitos anos de vida!

– Obrigado, obrigado a todos, disse Carlo. – Estou muito feliz em vê-los aqui esta noite, comemorando comigo. Mas agora... E fez uma pausa, examinando a pequena multidão. – Agora quero convidar minha linda esposa para a primeira dança da noite. E ergueu a taça em sua direção.

Dezenas de olhos focaram em Anna. Ela franziu os lábios em um sorriso malsucedido. *Ele e as suas voltas e reviravoltas*, ela pensou.

Carlo sussurrou algo ao ouvido do pianista, e as primeiras notas de *Amado Mio* encheram a sala. Ele, então, aproximou-se de Anna e, com seu charmoso sorriso de malandro, pegou-a pela mão e a conduziu-a até o centro do salão. À medida que as pessoas se afastavam, ele a tomou pela cintura e, olhando-a nos olhos, começou a dançar.

– Você quer dançar também?, Tommaso perguntou a Lorenza.

– Agora?

– E quando, se não agora?, e sorriu para ela.

– Eu quero dançar, mas daqui a pouco, respondeu Lorenza, tentando não parecer rude.

Nesse momento, Carmela entrou no salão segurando o braço de Nicola. Lorenza enrijeceu e se afastou um pouco de Tommaso. Por que tio Carlo não a avisou que os pais de Daniele também viriam? Ela fez menção de ir cumprimentá-los, mas depois parou, perturbada, percebendo que o vestido de Carmela era incrivelmente parecido com um dos modelos de Daniele. Ela se lembrava bem da época em que ele, muito orgulhoso, lhe mostrara o desenho.

– É um vestido de noite, disse a ela. – Para ocasiões especiais. Tinha um corpete justo apertado na cintura e uma saia grande e cheia que chegava até o meio da panturrilha.

Mas não, que absurdo, pensou Lorenza imediatamente depois. Tinha que ser uma coincidência, disse a si mesma. Carmela certamente o havia copiado de uma de suas revistas...

A música terminou, e Carlo fez uma reverência engraçada para agradecer os aplausos estrondosos. Depois pegou Anna pela mão, aproximou-se de dois homens, com suas respectivas esposas, e começou a conversar com eles.

– Feliz aniversário, sr. prefeito! A voz estridente de Carmela fez Carlo pular, forçando-o a se virar para ela. – Também trago a você os melhores votos do papai, que gostou muito da garrafa de vinho novo que você mandou para ele, ela continuou, sem se importar por ter interrompido a conversa. – Ele diz que, quando você quiser ir vê-lo, vai te contar pessoalmente o que pensa.

– Fico muito feliz, respondeu Carlo. – Com certeza irei lá nos próximos dias.

– Que vestido lindo, disse uma das esposas a Carmela.

– Você gostou?, ela disse. É minha criação.

A mulher fez uma cara de surpresa e elogiou. A outra disse que gostaria muito de ter um igual.

– Sim, é realmente lindo, admitiu Anna, depois de observá-lo cuidadosamente.

– Obrigada, senhora carteira, respondeu Carmela, radiante.

– Por favor, desculpe-me, mas ainda tenho que apresentar Anna a algumas pessoas, interveio Carlo. E, agarrando a mão da mulher, arrastou-a para na direção de um homem que, sussurrou-lhe ao ouvido, era o secretário provincial dos democrata-cristãos. Anna estendeu-lhe a mão e apertou-a sem muito entusiasmo. O homem perguntou a Carlo como andava o projeto de construção da nova escola; ele respondeu em tom satisfeito que tinha sido aprovado pelo Conselho e que as obras iriam começar o mais rapidamente possível.

– E o que você vai fazer com o prédio antigo?, perguntou o homem.

– Há várias propostas em apreciação, respondeu Carlo. – Elas estão todas na minha mesa, esperando para serem examinadas. Mas só depois da festa, concluiu com um sorriso.

Anna de repente ficou pensativa. Ela olhou para frente por alguns minutos, tanto que as palavras que Carlo e aquele homem continuavam a trocar tornaram-se para ela uma espécie de murmúrio distante. Depois exclamou:

– Também tenho uma proposta para dar uma nova vida àquele antigo edifício.

Carlo e o outro olharam para ela, um pouco surpresos.

– E seria o quê, meu amor? Carlo perguntou a ela com uma expressão que revelava curiosidade e temor.

– Você poderia chamar de uma... Casa da Mulher, explicou ela, animando-se. – Um lugar onde a porta estará sempre aberta, onde cada mulher em dificuldade saberá que pode encontrar refúgio. Penso, por exemplo, nas jovens mães sem marido nem emprego, nas que estão sozinhas, nas mulheres que não sabem como se livrar dos homens violentos... E ela fez uma pausa, como se quisesse refletir. Poderíamos ajudá-las concretamente, protegê-las... e talvez dar-lhes uma educação, ensinar-lhes um ofício. Resumindo, tudo o que é necessário para... ficar em pé sozinha.

Passaram diante de seus olhos os momentos que viveu com Giovanna. As suas dificuldades em aprender a ler, o seu isolamento, o estigma que a cidade inteira lhe impôs durante tanto tempo. A dor que aquela relação com Pe. Giulio lhe causava, dor física e mental. Sua incapacidade de pedir ajuda. Elas não se falavam desde aquela manhã de julho. Ela a vira algumas vezes na cidade, numa loja ou quando saía da biblioteca, mas algo no seu olhar, no seu modo de andar, nos seus gestos a impedia de se aproximar. Ela temia que Giulio descobrisse e a punisse. Mas quantas mulheres estavam assim, como Giovanna? Quantas histórias de crueldade, sofrimento e abandono se escondiam sob a fachada plácida daquela cidade?

– Uma Casa da Mulher ..., repetiu o homem. Mas pelo seu tom era impossível entender se ele considerava isso uma verdadeira loucura ou algo realizável.

– Minha esposa é uma surpresa constante, disse Carlo, um pouco envergonhado. – Isso é completamente novo para mim, por assim dizer.

– É novo para mim também. Só pensei nisso agora, respondeu Anna. – Mas pode ter certeza que apresentarei um projeto convincente, *senhor prefeito*, concluiu com um sorriso.

~

– Este é um céu de neve, disse Elena, olhando pela janela. As rajadas de vento norte sacudiam implacavelmente as folhas da grande palmeira.

– Tomara, Anna suspirou enquanto colocava cartas comuns e registradas na bolsa. – Eu não a vejo há... E parou para fazer um rápido cálculo mental. – Há treze anos.

– Não vai nevar este ano de novo, declarou Carmine resolutamente.

– O especialista chegou, brincou Elena.

– Mas seria bom ter um Natal com neve, disse Tommaso.

– Lorenza, uma carta para você!, Anna exclamou, revirando um envelope sépia com o logotipo do United States Air Mail em suas mãos.

Lorenza levantou-se imediatamente da cadeira, arrastando-a ruidosamente. Com os olhos iluminados de alegria, correu até Anna, tirou o envelope das mãos dela e, sorrindo, voltou para a sala dos fundos, fechando a porta atrás de si. Ela não percebeu Tommaso, que, atrás dela, levantara os olhos da mesa e acompanhara toda a cena com um olhar desconsolado.

Lorenza sentou-se, rasgou o envelope de um lado e tirou uma folha de papel dobrada ao meio. Ela abriu-a, e só de ver a caligrafia de Daniele, redonda e ligeiramente torta, foi o suficiente para fazer seu coração bater forte. Recostou-se na cadeira e começou a ler.

> *Pequena Lorenza. Pequena e linda Lorenza.*
> *Como foi seu despertar hoje? Conseguiu chegar ao trabalho na hora certa ou não? Minha adorável e incorrigível dorminhoca...*
> *Que linda a foto que você me enviou... Você tem uma expressão muito doce. Cada vez você me parece mais bonita. Haverá um limite para a beleza ou você está destinada a superá-lo? Coloquei-a na minha mesinha de cabeceira, para que todos os dias você seja*

a primeira pessoa que vejo quando acordo e a última pessoa para quem digo boa noite.

Como estão as coisas por aí? Conta-me algo bom. Algo que te faça feliz. Vocês comemoraram o aniversário do Carlo? Lhe escrevi uma carta com os melhores votos, espero que ele a tenha recebido a tempo!

Tenho uma notícia boa e uma não muito boa. Com qual eu começo? Deixe-me pensar sobre isso. Ok, vou começar com a boa.

Marisa viu meus esboços de roupas masculinas e gostou muito. Ela os mostrou ao dono da loja, sr. James, e... adivinhe? Ele quer colocá-los à venda em sua loja, pelo menos alguns deles. Paga bem... *Let's see how it goes,* disse ele, ou seja: vamos ver como as coisas se encaminham.

Eu sei o que está acontecendo dentro da sua cabecinha neste momento. Respira. Lembre-se de que eu te amo. E que eu quero estar com você. E que eu faço tudo isso por nós também, pelo nosso futuro.

Está um pouco melhor?

OK.

Agora, a notícia não muito boa. Não posso voltar imediatamente. Não para o Natal, como prometi. Ainda vai demorar um pouco para eu criar a coleção. Não posso dizer não, é uma oportunidade muito importante. Eu sei que você entende isso.

Não fique desapontada ou triste, por favor. Só de pensar nisso fico mal. Nosso tempo juntos foi apenas adiado. Não tenha medo. Entendido? NÃO TENHA MEDO. Eu amo só você. Só você e mais ninguém. Estamos separados há sete meses, podemos aguentar mais um pouco, eu sei que podemos!

Responda-me imediatamente, por favor.

Diga-me que está tudo ok.

Lorenza colocou a carta sobre a mesa e percebeu que suas mãos tremiam. Seu coração ainda batia rápido, mas agora de raiva. Não, ele realmente não a amava, pensou. Ele nunca voltaria. Também era um mentiroso. Como todos. Como seu pai.

18
[FEVEREIRO, 1948]

Anna colocou o xale de lã sobre os ombros, despejou o leite morno na xícara e foi sentar-se no banco do jardim. Os primeiros momentos do dia, marcados pelos seus pequenos rituais, eram os seus preferidos: só ali, no *seu* lugar e na ausência de ruído, conseguia sentir-se verdadeiramente em paz, colocar ordem em seus pensamentos.

No dia anterior, tinha visto Giovanna na cidade, andando de cabeça baixa, com olhar abatido, e, por um instante, mas talvez estivesse errada, pareceu-lhe que a amiga havia levantado os olhos e procurado por seu olhar.

– *Bonjour, maman*. Roberto chegou de repente atrás dela e se abaixou para beijá-la no rosto.

– *Bonjour, mon chéri*, disse Anna, acariciando-o.

Roberto sentou-se ao lado dela, no banco, com os cabelos desgrenhados e os olhos inchados de sono. Ele aproximou os joelhos do peito e apoiou a cabeça no ombro de Anna. Ele tinha agora quinze anos, mas, às vezes, agia com ela como se ainda fosse uma criança.

– No que estava pensando? Estava tão absorta... ele perguntou-lhe com uma voz grossa.

Anna colocou os lábios na borda da xícara e tomou um gole.

– Em Giovanna, respondeu.

– Você sente falta dela?

– Sim. *Tanto*.

Roberto endireitou a cabeça e olhou para ela.

– E você vai dizer isso a ela, não vai?

– Ela já sabe. Eu espero.

Ele ergueu uma sobrancelha, assim como ela fazia quando estava chateada.

– Se você não contar, como ela irá saber?

Anna sorriu amargamente.

– Não é tão simples. É como... como posso explicar? Bem, é como se ela tivesse sido vítima de um feitiço. E não sei a fórmula para desfazer isso.

Roberto franziu os lábios e pensou por alguns instantes. – Bem, ele disse então, – talvez seja um daqueles feitiços que só desaparecem com outro feitiço ainda mais poderoso.

Ana encolheu os ombros. – Não sei... Se é assim, realmente não sei qual pode ser.

Anna olhou para ele com doçura e depois bagunçou seu cabelo.

– Mas olha que filho sábio eu tenho, disse ela com um sorriso.

Ele levantou-se, esticando os braços.

– Eu sei, respondeu. – Papai sempre me diz isso também. Que sou tão sábio quanto ele, concluiu, com outro sorriso. Desta vez, porém, foi um dos sorrisos atrevidos de seu pai.

– Ah, se eu posso com isso!, exclamou Anna, levantando-se também. – Seu pai é muito inteligente. E esperto também, continuou ela, entrando novamente em casa. – Mas sábio, ele, de fato, não é.

Mais tarde, enquanto pedalava sua Bianchi sob um céu nublado e ventoso, ela pensou nas palavras do filho. Talvez ele tivesse razão: bastava ir até Giovanna e dizer que sentia falta dela. Lembrá-la de que a queria muito bem, mesmo todos os dias, se necessário. *Talvez seja verdade que, a longo prazo, um feitiço bom acabe anulando um feitiço ruim*, concluiu.

Distraída, percorreu a estrada que levava até a periferia da cidade para a última entrega do dia. Parou em frente a uma casa em ruínas, com paredes rebocadas e uma porta de madeira desgastada em vários pontos. Um homem muito alto, com pele âmbar e braços musculosos a abriu. Para além da porta, Anna viu um tapete de folhas de tabaco e uma mulher e duas crianças, um menino e uma menina, sentados no chão, com as pernas abertas, que colocavam as folhas limpas em caixas de papelão. Anna estendeu um telegrama para o homem. Ele o pegou, acenou apressadamente e fechou a porta.

Anna subiu novamente na bicicleta para voltar ao centro, mas depois de alguns metros parou e olhou para o relógio: era uma hora, Giulio certamente estava na paróquia. Então, imediatamente virou-se e seguiu direto para Contrada La Pietra, com o vento batendo contra.

Quando Giovanna abriu a porta, não foi preciso dizer nada. Assim que a viu, seus grandes olhos castanhos se encheram de lágrimas e seu corpo, que parecia emaciado e muito frágil, foi abalado por soluços.

Anna sentiu uma ternura sem fim, como talvez nunca tivesse sentido por ninguém. Por um instante, pensou na sua pequena Claudia, tão frágil e indefesa. Em seguida, correu para abraçar Giovanna.

– Sinto muito, disse ela, ainda soluçando, enrolada como uma criança nos braços da amiga. – Você tinha razão.

– Vamos, vamos, estou aqui agora. Acalme-se, Anna murmurou. Fez um carinho na cabeça dela, mas parou quando percebeu que havia tocado um ponto onde seu couro cabeludo estava exposto, como se seu cabelo tivesse sido arrancado. Ela se afastou com expressão preocupada e a fez virar-se: sim, tinha um buraco no cabelo de Giovanna. – Foi ele?, ela sussurrou.

Giovanna fungou.

– Não, ela respondeu. – Fui eu.

Na noite anterior, sentada nua na cama e olhando fixamente, ela começou a arrancar os cabelos, um por um. Não parou nem mesmo quando Giulio apertou seus braços com força e gritou para ela parar. Pouco antes, ele havia entrado no quarto vestindo batina e colarinho e ordenara que ela se despisse. Enquanto Giovanna tirava a roupa, ele também se despiu e, de repente, apertou os pulsos dela e amarrou-os com uma fita, enquanto Giovanna tentava, em vão, se libertar. Amarrou-lhe também os tornozelos do mesmo modo. A empurrou para a cama e a possuiu violentamente. Isso nunca tinha acontecido antes, lhe jurou Giovanna em lágrimas.

Anna olhou para ela com um olhar perdido, depois pegou a mão de Giovanna e entrou em casa.

– Você tem alguma bolsa grande, certo?, ela perguntou.

Giovanna olhou em volta com uma expressão confusa.

– Sim. Talvez esteja debaixo da pia... não me lembro.

Anna começou a procurá-la em todos os lugares: olhou embaixo da pia e embaixo da cama, abriu todas as portas e gavetas e finalmente a encontrou, enrolada dentro de um baú no quarto. Ela abriu-a, colocou-a em cima da cama, foi até o guarda-roupa e começou a jogar dentro as poucas roupas da amiga, o casaco, as anáguas e as calcinhas.

– O que está fazendo?, perguntou Giovanna, abraçando-se com a voz trêmula.

– Não vou deixar você aqui, respondeu Anna, continuando a encher a bolsa. – Você vai ficar na minha casa. Ponto final.

Em silêncio, percorreram a estrada que as levava de volta à cidade. Giovanna andava com a cabeça baixa, enxugando constantemente as lágrimas com as costas da mão. Anna caminhava ao lado dela, levando a sua bicicleta.

Uma vez em casa, Anna abriu as janelas do quarto de hóspedes, arrumou a cama com lençóis com cheiro de lavanda, guardou as coisas de Giovanna no guarda-roupa e deu-lhe um sabonete de Marselha ainda na embalagem.

– Tome um belo e bom banho quente, disse a ela. – As toalhas estão na gaveta de cima. Leve o tempo que precisar. Eu vou esperar por você lá embaixo.

Sentada na cama com os olhos fixos no chão, Giovanna simplesmente assentiu.

Assim que Anna saiu do quarto, Giovanna levantou-se e aproximou-se da cômoda. Encontrou as toalhas de linho dobradas com cuidado e sem nenhum vinco. Ela estava prestes a pegar uma, quando percebeu que havia um objeto no canto da gaveta. Ah, *um pumo. Faz muito tempo que não vejo um...* pensou, virando-o nas mãos. Lembrou-se de que sua mãe, Rosalina, também tinha um e o mantinha bem à vista na mesa da cozinha.

– É um amuleto da sorte, ai de você se você quebrá-lo! lhe dizia sempre. Giovanna acariciou o *pumo* e, segurando-o firmemente nos braços como uma criança, colocou-o na mesinha de cabeceira.

∽

Naquela mesma noite, depois do jantar, Anna olhou para o quarto, enquanto Carlo, diante do espelho, desfazia o nó da gravata.

Em voz baixa, ela contou o que havia acontecido naquele dia e concluiu, dizendo:

– Giovanna vai ficar um tempo conosco. Não sei por quanto tempo. Você não se importa, não é?

– Claro que não, respondeu. – Pode ficar o tempo que quiser. Ele tirou a gravata com um suspiro de libertação e começou a dobrá-la sobre ela mesma.

– Juro para você, eu o estrangularia com as minhas mãos, disse Anna, cruzando os braços.

– Sei muito bem que você seria capaz disso, *amor mio*, respondeu Carlo. – Ah, ele continuou então, como se só tivesse se lembrado disso naquele momento. – A velha escola será demolida. Decidimos isso ontem.

– E pelo que ela será substituída?

– O mercado de sábado será transferido para lá, mas se tornará permanente. Com pavilhões iguais, feitos de madeira. Será uma espécie de feira permanente. É um projeto apresentado pelos comerciantes, todos em conjunto, e o Conselho votou a favor por unanimidade.

Anna fez uma cara de desapontada.

– Mas que pena. Meu projeto teria sido muito melhor. Se ao menos houvesse mais tempo para obter toda aquela miríade de documentos...

– Você está surpresa? É a burocracia desta cidade... disse Carlo. Ele, então, levantou-se da cama, aproximou-se dela e puxou-a suavemente para si. – Sinto muito pela sua Casa da Mulher, murmurou. – Mas acredite: você evitou uma decepção e um grande esforço em vão. Conheço os homens do Conselho, eles nunca teriam votado numa ideia tão... moderna, é isso.

Anna franziu a testa e estava prestes a perguntar se *ele* também pensava como aqueles homens, mas naquele momento ouviram-se fortes e furiosos golpes na porta do andar de baixo.

– Quem é a esta hora? perguntou Carlo, franzindo a testa.

– Quem você acha? Anna respondeu.

Desceram e foram abrir a porta, deparando-se com Pe. Giulio. Era possível dizer que ele estava uma pilha de nervos.

– O que você quer? perguntou Anna.

– Giovanna está aqui, não está?

– Isso não lhe diz respeito.

– É melhor você ir, disse Carlo.

– Giovanna!, gritou Pe. Giulio tentando entrar.

Carlo agarrou seus braços e o empurrou.

– Saia da minha casa!

– Giovanna! Pe. Giulio continuava a gritar.

– Carlo, mande-o embora, por favor, disse Anna.

Carlo tentou fechar a porta, mas o outro bloqueou-a com o pé.

– Eu não vou embora até que ela venha falar comigo.

De repente, Giovanna apareceu no alto da escada, descalça e de camisola.

– Aí está você! gritou o padre Giulio. – De onde você tirou essa ideia de sair de casa, hein?

– Giovanna, volte para o quarto, disse Anna. – Por favor.

Ela não conseguia dizer uma palavra sequer. Continuava ali parada, agarrada ao corrimão.

– Vamos para casa, ande, ordenou-lhe Pe. Giulio.

Giovanna deu um passo para trás.

– Não, sussurrou.

– Você ouviu?, disse Carlo. – Giovanna fica aqui. Agora vá embora ou te expulso daqui a pontapés na bunda.

– Não vou sair da nossa casa, entendeu?, Pe. Giulio continuou, sem tirar os olhos de Giovanna.

– Aquela casa não é sua, disse Anna.

– Giovanna, eu te espero em casa, reiterou.

– Então você vai esperar para sempre. Se tentar se aproximar dela de novo, juro que vou te denunciar, tão certo quanto meu nome é Anna, ela o ameaçou, apontando-lhe o dedo.

– Você ouviu?, disse Carlo.

Pe. Giulio afrouxou o colarinho e olhou para Giovanna, com ar enojado.

– Você é uma pobre louca, as pessoas estão certas quando falam isso, disse a ela, antes de sair.

Ela apertou ainda mais o corrimão e olhou para baixo.

~

Lorenza não respondeu à carta de Daniele. Ele escreveu para ela novamente no Natal: um telegrama, o qual Elena transcreveu com sua caligrafia minúscula. Ele lhe desejou boas festas e implorou que ela lhe escrevesse pelo menos algumas linhas. Lorenza amassou o telegrama e jogou-o na cesta de papéis.

Movida pela raiva e pelo desejo de vingança, Lorenza convidou Tommaso para o jantar de Natal na casa de seus tios. Naquela ocasião, ela teve uma atitude quase de flerte com ele: no jantar; sentou-se ao seu lado, riu de suas piadas e lhe deu sorrisos sugestivos e olhares longos e intensos. Chegou até a comprar-lhe um presente: um chapéu de feltro cinza escuro com aba média. Sob o grande abeto que Carlo e Roberto decoraram como todos os anos, Tommaso desembrulhou o pacote, feliz e surpreso com aquele presente inesperado. Lorenza tirou o chapéu da caixa e exclamou:

— Vamos, vamos experimentar!, ela colocou-o na cabeça dele e deu um passo para trás. — Eu sabia, disse finalmente. — Os chapéus te favorecem muito. Prometa-me que a partir de hoje começará a usá-lo. Não é necessário dizer que Tommaso passou a cumprir a promessa todo o santo dia desde então.

Algum tempo depois, próximo ao Réveillon, ele a convidou para irem ao cinema, à sessão de sábado à tarde. Foram ver *O Milagre na Rua 34* e, durante a exibição, Lorenza tocou a sua mão algumas vezes. Em uma manhã de domingo, porém, ele perguntou a Agata se poderia levar Lorenza para passear em seu Fiat Topolino: ele a traria de volta em tempo para o almoço, poderia ficar tranquila. Desnecessário dizer que Agata concordou; ela gostava de Tommaso e não fazia segredo disso: era um bom homem e, sim, era confiável. Assim, naquela manhã ensolarada e sem vento, ela se despediu deles com um largo sorriso, enquanto Tommaso abria a porta do carro para Lorenza, entrava e partia em direção ao mar. Ele havia comprado os ouriços-do-mar recém-colhidos de um pescador e os comeram sentados num banco à beira-mar, recolhendo a polpa com miolo de pão. Quando voltaram para o carro, Tommaso tirou o chapéu e surpreendeu-a com um beijo, que, a Lorenza, pareceu um pouco úmido e sufocante; no entanto, apesar de tudo, muito doce. Na segunda-feira seguinte, no correio, trocaram longos olhares, ao mesmo tempo cúmplices e constrangidos.

— O que aconteceu entre você e o diretor? Elena cutucou-a, rindo, esticando-se sobre sua mesa. — Estive observando vocês, hein! E ergueu as sobrancelhas duas vezes.

Lorenza sorriu, balançando a cabeça. — Algo realmente aconteceu.

— E o seu lindo americano? Tudo o que faz é mandar telegramas para você, coitado. Pelo menos responda a ele...

O rosto de Lorenza mudou de repente.

— Para mim, agora pode ficar onde está.

No domingo seguinte, Tommaso levou-a para almoçar numa *trattoria* em Lecce, onde comeram pão frito com queijo e beberam uma garrafa inteira de Donna Anna. Fizeram um pequeno passeio até a Piazza

Sant'Oronzo e ali mesmo, sob a coluna do santo, Tommaso tirou do bolso uma caixinha de veludo vermelho e ajoelhou-se.

Lorenza olhou para ele sem fôlego. Por um momento, sentiu vontade de começar a correr, de fugir para outro lugar que não aquele momento naquele canto da praça, ali com Tommaso.

Porém, quando o viu de joelhos olhando para ela com olhos desesperadamente apaixonados, olhos que prometiam sua devoção e que lhe diziam:

– *Nunca irei embora*, Lorenza disse *sim*, e se deixou abraçar.

Tommaso fez questão de reunir a família já no dia seguinte para fazer o grande anúncio. Ele parecia incapaz de conter a alegria e, ao mesmo tempo, tinha um olhar inquieto e frágil, como se temesse que ela pudesse retirar o sim e devolver-lhe o anel com um:

– Perdoe-me, eu estava errada. Não é você que eu quero. Eu nunca quis você.

Então Lorenza se deixou convencer a convidar todos para jantar na casa de Tommaso. E ainda inventou uma desculpa:

– Ele diz que quer nos agradecer pela ceia de Natal.

Ele ainda morava em um dos apartamentos da família de Giulia: após a morte da esposa, seus sogros insistiram para que ele não fosse embora.

– Agora você é como um filho para nós, disseram-lhe, abraçando-o.

Quando Agata chegou, olhou em volta de boca aberta: a casa não era muito grande, mas era uma verdadeira joia; em todos os cômodos, tapetes persas cobriam todo o chão; havia sofás de nogueira e veludo, cortinas de cetim, mesas de ébano com tampo de mármore, quadros em molduras douradas...

– É uma casa muito linda, comentou Agata, sentando-se no sofá da sala, enquanto Antonio acomodou-se em uma poltrona com braços de madeira embutidos e com aspecto bastante desconfortável.

– Certamente, não graças a mim, Tommaso riu. – Meus sogros mobiliaram... meus antigos sogros, acrescentou envergonhado, e olhou para Lorenza.

Ela respondeu com um meio sorriso e começou a andar pela sala com ar indolente, passando a mão pelo mármore, tocando os enfeites e o tecido dos sofás e espiando os retratos de família pendurados nas paredes.

Tommaso aproximou-se dela e, como se tivesse lido seus pensamentos, sussurrou em seu ouvido:

– Se você não gosta de alguma coisa, pode mudar ao seu gosto. Para mim, só importa que você esteja aqui.

Lorenza sorriu para ele, agradecida. Não havia nada do que ela gostasse ali. Tudo lhe parecia velho, opressivo e presunçoso. Quase parecia que, naquele lugar, só se podia viver em traje de gala.

Depois de alguns minutos, Anna, Carlo, Roberto e Giovanna também chegaram.

– Esta casa não se parece em nada com você, disse Anna imediatamente, tirando o casaco.

– Eu sei, respondeu Tommaso. – Mas isso vai mudar em breve, acrescentou, e olhou para Lorenza. Em seguida, convidou todos a irem para a sala de jantar. – Espero que estejam com fome, disse ele. – Estou cozinhando há quatro horas.

– Mas você é excelente, exclamou Agata. Ela começou a se levantar do sofá e Roberto estendeu-lhe a mão. Ela a segurou e levantou-se. – Você também sabe cozinhar... ela continuou.

Depois que todos estavam sentados, Tommaso abriu duas garrafas de vinho tinto sem rótulo e serviu nas taças. Carlo tomou um gole.

– Muito bom, comentou. – Ele é um Primitivo, não é?

– Sim, comprei a granel na taverna, explicou Tommaso. – E o seu tinto? Quando poderemos prová-lo?

Carlo colocou o copo sobre a mesa.

– Eh, ainda é cedo...

O jantar transcorreu num ambiente sereno e festivo. Agata não fazia outra coisa senão repetir, após cada prato, que tudo estava "realmente delicioso". E Tommaso – Lorenza percebeu – tinha o dom de saber conversar com todos, de se interessar pelo que importava às pessoas. Ele mostrou-se atencioso sem ser presunçoso.

Quando chegou a hora da sobremesa, Lorenza, que estava sentada ao seu lado, olhou-o. Ele então inclinou-se para ela e sussurrou em seu ouvido:

– Sim, eu cuido disso, não se preocupe.

Foi até a cozinha, voltou com um grande bolo com cobertura de chocolate e colocou-o no centro da mesa.

– Mas este não fui eu que fiz, eh, disse ele. – Veio direto da confeitaria.

Enquanto todos se serviam, Lorenza levantou-se e juntou-se a ele na cabeceira da mesa, colocando-se ao seu lado. Ele colocou a mão em volta da cintura dela e lançou-lhe um olhar muito doce.

Agata imediatamente se mexeu na cadeira e abriu um sorriso impaciente.

– Estou muito feliz em dar esta notícia... Vocês não podem entender quanto, começou Tommaso. – Lorenza e eu, bem, vamos nos casar.

Agata soltou um pequeno grito de alegria e bateu palmas.

– Uh, Santíssima Madonna!, ela exclamou. Levantou-se e correu para abraçar primeiro a filha e depois Tommaso. Antonio levantou-se e apertou a mão de seu futuro genro. – Estou feliz que seja você, disse-lhe. Então aproximou-se de Lorenza e olhou para ela, franzindo os lábios. – Então é assim?, perguntou-lhe. Ela assentiu com um sorriso. Antonio puxou-a para si e abraçou-a, embalando-a em seus braços. – Estou feliz por você, sussurrou em seu ouvido. Carlo parabenizou os dois, muito feliz, e depois serviu uma bebida para todos. – Um brinde aos noivos! gritou. Roberto também apertou a mão primeiro da prima e depois de Tommaso. Em seguida, foi a vez de Giovanna, que se aproximou de Lorenza com os olhos cheios de emoção. – Os casamentos sempre me fizeram chorar muito, gaguejou com uma voz embargada.

Em meio às risadas, confusão e abraços, Anna permaneceu petrificada em sua cadeira.

– E Daniele? E o amor de vocês, o que aconteceu com ele?, quis perguntar à sobrinha ali mesmo, na frente de todos, interrompendo de repente aquelas expressões de alegria que pareciam precipitadas e... injustas. Ela procurou insistentemente os olhos de Lorenza, mas não demorou muito para entender que sua sobrinha estava evitando os dela de propósito. Não muito longe dela, Carlo e Antonio se entreolhavam, com sorrisos reticentes.

Estranho... Anna pensou, erguendo uma sobrancelha. Pareceu-lhe que havia uma sensação de alívio na aparência de ambos. Mas não, certamente ela estava enganada.

~

Na manhã seguinte ao jantar, Lorenza, atrasada como sempre, encontrou-se com Anna.

– Bom dia, tia, cumprimentou-a em tom indiferente.

– Bom dia..., Anna respondeu.

E partiram em silêncio.

– Eu mal podia esperar para ficar sozinha com você. Queria falar com você, Anna disse, finalmente.

– Por quê? Você quer se desculpar pela noite passada? Lorenza respondeu secamente.

– Sinto muito. Você sabe que para mim é difícil...

– Sim, todos nós sabemos disso, ela a interrompeu. – Já não estamos surpresos, como você pode ver.

Anna franziu a testa para ela.

– Por que você está assim tão ríspida?

– E você me pergunta? Bastaria que tivesse se levantado daquela cadeira, que tivesse demonstrado um mínimo de felicidade por nós.

– Eu ficaria feliz por você se você realmente estivesse feliz.

– E quem lhe disse que não estou?

– Lorenza..., Anna disse com um suspiro profundo. – Eu te conheço desde que você era criança...

– Bem. Eu cresci e mudei, caso você não tenha notado.

Ana parou.

– E Daniele? Você desistiu dele assim?

– Você o vê?, respondeu Lorenza, abrindo os braços. – Onde ele está? Certamente, não aqui. Não comigo.

– Você sabe que ele vai voltar. Por que quer negar a si mesma a alegria de se casar com um homem que ama?

– Você está errada. Eu não o amo. Não mais.

– Mentirosa..., Anna disse, suavizando o olhar.

– Tommaso é o homem certo, respondeu Lorenza decisivamente. – Ele é um homem bom, que estará sempre comigo...

– Mas você não está apaixonada por ele, Anna a interrompeu. – Você sabe que é assim.

– Eu gosto muito dele, Lorenza vociferou.

– Essa não é uma razão boa o suficiente para se casar com alguém. Eu também gosto muito de Tommaso. Ele é meu amigo. Mas isso não significa que eu me casaria com ele.

Lorenza fez uma careta e começou a andar novamente, mas Anna a deteve, agarrando-a pelo braço.

– Não se apresse, por favor. Pense nisso com cuidado. Decida com seu coração.

Lorenza afastou-se abruptamente.

– Já decidi, respondeu ela.

Uma hora depois, na cabine telegráfica, Lorenza redigiu o texto do telegrama destinado a Daniele.

DESISTI DE ESPERAR POR VOCÊ. EU AMO OUTRO.
VOU ME CASAR EM MAIO. LORENZA.

Depois de enviá-lo, de repente se sentiu triste e vazia. Ela percebeu que havia dito sim muito rápido a Tommaso apenas porque mal podia esperar que Daniele soubesse. Que sofresse com a ideia de perdê-la. Que pagasse por sua ausência.

Mas a satisfação que ela pensava que teria havia se transformado em cinzas.

19
[MAIO-JUNHO, 1948]

Don Ciccio morreu dormindo na noite de 28 de abril e, a partir da meia-noite, os sinos da igreja de San Lorenzo começaram a tocar em luto. O velório foi realizado no quarto. Gina sentou-se ao lado do caixão, derramando lágrimas silenciosas e acariciando suavemente as bochechas enrugadas do marido, que vestia sua roupa de festa, o terno cor de areia com camisa azul e gravata vermelha. Sentado ao lado dela, Nicola segurava sua mão.

Carmela, por outro lado, ia e vinha do quarto à cozinha: recebia as pessoas que vinham apresentar suas condolências, recebia de suas mãos as bandejas de doces e os pacotes de café que traziam de presente e os colocava na mesa da cozinha, onde as irmãs de Gina, que haviam chegado de uma cidade próxima, colocavam no fogão duas cafeteiras de cada vez, a grande, de doze xícaras, e a pequena, de três, para que sempre houvesse café pronto para todos, a qualquer hora.

Carlo entrou na casa lotada e tirou o chapéu. Avançou pelo corredor entre as pessoas que o cumprimentavam sussurrando:

– Bom dia, senhor prefeito. Entrou na sala, aproximou-se do caixão e olhou para o corpo sem vida de *Don* Ciccio, cujo rosto permanecia contorcido numa careta de sofrimento. Ele nunca contaria a ninguém: a verdade é que não conseguia se sentir triste. Na verdade, dentro de si ele sentia uma vaga sensação de libertação, embora não conseguisse explicar o motivo. Ele fez o sinal da cruz e deu um pequeno beijo no caixão. Apertou a mão de Nicola e depois se abaixou para abraçar Gina, que, assim que o viu, fungou e enxugou uma lágrima.

– Onde está Carmela?, sussurrou para Nicola.

O seu olhar vasculhou o cômodo.

– Tente procurar na cozinha, respondeu.

Carlo a encontrou lá; ela estava tomando um café encostada na pia. Tinha um ar cansado.

Carlo hesitou, depois colocou a mão no braço dela e o apertou.

– Sinto muito, disse ele. – Como você está?

Carmela bebeu o último gole de café e largou a xícara. Ela endireitou-se, alisando o corpete do vestido preto.

– Pelo menos, ele parou de sofrer, respondeu.

Carlo assentiu e virou o chapéu nas mãos.

– Posso ser útil de alguma forma?

Ela olhou para ele pensativamente, franzindo os lábios.

– Na verdade, há uma coisa... não posso sair daqui.

– Qualquer coisa, é só me dizer.

– Daniele precisa ser avisado.

– Sim, claro, disse Carlo. – Eu me ocuparei disso imediatamente.

Assim, ele colocou o chapéu de volta, saiu e foi até a agência dos Correios.

– Tio!, Lorenza o cumprimentou, surpresa.

– O que está fazendo aqui?

– Tenho que mandar um telegrama para Daniele, para avisá-lo da morte do avô, respondeu ele.

O rosto de Lorenza ficou rígido. Em seguida, ela baixou o olhar, apertou uma caneta entre os dedos e pegou um pedaço de papel.

– Pode ditar, disse, fingindo indiferença.

Transcreveu o texto do telegrama em código Morse e, ao encaminhá-lo, apenas disse:

– Pronto.

A última vez que ela se comunicou com Daniele fora no início de março. Ao telegrama anunciando seu casamento, ele respondeu com um que dizia apenas: POR QUE VOCÊ ESTÁ FAZENDO ISSO COMIGO E COM VOCÊ?

Ela decidiu ignorá-lo, deixando os dias passarem em silêncio, como punição. Ele, então, mandou outro: NÃO FAÇA BOBAGEM. ESPERE. E depois outro: POR QUE VOCÊ DEIXOU DE CONFIAR EM MIM? Até o último, no qual ele apenas escreveu: NÃO TE INCOMODO MAIS. PARABÉNS...

Daniele respondeu imediatamente. Primeiro, enviou uma mensagem para Carlo, agradecendo-lhe por tê-lo avisado, e depois uma para sua mãe. Coube a Lorenza transcrever as duas. O segundo disse: SINTO MUITO PELO VOVÔ. NÃO SEI QUANDO POSSO VOLTAR. FAREI O POSSÍVEL, PROMETO.

Lorenza olhou para aquelas frases e não conseguiu conter uma careta sarcástica. *Estava certa em parar de esperar por ele*, pensou. Sua mãe tinha razão: as promessas de Daniele sempre foram incertas e passageiras, como o vento de tramontana.

~

– E então?, perguntou Agata. – Vocês viram o Coliseu? O que comeram? Como estava o tempo? O hotel era bom?

Lorenza e Tommaso sentaram-se juntos no sofá e ele segurava a mão dela. Para o retorno da lua de mel, Agata havia organizado um jantar com toda a família, preparando sua famosa torta de carne. Todos estavam ao redor dos noivos, e Tommaso falava rapidamente, exaltado pela beleza da capital, pela majestade dos seus monumentos, pela extraordinária história da qual a cidade estava impregnada. Lorenza simplesmente assentia e dizia:

– Sim, é mesmo, ou: – É verdade.

O casamento havia acontecido pouco mais de uma semana antes, no dia 4 de maio, num dia nublado e sem luz. Depois de uma noite sem dormir, Lorenza sentou-se na cama e ficou olhando para o seu vestido de noiva pendurado em um cabide, na porta do guarda-roupa. Era o vestido que Agata usara no dia do seu casamento.

– Finalmente chegou a hora, disse-lhe a mãe, enquanto o mostrava a ela, com a voz trêmula e os olhos brilhando. Era um vestido com saia larga e cauda pequena, corpete bordado com mangas compridas de renda e véu na altura dos ombros preso com um pente de joias. *Era muito diferente do de Elizabeth*, pensou Lorenza. Mas também era diferente daquele que Daniele, num dia longe, havia desenhado em um de seus cadernos pretos, descrevendo detalhadamente o corpete de cetim com decote em coração e mangas Sangallo, os botões de madrepérola e a saia em corola que descia até os pés.

Ela balançou a cabeça, como se quisesse se libertar daquele pensamento e, naquele exato momento, Agata entrou na sala, acompanhada por um festivo grupo de mulheres que haviam vindo "preparar a noiva": uma delas a ajudou a arrumar os cabelos presos em um coque, outra passou a ferro um vinco na saia do vestido, outra ainda se ajoelhou para calçar-lhe os sapatos... Naquele turbilhão, Lorenza deixou-se vestir, pentear e enfeitar como se fosse uma boneca. E ela sentiu um enorme conforto com aquilo.

Anna foi a única mulher da família que não esteve presente.

– Vou esperar por você na igreja, disse-lhe na noite anterior. E depois acrescentou: – Caso você venha a mudar de ideia no último momento, não tenha medo. Apenas acabe com tudo. Por um lado, Lorenza tinha que admitir que tudo teria sido muito mais fácil sem aquele olhar reprovador sobre ela. Por outro lado, porém, Anna foi a única na família a perguntar-lhe se ela estava feliz. Ninguém mais, nem a mãe, nem o pai, nem mesmo o tio Carlo, se preocupara em certificar-se disso, desde o dia do anúncio na casa de Tommaso. E provavelmente foi melhor assim, pensava ela.

E agora? Agora que finalmente não dormia mais entre os lençóis cor-de-rosa com borda bordada? Agora que tinha um marido e uma casa para cuidar, ela se sentia feliz?

Como se realmente tivesse dado voz a esses pensamentos, Lorenza sentiu os olhos de Anna examinando-a, cheios de perguntas. Ela, então, apertou a mão de Tommaso e ele lançou-lhe um olhar de adoração, enquanto dizia:

– E o último dia passamos simplesmente andando pelo centro. Mas quantas coisas não vimos! Ah, sim, com certeza voltaremos a Roma. Certo, Lorenza?

– Que linda deve ser, interveio Giovanna. – Como eu gostaria de ir a Roma um dia também.

– E quem está nos impedindo?, Anna respondeu a ela. – Podemos sair quando você quiser. Você e eu.

Da poltrona em frente, Agata lançou a ambas um olhar que estava entre o ressentido e chocado.

– É melhor sentarmos à mesa, disse ela, levantando-se. E dirigiu-se para a sala de jantar.

Todos se levantaram e a seguiram. Carlo colocou as duas mãos nos ombros de Roberto e, de brincadeira, o empurrou para a frente.

– Está sentindo? É o chamado da torta da sua tia Agata!, exclamou Carlo, cheirando o ar. Antonio riu, pegou Tommaso pelo braço e os dois se entreolharam, divertidos.

Anna, porém, não se mexeu até que só ela e Lorenza ficaram na sala. Aproximou-se da sobrinha e, num sussurro, disse que precisava falar com ela.

– Já vou. Pode ir, disse então para Giovanna, que a esperava.

Lorenza cruzou os braços sobre o peito. – O que foi?, perguntou secamente.

Anna limpou a garganta.

– Há algo que você precisa saber e é melhor eu lhe contar agora.

A jovem franziu a testa.

– O que está havendo?

– Bem, enquanto você estava fora, Daniele enviou outro telegrama para a mãe dele...

— Por que está me contando isso? Não me interessa, interrompeu Lorenza.

— Acho que sim, continuou Anna. E ela tirou de entre os seios um pedaço de papel dobrado em dois. — Pelo menos uma vez, Elena foi discreta, não se preocupe. Copiei para você. E entregou-o a ela.

Lorenza ficou olhando para ele por um longo tempo, depois pegou o pedaço de papel e o abriu. Anna releu mentalmente com a sobrinha; ele sabia de cor, dadas as tantas vezes que o lera.

JÁ ORGANIZEI TUDO POR AQUI. COMPREI A PASSAGEM. CHEGO NA MANHÃ DE 5 DE JUNHO, EM NÁPOLES. POR FAVOR, PEÇA A CARLO PARA VIR ME BUSCAR COM O CARRO.

A respiração de Lorenza quase se tornou ofegante.
— Você está bem? — Anna perguntou, colocando a mão em seu braço.
Lorenza mordeu o lábio inferior com tanta força que seus olhos se encheram de lágrimas.

~

Anna entrou no quarto e viu que a mala, aberta na cômoda ao pé da cama, ainda estava vazia.

Carlo, ajoelhado, vasculhava uma gaveta do guarda-roupa.
— O que você está procurando?, ela perguntou.
— A gravata listrada azul. Você tem alguma ideia de onde foi parar? Anna levantou uma sobrancelha. — Para que você precisa da gravata?
— Que pergunta é essa?
— Chega para lá, ande. Ela se abaixou e vasculhou a gaveta. — Aqui está, disse ela, tirando-a. — Estava bem debaixo do seu nariz.

Carlo tirou-a das mãos dela e a colocou sobre a cama.

Anna cruzou os braços e olhou para ele.
— Você parece nervoso... está tudo bem?

Carlo tirou um terno bege do guarda-roupa, olhou-o por um momento, depois assentiu, colocando-o também em cima da cama.
— Sim, sim, ele respondeu. — Tenho que dirigir várias horas, é normal que isso me deixe um pouco nervoso, não acha?

Anna não respondeu, apenas ficou olhando-o enquanto ele fez a mala, a fechou e depois a colocou no banco traseiro do Fiat 1100.

— Você pegou tudo? Tem certeza?, ela perguntou-lhe, em um tom vagamente irônico.

– Acho que sim, respondeu Carlo, muito sério. – De qualquer forma, é apenas uma noite, na pior das hipóteses, comprarei o que preciso lá. E fechou a porta. – E Roberto, onde está? Ele não vai descer para se despedir?

– Acho que está tomando banho. Ele vai ao cinema com os amigos esta noite, pelo que entendi.

– Ah, bem. Despeça-se dele por mim, disse um pouco desiludido.

Anna aproximou-se dele para arrumar a gola do casaco.

– Você irá vê-lo novamente amanhã à noite... Ou estava pensando em embarcar?, brincou.

Finalmente o rosto de Carlo relaxou.

– Nesse caso, eu levaria você comigo. Ele deu-lhe um beijo, depois entrou no carro e partiu. Anna entrou em casa. Giovanna estava sentada no sofá lendo *Crime e Castigo*. – Este livro é difícil, ela exclamou, franzindo a testa, olhando para Anna. – Estou ficando com dor de cabeça.

Giovanna sorriu para ela e depois foi sentar-se ao seu lado.

– Antonio me deu de presente. Anos atrás, explicou-lhe. – Por que você escolheu este? Há muitos outros romances de que você gostaria mais, tenho certeza, acrescentou ela, apontando para a biblioteca atrás dela.

Giovanna virou o livro nas mãos.

– Devido à dedicatória, respondeu.

Ela abriu na primeira página e leu:

A grandeza deste romance reside em nos ensinar que todo culpado, mesmo o mais abjeto, merece compaixão.

Boa leitura.

Antonio

Ela colocou o livro no sofá.

– Você também acha isso?, perguntou. – Você acha que deveríamos ter compaixão pelos culpados?

Anna esticou o braço sobre o encosto de cabeça do sofá e dobrou as pernas.

– Não sei, respondeu, depois de alguns momentos. – Talvez a compaixão ande de mãos dadas com o remorso. Não acho que seria capaz de sentir algo assim por alguém que não demonstrasse um pingo de arrependimento.

Giovanna assentiu e pareceu refletir. Então disse:

– Você acha que algum dia poderia sentir compaixão por Giulio? Quero dizer, se ele se arrependesse.

– Ele não precisa da minha compaixão... Ele já tem a de Deus, não é?, respondeu Anna, ironicamente.

– Estou falando sério, insistiu Giovanna. – Se ele, bem, se ele me dissesse que cometeu um erro, que se arrependeu...

– Você acreditaria nele?, Anna a interrompeu.

– Não sei. Acho que sim...

– E você estaria errada. Pessoas como ele não mudam da noite para o dia. Provavelmente, jamais mudem.

Giovanna fez uma careta.

– Talvez ele ainda esteja esperando por mim...

Anna balançou a cabeça e segurou as mãos de Giovanna.

– Giulio nunca mais voltou para Contrada.

– E como você sabe?

– Eu vou lá de vez em quando. Para verificar. Não tem mais nada dele lá...

Giovanna mordeu os lábios.

– Você não precisa voltar se não quiser, Anna tranquilizou-a, como se tivesse lido seus pensamentos.

– Você pode ficar e morar aqui se quiser.

O rosto da amiga se acalmou instantaneamente.

– Tem certeza de que Carlo não se importa?

– Claro que não! Ele também está feliz em ter você conosco.

Era verdade. A presença de Giovanna na casa não desagradava a ninguém, muito pelo contrário: ela sabia ser leve e discreta, atenciosa sem nunca ser invasiva.

– Mas... se a minha presença aqui começar a pesar para você, para Carlo ou para Roberto, você tem que me dizer...

– Que bobagem, Anna imediatamente a interrompeu. – Você realmente não sobrecarrega ninguém.

E isso também era verdade. Ela e Carlo sustentavam Giovanna financeiramente e o faziam sem esforço.

Anna até tentou conseguir-lhe um emprego, mas acabou se revelando uma tarefa tão impossível e dolorosa que ela nem sequer teve coragem de descrevê-la para Giovanna, temendo que ela sofresse muito. Durante semanas, havia batido nas portas das lojas da cidade, perguntando se precisavam de trabalhadores. Os poucos que disseram sim recuaram imediatamente quando ela explicava que o trabalho era para Giovanna.

– Senhora carteira, eu tenho muito respeito pela senhora e também por Carlo, mas por aquela ali não, dissera o tabaqueiro. – Pelo amor de Deus, ninguém mais virá aqui se virem que é aquela lá, foi a resposta da mulher da mercearia. – Não estamos brincando, só pessoas respeitáveis trabalham aqui, comentou um farmacêutico.

– Entendido?, repetiu Anna. – Nunca pense que a sua presença aqui é um fardo.

– Obrigada, sussurrou Giovanna, e correu para abraçá-la. – Você é a melhor amiga do mundo, acrescentou.

Anna sorriu e lhe deu um beijo na bochecha. Depois, levantou-se do sofá. –Vamos, agora vamos preparar o jantar, disse ela.

– Porque esta noite você e eu vamos festejar.

Assim, enquanto Giovanna começava a picar o alho, Anna desceu até o porão onde Carlo guardava sua pequena coleção de garrafas de vinho.

– Espumante, é do que precisamos, murmurou ela, procurando entre os vinhos franceses. – Mmm... Este não, este também não, continuou ela, depois de olhar os rótulos. Um momento antes de encontrar o espumante, deparou-se com uma garrafa que parecia fora de lugar: parecia a garrafa Donna Anna, mas estava sem rótulo e vazia, como se nunca tivesse sido enchida. No entanto, a cortiça estava firmemente plantada. *Que estranho*, pensou. Então encolheu os ombros e colocou-a de volta onde a encontrou.

Assim que Roberto saiu, Anna abriu o espumante.

– Tenho certeza de que Carlo não se importará. Pelo menos espero que não, acrescentou. Encheu duas taças e, sentadas descalças no tapete, as duas mulheres acabaram bebendo a garrafa inteira.

Anna colocou o disco *Vie en Rose* no gramofone e estendeu a mão, como se convidasse Giovanna para dançar. Ela aceitou, divertida, e começaram a se movimentar desajeitadamente, pelo menos até que Anna, no final da música, inclinou Giovanna para trás em um *casquè*, fazendo com que ambas caíssem no chão, uma depois da outra.

Deitadas no chão, as duas mulheres se entreolharam por um momento e depois gargalharam a ponto de chorar de rir.

Na manhã do dia 5 de junho, Carlo saiu do hotel da Piazza Orefici, a poucos passos do porto de Nápoles, e foi buscar o Fiat 1100 estacionado numa rua lateral. O dia estava tão quente que ele, bufando, tirou o paletó e arregaçou as mangas da camisa. Chegando ao porto, seguiu a pé até o Molo Angioino, onde estava prevista a chegada do *Saturnia*.

Encontrou um assento e tirou um charuto do bolso. Enxugou a testa suada com a mão e afrouxou o nó da gravata listrada azul.

– Não há nem um sopro de ar esta manhã, eh, ele disse com uma expressão aflita para um homem sentado ali próximo. Depois acendeu o charuto e, à primeira tragada, começou a tossir. Quando o homem viu que a tosse não dava sinais de diminuir, foi até ele e lhe ofereceu um pouco de água de sua garrafa. Carlo pegou e bebeu de uma só vez.

– Obrigado, disse ele então, devolvendo-lhe a garrafa.

– Passou?, perguntou-lhe o homem.

– Sim, sim, respondeu Carlo. Obrigado mais uma vez.

O imponente e majestoso *Saturnia* entrou no porto por volta do meio-dia.

Carlo juntou-se ao grande grupo de pessoas que se aglomeravam para testemunhar as operações de atracagem. Quando, finalmente, os passageiros começaram a desembarcar, ele ficou na ponta dos pés para olhar o mar de cabeças à sua frente. Teve que esperar mais de meia hora antes de ver Daniele no topo da escada. Com o coração disparado, ele abriu caminho no meio da multidão para se aproximar.

Daniele o viu e acenou com a cabeça para ele. *Caramba, ele mudou*, pensou Carlo, caminhando em sua direção. Não no olhar, que continuava o mesmo terno e desarmante de sempre, mas mais na atitude, no modo de caminhar. Ele parecia tão seguro de si, tão decidido, habitado por todas as coisas novas que tinha visto e experimentado e que agora trazia para casa consigo.

– Meu rapaz, Carlo o cumprimentou, abrindo os braços.

– Olá, Carlo, respondeu Daniele com um sorriso.

20
[JULHO-SETEMBRO, 1948]

– Toc-toc, Anna disse alegremente, batendo duas vezes na porta aberta do escritório de Antonio.
– Oi!, ele respondeu, pego de surpresa enquanto colocava uma pasta de papelão na prateleira.
Anna entrou e fechou a porta atrás de si.
– Eu lhe trouxe de volta o livro, disse ela, abrindo a bolsa. Pegou e entregou-o a ele. Era *La Romana,* de Alberto Moravia.
– Então? Você gostou? ele perguntou.
Ela sentou-se na cadeira ao lado da janela.
– Você sabe que tenho preconceito contra os homens que pensam saber o que uma mulher pensa e sente e estão convencidos de que podem falar a respeito...
– Mmm, Antonio disse imediatamente, sentando-se na cadeira em frente. – Devo deduzir que você não gostou.
– Eu não terminei, exclamou Anna.
– Perdoe-me, você está certa, ele se desculpou, levantando as mãos.
– Continue, por favor.
– O que eu estava dizendo... ela continuou, é que Morávia se saiu surpreendentemente bem neste romance. Sublinhei muito mais desta vez.
Antonio sorriu e começou a folhear o livro, parando numa frase sublinhada duas vezes a lápis. Aproximou o livro do rosto e leu:
– Se você tinha desprezo por mim, a culpa foi sua e não minha. Ele assentiu. – Sim, ele comentou, continuando a manter os olhos na página.
– E há muitos outros. Ao lado você encontrará minhas anotações habituais.
Antônio levantou o olhar.
– Esta noite terei, então, algo com que deleitar-me, disse ele, sorrindo, e fechou o livro.
– E agora? O que lemos?, perguntou Ana.
– Você escolhe o próximo.
– Combinado, disse ela. Depois olhou para o relógio. – Oh, como está tarde. Ela levantou-se e foi até a porta. – Ah, mais uma coisa, ela disse, virando-se. – Você falou recentemente com Lorenza?

– Por quê? Aconteceu alguma coisa que eu não saiba?

– Não, não. Anna acenou com a mão. – É só que eu gostaria de saber como ela parece para você. Desde que Daniele voltou, quero dizer.

– Por que estamos falando sobre isso?, perguntou Antonio, com um olhar perplexo. – Isso são águas passadas. Ela é uma mulher casada agora...

Anna levantou uma sobrancelha.

– Você está convencido disso? Você realmente não percebeu? Justo você que é aquele que sempre percebe tudo?

– O que eu deveria ter notado?

– Que ela está triste, Antonio. Terrivelmente triste. Como é possível que você não veja? Ela sabe que cometeu uma enorme tolice. Agiu por impulso, por despeito, e condenou-se pelas próprias mãos. Eu tentei avisá-la...

Antonio pulou da poltrona.

– Daniele não é a pessoa certa para minha filha, ele sussurrou. – As coisas correram como deveriam.

– Como *deveriam*? Mas você pode me explicar o que você tem contra aquele rapaz? Não é a primeira vez que reage assim quando alguém o menciona. Inclusive naquele dia, no comício de Carlo... Há algo que preciso saber?

Seus olhos se arregalaram, mas ele rapidamente recuperou a compostura.

– Não... Claro que não, ele murmurou, sentando-se atrás da mesa. Apoiou os cotovelos nela e cruzou as mãos. – Só acho que para Lorenza, pela sua natureza inquieta e necessidade de carinho, é melhor um homem mais maduro que ela, bem estabelecido, que lhe dê segurança. Isso é tudo.

Anna olhou para ele.

– Que absurdo, disse ela em seguida.

Mas Antonio não respondeu e ela então abriu a porta e saiu, agitando os dedos em um rápido adeus.

Anna saiu da olearia irritada, porque Antonio não quis ouvir, e retomou a ronda de entregas. A próxima parada, a vila dos Tamburini, ficava a algumas centenas de metros de distância. Anna pedalou até uma espécie de colina rodeada de vegetação, depois desceu da bicicleta e continuou a pé. A residência dos Tamburini era um antigo palácio com uma longa varanda de pedra, grandes janelas com cortinas de veludo e uma escada dupla que conduzia à porta de entrada. No jardim que cercava a casa, um homem de chapéu de palha estava curvado sobre os arbustos, armado com uma tesoura. Anna subiu uma escada e bateu com a aldrava. Da bolsa, tirou um envelope lacrado. *Será mais um convite para uma de suas festas ricas*, disse para si mesma, virando-o nas mãos.

Nesse momento, a porta se abriu e apareceu uma menina com uma expressão muito séria, quase intimidada, com os cabelos presos em um coque. Ela usava um avental branco sobre um vestido preto com saia rodada.

Anna não a conhecia, mas não se surpreendeu: parecia que as criadas dos Tamburini duravam muito pouco e que sempre havia outra menina pronta para ocupar o lugar daquela que... tinha ido embora? Tinha sido demitida? *Mas esta é realmente muito jovem!* Pensou. *Quantos anos terá? Doze? Treze? Deveria estar na escola, não polindo talheres!*

– Quem é?, trovejou uma voz de mulher lá de dentro.

A garotinha engasgou.

– É o correio, senhora, respondeu, virando-se ligeiramente.

– Traga-me imediatamente!, ordenou a mulher.

A menina curvou-se e murmurou:

– Obrigada, senhora carteira. Tenha um bom dia, e rapidamente fechou a porta. Por alguns segundos, Anna permaneceu congelada diante da porta fechada, sentindo um mal-estar ao qual, na época, não conseguia dar um nome.

~

Desde o dia em que voltou a colocar os pés em Lizzanello, tudo parecia menor para Daniele. Os prédios sempre foram tão baixos e as ruas tão estreitas? perguntava-se, enquanto vagava pela cidade, avaliando-a com novos olhos. Demorou algum tempo para acostumar-se de novo com aquele ambiente, para recuperar a confiança naqueles lugares.

Quem sabe se ele teria se sentido igualmente daquela forma se Lorenza estivesse lá para abraçá-lo. Se ela tivesse esperado por ele, como havia prometido. Nas primeiras semanas, tentou ficar longe da praça, do entorno do correio, da rua onde ela agora morava com outro homem. Ele passou muito tempo em casa, deitado na cama, olhando para o teto com as mãos cruzadas sobre o peito. De vez em quando ia à Vinícola Greco para cumprimentar as pessoas e dar uma mão. Carlo propôs-lhe uma nova função, pensada especialmente para ele: queria que se tornasse gerente comercial da vinícola, dados os excelentes resultados que tinha obtido em Nova York. Carlo havia falado com ele a esse respeito na viagem de volta de Nápoles.

– Você sabe vender, meu rapaz. Parece ter nascido para isso. Agora descanse uns dias... Quando se sentir pronto, a Vinícola estará lá, esperando por você, disse-lhe. Naquela ocasião, Daniele não teve coragem de confessar que agora tinha planos bem diferentes. Também não havia dito nada sobre o sucesso de suas roupas masculinas, sobre o entusiasmo do dono da loja da Quinta Avenida, sobre o fato de ele ter proposto uma colaboração prolongada, algo que, no entanto, Daniele rejeitou. O que parecia tão natural, tão certo para ele em Nova York, tornou-se agora mais uma vez algo para esconder, para se envergonhar. Como se, ao retornar, as palavras da mãe tivessem começado a soar novamente em seus ouvidos: – Alfaiataria não é coisa de homem.

Ele só havia ido ver os pais uma vez, para jantar, no dia seguinte ao seu retorno. E os encontrou teimosamente iguais ao que eram, presos no mesmo papel de sempre: sua mãe, a carrasca, com seus modos rudes e arrogantes, e seu pai, a vítima, que se apequenava e baixava a cabeça. Depois de terminar de comer, e enquanto Carmela preparava o café na cozinha, Daniele inclinou-se para Nicola e perguntou-lhe em voz baixa:

– Pai, você arrumou meu guarda-roupa? Não consigo mais encontrar minha caixa de metal, aquela dos cadernos. Você a trocou de lugar, por acaso?

Nicola arregalou os olhos e depois gaguejou que não sabia de nada, que não havia tocado em nada...

– Eu é que estou com sua preciosa caixa, disse Carmela, voltando para a sala de jantar com a bandeja e as xícaras fumegantes. Daniele pulou da cadeira. – Você mexeu nas minhas coisas? Na *minha* casa?

– Não se preocupe, ela respondeu calmamente, sentando-se. – Agora descobri o seu segredo.

Daniele virou-se para Nicola, que agora mantinha os olhos baixos. – Pai... eu te pedi *uma* coisa. Uma! Por que você a deixou entrar?

Mas Nicola não respondeu.

– Tenho que admitir que você é bom em contar mentiras, Carmela interveio. Depois tomou um gole de café. Daniele olhou para ela, franzindo a testa. – Devolva-me os meus desenhos. Agora!

Carmela largou a xícara, estalando os lábios. – Tarde demais, continuou. – Eu mesma já os fiz. Todos.

– Você fez o quê? Daniele não conseguia acreditar.

– Um favor! Foi isso que eu fiz para você, ela respondeu, levantando a voz. – Você não entende que parece ridículo? Você quer que as pessoas digam que você é um mariquinhas? Cresça e pare com essa história. Você tem um trabalho de homem, e graças à boa alma do seu avô, porque se eu esperasse por esse aí... disse ela com uma careta, apontando para Nicola.

– Então, de agora em diante, aja como uma pessoa séria e ocupe-se apenas da Vinícola, concluiu, batendo o dedo na mesa.

Daniele lançou um olhar desconsolado para o pai, que continuava a manter o olhar baixo, e depois voltou os olhos para a mãe.

– Eu... eu não consigo sequer encontrar palavras para dizer o que você é..., ele murmurou, com a voz embargada. Em seguida, abriu a porta e, daquele momento em diante, nunca mais voltou à casa dos pais.

Na casa da avó Gina, por outro lado, Daniele ia todos os dias e, na maioria das vezes, ficava para almoçar com ela.

– Que bom ter você de volta aqui, dizia a senhora, estendendo a mão enrugada sobre a mesa. – Sentimos tanto a sua falta. Principalmente o seu avô, mesmo que nunca tenha sido bom em dizer certas coisas.

Daniele apertava a mão dela e sorria.

– Agora estou aqui, vovó.

– Você poderia me comprar uma cesta de cerejas? Gina perguntou a ele, em uma daquelas manhãs. – Não me sinto muito bem hoje... Pegou um leque e começou a abanar-se. – Não, não consigo. Está muito quente...

Daniele hesitou por alguns instantes, depois disse:

– Claro, vovó, eu cuido disso.

E foi precisamente naquela manhã, após agradecer à mulher do vendedor de frutas, enquanto se afastava com uma sacola nas mãos, que ele voltou a ver Lorenza. Ela acabara de sair da agência. Um instante depois, Tommaso alcançou-a e colocou o braço em volta dos seus ombros. Daniele agarrou a sacola e ficou parado, observando-a atravessar a praça em direção ao bar. Como sempre acontecia, ela parecia ainda mais bonita do que da última vez que a tinha visto, embora não pudesse deixar de notar uma certa expressão melancólica, quase resignada, que ela parecia carregar consigo, como se fosse um peso. Muito diferente da do marido, que caminhava ao lado dela com ar radiante, como se se sentisse o mais sortudo entre os homens.

No espaço em frente ao bar, Tommaso sorriu para um homem e foi ao encontro dele. Os dois começaram a conversar sobre algo que, evidentemente, não interessava a Lorenza, uma vez que ela olhava em volta com ar entediado.

Até que percebeu que Daniele olhava para ela.

Ela enrijeceu-se, abriu um pouco a boca e olhou para ele: entreolharam-se por um instante que pareceu interminável. Mas nenhum dos dois levantou a mão para dizer olá; nenhum dos dois deu um passo em direção ao outro. Ambos permaneceram imóveis, com a respiração suspensa, até que Tommaso despediu-se de seu interlocutor e colocou novamente a mão no ombro de Lorenza, que se sobressaltou, baixou os olhos e afastou-se ao lado do marido.

~

Roberto abriu o armário de madeira clara, tirou o disco do estojo de papel e colocou-o no toca-discos; ele havia acabado de comprá-lo com suas economias e era o último modelo no mercado. Depois de alguns instantes, um *swing* encheu a sala e Roberto começou a dançar, de olhos fechados.

– O que é isso? perguntou Carlo, sentado na poltrona junto à lareira, lendo o jornal.

Sem parar, Roberto abriu os olhos.

– *O Mago do Swing*, de Aldo Donà, respondeu.

Carlo olhou para o filho, divertido.

– Você se move bem, puxou a mim, disse ele, levantando a voz para ser ouvido acima da música. Anna entrou naquele momento no cômodo, segurando debaixo do braço os lençóis que acabara de recolher no terraço. Roberto aproximou-se dela, pegou-a pela mão e arrastou-a para o centro da sala. Os lençóis limpos acabaram no chão.

– Mas justo agora você quer dançar? Com tudo o que tenho que fazer!, protestou Anna. Ela disse aquilo sorrindo.

– Fique quieta e dance, *maman*, Roberto ordenou.

Anna ficou na frente dele e começou a imitá-lo.

– Agora assim, disse ele de repente, trazendo a perna para trás e girando para o lado. Anna riu, olhou brevemente para Carlo e tentou repetir o movimento.

– Muito, muito bom! exclamou Roberto. – Não é verdade, papai, que ela é muito boa?

Carlo assentiu com um sorriso.

– A melhor, disse ele.

Quando o disco terminou e a música parou, Roberto fez uma reverência à mãe.

– Coloque de novo, vá, disse ela, ofegante, com as mãos nos quadris. – Eu quero dançar com seu pai. E lançou a Carlo um olhar malicioso.

Ele agarrou os braços da cadeira com as duas mãos e levantou-se com uma leve falta de ar.

– Vamos, *vecchietto*, ela brincou. – Venha aqui.

– Estás chamando a quem de *vecchietto*, raio de mulher malvada! Carlo brincou, levantando uma sobrancelha. Ele agarrou-a pela cintura, segurou-a perto de si e começaram a dançar, enquanto Roberto, ao lado da vitrola, olhava para eles com um sorriso cheio de carinho e estalava os dedos no tempo da música.

Depois de mais um giro, porém, Carlo teve que parar repentinamente. Ele começou a tossir tanto, que teve que se curvar para a frente, com as mãos nas coxas.

Roberto levantou a agulha e o disco parou, arranhando.

– Vou pegar um pouco de água para você, disse Anna. E se apressou em direção à cozinha.

Roberto aproximou-se dele e o sustentou pelos ombros. Carlo continuou a tossir tão violentamente, que seu rosto ficou roxo e seus olhos ficaram cheios de capilares rompidos.

– Pai?, Roberto perguntou com um olhar preocupado.

– Aqui está a água, disse Anna, voltando com um copo cheio. Ela o levou à boca de Carlo e ajudou-o a beber.

Ele tomou pequenos goles e depois afastou o copo, como se dissesse que era o suficiente.

– Passou, ele por fim, murmurou com um suspiro.

– Então estou certa em dizer que você é um *vecchietto*, Anna tentou minimizar.

Carlo deu-lhe um sorriso forçado, alcançou novamente a poltrona, afundou-se nela e, assim que se acomodou, tirou um charuto de uma caixinha de metal que ficava na mesa próxima e, ainda sem fôlego, o acendeu.

~

A partir daquela tarde, a tosse de Carlo foi o pano de fundo constante das semanas quentes de verão, como um disco que gira sem parar no toca-discos. Tossia no mar, aos domingos, quando ia nadar e, de repente, tinha que voltar à praia porque sentia falta de ar; tossia durante as reuniões da prefeitura, às vezes tossia tanto que tinha que se levantar e sair da sala; e tossia até enquanto fazia amor com Anna. Algumas vezes desvencilhava-se de seu abraço, dizendo-lhe com voz fraca:

– Desculpe, mas não consigo continuar. Um dia, mais tarde, os trabalhadores mandaram chamá-lo para discutir o fato de que, naquele ano, com o calor que fazia, talvez fosse melhor antecipar a colheita. Ele havia ido à Vinícola, mas só conseguira dizer algumas palavras antes de ser tomado por um ataque de tosse singularmente violento, que parecia não ter fim. Felizmente, Daniele estava lá, ocupado em reunir algumas garrafas para enviá-las de presente ao sr. James, o dono da loja de roupas em Nova York, e imediatamente ofereceu-se para dirigir o carro 1100 para levá-lo para casa.

Carlo afundou-se no banco do passageiro e baixou a janela.

– O que você tem?, Daniele perguntou preocupado.

– Nada, respondeu Carlo. – A culpa é desta umidade...

– Você foi ao médico?

– Mas o que é isso!, exclamou o outro. – Ouça, trocando de assunto... Você já pensou na proposta que lhe fiz? E começou a tossir novamente.

Daniele hesitou antes de responder.

– Sim, já pensei... na verdade ainda não tomei uma decisão, mentiu.

– Sabe, às vezes, eu me pergunto se esse é realmente o trabalho que quero continuar fazendo.

Carlo fez uma cara de decepção.

– Ah, os jovens, ele suspirou fazendo força.

Os ataques de tosse o enfraqueceram e o faziam sentir-se constantemente cansado e sonolento. Depois do almoço, muitas vezes, não conseguia manter os olhos abertos e precisava tirar uma soneca; à noite, desabava no sofá depois do jantar, e todos os dias Anna tinha que acordá-lo depois de apagar as luzes da sala.

– Carlo, venha dormir no quarto, vamos, ela sussurrava para ele.

– Você tem que ir ao médico, ela insistiu certa manhã de agosto, enquanto estavam deitados de bruços na cama, com as cortinas fechadas, criando uma penumbra suave.

– Mas deve ser esse ar, esse siroco que não deixa você respirar... murmurou, acariciando a curva das costas dela com um dedo.
– O médico lhe dirá se esse for o motivo.
Carlo bufou.
– Você se preocupa demais. Assim como veio, também irá.
– Carlo!, exclamou ela, irritada com sua teimosia.
– Tudo bem, tudo bem. Eu vou, ele murmurou em resposta.
– Quando?, Anna o pressionou.
– Durante a semana?
– Não. Amanhã, ela respondeu.
Carlo ficou sério, levou a mão à testa e fez uma saudação.
– Sim senhor, às ordens!, ele riu.
– Bobo, Anna disse com um sorriso. – Você é realmente um bobo.

～

O médico era um homem careca com um rosto tranquilizador. Fez Carlo sentar-se, sem camisa, na maca e pediu-lhe que respirasse fundo apenas com a boca.
– Mais uma vez, disse ele diversas vezes, com o ouvido preso ao estetoscópio. – Mmm, murmurou finalmente, e disse a Carlo que se vestisse.
Ele sentou-se à mesa, colocou os óculos e começou a escrever em um pedaço de papel.
– Aqui, disse ele, então, entregando-o a Carlo.
Ele pegou e deu uma olhada rápida.
– Eu pedi um raio-x para você, explicou o médico. – Apenas para tirar quaisquer dúvidas. Vá ao dr. Calò, é o melhor de Lecce. Ele tem o consultório no hospital, irá te receber lá.
Na manhã seguinte, Carlo saiu muito cedo.
– Tem certeza de que não quer que eu vá com você?, Anna perguntou-lhe enquanto tomava um gole de leite morno no banco do jardim.
– Não se preocupe, será rápido, respondeu, e despediu-se dela com um beijo na testa.
Ele pegou o 1100 e dirigiu a curta distância até a casa de Antonio. Saiu do carro, deixando o motor ligado e a porta aberta, e bateu.
Antonio abriu a porta quase imediatamente. Ele estava vestindo calças e uma blusa branca.

– Sabe o que eu te disse ontem? Bem, mudei de ideia, disse-lhe Carlo. – Não quero ir sozinho.

– Não, claro que não, respondeu Antonio. – Só me dê um momento, vou terminar de me vestir.

No hospital, depois do raio-x, sentaram-se na sala de espera. Carlo lançava olhares nervosos em redor, para o verde baço das paredes, para os azulejos lascados do chão, para os vidros opacos das grandes janelas.

– Nunca gostei de hospitais, exclamou. – E depois, esse cheiro de desinfetante, acrescentou, franzindo o nariz. – Isso me sobe ao cérebro.

– Acho que ninguém gosta deles, Carletto.

– Sim, ele murmurou, continuando a olhar ao redor. – Escute, Antonio... Você verá que não tenho nada. Ele vai me dar alguma coisa, talvez um xarope poderoso, e fim de história.

– Tenho certeza disso, Antonio respondeu com um leve sorriso.

– Senhor Greco?, o doutor Calò olhou pela porta. Ele era um homem magro, com ombros ligeiramente curvados e rosto anguloso, mas com olhos vivos.

Carlo e Antonio levantaram-se ao mesmo tempo.

– Qual dos dois? o homem sorriu.

– Eu, respondeu Carlo, levantando a mão.

– Por favor, sente-se.

– Eu também gostaria de entrar, se for possível, disse Antonio. – Sou o irmão mais velho.

– Se o paciente concordar, para mim não há problema.

O médico foi direto ao ponto. Havia uma mancha no pulmão esquerdo, explicou ele, apontando para ela na radiografia.

Antonio segurou o braço de Carlo com força, enquanto ele continuava a encarar o raio-x com um olhar indecifrável.

– Não se assuste, senhor Greco, tranquilizou-o o médico. – Iniciaremos a radioterapia imediatamente. Não tenho motivos para pensar que o senhor não possa se recuperar.

Antonio e Carlo voltaram para o carro e permaneceram em silêncio até chegarem a Lizzanello. Mas, assim que chegaram às portas da cidade, Carlo pisou no acelerador e pegou a estrada para Pisignano.

– Para onde vamos?, Antonio perguntou.

– À grande azinheira, respondeu Carlo, com os olhos fixos na estrada e as mãos rígidas no volante.

Quando o campo se abriu diante dos seus olhos, com os seus longos muros de pedra seca e a grande azinheira que se destacava imponentemente, Carlo parou o carro na estrada.

Sentaram-se na terra queimada e apoiaram as costas no enorme tronco. Antonio fechou os olhos e segurou a mão de Carlo. Permaneceram em silêncio durante algum tempo, embalados pelo farfalhar da folhagem da azinheira, movida por um sopro de vento.

Antonio abriu os olhos e olhou para o grosso emaranhado de galhos.

– Você se lembra do Nino?, ele perguntou com um pequeno sorriso.

– E é claro que me lembro...

Antônio riu.

– Lembrei-me da vez em que o trouxemos aqui e ele subiu até lá em cima.

– Quase quebrei o pescoço tentando pegá-lo. Correndo o risco de levar uma surra do papai.

– Você e aquele gato tinham o mesmo caráter: ele era brincalhão e carinhoso como você... Na verdade, você era o favorito dele.

– Mas não é verdade. Ele amava a nós os dois.

– Sim, mas à noite ele só queria dormir ao seu lado.

– Porque você ronca. Você já roncava quando criança E deu uma risadinha. Antonio fingiu ficar irritado e, brincando, o empurrou.

– Nino..., Carlo murmurou com um sorriso, olhando de modo fixo para frente dele. – Do que você foi me lembrar...

Eles permaneceram em silêncio por alguns segundos, cada um imerso na própria memória daquele querido gato, de uma época despreocupada, de felicidade aparentemente infinita.

Então Carlo ficou sério de novo.

– Vou ficar bom, Antonio, não vou? ele perguntou ao irmão.

– Claro que você vai ficar bom...

– Você só está dizendo isso para me fazer sentir melhor.

Antonio virou-se a fim de olhar para ele.

– Não quero ouvir que você irá se dar por vencido. Não é típico de você. Quando muito, estaria sendo como eu... ele tentou brincar.

Carlo, porém, de repente ficou com os olhos marejados.

– Oh!, Antonio exclamou, sacudindo-o pelo braço.

Carlo fechou os olhos e deixou cair uma lágrima, que escorregou lentamente pelo seu rosto.

Antonio colocou um braço em volta de seus ombros e puxou-o para si.
– Fica tranquilo. Sairemos dessa, Carletto. Sairemos dessa.

~

Previsivelmente, Anna reagiu à notícia à sua maneira. Na frente de Carlo, não se perturbou; na verdade olhou para ele com um olhar confiante e disse:
– O tratamento vai funcionar e você vai ficar bem. Depois arregaçou as mangas do vestido e foi para a cozinha, onde passou o resto da tarde fazendo o que sempre teve o poder de acalmá-la: pesto. Foi assim que Giovanna a encontrou: debruçada sobre a mesa da cozinha, *pestando* no pilão com fúria. Ela lentamente puxou uma cadeira, sentou-se e permaneceu por alguns momentos observando o rosto contraído de Anna, os lábios serrados, os olhos úmidos e vermelhos.

Então, sem dizer uma palavra, pegou a tigela de *pinoli* e entregou a ela.

~

No início de setembro, Lorenza voltou das férias que ela e Tommaso passaram em Otranto, em uma das residências de verão de seus antigos sogros, a mesma casa onde, durante anos ele, passara os verões com Giulia.
– Olá, pai, posso?, Lorenza olhou pela porta aberta do escritório de Antonio, vestida com um *tailleur* com saia na altura dos joelhos e o cabelo preso em um coque. Seu rosto estava pálido e encovado, como se ela não tivesse estado à beira-mar nem ao menos um dia.
– Lorenza! Eu não sabia que você estava de volta!, e recebeu-a com um abraço. Venha, sente-se. E apontou para a cadeira. – Como foi? ele então perguntou, sentando-se na poltrona em frente.

Lorenza sentou-se e começou a olhar em volta.
– Faz anos que não venho aqui..., murmurou. – Aquela é nova? perguntou então, apontando para uma luminária na mesa.

Antônio se virou.
– Não é tão nova, ele respondeu. E voltou a olhar para a filha. Cruzou as pernas e apertou as mãos. – Conte-me, a convidou com um sorriso. – Como estava Otranto?

Lorenza fixou os olhos nele.

– Estou grávida, pai, disse ela. – Você é a primeira pessoa para quem estou contando.

Antonio olhou para ela surpreso e correu para abraçá-la.

– Mas que ótima notícia!

Lorenza permaneceu imóvel e rígida.

Ele se afastou.

– O que foi? Você não parece feliz...

– Sim. Não. Quero dizer, sim, estou.

– Então por que essa cara amarrada?

– Nada, pai. Está tudo bem... só estou um pouco cansada.

– Sua mãe vai enlouquecer de alegria, exclamou Antonio, sentando-se novamente. – Já posso imaginar.

Lorenza deu um meio-sorriso, mas não tinha nenhum traço de felicidade.

– Sim, ela merece um pouco de alegria, comentou, levantando-se.

– Mas você já está saindo? Você acabou de chegar..., ele perguntou, um pouco atordoado.

– Vou contar à mamãe.

– Espere, vou acompanhá-la. Contemos a ela juntos.

– Não, obrigado, papai. Eu quero contar sozinha.

Lorenza saiu da olearia e chegou ao cruzamento onde deveria ter virado à direita e depois continuou pela Via Giuseppe Garibaldi, estrada que, no entroncamento, virou Via Paladini, onde ficava a casa de seus pais. Olhou um momento para a direita, depois pegou a estrada da esquerda, que levava à casa de Daniele.

21
[ABRIL-MAIO, 1949]

Naquele dia, Daniele abriu a porta e ficou olhando para Lorenza na soleira com um misto de surpresa e desconforto. Não havia ousado aproximar-se dela durante todos aqueles meses; obrigou-se a não interferir na vida dela, a respeitar sua condição de mulher casada e "intocável". Lorenza fizera a sua escolha, e não havia mais nada que ele pudesse fazer. E, mesmo naquele momento, quando finalmente a encontrou a poucos centímetros de seu alcance, deu um passo para trás, como se estivesse assustado.

– Você não vai me deixar entrar?, ela perguntou-lhe com a voz perturbada.

– Eu não sei, ele respondeu. – Você não deveria estar aqui.

– Por favor, Lorenza implorou e, um momento depois, começou a chorar, cobrindo o rosto com as mãos.

Daniele, então, deixou-a entrar, fez com que ela se sentasse no sofá e lhe trouxe um copo d'água.

– Acalme-se, vamos!, ele murmurou para ela. Depois sentou-se no braço do sofá, tentando manter distância. – Está melhor? ele finalmente lhe perguntou, assim que ela colocou o copo vazio sobre a mesa.

Lorenza assentiu fracamente, depois ergueu os olhos e olhou para ele com os olhos inchados de lágrimas.

– Por que você veio?

Ela se aproximou dele. Colocou a mão em seu rosto, acariciou-o e imediatamente depois o beijou. Daniele não tentou impedi-la nem se afastou. Ele retribuiu o beijo de maneira submissa, esquecendo-se, por um instante, de tudo o que não fosse Lorenza. Eles tiraram a roupa um do outro, sem parar de se beijar. Ele deitou o corpo nu em cima dela e ali mesmo, no sofá, fizeram amor pela primeira vez. Depois ficaram muito tempo abraçados, nus e felizes, e depois, ainda não satisfeitos, fizeram de novo.

– Era assim que deveria ser, ele sussurrou para ela, enquanto tocava seu cabelo. – Se ao menos você tivesse confiado em mim...

– Eu estava furiosa... E fiquei com medo. Medo de ficar sozinha para sempre, medo de que você nunca mais voltasse...

Ele colocou os lábios na testa dela.

– Eu sei, disse.

– Sabe o que é engraçado? ela continuou, em um tom amargo. – É que nunca me senti tão sozinha como quando casada... Não é culpa do Tommaso, ele é tão bom, tão carinhoso... Mas cada vez que ele me toca tenho vontade de gritar.

E logo a seguir ela confessou-lhe: estava grávida, e foi a pior coisa que poderia ter-lhe acontecido, acrescentou. Daniele afastou-a de si e sentou-se, com os cabelos desgrenhados, as mãos entrelaçadas e o olhar voltado para o chão.

Lorenza também baixou os olhos.

– Você está com raiva? ela então perguntou rapidamente.

Ele passou a mão pelos cabelos e levantou-se de repente. Havia enchido um copo d'água e bebido encostado na pia, enquanto Lorenza o encarava.

– Não, não estou com raiva, por fim respondeu com a voz fraca. – Sinto muito por você, pela infelicidade que você sente.

Daquele dia em diante, eles nunca mais deixaram de se encontrar em segredo. No outono, Daniele começou a procurar um pequeno apartamento em Lecce, um local para instalar o seu ateliê e onde, finalmente, poderiam se ver longe dos olhares da cidade. Não foi fácil encontrá-lo: os que ele visitava não tinham iluminação adequada ou estavam muito úmidos ou tão degradados que precisariam de uma reforma completa, e ele não tinha tanto dinheiro. No final, deparou-se com uma casa vazia, com três quartos e grandes janelas, na rua Santa Maria del Paradiso, uma pequena travessa do bairro Giravolte, a poucos passos da Porta Rudiae.

– Meus avós moraram aqui, explicou-lhe um rapaz mais ou menos da sua idade. – Eu, por certo, não a uso: já tenho onde morar lá. Então, finalmente, eles concordaram, pelo menos por enquanto, com um aluguel anual fixo.

Nas tardes em que Tommaso ficava na agência, Lorenza fugia e pegava o ônibus para Lecce. Mesmo que a gravidez tenha tirado um pouco de suas forças, ela quis ajudar Daniele, fazer parte do sonho dele desde os primeiros momentos: havia limpado o chão, desengordurado as vidraças, polido as portas. E quando, graças à caminhonete de um amigo, ele levou para lá a sua Singer, os seus tecidos e todas as suas ferramentas de trabalho, ela se encarregou de organizar tudo.

– E a caixa com os cadernos? – perguntou Lorenza, enquanto empilhava os rolos de tecido, dividindo-os por tonalidade de cor.

– Não existe mais, respondeu ele. E, em seguida, contou-lhe sobre a discussão com a mãe, sobre os modelos que ela lhe roubara, sobre como se sentia usurpado, sobre como Carmela conseguia ser mesquinha... – Já estou habituado. Ela nunca vai mudar, disse ele, entristecido. – Mas não quero mais pensar nisso, acrescentou, balançando a cabeça. – Isso significará que desenharei uma linha nova e ainda mais moderna, algo que até uma mulher de Nova York usaria.

Lorenza assentiu, com ar de lamento.

– Parece-me um objetivo maravilhoso. Tenho certeza de que você vai surpreender a todos, comentou ela, em seguida, com muito entusiasmo.

A verdade é que, de repente, sentiu-se culpada: pensou que naquela noite, na noite do aniversário do tio Carlo, tinha razão quando lhe pareceu que Carmela usava um dos desenhos de Daniele. No entanto, ela imediatamente afugentou aquele pensamento e não investigou mais. Talvez devesse ter feito isso, disse a si mesma. Ela deveria ter ido direto até Carmela e pedido explicações. Mas, novamente, qual era o sentido de insistir nisso agora? E, acima de tudo, por que contar isso a Daniele, depois de todo esse tempo e agora que eles se reencontraram? Não serviria para nada. E então decidiu permanecer em silêncio.

– Falta a mesa, o espelho, alguns sofás, um cabideiro... Daniele disse olhando em volta.

– Você deveria mandar fazer uma placa, acrescentou Lorenza. – Eu gostaria de dá-la a você. Faço questão.

Ele olhou para ela com um sorriso.

– Obrigado, você é um tesouro.

Ela aproximou-se dele e ele acariciou primeiro a sua cabeça e depois a sua barriga.

– Sabe qual seria o meu maior desejo? ela disse. – Que fosse seu filho.

Ele a abraçou com força e sussurrou em seu ouvido:

– Eu também gostaria.

~

Giada nasceu em casa, no dia 18 de abril, após um trabalho de parto de quatorze horas, enquanto a família esperava atrás da porta...

com exceção de Agata, que permaneceu o tempo todo ao lado da filha, segurando sua mão enquanto a parteira ordenava que ela empurrasse. Tommaso sentava-se e levantava-se continuamente, incapaz de ficar parado; Antonio colocava a mão em seu ombro e repetia:

– Vai dar tudo certo, você vai ver. Em vez disso, coma alguma coisa. Anna e Giovanna, na cozinha, preparavam *friselle* com tomate e orégano ou atendiam aos pedidos da parteira, que exigia mais toalhas limpas e água fervente. A certa altura, Carlo também chegou, mas ficou apenas alguns minutos. – Tenho que ir me deitar, disse ele em tom de desculpas, parecendo cansado e com o rosto marcado por círculos avermelhados sob os olhos. Roberto acompanhou-o até em casa, segurando seu braço.

– Uma garotinha, exclamou Tommaso, com os olhos cheios de alegria. – Eu realmente esperava que fosse uma menina. Minha princesinha, disse ele, tocando suas mãozinhas.

Exausta, Lorenza adormeceu. Agata fez todos saírem do quarto, colocou o bebê no berço, fechou as cortinas e sentou-se ao lado da cama. De vez em quando, enxugava com um lenço a testa suada de Lorenza e umedecia seus lábios com um pouco de água ou, tentando não fazer barulho, levantava-se para dar uma espiada na pequena. Quando Giada acordou e começou a choramingar de fome, Agata a pegou no colo e a embalou por alguns momentos.

– Amor da vovó, sussurrava para ela com um sorriso. Abriu um pouco as cortinas e depois se inclinou sobre Lorenza. – A menina precisa comer.

Lorenza fez uma careta.

– Eu preciso dormir, ela resmungou com os olhos fechados.

– Você lhe dá de mamar e depois volta a dormir, disse-lhe Agata.

Bufando, Lorenza sentou-se na cama e Agata entregou-lhe a menininha.

A primeira mamada acabou sendo um tormento.

– Ai, Lorenza continuava reclamando, com o rosto contorcido.

– Tenha paciência, na primeira vez é assim, depois passa, Agata a tranquilizava, sentando-se ao lado dela na cama.

– Mas dói, insistia Lorenza. E empurrava a menina para longe de si.

Nos dias seguintes, ficou ainda pior. Giada não fazia nada além de chorar e gritar, dia e noite. Exasperada, Lorenza a pegava e a embalava energicamente, mas a menina parecia ficar ainda mais desesperada.

– Não sei como fazê-la parar. Está me deixando louca, repetia ela para Tommaso, à beira das lágrimas.

Ele se levantava da cama e dizia para ela:

– Me dê ela aqui, vou tentar acalmá-la.

– Mas o que você acalma?, bufava. E recomeçava a balançá-la com raiva.

– Deixe-me tentar, respondia ele calmamente.

E todas as vezes, assim que Tommaso pegava Giada nos braços, a pequena, do nada, parava de chorar.

– Deus seja louvado, suspirava Lorenza.

– Mas isso não é bom, minha filha, Agata a repreendia. Ela chegava cedo todas as manhãs para substituir Tommaso. – As crianças sentem... sentem tudo o que há dentro de você. E o que tem lá dentro de você, agora, é veneno.

Lorenza não via Daniele desde o dia anterior ao parto e sentia que estava enlouquecendo. Ela olhava para a filha e não sentia nem um vago impulso de amor ou ternura; em vez disso, via a dor de cada mamada, as noites sem dormir, o cansaço atávico, o choro estridente que lhe dava vontade de fugir.

A quem ela poderia contar como realmente se sentia? Ninguém entenderia, ficariam indignados, iriam julgá-la louca, diriam que havia algo errado dentro dela.

Anna ia visitá-la todos os dias quando saía do trabalho. Ela acariciava o rostinho de Giada, arrumava-lhe os fiozinhos de cabelo, tirando-os da testa e, depois, sentava-se ao lado de Lorenza.

– Você não me parece bem, *ma petite*, ela lhe disse um dia.

– Obrigada, eu já sabia, respondeu Lorenza rudemente.

– Quer conversar um pouco?

– Sobre o quê? Como você pode ver, não tenho muito o que contar ultimamente, ironizou.

Anna virou-se devagar em direção ao berço e olhou para a menina que dormia tranquilamente.

– Bem, não me parece...

– A verdade é que fiz tudo errado, tia.

– Você tem uma garotinha adorável e saudável. Não acho que tenha feito tudo errado, não é?

Lorenza fez uma cara de irritação.

– Eu... tentou dizer, mas depois travou.

– Você o quê? Continue, por favor, insistiu Anna.

Lorenza suspirou, levantou-se da cama e foi olhar pela janela.

– Não consigo amá-la, disse, sem se virar. – Eu olho para ela e não sinto nada. Às vezes..., e parou. – Às vezes eu gostaria que ela não existisse. Então eu estaria livre. Uma lágrima escorreu por seu rosto.

Anna estava para se levantar da cadeira e se aproximar dela, mas algo a impediu.

Lorenza enxugou o rosto com a palma da mão e depois virou-se para Anna.

– Você não diz nada? Eu sei, você está pensando que sou um monstro.

A tia olhou para ela, com o coração partido. Onde foi parar aquela garotinha alegre e animada que corria em sua direção, sempre tão entusiasmada, gentil e boa?

– Não estou pensando nisso..., ela respondeu com a voz rouca. – Eu estava pensando, em vez disso, em quando você era criança...

– Já faz um tempo que não sou, Lorenza a interrompeu.

– Sim, disso eu sei.

Lorenza afastou-se da janela e voltou lentamente a sentar-se diante da tia.

– Faz duas semanas que não vejo Daniele..., murmurou. Anna arregalou os olhos e tentou dizer alguma coisa, mas Lorenza a impediu novamente. – Sim, eu sei que você me disse, você me avisou. Correu como você esperava. Está feliz?

– Não, de jeito nenhum, ela sussurrou.

– Desculpe, tia. Estou tão cansada... Levantou o olhar e estendeu a mão para ela. – Sinto muito, acrescentou. – Não é sua culpa.

Anna estendeu a mão e a apertou. Realmente, a machucava vê-la naquele estado, uma vítima de si mesma e de suas más escolhas. Sentiu uma pontada de pena dela, imaginando-a enquanto, noite após noite, ia para a cama ao lado de um homem que não amava; e doía-lhe imensamente saber que a sobrinha só era feliz nas horas roubadas daquela vida, no amor clandestino com Daniele...

– Há uma coisa que posso fazer por você, se quiser, disse ela então.

– Vou fazê-lo vir à minha casa. Amanhã à tarde. Assim vocês podem passar um tempo juntos, sem serem incomodados. De lá você pode retornar em alguns minutos, se Giada precisar. Agata ainda está ficando com ela, certo? Agora vou inventar uma desculpa para a sua mãe, não se preocupe: direi a ela que você precisa relaxar umas horas, que eu preciso cortar seu cabelo ou algo assim. Quanto ao seu tio, não se preocupe, amanhã ele não estará aqui a tarde inteira... ele tem que inaugurar aquela nova área de mercado, explicou, fazendo um gesto de indiferença. – E Roberto irá com ele. Quanto à Giovanna, bom, você sabe que pode confiar nela.

Lorenza pareceu, de repente, florescer de novo. Ela correu para abraçá-la.

– Ah, tia! Você realmente faria isso por mim?

Anna acariciou o seu cabelo.

– Se serve para fazer você sorrir assim, sim, *ma petite*.

~

Na tarde do dia seguinte, Daniele chegou à casa de Anna completamente agitado. Com o coração acelerado e falta de ar, ele bateu à porta.

Anna a abriu e o recebeu com um sorriso.

– Venha, sente-se na sala, disse ela. – Lorenza chegará a qualquer momento. Você quer um café? Um copo de água? Algo me diz que você precisa disso...

Daniele entrou, um pouco sem jeito. Ele sentou-se no sofá que Anna lhe apontou e murmurou:

– Sim, talvez um pouco de água, obrigado.

Anna dirigiu-se à cozinha e Daniele olhou em volta: a grande lareira, os quadros nas paredes, o armário com o rádio, a vitrola... Ficou impressionado com a ausência de ornamentos e daquela tralha com as quais normalmente as casas eram invadidas... *Ah, não, tem sim uma coisa*, disse então para si mesmo, avistando uma boneca de papel machê sobre a lareira. Ele levantou-se e se aproximou para ver melhor: era uma mulher vestida de branco segurando uma cesta de suculentas maçãs vermelhas. De um lado do rosto havia uma pequena lasca.

Anna retornou com um copo d'água nas mãos.

– Bonita, não é?, disse ela, indicando a boneca com um aceno de cabeça. – Comprei-a alguns meses depois de chegar aqui, ela continuou. – O sujeito da barraca a mantinha escondida, atrás de fileiras de fantoches. E só por causa daquela rachadura no rosto, que a diferenciava dos demais. Nunca tive medo de parecer diferente. É por isso que ainda a tenho depois de todos estes anos.

Daniele esboçou um sorriso.

– Aqui está, ela disse então, entregando-lhe o copo.

Daniele pegou e bebeu de um só gole.

Anna sentou-se no sofá e deu dois tapinhas no assento vazio ao lado dela.

– Venha, disse.

Ele se sentou ao seu lado, segurando o copo vazio nas mãos.

– Sabe, estou feliz que você esteja aqui, ela continuou. – Faz muito tempo que queria conhecê-lo, conversar um pouco com você. É estranho, não é? Carlo, Lorenza... Temos duas pessoas muito importantes em comum para nós dois e, mesmo assim, nunca tivemos oportunidade de conversar, você e eu.

O rosto de Daniele pareceu relaxar instantaneamente.

– Sim, é estranho, ele sorriu, colocando o copo sobre a mesa. – Eu mencionei seu nome mais vezes do que o meu, riu. – Acho que Donna Anna são as palavras que mais proferi na minha vida!

Anna riu também.

– Não sei como agradecer por hoje, disse ele em seguida. – Quando você apareceu na minha casa ontem, bem, eu estava com muito medo de que você quisesse me dizer poucas e boas. Eu... Bem, eu não gostaria que você tivesse uma má ideia a meu respeito. Eu realmente amo Lorenza, e ela me ama, e... Então calou-se, baixando o olhar.

– E você estava lá primeiro. Era isso que você queria dizer?, continuou Anna com doçura.

Ele ergueu o olhar e olhou para ela, agradecido.

– Sim, ele disse. – Algo assim.

Naquele momento, ouviu-se uma batida à porta.

– Aqui está ela, disse Anna. E foi abrir.

Daniele se levantou, olhando para a entrada.

Lorenza entrou ofegante e com olhar impaciente. Ela correu até Daniele e o abraçou. Ele a abraçou com força e enterrou a cabeça em seus cabelos.

Anna foi até a cozinha, fechou a porta suavemente e juntou-se a Giovanna, que, assim que ouviu Daniele chegar, se retirara para o jardim.

Depois de meia hora, ouviu-se uma chave girando na fechadura da porta da frente.

Anna abriu rapidamente a porta da cozinha e Giovanna a seguiu. Daniele e Lorenza levantaram-se do sofá com expressão alarmada.

Na porta estava Roberto segurando Carlo pelo braço.

– O que aconteceu?, Anna correu ao encontro deles e ajudou Roberto a sustentar o peso de Carlo, que – era evidente – não conseguia ficar de pé sozinho.

Daniele foi ao socorro de ambos. Então os três o fizeram deitar no sofá.

No rosto de Carlo havia uma expressão de profundo sofrimento. Anna nunca o tinha visto assim.

– Carlo, ela o chamou, inclinando-se sobre ele. – O que você tem? O que aconteceu?

Ele tossiu e se curvou para o lado.

– Ele se sentiu mal, explicou Roberto, com a voz cheia de medo.

Daniele ajoelhou-se ao lado do sofá. Como se só tivesse notado a presença dele naquele momento, Carlo arregalou os olhos e sussurrou:

– Meu rapaz... Depois desviou o olhar para Lorenza, que permanecia imóvel, incapaz de fazer ou dizer qualquer coisa.

Carlo fechou subitamente os olhos, com a expressão desconsolada de quem havia compreendido.

Ele teve um ataque mais forte que os outros, explicou Roberto. Estava prestes a cortar a fita para inaugurar a área do mercado quando ficou pálido como cera e foi atingido por uma tosse rouca e angustiante como nunca havia tido até então. Todos os presentes se reuniram em torno dele; alguns o seguraram, outros bateram nas suas costas, outros ainda gritaram:

– Não está respirando! Ele agarrou-se a alguém até que, com mais uma tosse, cuspiu um grande coágulo de sangue.

– Vá chamar o tio Antonio, disse Anna ao filho. – Vamos levá-lo ao hospital imediatamente.

– Eu vou chamar o papai, Lorenza ofereceu. Antes de sair, porém, olhou para Daniele com olhos desanimados e cheios de desejo e acenou com a cabeça como se dissesse: – Amanhã?

Anna e Antonio ajudaram Carlo a entrar no banco de trás do Fiat 508, depois Antonio tomou o volante e pegou a estrada para o hospital.

~

O doutor Calò examinou-o durante mais de uma hora.

Anna e Antonio não podiam fazer nada além de esperar, sentados nas cadeiras desconfortáveis da sala de espera.

Anna estava com a cabeça apoiada na parede, enquanto Antonio estava inclinado para a frente, com os cotovelos apoiados nos joelhos.

Ela olhou para o relógio.

– Mas quanto tempo leva?

Antonio olhou para ela.

– Eu não sei, respondeu. – Realmente, não sei.

– Ele nunca havia sangrado até agora, continuou Anna.

Antonio assentiu, depois olhou para trás e começou a bater a ponta do sapato no chão.

Ela passou as mãos pelos cabelos, suspirando alto.

– Estou com medo, Antonio, disse então. – Estou *morrendo* de medo, Anna acrescentou, com a voz trêmula.

Ele hesitou e depois colocou a mão na perna dela. Ela a apertou com tanta força que deixou marcas de unhas.

– Eu também, Antonio então murmurou.

A porta do consultório se abriu: Carlo saiu primeiro, seguido pelo médico. Ambos tinham o rosto sombrio de quem traz más notícias.

Anna e Antonio levantaram-se imediatamente.

Carlo olhou para eles com a expressão mais desconsolada que já tinham visto nele. Então deu alguns passos para a frente e, sem dizer uma palavra, abriu os braços e os abraçou. Aos dois juntos.

~

No início de maio, Anna tirou do baú suas roupas de verão, dela e de Carlo. Depois esvaziou os armários das roupas de inverno e colocou-as no baú, no lugar das de primavera. Por fim, juntou todos os casacos leves de Carlo, as calças de algodão frescas e as camisas e colocou-os numa sacola grande.

Ela espiou dentro do quarto para ter certeza de que Carlo estava dormindo. Ao ouvi-lo roncar, fechou a porta e desceu as escadas.

– Vou à costureira. Você fica aqui com o papai?

Roberto ergueu os olhos de um exemplar surrado de *Romeu e Julieta*. Ele havia sido escolhido para interpretar Romeu na peça de fim de ano da escola; então, depois de terminar o dever de casa, passava horas e horas todos os dias lendo e memorizando o papel. Às vezes, subia até o quarto dos pais, deitava-se na cama ao lado de Carlo e lhe fazia companhia, lendo suas falas para ele.

– Sim, claro, não se preocupe, respondeu ele.

Colocando a sacola no ombro, Anna pegou o caminho que levava à alfaiataria.

Quando Carmela abriu a porta, as duas mulheres se entreolharam por alguns segundos. Pelo olhar doloroso com que ela a olhou, Anna entendeu que Carmela já sabia de tudo. Como sempre, era impossível esconder qualquer coisa da cidade, e o fato de Carlo ter feito uma pausa de seu cargo de prefeito e na vinícola apenas confirmou os rumores.

– *Tràsi*, Carmela a convidou.

Anna colocou a sacola sobre a mesa. Com voz firme, explicou-lhe que eram as roupas de Carlo e que ela as trouxera porque precisavam ser apertadas. Elas estavam pelo menos dois tamanhos maiores, especificou.

Carmela abriu a sacola e começou a retirá-las delicadamente, uma de cada vez, colocando-as aos poucos sobre a mesa. Anna já havia colocado alfinetes para as novas medidas, onde era necessário apertar ou encurtar.

– Sei que é muito trabalho, disse Anna. – Mas peço-lhe que faça o mais rápido possível. Pagarei o dobro se for necessário.

Carmela balançou a cabeça.

– Vê? É por essas coisas que entendemos que você é e sempre será uma forasteira.

– Por quê? O que eu disse? Anna franziu a testa.

Carmela olhou diretamente para ela.

– Por aqui, quando um de nós está doente, ninguém nem sonharia em cobrar da pessoa ou da sua família, em fazer pagar por serviços, ela respondeu asperamente. – Volte em cinco dias e você encontrará tudo pronto, acrescentou antes de dispensá-la.

Carmela fechou a porta, irritada, e voltou a sentar-se à mesa. Colocou os óculos e foi a retomar o trabalho que havia começado, mas depois parou. Desviou o olhar para as roupas de Carlo e ficou olhando para elas por um longo tempo. Puxou uma camisa da pilha; era azul claro, com botões de madrepérola: ele a estava usando no dia em que apareceu novamente na porta dela, perguntando:

– Incomodo? E ela, como uma idiota, o deixou entrar.

Levou a camisa ao rosto e a cheirou de olhos fechados: o cheiro de Carlo, aquela mistura de fumaça picante e loção pós-barba mentolada, ela teria reconhecido entre mil.

22
[JUNHO, 1949]

*"Tenho o manto da noite para me esconder dos seus olhos,
mas, se não me amas, que eles me encontrem aqui.
Melhor que a vida acabe por causa do teu ódio,
do que a morte se prolongue sem o teu amor."*

No alto de uma escada de madeira, Roberto repetia as suas falas, enquanto Carlo, sentado em sua poltrona com uma manta xadrez sobre as pernas, lutava para acompanhar o texto. A radioterapia havia feito com que todo o seu cabelo caísse, deixando-o completamente sem pelos.

– Eu recitei bem?, perguntou Roberto.

– Sim, sim, Carlo confirmou com um fio de voz. – Eu te interrompo se você errar alguma coisa. E tossiu.

– Você está cansado. Vamos fazer uma pausa, disse Roberto, descendo a escada.

– Sim, só um momento, respondeu Carlo, e colocou o livro sobre a mesa.

Roberto foi sentar-se no tapete, aos pés do pai, e apoiou a cabeça nas pernas dele.

– Pai, preciso te perguntar uma coisa.

– Diga-me.

– O que você sentiu quando conheceu a mamãe? Quero dizer, como você sabia que estava apaixonado por ela?

Carlo refletiu por alguns momentos.

– Acho que senti...que estava em casa. Que podia mostrar o meu lado mais frágil, sabendo que a outra pessoa entende, aceita, que vai tratar com cuidado e jamais irá usar isso contra você. – Entende o que quero dizer?

Roberto assentiu.

– Acho que sim...

– Por que está me perguntando isso? Tem alguma garota de quem você gosta?

– Imensamente, pai, ele respondeu com um suspiro. – Só não sei se ela gosta de mim.

Carlo sorriu.

– Qual é o nome dela?

– Maria. O nome dela é Maria. É ela quem faz a Julieta.

Carlo riu e tossiu ao mesmo tempo.

– Ah, bem, então é o destino. Mas prometo que nem eu nem a mamãe ficaremos no seu caminho, brincou.

– Pai... Roberto repetiu, após alguns segundos de silêncio.

– O quê?

– Acho que estou apaixonado. Quando estou com ela, também me sinto em casa.

~

A essa altura, Carlo já não saía mais. O doutor Calò foi claro: tinha que ficar em repouso absoluto, evitar qualquer esforço, não esticar a corda do corpo já exausto. Ele foi brutalmente honesto: o tumor se espalhou de forma imprevisível.

– Quanto tempo me resta? Carlo perguntou-lhe depois da última visita.

O rosto do médico escureceu e ele cruzou as mãos sobre a mesa.

– Não sei dizer. Continue se tratando, limitou-se a responder.

Naquelas semanas, Anna não o deixou sozinho nem por um momento. Ela havia tirado uma licença do trabalho, a primeira em quatorze anos, para ficar perto dele.

– Os médicos podem cometer erros. Eles também são seres humanos, que diabos, repetia para ele. Você vai ficar bem, eu sei.

Ela se recusava a aceitar a possibilidade de que ele não sobrevivesse; estava convencida de que o desejo de viver de Carlo prevaleceria sobre sua doença. Quantas vezes ele quis dizer a ela que não o estava ajudando em nada fazendo aquilo; que não queria ser iludido com palavras que elogiavam a esperança, não queria fugir da realidade para seguir uma miragem. Teria sido infinitamente pior se ele fosse convencido de que poderia viver mais do que esperava... então, o momento da despedida iria ser ainda mais inaceitável e doloroso para ele. Ele queria dizer a ela:

– Fique quieta, basta, não fale mais comigo sobre todas as coisas que ainda temos que fazer juntos, não fale mais comigo sobre o futuro. Isso me machuca, você entende que isso me machuca?

No entanto, Carlo nunca conseguia interrompê-la para dizer-lhe como realmente se sentia. Seu coração doía ao pensar que ela também, à sua maneira, estava tentando se proteger da dor, adiando-a o máximo possível. Ele continuou a tossir sangue, sentir falta de ar, com um pedregulho constante no peito. Ele podia ver por si mesmo que a situação só estava piorando. E Anna também via...

Um dia ele pediu que ela trouxesse o notário.

Ela franziu a testa e cruzou os braços sobre o peito.

– Você está agindo como se realmente fosse morrer. Pare com isso!, disse-lhe.

Carlo tentou sentar-se na cama, mas foi em vão.

– Por favor, Anna, faça o que eu peço a você, ele implorou com um suspiro.

No final, foi Antonio quem teve que ir chamar o notário, um homenzinho muito elegante que apareceu com sua pasta de couro preto na mão e com o rosto recém-barbeado, a julgar pelo pequeno corte na bochecha esquerda.

Anna abriu a porta e mal o cumprimentou. Então foi até a cozinha e bateu a porta.

– Peço desculpas, disse Antonio, envergonhado, subindo as escadas até o quarto.

Carlo informou ao notário que seu irmão estaria presente no ditado do testamento. Antonio, então, trancou a porta e sentou-se na cadeira, cruzou as pernas e cruzou as mãos sobre elas. Foi, talvez, o momento mais difícil da sua vida, mas, mesmo assim, obrigou-se a parecer forte, a ser a rocha à qual Carlo sempre se agarrou, a não deixar vazar a angústia que carregava dentro de si. *Eu tenho que cuidar dele primeiro*, ele dizia a si mesmo para ter coragem. Ele conhecia seu irmão, sabia exatamente do que precisava: fingir que nada estava acontecendo não iria ajudá-lo em nada. Pelo contrário, teria agravado o medo e a solidão que já sentia.

Ficou ouvindo em silêncio, enquanto o notário transcrevia as palavras de Carlo para uma folha em uma prancheta.

Ele deixava a casa na Via Paladini e todo o dinheiro para Anna. Roberto herdaria setenta por cento da Quinta e da Vinícola Greco. Os trinta por cento restantes iriam para Daniele Carlà "pela sua inabalável dedicação, pelos numerosos lucros trazidos à vinícola e pela preciosa experiência acumulada, igual à de mais ninguém na empresa. Ele conquistou, portanto, minha confiança total e incondicional. Estou absolutamente certo de que ele continuará a fazer a vinícola prosperar". Com o desejo, acrescentou, de que Roberto e Daniele a administrem juntos numa "colaboração pacífica e frutífera, digna dos dois rapazes mais inteligentes que já conheci".

Antonio arregalou os olhos e se mexeu na cadeira; ele estava prestes a abrir a boca, mas Carlo acenou com a cabeça, como se dissesse que não havia nada a fazer: ele havia decidido assim e pronto.

Depois que o notário saiu, porém, Antonio fechou a porta e não se aguentou.

– Como você vai explicar isso para Anna?, perguntou-lhe, sinceramente perturbado. – E como você acha que Roberto vai reagir? Você não tem como sair dessa com esse teatro. E se eles começarem a suspeitar de algo? Você não pode deixar que eles entendam assim, quando... Ele respirou fundo: ...quando você não poderá mais explicar para eles. Você não pode fazer isso, Carlo. Você tem que contar a ele agora.

Carlo virou a cabeça para o outro lado do travesseiro.

– Ou, por favor, mude isso enquanto ainda há tempo. Pelo amor de Deus.

– Você está se preocupando demais, respondeu Carlo com a voz fraca. – Vão pensar que decidi assim porque estava preocupado com os negócios, só com os negócios. Com o bem da vinícola e com o seu futuro. Eu conheço Anna, conheço meu filho, concluiu, sem fôlego.

– E se você estiver errado e...Antonio tentou rebater, mas Carlo imediatamente o interrompeu: – Não quero mais falar sobre isso.

Antonio suspirou, desanimado, posando as duas mãos aos pés da cama.

~

Muitos foram visitá-lo: os trabalhadores da vinícola, os funcionários da Câmara Municipal, os seus companheiros de partido, os membros da Câmara Municipal... Todos desejavam que ele se recuperasse, que não cedesse à doença.

– Todos sentem a sua falta. – Não se preocupe, tudo está correndo normalmente na vinícola. – Estamos esperando por você, não brinque conosco. – Assim que você voltar, temos que retomar esse projeto, – Quando você se recuperar, conversaremos a respeito.

No final dessas visitas, Carlo sentia-se terrivelmente exausto, sobrecarregado por uma infinidade de palavras vazias, promessas absurdas. Então, a certa altura, ele pediu a Anna que não deixasse mais ninguém entrar. Ela tinha que mandar todos embora, dizendo que Carlo estava descansando, que não poderia recebê-los. Ele não queria ver nenhuma alma viva além de sua família, disse ele.

– Ah, acrescentou, antes que ela fechasse a porta do quarto. – Porém, se Daniele vier, deixe-o entrar. Ele pode, ele não me incomoda.

Desde quando Carlo piorou, Daniele decidiu adiar a abertura de seu ateliê para voltar a cuidar da vinícola.

– Eu devo isso a ele, explicou à Lorenza. Em pouco tempo, viu-se substituindo Carlo em todas as suas tarefas: distribuía salários, tratava com os trabalhadores, dava orientações, verificava as remessas, mantinha os registos em ordem, assegurava-se de que não havia atrasos. Uma vez por semana, geralmente aos sábados, ia à casa de Carlo para lhe dar um relatório detalhado.

Ele ouvia e assentia, satisfeito.

– Excelente. Você está fazendo um ótimo trabalho, dizia-lhe todas as vezes.

Foi numa dessas manhãs que Carlo decidiu falar com ele sobre o testamento e os trinta por cento que receberia.

– Assim você estará preparado, concluiu ele.

Daniele ficou atordoado.

– Não sei o que dizer... eu... eu não esperava... Por que você já fez um testamento?, perguntou, olhando para ele. – Eu quero que você fique bem, Carlo e... a sua voz falhou.

– Chegue mais perto, meu rapaz, disse ele, dando dois tapinhas na cama.

Daniele obedeceu.

– Não sei se vou melhorar, disse Carlo. Um ataque de tosse o interrompeu. – Eu queria resolver as coisas a tempo. Você entende, não é? continuou, com um suspiro.

Daniele fungou e depois esfregou os olhos molhados.

– Não quero pensar nisso, ele murmurou, balançando a cabeça.

Carlo franziu os lábios e colocou a sua mão na dele.

– Por que justo eu?, continuou Daniele. – Seu filho já sabe? E Anna?

Carlo olhou para ele intensamente por um longo tempo. Só Deus sabia quanto ele gostaria de confessar-lhe, de revelar-lhe a verdade, de ser olhado por ele uma vez – só uma vez, não pedia outra coisa – com olhos de filho. E, mesmo assim, não conseguia dizer uma palavra: as palavras morriam em sua boca, arranhando sua garganta.

– Porque você mereceu, meu rapaz, respondeu. – Você mereceu, ele repetiu. – A decisão é minha. Só minha. Você não precisa se preocupar com Anna e com Roberto, completou.

Então, pouco antes de Daniele partir, Carlo pediu-lhe que lhe fizesse uma promessa.

– Tudo o que você quiser, disse ele.

– Lorenza, Carlo suspirou. E Daniele imediatamente se enrijeceu. – Eu entendi, sabe, o que está acontecendo. E isso não é bom, meu rapaz. Ela é uma mulher casada, tem uma filha. Isso só trará problemas. Para todos. Meu irmão sofreria demais. Deixe-a em paz; pense em você. Você a encontrará, outra garota a quem amar.

Daniele desviou o olhar.

– É melhor eu ir, disse ele, levantando-se lentamente. – Pense em descansar, eu lhe peço.

Ao vê-lo partir, Carlo não podia deixar de pensar nas palavras que *Don* Ciccio proferira naquele dia, na penumbra do seu quarto:

– Não se iluda pensando que isso irá servir para alguma coisa. Ele tinha razão.

~

Daniele saiu da casa de Carlo confuso e atordoado e, sem saber por que, como ainda não a havia perdoado, foi direto para a casa da mãe. Abriu a porta da alfaiataria e encontrou-a sentada à Singer, com os óculos apoiados no nariz, presos pela corrente dourada.

– Aí está meu filho... Milagre..., ela o recebeu em tom sarcástico.

– Oi, ele a cumprimentou friamente.

– Faz uma eternidade que você não aparece.

Daniele não respondeu e afundou-se numa poltrona, suspirando.

Carmela levantou-se da Singer e foi sentar-se em frente ao filho. Ela tirou os óculos e os deixou deslizar pelo peito.

– Você quer café?

Daniele balançou a cabeça.

– Tomei agora há pouco. Na casa do Carlo, disse.

Carmela cruzou as pernas e colocou as mãos nos antebraços.

– E como ele está?

Ele encolheu os ombros, com ar angustiado.

Carmela engoliu em seco.

– Mas e o médico, o que diz?

– Eu não sei..., ele murmurou. – Mas creio que seja algo nada bom, visto que Carlo fez um testamento.

– Ah, Carmela ficou surpresa, endireitando-se. – E como você sabe? Esses são assuntos privados. A esposa dele te contou?, perguntou ela com um ar desdenhoso.

– Não, respondeu Daniele, irritado. – Ele me contou. E, dizendo isso, levantou-se.

– E por que ele diria justo para você? O que você tem a ver com isso?

– Não sei o que eu tenho a ver com isso. Ainda estou me perguntando.

Ela sentiu seu coração disparar.

– Não te entendo.

Daniele apoiou-se na mesa.

– Ele me deixou trinta por cento da quinta e da vinícola. Uma coisa de não se acreditar... Não faz sentido: por que justamente eu?

Carmela ficou olhando para ele, petrificada, enquanto os seus pensamentos se acumulavam: em poucos instantes, ela viu-se novamente como uma menina, lembrou-se de Carlo, que havia "ficado louco" por ela e a queria a todo custo, da primeira vez que fizeram amor, das lágrimas que derramou quando ele a abandonou, deixando uma mísera carta, do nascimento de Daniele, da raiva que nutriu durante os anos em que ele esteve ausente, do seu coração acelerado quando o viu novamente depois de todo aquele tempo, da emoção que a tomou quando voltou para seus braços, do ressentimento cego quando ele a abandonou pela segunda vez... mas, acima de tudo, pensou nas palavras de *Don* Ciccio:

– No final, ele dará há algo para ele também. E não será uma fatia pequena. Confie no que eu digo, eu sei como as coisas acontecem. O sangue sempre vence.

Ela sentiu uma pequena e quase imperceptível emoção de pura felicidade. Em seguida, levantou-se da cadeira e aproximou-se do filho. Tomou o rosto dele com as mãos e olhou-o diretamente nos olhos.

– Você nunca mais deve se perguntar de novo porque justamente eu. Entendido? Nunca mais. Você trabalhou duro e mereceu. – *Nisciunu* te deu nada. *Ninguém*, repetiu.

~

Na noite de 21 de junho, Anna arrumou cuidadosamente o jantar dela e de Carlo em uma bandeja de madeira e levou-a para o quarto.

– Pão e tomate, com bastante azeite, bem como você gosta, exclamou, entrando no quarto.

Sem abrir os olhos, Carlo respondeu com um resmungo.

Anna colocou a bandeja na mesa de cabeceira e sentou-se ao lado dele.

– Coma alguma coisa, Carlo, vai.

– Não consigo, estou nauseado...

– Pelo menos algumas mordidas, por favor.

Ele balançou a cabeça negativamente e abriu os olhos.

– Não consigo.

– Esperemos, então, Anna respondeu docemente. – Talvez você fique com fome daqui a pouco.

– Deite aqui, disse ele, colocando a mão no lado vazio da cama.

Anna tirou os sapatos e enfiou-se sob o lençol, aninhando-se ao lado dele.

– E Roberto, onde está?, perguntou Carlo.

– Foi ao cinema.

– Com aquela garota?

– Qual garota?, exclamou Anna, levantando a cabeça.

Carlo abriu os lábios com um sorriso. Uma de quem ele gosta.

– E por que não sei nada sobre isso?

– Porque você é ciumenta e a faria fugir, brincou.

– Eu, ciumenta? Mas quando?!

Carlo riu fracamente e voltou a fechar os olhos.

– Continue conversando comigo, Anna. O que ele foi assistir no cinema?

– Não sei, ele não me disse, respondeu ela, com um nó na garganta.

– Um filme com o seu Clark Gable?

– Se esse fosse o caso, eu também teria ido ver, deixando você aqui sozinho, disse ela, tentando fazê-lo sorrir.

– Ah, exclamou Carlo, estalando os lábios. – Ele é mais bonito do que eu? Você me deixaria pelo Clark Gable?

Ela se aninhou em seus braços e o abraçou com força. – Não. Não gosto de ninguém mais do que você.

Carlo abriu um sorriso.

– É assim que deve ser, *amor mio*, disse ele. E começou a acariciar o rosto dela com as pontas dos dedos. Então abriu os olhos de novo e olhou atentamente para ela.

– O que foi?, Anna perguntou-lhe, sorrindo.

– Eu sei o que você estava prestes a me perguntar naquele dia.

– Quando?, ela respondeu, com um olhar divertido.

– Você queria saber se eu também pensava como os homens do Conselho, sobre a Casa da Mulher, disse Carlo. Anna abriu a boca, mas não conseguiu falar, porque Carlo continuou: – Acho que é uma ideia demasiado moderna para esta cidade? Sim. Acho que você deveria colocá-la em prática de qualquer maneira? Sim e, outra vez, sim.

Anna sorriu para ele com ternura e acariciou a sua bochecha.

– Lamento não termos conversado mais sobre isso, acrescentou. – Prometa-me que não vai desistir.

– Não vou desistir. Mais cedo ou mais tarde eu vou realizá-la. É que, no momento, isso não está na minha cabeça...

– Use o nosso dinheiro. Faça algo privado, sem precisar pedir nada a ninguém, insistiu Carlo, mas a tosse obrigou-o a interromper o que dizia.

– Shhh. Chega de conversa, disse ela. – Tente dormir um pouco.

Então os dois fecharam os olhos e, em poucos minutos, adormeceram, abraçados e com as mãos entrelaçadas.

O jantar na bandeja permaneceu intacto.

Na manhã seguinte, quando Anna abriu os olhos, o seu Carlo já não estava mais lá.

TERCEIRA PARTE
[NOVEMBRO DE 1950 – MAIO DE 1952]

23
[NOVEMBRO-DEZEMBRO, 1950]

No quarto escuro, Anna abriu a porta do guarda-roupa de Carlo e acariciou os casacos pendurados enfileirados, depois envolveu-os delicadamente entre seus braços e enterrou o nariz neles, inspirando profundamente: o cheiro de loção pós-barba mentolada diminuía um pouco mais a cada dia. Fechou a porta e desceu para a sala. Sobre uma mesa estava a pequena caixa de metal onde Carlo guardava seus charutos. Ela levantou a tampa: restavam apenas dois. Pegou um e segurou-o perto das narinas, cheirando-o com os olhos fechados. Depois acendeu-o com um fósforo, deu algumas tragadas, tossiu e finalmente o colocou no cinzeiro, deixando-o queimar enquanto o forte cheiro picante se espalhava pela sala.

Ela sentou-se no sofá e puxou os joelhos até o peito: no dia seguinte, o seu Carlo teria completado quarenta e sete anos. *Certamente, iria dar uma de suas festas memoráveis*, pensou. Olhou ao redor da sala silenciosa e imaginou a cena: as bandejas transbordando de comida, as taças de cristal cheias até a borda com Donna Anna, a música ambiente vinda do toca-discos, a conversa e os sorrisos dos convidados, os seus trajes de noite..., mas, acima de tudo, ele, Carlo, muito elegante, com a sua risada arrebatadora que ecoaria por todos os lados. Se fechasse os olhos, tinha a impressão de ouvi-la. Ela sempre odiou aquelas festas, a avalanche de gente que invadia a sua casa, a bagunça que deixavam quando iam embora; mas, naquele momento, pensou que teria dado todo o ouro do mundo para comemorar mais uma vez o aniversário de Carlo e ouvi-lo dizer, no final da noite, quando finalmente estavam sozinhos e ela começava a recolher pratos e copos: "Mas que festa incrível, não acha?"

Anna respirou fundo, tentando aliviar o nó na garganta. Levantou-se do sofá e dirigiu-se ao seu *jardin secret*, onde Giovanna, equilibrando-se numa escada de madeira, colhia as últimas romãs da estação, colocando-as, aos poucos, num grande cesto de vime que segurava com o antebraço.

Anna cruzou os braços sobre o peito e se juntou a ela.

– Eu diria que temos o suficiente, disse, apontando para a cesta.

– Mais uma, respondeu Giovanna, sorrindo. E tirou uma romã vermelha madura.

Voltaram para a cozinha e sentaram-se à mesa, uma de frente para a outra, com o cesto no meio. Começaram a descascar as frutas, juntando os grãos em uma tigela, para fazer um suco. De vez em quando, quase secretamente, Giovanna colocava um punhado na boca.

Ela nunca mais voltou para a casa em Contrada La Pietra. De alguém que tinha parentes em Vernole, ouvira dizer que Pe. Giulio era agora o pároco da cidade e que estava "ajudando" uma infeliz jovem de olhos azuis.

Depois da morte de Carlo, a presença de Giovanna foi uma verdadeira bênção. Ela entendeu imediatamente qual era a única maneira de estar ao lado da amiga, e era com pequenos, mas constantes, estímulos diários. De manhã, durante semanas, ela levava-lhe leite morno para a cama e depois, num tom calmo, convidava-a a levantar-se, lavar-se, vestir-se, escovar os cabelos. No início, Anna nem sequer reagia, e então Giovanna ia embora, deixando-a sozinha na escuridão do quarto. Depois ela passou a obedecer a esses pedidos mecanicamente, quase como se fosse um autômato, e Giovanna a ajudava a colocar um vestido ou a pentear o cabelo, sem jamais forçá-la. Depois de mais algum tempo, começou a fazer-lhe algumas sugestões tímidas:

– Vamos fazer compras? É que a despensa está vazia. Ou – Você quer dar um passeio, com este lindo sol? Ou ainda: – Vamos fazer pesto juntas esta manhã? Ela tentara aliviar a dor da morte de Carlo dando a Anna o que ela mais precisava: o silêncio para deixar as lembranças assentarem. Tal como naquele momento em que, sem falar, ela e Anna descascavam as romãs.

Depois de encher a tigela, Anna levantou-se, estendeu um pano de algodão sobre a mesa e transferiu os grãos para dentro dele, um punhado de cada vez, depois fechou-o nas mãos e começou a torcê-lo, para que o suco filtrasse pelas tramas do tecido para dentro de uma jarra.

– *Maman*! Voltei! A voz aguda de Roberto chegou até elas da entrada.

– Estamos aqui!, respondeu Anna.

Roberto apareceu na cozinha e cumprimentou-as com um sorriso.

– Na hora certa para o suco, exclamou ele, erguendo a jarra e servindo-se de um copo daquele líquido vermelho vivo.

– Onde você esteve? – Anna perguntou a ele, sentando-se novamente.

O filho fez-lhe uma careta travessa, idêntica às que Carlo fazia, e o coração de Anna afundou-se um pouco.

Roberto tomou um último gole, estalou os lábios e largou o copo.

– Eu estava com a Maria, ele finalmente admitiu. E logo em seguida, como se precisasse compensar, abaixou-se para dar um beijo no rosto da mãe. Depois deu um em Giovanna também, que corou e mordeu os lábios.

– Você terminou sua lição de casa para amanhã?, continuou Anna.

– Só falta uma tradução do latim.

– Então vamos, vá para o seu quarto estudar, disse ela. – Depois eu subo e a revisamos juntos.

– Sim, senhor, senhora!, Roberto riu.

Anna balançou a cabeça divertida e o seguiu com o olhar. Sim, apesar de tudo, o filho continuava a sorrir. Carlo teria ficado orgulhoso de um filho tão corajoso.

Giovanna encheu dois copos de suco e passou um para Anna, que ergueu murmurando:

– *Santé!*, enquanto o cheiro do charuto queimando na sala chegava à cozinha.

∽

Na manhã do dia 29 de novembro choveu tanto que Anna acordou com o som da água batendo nas venezianas. Ela levantou a máscara de dormir até a testa e apoiou-se nos cotovelos, permanecendo por alguns momentos olhando para o céu cinzento, nublado pela chuva densa e ventosa que se vislumbrava além do vidro. Uma ponta de angústia transpassou-a, rápida como um raio, e Anna imediatamente tentou afugentá-la, afastando o cobertor e calçando os chinelos. Ela vestiu seu roupão de seda azul e desceu para a cozinha escura devido ao mal tempo. Enquanto esperava o leite esquentar, tentou respirar fundo, mas o ar, como vinha acontecendo algumas vezes nos últimos tempos, ficava preso em seus pulmões. Ela sentiu seu coração começar a bater mais rápido de repente e, de modo instintivo, colocou a mão no peito. Desde que Carlo partira, havia momentos em que ela sentia que não conseguia mais respirar profundamente, como se o ar estivesse preso em algum lugar dentro dela; então abria bem a boca e tentava inspirar o máximo de ar possível, mas nem sempre funcionava e isso a deixava muito agitada. Era invadida pela certeza de que cairia no chão, sufocada. Em vez disso, depois de alguns minutos, tudo voltava ao normal. Mas todas as vezes ela se sentia exausta e assustada com a ideia de que isso poderia acontecer com ela de novo e de novo.

Desligou o fogo e serviu o leite morno na xícara. De repente, o vento fez a veneziana da janela francesa bater com um barulho tão alto que ela deu um salto. Agarrando a xícara com as duas mãos, aproximou-se ao vidro e, olhando para o jardim encharcado, bebeu o primeiro gole de leite. Tentou, mais uma vez, respirar fundo e, desta vez, o ar pareceu fluir de modo suave; depois, levou novamente a mão ao peito e sentiu que o coração voltava ao ritmo regular, o que a tranquilizou. Pelo menos um pouco.

– Feliz aniversário, ela sussurrou, continuando a olhar para a chuva, que, de repente, começou a diminuir.

Depois de se vestir, arrumou a mesa para o café da manhã de Roberto e Giovanna e deixou um bilhete entre as duas xícaras: *Saí cedo, não se preocupem.* Seu relógio marcava quase sete horas. Ela colocou o sobretudo por cima do casaco do uniforme e o gorro na cabeça. Saiu para o pátio, tomou o guidão da Bianchi e montou na bicicleta. Anna não tinha a menor ideia de para onde ir, mas não conseguia ficar em casa nem mais um minuto. Não no aniversário de Carlo. Não sem ele.

Não havia ninguém na rua, e no ar era possível sentir um cheiro acre e terroso. O Fiat 1100, que permanecia no mesmo lugar onde ele havia estacionado da última vez, estava brilhante e encharcado. Anna lançou um olhar breve para o que restava do cartaz funerário, na parede ao lado da porta: tiras de papel esfarrapado e desbotado, escritos agora indecifráveis. Do nome de Carlo só se liam as letras C e L; no canto superior direito, o desenho de uma cruz preta sobreviveu e, na parte inferior, como um aviso, a palavra FALECIDO ainda estava perfeitamente legível.

Ela começou a pedalar devagar, enquanto a garoa atingia seu rosto. Passou pela casa de Antonio e parou: do outro lado da cortina, no escritório onde ele dormia, a luz já estava acesa. Ela permaneceu olhando pela janela e viu a silhueta dele contra a luz. Então desceu da bicicleta, encostou-a na parede, pegou uma pedrinha do chão e jogou direto no vidro. Alguns momentos depois, Antonio puxou a cortina e viu Anna acenando com a mão. Ele suavizou o olhar e sinalizou para que ela esperasse. Num instante, ele abriu a porta e foi até ela, fechando o casaco por cima dos pijamas, enquanto os chinelos se encharcavam de água.

– O que está fazendo na rua a esta hora?
– Nada. A chuva me acordou, respondeu ela.

Antonio olhou para ela, franzindo os lábios. Durante o último ano, as olheiras de Anna tornaram-se mais profundas, como se a dor tivesse se acumulado ao redor dos olhos.

– Sim, ele murmurou. Também me acordou.
– Me abraça?, pediu ela à queima-roupa. – Por favor.

Antonio assentiu e, lentamente, a estreitou em seus braços. Anna apoiou a cabeça no peito dele e fechou os olhos.

– Hoje não sei se consigo, continuou.

Ele apoiou o queixo na cabeça dela.

– Eu sei, respondeu com um nó na garganta que fez sua voz falhar. – Eu sei, repetiu.

Meu Carletto não está mais aqui. Antonio não sabia dizer quantas vezes havia formulado esse pensamento. Centenas, talvez milhares. Era a única maneira de se convencer de que aquilo realmente havia acontecido. Não acreditou nem quando, sentado num canto, observava Agata que, com uma atitude hábil e confiante, vestia o corpo sem vida do irmão com o seu terno de domingo, e nem mesmo quando teve que carregar o caixão no ombro da igreja ao cemitério. Ele havia vivido aqueles momentos com uma sensação de torpor, como se fossem um sonho. A primeira vez que percebeu que Carlo havia partido para sempre foi na manhã seguinte ao funeral, quando abriu os olhos e aquele pensamento.

– *Meu Carletto não está mais aqui* – o atingiu como um soco, doloroso e inexorável. Ele havia acabado de acordar em um mundo onde seu irmão não existia mais.

– Eu não conseguia respirar esta manhã, Anna murmurou, sem se desvencilhar do abraço.

Antonio suspirou e começou a fazer carinho nas suas costas.

– Dê-me tempo para me vestir, disse ele então. – Vou te levar a um lugar.

Ele voltou para casa e saiu alguns minutos depois. Anna o estava esperando sentada no degrau. A chuva havia parado completamente e um sol muito fraco atravessava as nuvens.

– Entremos no carro, disse ele, insinuando um sorriso.

– Mas para onde vamos?

– Sem perguntas. É uma surpresa.

Entraram no Fiat 508, e Antonio pegou a estrada que levava a Pisignano. Fizeram aquele trajeto em silêncio, enquanto Anna olhava pela janela, em direção ao céu onde um pálido arco-íris havia aparecido.

Antonio estacionou o carro próximo a um muro de pedra seca, além do qual se erguia a grande azinheira.

– Que lugar é este?, perguntou Anna, inclinando-se para a frente.

– Venha, disse ele, saindo do carro.

Antonio caminhou até a árvore e colocou a mão no tronco úmido. Então olhou para a folhagem da árvore, envolvente e espessa, pingando gotas de água.

Anna alcançou-o, olhando-o interrogativamente.

– Esta é a grande azinheira, explicou. – Era o nosso lugar. Meu e do Carlo.

Ela franziu a testa.

– E por que eu não sabia nada sobre isso?

– Ninguém nunca soube, explicou ele. – Queríamos que permanecesse só meu e dele... Sabe, quando sinto que não vou conseguir, quando sinto falta do meu irmão como sinto do ar, venho aqui. Todas as vezes. Sento no chão e converso com ele, como se ele estivesse sentado ao meu lado.

Anna encostou-se no tronco e cruzou os braços sobre o peito.

– E funciona?

– Por um tempo, ele respondeu. – Sabe, e continuou depois de alguns instantes, – acho que você deveria encontrar também. Um lugar onde você possa estar com ele. Um lugar que te dê paz.

Anna balançou a cabeça.

– Não existe, ela replicou decisivamente. – Nenhum lugar que compartilhei com Carlo pode me dar paz. Onde ele não está, vejo sempre e apenas um grande vazio.

– E você deve preenchê-lo. O vazio, quero dizer.

– Bem-aventurado aquele que sabe como fazer isso, respondeu Anna, e chutou um pequeno monte de terra molhada que havia grudado em seus sapatos.

– Isso se faz com as lembranças mais felizes, disse ele. – Estou convencido de que Carlo gostaria que pensássemos nele com alegria... Ficaria feliz em nos ver abrir uma de suas garrafas e brindar a ele, à sua vida.

Anna olhou para baixo e uma lágrima escorreu por sua bochecha. Antonio colocou sua têmpora na dela.

– Hoje é mais difícil, eu sei. E enxugou o rosto dela com o dedo.

– Sabe, cada vez que procurava uma resposta, eu sabia que a encontraria nos livros. Sempre foi assim, disse ela, com a voz embargada. – Mas desta vez...

– Desta vez você não a encontra..., ele continuou.

– É.

– Eu entendo você. Já não consigo ler uma página sequer... Como se já soubesse que não poderia encontrar conforto. Por outro lado, há escritores que mergulharam as mãos na dor e conseguiram contá-la com absoluta sinceridade.

Anna deixou seus olhos úmidos vagarem pela copa da árvore.

– Curioso, não é? Você encontrou conforto aqui, no silêncio, na ausência de palavras.

– Oh, não, as palavras estão aí, claro. Mas são apenas as minhas.

– As que você dizia a Carlo...

– Sim, aquelas que eu digo a ele, murmurou Antonio.

Ela inspirou e empurrou o ar para fora da boca. Em seguida, olhou, fatigada, para o relógio.

– Tenho que ir trabalhar, embora preferisse ficar aqui o dia todo, disse.

Antônio sorriu para ela.

– Eu também preferiria. Vamos, vamos embora, eu te levo de volta. E colocou a mão em volta da cintura dela.

~

Assim que colocou os pés em casa, Antonio ouviu o barulho de pratos vindo da cozinha. Tirou o casaco e pendurou-o no cabide.

Agata, ainda de roupão, lavava a louça da noite anterior. Ela virou-se e olhou para ele com os olhos ainda inchados de sono.

– Onde você estava? ela perguntou. – O carro não estava lá. E depois vi a bicicleta lá fora... disse em um tom entre perplexo e ressentido. Em seguida enxugou as mãos com a toalha.

Antônio sentou-se.

– Sim. Anna veio...

– E o que ela queria a esta hora?

— Você esqueceu que dia é hoje?, ele perguntou de volta, irritado.

Agata não respondeu. Virou as costas para ele e começou a desenroscar a cafeteira.

— Eu sei que dia é hoje, por fim, respondeu. Limpou o fundo velho da cafeteira, despejou a água na caldeira e depois encheu o filtro com o pó de café.

— Então eu não acho que faça sentido armar uma confusão, não é? disse Antonio, levantando-se de um salto e indo em direção à porta.

— Onde você vai? Estou fazendo café, ela exclamou.

— Vou tomar no bar, respondeu ele, saindo.

Agata o observou ir embora, com uma mão segurando a pia e com a outra no quadril.

Ela balançou a cabeça com um suspiro, depois enroscou a cafeteira e colocou-a no fogão.

Sentou-se e tamborilou os dedos na mesa. A essa altura, o marido dela era todo "Anna isso", "Anna aquilo...", "Vou ver se a Anna precisa de alguma coisa", dizia ele, saindo de casa de manhã cedo. "Hoje Anna parecia estar um pouco melhor", informava ele com alívio, voltando para jantar. Ou: "Vejo que ela perdeu peso. Não come o suficiente. Devíamos convidá-la para jantar aqui conosco". Nas semanas seguintes ao funeral, Agata esteve muito ocupada, cozinhando a qualquer hora para a cunhada e o sobrinho e também para "aquela Giovanna lá"; havia limpado a casa deles antes e depois do velório; ela os visitava todos os dias, oferecendo-se para liberá-los de todos os tipos de tarefas. No entanto, para o marido, isso nunca parecia ser suficiente. Supondo que ele tivesse notado...

Mais de um ano se passou desde a morte de Carlo e ninguém jamais perguntou como *ela* se sentia. Ela gostava muito do seu cunhado, realmente o queria muito bem. Ele sim que sempre a tratou com gentileza; e depois o quanto ele a fazia rir com suas piadas constantes; sim, Agata derramou lágrimas de sincera tristeza por sua morte. No entanto, o seu luto parecia invisível aos olhos de Antonio ou de Anna: eram *eles* que sofriam, que precisavam de compreensão e conforto, os únicos que o tinham *verdadeiramente* perdido.

— Oh, para o inferno com eles!, ela deixou escapar assim que ouviu o gorgolejar da cafeteira. Levantou-se, desligou o fogo e serviu café na xícara. Bebeu-o em pé, rapidamente, depois subiu para o quarto para se vestir: como todas as manhãs, iria cuidar de Giada enquanto Lorenza e Tommaso estavam no trabalho. *Graças a Deus existe aquela criatura*, pensou, segurando-se no corrimão da escada.

∽

— Eles têm que tomar a terra à força, dizia Carmine, muito entusiasmado. Estava encostado na porta da sala dos fundos e explicava a Elena por que era "certo, na verdade, sacrossanto" que os trabalhadores ocupassem a zona rural de Arneo, uma enorme propriedade de dezenas de milhares de hectares localizada na região entre Nardo e Taranto, propriedade de um barão que a abandonou à negligência. Desde que ingressou na CGIL, Carmine começou a apoiar a causa dos agricultores e agora não falava de outra coisa. *Aliás, para falar a verdade, ele nunca falou tanto desde que o conheço*, pensou Anna, que havia entrado no escritório no meio daquela espécie de comício. Quando a reforma agrária foi aprovada, em outubro, Carmine chegou cego de raiva e começou a protestar contra o governo, que havia excluído completamente o território de Lecce da lei de desapropriação e de expropriação de terras não cultivadas. Desde então, ele não fazia nada além de reiterar, todos os dias, que era necessário mobilizar os trabalhadores, pressioná-los a lutarem para forçar o governo a incluir Salento nas previsões de concessões de terras.

— Estou certo, carteira?, Carmine perguntou-lhe, virando-se para ela. Em tantos anos, talvez tenha sido a primeira vez que concordaram em algo. O fato de Anna também concordar com as razões dos agricultores mudou subitamente a natureza da sua relação: até aquele momento, ele a tratava com distanciamento, e, por vezes, até com grosseria, ao passo que agora mostrava-lhe abertamente uma espécie de simpatia misturada com benevolência.

— Você está certo, Anna assentiu, colocando a sacola sobre a mesa. — Esperando que, desta vez, não se trate de um agrado, no entanto.

— Exatamente!, Carmine se exaltou.

— Ora, disso eu não entendo, Elena murmurou. — É como se você viesse à minha casa e me dissesse que, a partir de hoje, é a sua casa. Baseado em quê, por favor?

— Então isso realmente não entra na sua cachola, exclamou Carmine, irritado, retomando o comício.

Anna permaneceu observando-os por alguns segundos, depois abaixou a cabeça com um sorriso e começou a examinar a correspondência. Tommaso e Lorenza chegaram juntos pouco depois. Ele cumprimentou a todos e sorriu como sempre. Anna notou que há alguns dias Tommaso não usava mais o chapéu que Lorenza lhe dera três anos antes, no Natal, e que, desde então, nunca mais havia tirado.

A sobrinha passou por ela e foi direto para o telégrafo.

– Bom dia, eh!, Anna insistiu.

Lorenza se virou. Tinha um rosto sombrio. – Sim, desculpe, tia. Bom dia, murmurou, e depois cruzou a porta, passando entre Carmine e o batente.

– Precisamos dar um golpe decisivo no latifúndio, dizia Carmine.

– Meu Deus, de novo com esta conversa... Chega, pelo amor de Deus, queixou-se Lorenza.

– Você deveria ouvi-los também, mocinha, ele a repreendeu.

– Mocinha, quem?, bufou Lorenza.

– Vamos, vamos, todos ao trabalho, agora, disse Tommaso, conciliador. E sentou-se à mesa.

Enquanto Anna colocava a bolsa no ombro, ela o examinou: além de parecer muito cansado, havia rugas ao redor dos olhos e na testa que o faziam parecer muito mais velho do que seus quarenta e três anos. Ela se sentiu tocada por um vago sentimento de culpa, mas o afastou imediatamente.

Tommaso percebeu que estava sendo observado e olhou para ela. Anna, então, abaixou rapidamente os olhos e disse:

– Estou indo, até mais. E foi embora.

Ela estava na porta quando Lorenza a alcançou.

– Espere, tia, disse ela. – Posso falar com você um momento?

Tommaso ergueu os olhos novamente por um instante.

– Sim, claro, respondeu Anna. – Mas se apresse. Venha comigo até a bicicleta. Assim que saíram, Anna perguntou: – O que foi?

– Posso deixar Giada com você por algumas horas esta tarde? Três a cinco no máximo.

– Você vai para Lecce de novo? Para a casa dele?, Anna levantou uma sobrancelha.

Lorenza assentiu.

– Então?, perguntou em seguida. – Você pode ficar com ela ou não?

– Sim, claro. Você sabe que gosto de ficar com ela.

O rosto de Lorenza abriu-se num grande sorriso. – Obrigada, obrigada, obrigada!, exclamou, abraçando-a.

Depois, ainda sorrindo, voltou para dentro e, sem se dignar a olhar sequer uma vez para Tommaso, sentou-se à escrivaninha. – Olha, você está com uma bela aparência hoje! Você está muito bem, ela disse alegremente, dirigindo-se para Elena.

Ela lançou-lhe um olhar perplexo.

– Mas como boa? Não preguei o olho ontem à noite, respondeu. E imediatamente começou, pela enésima vez, a explicar como seu sono havia sido arruinado desde a guerra.

Lorenza não ouvia uma palavra sequer; ela só pensava que, em algumas horas, estaria nos braços de Daniele. Ela não o via há seis longos dias.

∽

Em meados de dezembro, o carregamento com destino a Nova York com a safra 1950 do Donna Anna estava pronto para sair da vinícola. Daniele cuidou do envio nos mínimos detalhes, acrescentando a cada caixa uma carta de agradecimento escrita de próprio punho, além de uma garrafa de Don Carlo, o primeiro vinho tinto da Vinícola Greco, engarrafado nos primeiros meses daquele ano e que Carlo, infelizmente, não teve tempo de ver. A ideia do nome foi de Daniele e, quando ele propôs a Anna e Roberto, ela pegou a mão dele e disse emocionada: – Ele teria adorado. Roberto também ficou com os olhos marejados e pediu-lhe para experimentar uma taça. Então Daniele encheu uma para si e outra para Roberto e, entregando, explicou-lhe como deveria ser degustado: primeiro tinha que girar o vinho na taça:

– Assim, viu? Serve para liberar compostos aromáticos; depois, mostrou-lhe como inclinar o copo até o nariz para inspirar profundamente.

– O que você sente? Ele, por fim, perguntou-lhe.

Roberto enfiou o nariz dentro do copo, depois o retirou e assumiu uma expressão de dúvida.

– Tem cheiro de vinho, foi a sua resposta, um pouco envergonhado.

Daniele e Anna começaram a rir, então ele o convidou a tentar novamente.

– Você não sente o cheiro da cereja, por exemplo? Ou da amora? Roberto inalou novamente. – Você também deve sentir a pimenta, acrescentou Daniele.

– Sim, Roberto respondeu hesitante. – Mas só os sinto agora que você mencionou.

– O nariz precisa ser aprimorado: basta praticar, Daniele o tranquilizou com um sorriso. – E agora o teste de sabor. Ele tomou um pequeno gole de vinho e segurou-o na boca por um tempo, depois engoliu. – Você não sente o sabor suave e aveludado que fica na boca?

Roberto o imitou e depois assentiu, mas não parecia muito convencido.

– Você vai ver, com o tempo vai sentir todas essas coisas, concluiu Daniele, dando-lhe um tapinha no ombro.

Os dias que se seguiram à morte de Carlo foram muito difíceis para Daniele, e não apenas pela dor de não ter mais ao seu lado o homem que mudou a sua vida. Na verdade, ele estava convencido de que o testamento causaria estragos, que surgiriam discussões e mal-entendidos, que as relações com a família Greco, a família de sua Lorenza, seriam irreparavelmente arruinadas. Ele tinha certeza de que, se sua mãe, Carmela, estivesse no lugar deles, teria enlouquecido e se oposto a isso com férrea determinação. Enquanto ia ao notário para a leitura do testamento, chegou a pensar em abrir mão daqueles trinta por cento para não balançar o barco, para deixar tudo como estava. Ele havia entrado no escritório quase na ponta dos pés e com o ar de quem está pronto a se desculpar. Cumprimentou Anna e Roberto, sentados um ao lado do outro, com um aperto de mão, e depois sentou-se no assento deixado livre para ele. Ao longo da leitura do testamento, lançou olhares contínuos para Anna e Roberto, torcendo as mãos, temendo o momento em que o notário mencionasse seu nome. Em vez disso, a reação de Anna e Roberto o pegou de surpresa: eles permaneceram imóveis, serenos e silenciosos, balançando apenas a cabeça de vez em quando.

– Se Carlo decidiu assim, ele tinha razões válidas para o bem da vinícola, e isso nos basta, Anna o tranquilizou, uma vez fora do cartório. E especificou: – Roberto tem que terminar o ensino médio; então, até lá, você terá que cuidar disso sozinho. Ao que Roberto, bagunçando os cabelos de Daniele com a mão, comentou de forma engraçada: – Você vai ter que me ensinar tudo, não sei nada de vinho.

Daniele fechou a última caixa.

– Por esta manhã terminamos, disse ao mestre de adega – o mesmo que o substituiu enquanto ele estava em Nova York – e apertou seu ombro de forma amigável. Depois olhou o relógio e pensou que talvez ainda tivesse tempo de pegar o ônibus para Lecce que saía ao meio-dia e meia: poderia tirar algumas horas e depois voltar à vinícola à tarde. Ele mal podia esperar para terminar o esboço que havia começado alguns dias antes. A essa altura, só podia ir ao ateliê, no máximo, algumas vezes por semana: o trabalho na vinícola o absorveu inteiramente naquele último ano e meio. Continuou a trabalhar pelo carinho que tinha por Carlo, para honrar a confiança que nele depositara, mas também continuou a pagar o aluguel do ateliê, na esperança de poder fazer as duas coisas. Porém, depois de algum tempo, foi forçado a admitir que isso era impossível. Então, passou a desenhar quando podia, nas horas vagas, esperando que Roberto assumisse o destino da vinícola. De momento, o ateliê era, sobretudo, o local onde ele e Lorenza podiam continuar a se encontrar sem serem perturbados todas as quartas-feiras à tarde.

Ele já estava montado na sua Lautal Taurus preta quando viu o Fiat 508 de Antonio chegando, envolto em uma nuvem de poeira. Então, desceu da bicicleta, encostou-a novamente na parede e foi em sua direção.

– Bom dia, Antonio, disse, abaixando-se até a altura da janela aberta.

– Você estava indo embora?, Antonio perguntou a ele.

– Sim, mas não se preocupe, respondeu Daniele. – Posso ficar mais um pouco. Venha, vamos entrar.

Antonio saiu do carro e seguiu-o até o escritório que havia sido de Carlo. Daniele fechou a porta e convidou-o a sentar-se. Em seguida, pegou uma pasta da mesa e entregou-a a Antonio.

– Foi atualizada ontem, informou.

Antonio esboçou um sorriso, depois abriu a pasta, percorrendo até as últimas páginas, como fazia todas as semanas. Deu uma olhada nos registros e conferiu as contas, insistindo em tratar Daniele como qualquer outro funcionário.

– O item "salário" aumentou em relação à semana passada, disse Antonio. – Por quê?, perguntou, olhando para cima.

– Concedi um pequeno aumento, explicou Daniele.

Antonio franziu os lábios, contrariado, e recostou-se na cadeira.

– Tenha cuidado para não agradá-los sempre... Se aumentar o salário a cada reclamação, perderá toda autoridade aos olhos deles. Seja compreensivo, mas firme, especialmente ao dizer não.

Daniele adoraria ter respondido que essas concessões lhe pareciam mais do que justas e que, em geral, ele estava totalmente do lado dos trabalhadores nas suas reivindicações, embora a terra da Quinta Greco não estivesse sendo contestada. Ele também tinha sido operário quando menino e sabia muito bem quanto esforço era necessário e, muitas vezes, pensava que o salário era realmente muito baixo. É verdade que Carlo nunca fora um patrão arrogante e despótico como tantos outros. Ao contrário, sempre se mostrara disposto a ouvir os argumentos dos trabalhadores e dos agricultores: pedia-lhes conselhos, ouvia-os se tivessem alguma reclamação e nunca teve problemas na concessão de licenças e folgas. Mas Carlo não era um deles; mesmo que tentasse, ele nunca conseguiria realmente entendê-los. Daniele, porém, sim. Ele realmente os entendia. Ele sabia disso e os trabalhadores da propriedade também sabiam. Queria dizer-lhe tudo isso, mas conteve-se: parecia-lhe que a sua relação com Antonio estava constantemente em jogo e que a menor coisa bastaria para destruí-la. Com ele, Antonio era gentil, mas distante; cortês, mas sempre cauteloso. E depois houve aqueles momentos em que Antonio começou a encará-lo com a testa franzida e Daniele, com o coração na boca, se perguntava se ele havia se dado conta de tudo. O que teria acontecido se ele tivesse seguido Lorenza e a flagrasse entrando em seu ateliê? Ele nem queria pensar nisso.

– Tudo bem. Não vou me esquecer disso, murmurou, enfiando as mãos nos bolsos.

Antonio ficou mais vinte minutos: examinou minuciosamente os registos, refez vários cálculos, pediu contas disso e daquilo. Daniele olhou para o relógio e, com uma pitada de ressentimento, pensou que já havia perdido o ônibus.

– Bem, eu diria que está tudo bem agora, disse Antonio, finalmente fechando a pasta. – É melhor eu me apressar, acrescentou. – Hoje fomos todos convidados para irmos à casa de Lorenza e Tommaso. E olhou para Daniele furtivamente.

– Bem, então tenham um bom almoço, respondeu Daniele, fazendo um enorme esforço para dar um sorriso. E o acompanhou até a saída.

~

Faltava exatamente uma semana para a véspera de Natal e, naquela tarde, Giovanna insistiu em arrastar Anna para Lecce.

– Vamos à feira de Natal, por favor, pediu-lhe num tom quase infantil, como uma criança travessa. – Ouvi dizer que é linda. Vamos, vamos, por favor.

Anna irritou-se a princípio, depois concordou com relutância, mas apenas para deixar Giovanna feliz: ela não estava com vontade de ver enfeites e purpurina, muito menos mergulhar na multidão barulhenta. No ano anterior, ela se recusara a comemorar o Natal e estava decidida a não comemorar naquele ano também. *Nunca mais, sem Carlo*, ela havia jurado para si mesma.

Tal como previra, a feira a irritou; muitas luzes, muitas pessoas, muitos sorrisos. Anna notava cada casal que passava por ela, principalmente aqueles que estavam de mãos dadas e pareciam felizes e apaixonados. Giovanna, por outro lado, parecia só ter olhos para as barracas, principalmente as de doces. Queria provar de tudo: amêndoas caramelizadas, *mustazzoli, cupeta, purceddruzzi...*

– Podemos ir agora? Anna perguntava insistentemente.

– Só mais um pouquinho, respondia Giovanna, mas imediatamente se distraía. – Olha! Trens de madeira! Sempre gostei deles... E agarrou a mão de Anna, arrastando-a até a frente da barraca.

Só voltaram para casa na hora do jantar, no último ônibus, exaustas e com os pés doloridos. Assim que Anna abriu a porta de casa, Roberto e Antonio pararam na sua frente, sorrindo. Giovanna chegou até eles e então, todos juntos, exclamaram:

– Surpresa!

Anna moveu o olhar e notou o grande pinheiro no centro do salão, decorado exatamente como Carlo fazia. Sem dizer uma palavra, ela avançou lentamente em direção à árvore.

– Você gostou, *maman*? Roberto perguntou-lhe, esfregando as mãos. – Eu e o tio Antonio levamos uma tarde inteira para colocá-lo.

– Ele pensou em tudo, especificou Antonio com um sorriso. – Eu só fui o ajudante.

Anna pegou um anjinho de madeira sem uma das asas. Era aquele que Carlo insistia em nunca querer jogar fora, embora estivesse quebrado há anos, e ela continuasse dizendo a ele que era muito feio de se olhar.

– O que isso tem a ver? É uma lembrança, rebatia ele. – E as memórias não se colocam fora.

– *Maman*?, repetiu Roberto. – Então? Você gostou?

Giovanna aproximou-se dela e colocou a mão em seu ombro. – Só queríamos fazer você feliz...

Anna fungou e enxugou uma lágrima.

– Desmonte-o imediatamente, por favor, disse ela então, sem olhar ninguém nos olhos. Foi em direção às escadas, mas, ao passar por Antonio, parou e olhou para ele. – O que deu em você?, ela lhe perguntou duramente. Em seus olhos úmidos havia dor e reprovação.

Antonio olhou para ela, perplexo.

– Eu não..., murmurou.

Anna deu-lhe as costas e subiu as escadas correndo.

– Anna, espere..., ele tentou impedi-la.

Mas ela não respondeu.

O silêncio caiu na sala.

Depois Antonio aproximou-se da árvore com passos lentos.

– Vamos, ajude-me a desmontá-la, ele murmurou com um fio de voz.

24
[ABRIL-MAIO, 1951]

Anna lançou mais uma olhada impaciente para o relógio e viu que os ponteiros ainda apontavam doze e vinte e cinco, exatamente como alguns minutos antes, quando ela o olhara pela última vez.

Ela perguntou a Tommaso que horas eram e ele, depois de olhar rapidamente para o relógio, respondeu que faltavam quinze minutos para a uma.

Anna então desatou a fivela, tirou o relógio do pulso e girou a coroa, colocando os ponteiros na hora correta. Ela já havia voltado do trajeto de entregas há algum tempo, mas não conseguia sair. Aguardava ansiosamente o regresso de Carmine, que naquele dia – 24 de abril – tinha pedido algumas horas de licença para poder assistir à audiência final do julgamento contra os ocupantes do Arneo: sessenta pessoas, incluindo trabalhadores, dirigentes da CGIL e expoentes do Partido Comunista, foram acusadas pelo "crime de ocupação ilegal de terras", ocupação que remontava a dezembro do ano anterior, quando dois mil trabalhadores da área, andando de bicicleta, carregando nos ombros ferramentas de trabalho e uma miríade de bandeiras vermelhas, levantaram-se com o grito de: "A terra é de quem a trabalha!". Durou apenas uma semana, até 3 de janeiro: naquele dia, a polícia, primeiro afugentou os trabalhadores, e depois queimou todas as bicicletas em uma enorme fogueira. E entre essas bicicletas estava também a Bianchi Suprema de Anna, que ela havia emprestado à esposa de um trabalhador de Copertino, cidade a cerca de vinte quilômetros de Lizzanello. O nome da mulher era Marisa e o marido, Donato, era um dos irmãos de Carmine. Ele apareceu na casa de Anna na manhã de Santo Stefano e pediu-lhe que oferecesse sua bicicleta "para a luta" ou, melhor, para Marisa, decidida a seguir o marido até Arneo.

– Mas ela não tem uma bicicleta feminina, já foi muito terem conseguido comprar a do Donato com a ninharia que ele ganha. Você não emprestaria a sua para ela? Eh, carteira? Eu me encarrego de devolvê-la intacta, Carmine lhe dissera.

Anna não pensou sequer por um instante: pegou a sua Bianchi pelo guidão, que estava estacionada no pátio, e a entregou nas mãos de Carmine.

– Isso significa que, por um tempo, voltarei a entregar a correspondência a pé. Como antigamente, brincou.

– Muito obrigado, *companheira* Anna!, e, despedindo-se dela, saiu satisfeito.

Quando Carmine, com uma expressão de lamento, informou-lhe sobre a fogueira que fizeram das bicicletas, ele imediatamente se ofereceu para comprar-lhe uma nova. Mas Anna recusou.

– Não se preocupe, ela o tranquilizou, colocando a mão em seu braço. – Eu mesma compro outra. Ele murmurou que não era justo, que cabia a ele compensá-la, mas Anna respondeu: – A culpa não é sua. Se há alguém que deveria me retribuir é a polícia. Assim, no dia seguinte, ela foi ao mesmo revendedor de bicicletas que lhe vendera a Bianchi Suprema e pediu outra igual. Mesmo usada, estava bom, especificou. O sujeito, um homem na casa dos cinquenta, baixo e muito magro, com um boné chato na cabeça e calças de um tamanho maior, em poucos dias conseguiu para ela uma idêntica, mas pela metade do preço original. – A senhora fez um bom negócio, senhora carteira!, o vendedor de bicicletas cumprimentou-a à porta da loja, não antes de contar as liras que Anna lhe entregara num envelope.

Finalmente, Carmine chegou e, mancando um pouco, dirigiu-se ao seu posto. Ele tinha uma aparência estranha, algo entre ocupado e pensativo.

– Aqui está você, até que enfim!, Anna disse a ele, levantando-se da cadeira. – E então?

Ele respondeu com uma espécie de grunhido.

Elena juntou-se a eles, curiosa, enquanto Tommaso colocava a caneta sobre a mesa e se preparava para ouvir, cruzando os braços. Ele lançou um rápido olhar para a estação telegráfica, mas Lorenza permaneceu pregada à cadeira.

– Poderia ter sido melhor, começou Carmine, sentando-se. – Eles condenaram vinte e cinco dos sessenta. "Castigo simbólico", chamaram, mas, mesmo assim, é castigo. Todos deveriam ter saído sem nenhuma acusação, esse é o fato.

– Em outras palavras... Qual foi a penalidade?, perguntou Tommaso.

– Um mês de prisão e multa de seis mil liras, respondeu Carmine com uma careta.

– Que raios!, disse Anna. – O único consolo é que, pelo menos, não foi de todo inútil...

– Sim, suspirou Carmine, recostando-se.

A ocupação de Arneo teve grande cobertura na imprensa nacional: durante dias, jornais como *Il Paese* e *l'Unità* escreveram extensivamente sobre o assunto, e Anna não perdeu um artigo. Descreveram os ocupantes do Arneo como heróis, "homens cobertos de farrapos que, inspirados pela nobre intenção de cultivar a região, fizeram um ataque ao latifúndio". No final, graças à luta daqueles trabalhadores, a província de Lecce também foi finalmente incluída no projeto de reforma agrária, mas foi uma compensação quase insignificante, pensou Anna: dos 266 mil hectares suscetíveis de expropriação, apenas 55 mil foram incluídos na lei provisória.

– Essa quantidade nunca será suficiente, ela disse a Carmine. – Na verdade, vocês verão quantas tensões irão surgir entre os trabalhadores, entre aqueles que terão a terra e os excluídos. Como um movimento permanece unido quando tal disparidade é criada dentro dele?

Carmine lhe dava razão, aliás, ia se exaltando ainda mais.

– Na verdade, a luta ainda não pode ser considerada encerrada, ele respondeu com ar de sindicalista, batendo com o punho na palma da mão.

Anna olhou novamente para o relógio. Os ponteiros não se moveram.

– Mas como? ela exclamou, irritada.

– O que houve?, Tommaso perguntou-lhe.

– O relógio, ela respondeu, apontando para ele. – Não funciona mais.

Tommaso encolheu os ombros.

– Compre um novo, disse-lhe com um pequeno sorriso.

Ao sair do correio e voltar a montar na bicicleta, Anna pensou em levá-lo imediatamente para o conserto. Não tinha a menor intenção de substituí-lo: aquele foi o *seu* relógio durante dezesseis anos, que diabos. Era o relógio que Antonio lhe dera e era o único que ela queria.

∽

Roberto e Daniele caminhavam pela propriedade, lado a lado. Daniele havia arregaçado as mangas da camisa até o cotovelo e usava os indispensáveis suspensórios e calças de trabalho, enquanto Roberto vestia seu terno escolar azul, com paletó e camisa. Voltados para as videiras, os agricultores estavam absortos no trabalho, mas, de vez em quando, alguém olhava para Roberto e o observava. Eles estavam fazendo a "blindagem" do vinhedo, explicou Daniele, enquanto Roberto segurava a alça da pasta com as duas mãos e ouvia com muita atenção.

– Isso significa fazer o corte dos "rebentos", dos ramos extras que brotam apesar da poda. Eles roubam seiva e são estéreis, por isso é necessário retirá-los, para não enfraquecer a planta.

– Tantas coisas para saber, suspirou Roberto, um pouco desanimado. Ele sentou-se em uma pequena pedra e colocou a mochila escolar no chão. Agora, quase todos os dias, depois da escola, descia do ônibus que o levava de Lecce para Lizzanello, e continuava a pé até a vinícola, onde parava por algumas horas. Estava prestes a terminar o ensino médio – faltavam apenas algumas semanas – e depois se dedicaria em tempo integral à vinícola de seu pai. Assim havia decidido.

Daniele sorriu para ele e sentou-se à sua frente no chão, depois aproximou os joelhos do peito.

– Calma, calma, ele o tranquilizou. – Você vai ver, aprenderá num instante. Como eu fiz. Quando cheguei aqui, ainda criança, não sabia nada de nada, disse, sublinhando o conceito com um gesto preciso.

Roberto pareceu aliviado e inclinou-se para trás, apoiando-se nas palmas das mãos.

– Você sente falta de Nova York?, ele então lhe perguntou, do nada.
– De vez em quando, respondeu Daniele. – Aquela cidade é... mágica.
– Me conta alguma coisa! Quero ir para lá também um dia.
– O que você quer saber?, Daniele disse sorrindo e apoiando os antebraços nos joelhos.

– Bem, tudo. Por exemplo, meninas, respondeu Roberto, piscando o olho. – Elas são diferentes das nossas? E tem os arranha-céus: como é olhar para eles lá de baixo? Você não se sente tonto? Você já entrou em um daqueles táxis amarelos? E já subiu no topo da Estátua da Liberdade?

– Calma!, o outro o interrompeu, divertido. – Já não me lembro da primeira pergunta...

– As meninas!

– Certo. As meninas. Não saberia te dizer, não olhei muito para elas. Roberto lançou-lhe um olhar travesso, como quem não acreditasse nele.

– Eu te juro!, riu Daniele. – Eu realmente não pensei sobre isso. E olhou para baixo, um pouco envergonhado.

Roberto o estudou por alguns momentos.
– Olha só, está escrito na sua cara, eh! ele então disse.
– O quê?, Daniele perguntou a ele.
– Que você ainda é perdidamente apaixonado pela minha prima...
Ficando sério de repente, Daniele endireitou as costas, girou sobre a mão para se levantar e, uma vez de pé, esfregou as mãos para limpá-las da sujeira.
– Seu boca grande, exclamou então, bagunçando o cabelo de Roberto. – Vamos, vamos voltar para a vinícola. Ainda temos que analisar as propostas para as novas garrafas.
– *Signorsì*, senhor!, exclamou Roberto. Então, enquanto voltavam pelo vinhedo, ele o cutucou.
– O que é?, Daniele riu.
– Você não me contou sobre os arranha-céus.
– Oh sim. Os arranha-céus. O que posso te dizer... Depois de um tempo você se acostuma, respondeu ele, e encolheu os ombros.

∽

Como todas as quintas-feiras à noite, Roberto e Maria arrastavam a quatro mãos o armário onde estava o rádio e o colocavam no centro da sala, entre os sofás. Na *Rede Vermelha*, às 20h58, entrava no ar o *Vermelho e Preto*, programa de variedades do qual Anna e Giovanna nunca perdiam um episódio. Anna, principalmente, ficava maravilhada toda vez que Franca Valeri fazia a senhorita Snob, com seus "r"s todos carregados.

Para a ocasião, todas as quintas-feiras para o jantar, Anna preparava pesto. O resto da família acabou por aderir também a esse encontro: jantavam todos juntos e depois, assim que começava a transmissão, apressavam-se a ocupar os seus lugares nos sofás.

– Alguém pode me dizer que horas são?, Anna gritou da cozinha.
– Se ao menos eu ainda tivesse meu relógio, murmurou em seguida.

Ela foi até o relojoeiro, só que o homem, depois de examinar o relógio, olhou para cima com uma expressão derrotada.

– Este se foi..., disse a ela. – Compre um novo. Quer ver alguns modelos femininos que acabei de receber?

– Não, obrigada, ela respondeu secamente. Voltou, então, para casa e, com relutância, colocou o relógio na gaveta da cabeceira. Entretanto, ainda não havia decidido substituí-lo.

— Sete horas, Roberto gritou do outro cômodo.

Perfeitamente em tempo, Anna disse a si mesma. E começou dar leves batidinhas nas folhas de manjericão com o pano úmido.

Giovanna estava sentada à mesa, ocupada com o seu crochê em ponto corrente, pontos altos e pontos baixos. Já há algum tempo que ela desenvolvera uma paixão pelo crochê: foi sua vizinha, a senhora idosa que varria a calçada todas as manhãs, que lhe ensinou, enquanto Anna estava no trabalho. Giovanna praticava todos os dias, durante horas: começou com pegadores de panela simples – havia dois na cozinha, com listras azuis e amarelas –; depois experimentou um saquinho de moedas, alguns guardanapos para o quarto, e, gradualmente, passou a aventurar-se com modelos mais complexos.

— Isso me relaxa muito, ela dizia sempre. – Quando faço, não penso em mais nada. É muito…reconfortante, é isso.

— Roberto!, Anna chamou. Comece a pôr a mesa.

De mãos dadas, Roberto e Maria olharam para a cozinha.

— Às suas ordens!, disse ele, levando a outra mão à testa.

Bem como Carlo fazia quando queria zombar de mim, Anna pensou com uma pontada de tristeza.

Aproximaram-se do aparador e Roberto tirou oito pratos fundos de porcelana, decorados nas bordas com flores azuis, enquanto Maria abria a gaveta dos talheres para pegar os garfos. Anna, de vez em quando, olhava de esguelha para eles: ainda não sabia se gostava daquela garota ou não. Certamente, não era difícil entender por que o filho havia sido conquistado por ela: tinha longos cachos castanhos que prendia com uma faixa na cabeça, um rosto pequeno de traços delicados com bochechas rosadas e um corpo pequeno e harmonioso. As palavras que Anna a ouvia dizer com mais frequência eram: "Obrigada", "Peço desculpas", "Se a senhora não se importa…". De todos ouvia dizer que ela era "adorável". No entanto, o fato de a garota ser sempre tão doce e respeitável era, para Anna, um sinal de falta de caráter, de excessiva submissão. Ela ficou perplexa, por exemplo, quando Maria anunciou que, se Roberto não tivesse ido para a universidade, ela também não teria se matriculado.

— Eu poderia ser secretária da vinícola… O importante para mim é estar perto dele, dizia ela com um sorriso desarmante, olhando para

Roberto com olhos cheios de amor. Parecia a Anna que aquela garota só queria moldar-se ao filho, como se fosse feita de barro.

– Você está errada, protestou Roberto, na única vez que Anna tocou no assunto. – Maria não é nem um pouco como você diz. É mais forte e determinada do que você pensa. Tem aquele tipo particular de força que vem da calma e da doçura. Gostaria que você desse a ela a chance de se mostrar a você. Faça isso por mim, por favor. Portanto, a partir de então, e apenas por amor ao filho, Anna fez questão não só de não expressar mais em voz alta qualquer opinião sobre Maria, mas também se comprometeu a perceber tudo de bom que pudesse haver nela. Por outro lado, se Roberto se apaixonou por ela, é porque devia ter muitas coisas boas...

Anna estava prestes a colocar os *pinoli* no pilão quando ouviu vozes: Antonio e Agata tinham chegado.

– Não, não feche, Tommaso está estacionando, disse Agata a Roberto. Antonio olhou para a cozinha e cumprimentou-a alegremente.

– O que você está fazendo? ele então perguntou a Giovanna, sentando-se ao lado dela com um olhar curioso.

– Um xale de verão, de algodão...

– Mas você é ótima!, ele disse.

– E fica melhor a cada dia, interveio Anna, muito orgulhosa. A porta da frente se fechou e, logo em seguida, ouviram-se os gritinhos felizes da pequena Giada, acompanhados das exclamações de todos. – Mas que vestido lindo, disse Maria.

– Lindo, não é? Comprei para ela, disse Agata.

– Você gosta do vestido da vovó? Hein, amor do papai?, acrescentou Tommaso.

Giovanna sorriu, largou a agulha de crochê e a linha de algodão em cima da mesa e foi até a menininha.

– Que cheiro bom, disse Antonio. E enfiou o dedo no pilão.

– Ei!, protestou Anna. – Se você tentar de novo, vou amassar seu dedo!

Rindo, Antonio colocou o dedo na boca. – Está uma delícia... Aliás, como sempre. Então ele cruzou as mãos sobre a mesa e permaneceu olhando para Anna. Demorou alguns segundos para perceber que o relógio não estava mais no seu pulso.

– Por que você o tirou?, perguntou-lhe, franzindo a testa e indicando seu pulso com um aceno de cabeça.

Anna parou.

– Ah, não funcionava mais. Aquele relojoeiro charlatão não conseguiu consertar. Eu deveria comprar um novo, mas eu quero... *aquele*, respondeu.

– Tem uma garotinha que quer cumprimentar a tia Anna, Giovanna os interrompeu, aparecendo na cozinha com Giada nos braços.

– Olha quem está aqui! Anna sorriu, continuando a trabalhar.

Agata invadiu a cozinha.

– A água já está fervendo?, perguntou ansiosamente. – Ainda não coloquei, respondeu Anna, sem tirar os olhos de Giada.

– Eu percebi. Deixa comigo, suspirou Ágata, com ar de quem tinha que pensar em tudo. E ficou na ponta dos pés para tirar a panela da prateleira.

Sentaram-se à mesa às oito: Anna colocou no centro da mesa a travessa fumegante de *trofie* ao pesto, e Antonio encheu as taças com Don Carlo.

Roberto e Maria sentaram-se um ao lado do outro, continuando a trocar pequenos beijos furtivos. Giada sentou-se na cadeira alta ao lado de Agata, que a alimentava com uma colher. Do outro lado da cadeira alta, Tommaso havia se acomodado e não conseguia parar de olhar para a filha com uma expressão encantada. Lorenza ficou na frente do marido, ao lado de quem estava Antonio. Anna e Giovanna foram as últimas a sentar. Como sempre, Giada foi o centro das atenções e causou risos gerais com seus nomes inventados.

– *Fata* papai, ela exclamou, apontando para a faca, e saiu com um – *Suco vedi*! quando Agata colocou a primeira garfada de *trofie* na boca.

Todos riam, exceto Lorenza, que, naquela noite, parecia ainda mais nervosa do que de costume. Ela mal havia tocado na comida; olhava em volta, como se estivesse ouvindo as diversas conversas mas, na verdade, só ouvia vozes confusas. Não conseguia tirar da cabeça a discussão que tivera com Daniele no dia anterior. Foi a primeira discussão real entre eles.

Como todas as quartas-feiras à tarde, Lorenza deixava Giada na casa de Anna e, tomando o ônibus das três, chegava a Lecce. Ela o encontrou sentado diante da máquina de costura, mas, assim que entrou, ele correu em sua direção e, num piscar de olhos, se uniram num beijo que continha a força de todos os beijos sufocados desde o último encontro. Tiraram a roupa às pressas; então Daniele a ergueu, envolvendo seus quadris com os braços, e a colocou contra a parede. Ela fechou as pernas em volta do corpo dele e fechou os olhos.

Às cinco horas, um quarto de hora antes de o ônibus partir para Lizzanello – como sempre, Daniele tomava o ônibus seguinte –, Lorenza dissera, em tom entusiasmado:

– Escute, estou pensando nisso a uma semana... Vamos para Nova York. Você e eu.

Daniele olhou para ela, atordoado, e começou a se vestir.

– Por que está reagindo assim? ela exclamou, surpresa e irritada.

Ele vestiu a camisa e aproximou-se. Pegou o rosto dela entre as mãos e, em voz baixa, disse-lhe:

– E como fazer isso? Desistir da vinícola? Largar o ateliê? E a sua filha?

– Eu só me interesso por estar com você, ela respondeu.

Daniele baixou as mãos. – Você realmente não pode, de fato, estar pensando nisso. Refiro-me a deixar Giada.

– Trata-se de uma escolha minha, não diz respeito a você.

– Mas como você pode dizer que isso não me diz respeito!

– A verdade é que você não me ama!, Lorenza começou a gritar. – É por isso que você não quer ir embora. A vinícola, o ateliê, a minha filha... são todas desculpas. Se realmente me quisesse, você diria sim. Imediatamente, sem sequer pensar.

Daniele deu um passo para trás, colocou as mãos nos quadris e olhou para ela. – Você realmente acha que eu não te amo? É sério?

– Você está provando isso agora.

– Só porque peço que você seja razoável? Que pense na sua filha?

– Ah, para o inferno! Você sabe o quê? Você só se importa comigo quando precisa se meter entre as minhas pernas.

– Você está sendo cruel ao dizer isso...

– Eu só digo a verdade.

Daniele permaneceu em silêncio por um momento que pareceu muito longo. Depois murmurou:

– Você está arriscando perder o ônibus. Vá, por favor.

Preciso absolutamente vê-lo antes de quarta-feira, pensou Lorenza. E pensou em como fazer para encontrá-lo... Não haveria nada de errado se ela aparecesse na vinícola no dia seguinte; ela sempre poderia dizer que tinha ido lá conversar alguma coisa com Roberto...

– Mamãe!, disse Giada, estendendo a mãozinha em sua direção. – Mamãe!

Tommaso levantou-a da cadeira alta e a colocou na frente de Lorenza.
– Aqui está a mamãe, disse ele então, entregando-a nos braços.

Ela a fez sentar em seu colo e recostou-se.

– Água, mamãe, pediu Giada.

Lorenza não se mexeu.

– Água, mamãe, repetiu Giada.

– Querida, a menina está te pedindo água, Tommaso interveio com uma voz um pouco alta demais.

– Sim, desculpe, ela gaguejou. – Vem cá que a mamãe vai dar água para você, disse à menina, pegando a jarra.

– Ei, vamos lá, anunciou Roberto, olhando para o relógio acima da lareira. – Faltam três minutos. Ele foi ligar o rádio e, aos poucos, todos foram se acomodando nos sofás. A poltrona onde Carlo sempre se sentava, a que ficava ao lado da lareira, permanecia vazia. Anna não permitia que ninguém se sentasse nela. Nunca.

Naquele momento, a voz de Mário Carotenuto desejou boa noite aos ouvintes da rádio.

～

Anna havia dito em alto e bom som: no seu aniversário ela não queria surpresas, jantares ou comemorações de qualquer tipo. Ela preferia muito mais passar o dia sozinha.

– "Na verdade, se puderem, tentem esquecer", advertiu a todos.

No dia em que completou quarenta e quatro anos – naquele ano caiu em um domingo – ela fez tudo com muita calma e só saiu da cama tarde da manhã, acordada pelo cheiro de molho de tomate e cebola frita vindos da cozinha. Giovanna sempre colocava bastante, toda vez que preparava o *ragu* de domingo.

Ela tirou a máscara de seda, calçou os chinelos e o roupão e, assim que abriu a porta, quase tropeçou numa rosa vermelha. Ao lado havia um pequeno envelope branco, sobre o qual estava escrito *Maman*. O cartão dentro dizia:

Feliz aniversário para à mamãe mais chata do mundo.

Eu te amo.
Roberto

Anna franziu os lábios e trouxe o bilhete para perto do coração. Em seguida, pegou a rosa do chão e desceu. Parou perto de uma mesa onde havia um vaso com margaridas, aquelas que ela e Giovanna haviam colhido algumas tardes antes, e colocou a rosa dentro.

Entrou na cozinha e, após cumprimentar Giovanna, tirou da prateleira a leiteira e a xícara.

– O Roberto saiu?, perguntou.

– Há algumas horas, respondeu. – Disse que tinha que passar na vinícola.

– No domingo?, disse Anna, espantada, enquanto colocava o leite na leiteira.

– Tinha coisas para resolver com o Daniele, respondeu Giovanna, encolhendo os ombros. Então, hesitante, ela olhou para Anna, e finalmente disse, em voz baixa: – Mas posso, pelo menos, desejar-lhe um feliz aniversário?

Anna se virou e começou a rir.

– Mas sim. Claro que você pode.

Era um dia ensolarado e quente, sem a sombra de nenhuma nuvem. Enquanto bebericava o leite sentada no banco, Anna aproveitava o calor do sol no rosto e pensava que a única coisa que queria fazer naquele dia era subir na bicicleta e pedalar sem rumo, sozinha e no silêncio. Quem sabe poderia chegar ao mar...

Ao entrar novamente em casa, disse a Giovanna que, naquele domingo, ela e Roberto almoçariam sozinhos.

– Quero sair, mas não sei quando voltarei... Você se importa?

– Eu só me importaria se você não tivesse um dia agradável, respondeu Giovanna.

– Vá em frente. Anna deu um beijo em sua testa. – Obrigada, sussurrou.

Meia hora depois, Anna saiu, subiu na Bianchi e começou a pedalar devagar.

– Bom dia, carteira, cumprimentou-a o velho que recebia todas as semanas uma carta do filho que tinha ido trabalhar como operário em Turim, acenando com a mão. – Um ótimo domingo, senhora Greco, disse então um homem, tirando o chapéu. – Olá, Anna, exclamaram duas mulheres que conversavam na porta. – Como é? Não tem correspondência hoje?, brincou uma mulher grande que descascava ervilhas sentada na calçada. Anna retribuiu cada saudação com um sorriso levemente forçado e, quando, por fim, pegou o caminho para o mar, deu um suspiro de alívio.

Naquele momento, em que a única coisa que desejava era ficar em paz, ela sentia saudades dos primeiros meses, quando ainda era uma estranha na cidade: agora, porém, não conseguia dar um passo sem que alguém a cumprimentasse ou mesmo a parasse para uma conversinha. Às vezes, é muito cansativo... pensou. Passou próxima a olivais e a campos sulcados pelas marcas do arado, delimitados por longos muros de pedra seca: o silêncio que tanto procurava finalmente a envolveu como um manto de seda. Após cerca de quinze quilômetros, chegou a uma encruzilhada e continuou ao longo de uma estrada de terra. A paisagem circundante mudou e Anna imediatamente sentiu um dos aromas mais caros para ela: o dos pinheiros. Lembravam-lhe do seu adorado pinhal em Bordighera, com as montanhas com vista para o mar, e as sestas que ali tirava quando era menina, deitada numa almofada de agulhas de pinheiro, quando o sol batia forte e a única forma de lhe escapar era procurar refúgio entre as coníferas. Logo apareceram à sua frente a floresta de pinhais e uma placa com uma seta onde estava escrito MAR. Ela, então, desceu da bicicleta e, levando-a ao seu lado, foi para o meio das árvores, inspirando profundamente.

De repente, lá estava a areia branca e a extensão azul do mar. Com um sorriso, Anna encostou a bicicleta no tronco de um pinheiro e correu para a praia. Tirou rapidamente os sapatos e as calças de linho e desabotoou a blusa branca. De calcinha e sutiã, ela mergulhou em águas sem ondas.

Deitou-se de bruços, com os braços estendidos, e fechou os olhos. Percebeu que era a primeira vez que tomava banho completamente sozinha. Nos verões em Bordighera, quando criança, estavam seus primos, que a seguiam por toda parte; depois, sempre havia Carlo. Como todas as vezes que pensava no marido, Anna sentia uma pontada repentina no peito e uma sombra parecia cair sobre ela. Havia se passado quase dois anos desde a morte dele, e ela não sabia dizer o que doía mais: ver o mundo continuar apesar da ausência dele ou sentir que, dia após dia, ela estava se acostumando com o fato de ele não estar ali. Cada vez que percebia que não pensava nele há uma hora inteira, ou que algo a fazia rir, imediatamente sentia uma sensação ardente de culpa, uma pontada no coração. *Quanto tempo depois de perder um amor é certo voltar a rir?* ela se perguntava.

Mergulhou a cabeça na água e prendeu a respiração por alguns segundos.

Quando ressurgiu e voltou para a costa, não tinha ideia de quanto tempo havia passado. Ela imediatamente se vestiu e correu em direção à sua bicicleta. Percorreu o caminho de volta para casa encharcada, enquanto o calor do sol aquecia a pele de seus braços e rosto, que ardiam por causa do sal.

Chegou aos portões de Lizzanello quando a luz da tarde já estava fraca. Antes de pegar a estrada para casa, porém, parou. *Estou bem perto de Contrada La Pietra*, pensou, olhando para a direita. *Talvez seja hora de dar uma olhada na casa... Quem sabe em que condições está? Faz muito tempo que não vou lá...* Assim, pedalou por aquela estrada que conhecia como a palma da mão e chegou na frente da casa. Empurrou o portão de madeira desgastado pela chuva e desbotado pelo sol e alcançou a porta. Não estava trancada. Ela a abriu e um forte cheiro de mofo e umidade a atingiu. Tudo estava em seu lugar, como se estivesse cristalizado. Anna andou pelos cômodos: teias de aranha nos cantos das paredes, camadas de poeira acumuladas nos móveis, mofo se espalhando pelas paredes... *Devia voltar para, pelo menos, dar uma limpada*, pensou. *Esta noite pergunto a Giovanna se...*

Foi nesse exato momento que uma ideia iluminou seus olhos e seu rosto, como um clarão. Ela olhou em volta, devagar, e viu tudo com absoluta clareza: onde ficava a sala, poderia ser montada uma sala de aula com lousa e carteiras; na grande parede onde agora estava o sofá, havia todo o espaço para uma biblioteca; na cozinha, bastaria retirar o armário e alguns móveis para dar lugar às oficinas; lá em cima seria simples criar um dormitório pequeno... sem falar no jardim, que poderia acomodar uma grande horta.

Por que diabos não pensei nisso antes? ela disse para si mesma. E à medida que tudo tomava forma diante dela, uma voz ecoou em sua mente. Era Carlo que lhe dizia: "Prometa-me que não vai desistir... Use o nosso dinheiro... Sem ter que pedir nada a ninguém".

Um nó apertou sua garganta. Como sempre, seu Carlo estava certo.

Anna voltou para a bicicleta e chegou em casa. Assim que abriu a porta, foi imediatamente envolvida pelo cheiro do ragu, que invadia todos os cômodos. Chamou Giovanna em voz alta, mas não recebeu resposta. *Ela provavelmente foi ver Giada*, pensou. *Paciência, falaremos sobre isso amanhã de manhã.*

Anna afundou-se no sofá com as roupas ainda úmidas e o cabelo desgrenhado da água salgada. Deixou seu olhar vagar pela sala e, no momento em que pousou os olhos na mesa à sua frente, percebeu um pequeno pacote embrulhado em papel dourado e fechado com uma fita vermelha. Anna inclinou-se para pegá-lo, olhou para ele por um momento, virando-o nas mãos, e então o abriu, revelando uma caixinha de veludo azul. No interior, havia um esplêndido relógio com mostrador retangular, borda dourada e pulseira de couro verde. Ela arregalou os olhos, pegou-o e ficou olhando por um longo tempo; ao virá-lo, percebeu uma frase gravada na parte de trás do mostrador.

Com o coração disparado, aproximou o relógio dos olhos e, em voz alta, leu:

> Para Anna de Antonio.
> Por todo o tempo que virá.

25
[VERÃO, 1951]

– Então, o que seria?
– E eu lá sei. Uma espécie de escola, dizem.
– Não é uma escola, diz que será uma "casa".
– E já não é uma casa?
– Sim, mas uma casa diferente. Uma casa para mulheres.
– E para nós, homens, nada?
– Mas o que você quer dizer "para mulheres"?
– Que farão coisas. Coisas de mulheres.
– Bem, que eu saiba, era uma escola.
– Não é, eu te digo.

Atrás da cortina de corda do Bar Castello, Antonio tomava um café e não podia deixar de ouvir o diálogo daqueles homens que jogavam trunfo.

– A carteira pediu à minha esposa que algum dia lhe mostrasse como fazer colchas, interrompeu um homem de cabelos grossos e encaracolados, sentado na mesa ao lado.

– Então você vê que estou certo? É uma escola, mas para coisas de mulheres, disparou o primeiro jogador.

– Ouvi dizer que também vão ensinar a ler e a escrever, e depois também terá história, geografia, matemática, disse outro, passando a mão pelo longo bigode.

– Eu tinha dito. Uma escola, reiterou o primeiro jogador.

– Talvez, mas não estou entendendo nada. De qualquer maneira, só pode ser coisa da forasteira. Será que ela não sabe que já existem escolas por aí?, protestou o segundo jogador.

Antonio riu sozinho. Não era a primeira vez que ele ouvia conversas desse tipo sobre a Casa da Mulher de Anna. Ninguém na cidade parecia ter entendido muito a respeito. A única certeza era que a carteira estava prestes a "fazer alguma coisa" com o casarão da louca Giovanna. Alguns alegaram que ela o havia comprado por duas liras, outros que Giovanna o dera de presente para pagar sua dívida.

– Espero que sim. Ela come e vive às custas da outra, zombou alguém. E outros acrescentavam: – Mesmo antes disso, já comia e vivia às custas de Carlo, que Deus o tenha.

Antonio colocou a xícara no balcão e saiu. Os homens de repente ficaram em silêncio.

– Será que ele ouviu tudo?, sussurrou o primeiro jogador, inclinando-se para o outro.

– E o que dissemos de errado?, respondeu ele, encolhendo os ombros.

– Bom dia, senhores, Antonio os cumprimentou sorrindo.

– Bom dia para você, Antonio, responderam em coro.

– Você chegou na hora. Estávamos conversando justamente sobre a sua cunhada.

– Eu ouvi, eu ouvi, respondeu Antonio, colocando as mãos nos bolsos das calças.

– Muito bem. Então explica pra gente, o que é isso... essa coisa que ela quer fazer, pediu o homem de cabelos cacheados. – Nem mesmo minha esposa entendeu bem.

– Vejam só... Antonio murmurou, esfregando o nariz, eu diria que cada um de vocês está um pouco certo. Aquele lugar será muitas coisas... Contudo, sim, só será aberto para mulheres. Será uma escola para quem não teve oportunidade de estudar, mas também uma oficina para aprender um ofício e um refúgio para quem está em dificuldade...

Os homens trocaram olhares perplexos.

– Em suma, um lugar para ajudar as pessoas. Nada mais, nada menos, concluiu Antonio, e foi embora. Mas ouviu alguém murmurar atrás dele: – Bem. Entendi menos do que antes.

Quando Anna, cerca de dois meses antes, lhe falou, cheia de entusiasmo, sobre a sua Casa da Mulher, o coração de Antonio se aqueceu: ele finalmente via em seus olhos aquela centelha que conhecia bem e que amava nela mais do que qualquer outra coisa. Esse lampejo era o mesmo que vira nela quando ela decidiu se apresentar no concurso dos Correios e quando começou a coletar assinaturas para as mulheres votarem.

Essa era a centelha que desafiava o mundo.

Desde que Carlo começou a sentir-se mal, os olhos de Anna já não brilhavam daquele jeito. Assim, foi um verdadeiro alívio vê-la, do dia para a noite, tão viva e envolvida em um novo projeto. E, enquanto Anna o descrevia para ele, Antonio também provava um sentimento de orgulho: só ela poderia pensar em tal ideia, algo que nunca tinha sido visto antes e que poderia fazer tanto bem para as mulheres.

– Deixe-me ajudá-la, ele lhe disse.

E não se poupou: em poucas semanas, ele e Anna retiraram os móveis antigos da casa, carregando-os nas carroças que Antonio trouxera da olearia junto com dois de seus empregados mais fortes; substituíram o portão, repintaram as portas e janelas; retiraram, depois, o mato que delimitava os espaços das hortas com cercas, e repararam as infiltrações no telhado. De vez em quando, no meio do trabalho, Anna e Antonio se pegavam ao se olhar sorrindo, cúmplices.

Às vezes, Anna parava tudo e deixava os olhos vagarem.

– Agora posso ver ainda mais claramente... dizia.

– Mas e se você dedicasse todo esse esforço à nossa casa, hein?, resmungava Agata quando ele voltava para casa para o jantar. – Quantas vezes já te pedi para comprar móveis novos, hein? E para tirar esse papel de parede feio que sua mãe colocou aí... que Deus a tenha. Quando aquela ladainha começava, Antonio a deixava desabafar, convencido de que mais cedo ou mais tarde ela iria parar. Mas, em vez disso, Agata continuava:

– Ninguém na cidade entendeu nada sobre isso, muito menos eu. O que significa "Casa da Mulher"? Ela e suas ideias malucas... Vai entender por que ela sempre tem que colocar você no meio.

Eram as mesmas perguntas que as suas amigas do rosário lhe haviam feito na recitação do último sábado. Quando Agata chegou à casa da vizinha e sentou-se em uma das cadeiras livres, o silêncio caiu de repente e as mulheres, já sentadas em círculo, começaram a se entreolhar.

– E agora, o que foi? Por que vocês ficaram quietas?, Agata perguntou, franzindo a testa.

A vizinha, uma mulher magra e vestida de preto, de pele rosada e cabelos visíveis sobre o lábio, olhou para as outras e, finalmente, encontrou coragem para lhe dizer:

– Não, é que estávamos apenas nos perguntando como você está, se toda essa história não te incomoda em nada...

– Qual história?, Agata interrompeu, ficando agitada.

– Essa coisa do seu marido e sua cunhada...

Agata se mexeu na cadeira.

– Mas do que você está falando?

– Pelo amor de Deus, não nos entenda mal, interveio outra, uma mulher corpulenta e de cabelos muito pretos. – Todo mundo sabe que o Antonio a está ajudando dia e noite, por causa dessa Casa da Mulher que ninguém nem entende o que é.

– Quando ninguém entende algo, significa que essa coisa está errada. Meu pai sempre dizia isso, interveio uma senhora idosa, de sobrancelhas brancas e voz rouca.

– Dia e noite, agora, é? Vocês sempre exageram!, Agata respondeu. – Ele passa, no máximo, algumas horas por dia nisso, não mais.

As mulheres se entreolharam novamente.

– Mas por que ela envolveu justamente o seu marido?, perguntou, então, a vizinha.

– De fato. Se é uma coisa para mulheres, o que ele tem a ver com isso?

– Também na coleta de assinaturas, lembra?, disse a velha.

– Parece que você está se esquecendo de que ele é irmão do Carlo, que Deus o tenha, respondeu Agata, fazendo o sinal da cruz. E as outras a seguiram, persignando-se também.

– E o que você quer dizer com isso? Que agora ele deve carregar ela também na garupa?, insistiu a vizinha.

Sim, e elas não estão erradas, dissera Agata para si mesma, com um suspiro. Antonio agora cuidava de duas famílias, a dele e a do irmão. Após a morte de Carlo, o marido não fizera nada além de correr sempre que Anna precisava. *Oh, que se dane, que ela se cuide sozinha! Maldita ela e quando chegou!* Agata pensava muitas vezes em crises de ciúmes.

Porém, ela respondeu:

– Você sabe como é o meu Antonio: ele é bom demais e generoso... E, quanto a mim, eu tenho muito orgulho dele e de tudo que o ele faz pela nossa cunhada e pelo nosso sobrinho, ressaltou, na esperança de acabar de uma vez por todas com a conversa.

– É claro que é bom! Como pão! Sempre foi, desde criança, a mulher corpulenta interveio para tirá-la daquela situação.

As demais se entreolharam com uma expressão envergonhada, e não ousaram mais falar.

Depois de alguns momentos, a vizinha começou a *Ave Maria* e as mulheres a seguiram em coro.

Agata recitou as orações, o tempo todo com a cabeça baixa e os olhos fechados, mas, entre uma *Mater Dei* e uma *Ora pro nobis pectoribus*, engolia raiva e humilhação.

⁓

Naquela manhã abafada de julho, no correio, ninguém parecia querer conversar. Nos fundos, só se ouvia o tique-taque do telégrafo e o bater da caneta de Tommaso nos documentos que lia. Carmine tinha um olhar pensativo e tocava constantemente sua barba, agora grisalha; nos últimos meses, ele a deixara crescer além da medida, crespa e selvagem. Até mesmo Elena, para quem normalmente não faltava o que conversar, naquele dia, manteve-se ocupada com seus próprios assuntos, como se estivesse irritada com alguma coisa. E Lorenza, certamente, não estava menos mal-humorada do que todas as outras manhãs. Anna estava separando a correspondência, mas ela também estava com a cabeça em outro lugar: estava pensando que precisava arranjar não apenas uma lousa, mas também algumas mesas e cadeiras... coisas que não poderiam ser encontradas exatamente na loja do térreo. Todo o restante, ela já havia comprado – as camas, os lençóis, as roupas, as sementes para plantar nas hortas, as ferramentas de jardinagem, os cadernos, as canetas e tudo o que seria necessário para as oficinas de artesanato –, mas onde, diabos, encontrar o mobiliário para montar uma sala de aula?

E depois havia outra coisa que a atormentava: o fato de Giovanna não querer se envolver de forma alguma.

– Ainda não estou com vontade de ver Contrada novamente, ela lhe dissera, enquanto trabalhava com os olhos fixos no xale de algodão, que estava quase pronto. – Mas estou feliz por você, e seu projeto é lindo. De verdade.

– Eu gostaria que se tornasse *nosso* projeto, respondeu Anna, com tristeza. De um certo ponto de vista, ela a entendia, mas o fato de Pe. Giulio ainda ter tanto poder sobre as escolhas de Giovanna era algo que a deixava furiosa. Não era justo, que diabos.

Anna separou num pequeno embrulho a correspondência destinada à Vinícola Greco: entregaria a Roberto mais tarde, em casa... se ele voltasse para almoçar. Desde que terminara o ensino secundário, Roberto se dedicava de cabeça à administração da vinícola e da quinta, como prometera, demonstrando um grande sentido de dever. É realmente meu filho, disse para si mesma com um sorriso.

Pegou a bolsa e olhou para o telégrafo.

– Telegramas de última hora?, perguntou.

Elena virou-se para olhá-la e balançou a cabeça, franzindo os lábios; tinha uma aparência tensa e olheiras avermelhadas sob os olhos. Seus problemas de sono não eram novidade, mas pareciam ter piorado nos últimos tempos.

– Não, tia, respondeu Lorenza. – Nada de novo.

Ela também não parecia muito bem naquela manhã. Anna pensou que havia discutido com Tommaso novamente. Na casa dos dois respirava-se um mau humor denso como neblina.

– Ainda tenho alguns minutos, disse ela então, virando-se para Lorenza. – Que tal um café rápido no bar?

– Sim, ela respondeu, arrastando a cadeira para trás. – Eu realmente estou precisando.

Havia uma atmosfera prostrada na praça. As folhas da grande palmeira estavam tão imóveis que pareciam pintadas contra o céu; as portas das lojas estavam todas fechadas, a fim de evitar a entrada do calor para dentro delas; os dois velhos sentados no banco e os quatro homens de camiseta branca jogando cartas na mesa do bar tinham uma aparência cansada e pareciam prestes a derreter.

Anna encostou a bicicleta na parede e sentou-se à uma mesa do lado de fora, enquanto Lorenza foi buscar café.

– Tommaso me pareceu nervoso esta manhã, disse Anna, mexendo a colher na xícara.

– Se se acalmasse pelo menos um pouco..., Lorenza respondeu. – Ele está obcecado por aquela menina; se preocupa com tudo, mesmo quando não há razão para isso. E, então, parece que a culpa é sempre minha: se a menina chora, se não dorme o suficiente, se faz birra...

Anna sentiu que havia mais, mas permaneceu em silêncio.

– Sem falar nesta história de Otranto. Não entendo por que temos que ir lá todo verão.

Anna levantou uma sobrancelha. *Aqui está, o verdadeiro motivo*, pensou.

– Eu disse claramente: este ano eu não quero, continuou Lorenza. – E você sabe o que ele me respondeu? Que sou caprichosa e ingrata. Eu!

Mas quem perguntou alguma coisa para ele? Sempre decidiu para onde ir nas férias. Nunca me perguntou, sequer uma vez.

Anna limpou a garganta.

– Você não quer se afastar muito de Daniele..., disse. – É por isso?

Lorenza semicerrou as pálpebras e desviou o olhar para o castelo.

– Serão apenas duas semanas, Anna murmurou. – Faça isso por Giada. Você sabe quanto ela gosta do mar.

– Tem mar também aqui perto, Lorenza disparou.

– Sim, mas você tem uma casa lá, e é um pecado mantê-la fechada. O que te custa? Duas semanas, Lorenza. Apenas duas.

– Me custa muito!, ela exclamou, cada vez mais irritada. – Há coisas que você não sabe, coisas que aconteceram... Não posso me afastar dele agora. Não posso, repetiu, balançando a cabeça.

– Parece que você está com medo de alguma coisa...

– Claro que estou com medo. Ele pode encontrar outra e se casar com ela. O que você acha, que ele vai ficar sozinho para sempre? Que não vai se cansar de viver assim?

– E você acha que ele a encontrará nas duas semanas em que você vai estar fora com sua família?, perguntou Anna ironicamente.

– Eu não quero que ele a encontre. Jamais.

– Você não pode falar assim. Você sabe...

– Tudo poderia ser tão simples..., interrompeu Lorenza. – Se ao menos fugíssemos daqui. Longe de tudo e de todos. Poderíamos ser tão felizes...

Era a primeira vez que Anna a ouvira dizer algo assim, e isso a preocupou bastante. Após alguns instantes de silêncio, ela perguntou: – Como Anna Karenina e o conde Vronsky?

– Sim, exatamente como eles, sussurrou Lorenza.

Anna suspirou, depois remexeu na bolsa, tirou algumas moedas e colocou-as sobre a mesa.

– Eu tenho que ir agora, disse. – Mas lembre-se de uma coisa: Anna Karenina pagou muito caro por sua escolha. Pense nisso. E foi embora.

Lorenza recostou-se na cadeira. Conhecia bem a história de Anna Karenina: tinha lido o romance quando era jovem e lembrava-se de sentir uma grande admiração por aquela heroína romântica, que teve a coragem de seguir o seu coração, à custa de perder tudo. Agora, como antes, ela não conseguia ver nada de errado nisso.

∽

Na quarta-feira seguinte, para o encontro com Daniele, Lorenza levou Giada consigo. No ônibus, a menina não parava de choramingar por causa do calor, esfregando com as mãozinhas os olhos inchados de lágrimas.

– Seja boazinha, Lorenza repetia para ela. – Vamos para um lugar bacana, para encontrar um querido amigo da mamãe.

Quando chegaram, Daniele estava curvado sobre a mesa de trabalho, desenhando.

– Aqui estamos, exclamou Lorenza, com um sorriso forçado.

Daniele olhou para elas e deu um pulo, movendo o olhar da menina para Lorenza.

Giada parou na soleira da porta e olhou para Daniele com os olhos ainda úmidos.

– Vamos, entre com a mamãe, Lorenza a encorajou.

Daniele lançou-lhe um olhar perplexo, depois se aproximou de Giada e se agachou na frente dela, sorrindo para a menina.

– Muito prazer, meu nome é Daniele, disse ele, estendendo a mão.

Depois de alguns momentos, Giada colocou a mãozinha na de Daniele.

– Mas você sabia que é muito linda? ele continuou, acariciando os seus dedinhos. – Nunca vi uma menina mais linda do que você, eu juro.

A menina levou um dedo à boca e, sem tirar os olhos dele, sorriu levemente e deu um pequeno passo à frente.

Lorenza acompanhou-a para dentro, conduzindo-a pelos ombros, e fechou a porta com um suspiro.

– Seu nome é Giada, certo?, disse Daniele.

A garotinha assentiu.

– Mas você sabia que é o nome de uma pedra com uma cor linda?

A garotinha balançou a cabeça, divertida.

– Venha, vou te mostrar. Ele se levantou e, tomando a mão da menina, aproximou-a dos rolos de tecido. Então desenrolou um lindo verde brilhante. – Aqui está. Esta é a cor do jade.

Giada estendeu a mãozinha e tocou o tecido.

– Você gostou?

– Sim, ela exclamou, toda feliz.

– Agora você sabe o que vamos fazer? Um belo vestido. Para você.

E deu um tapinha na bochecha dela.

Lorenza os observou o tempo todo com um sorriso satisfeito.

As duas horas seguintes foram tranquilas e alegres ao mesmo tempo: Lorenza e Daniele tiraram as medidas da menina, brincando de fazê-la girar como uma princesa e depois recortando o tecido; com alguns restos recuperados de uma cesta, criou faixas de cabelo que amarrou na cabeça de Lorenza, na de Giada e finalmente na sua, provocando o riso cristalino na pequena.

Depois Giada sentou-se em um canto e ficou brincando com alguns pedaços de tecido.

– Você tem conseguido trabalhar?, Lorenza então perguntou, indicando a Singer com um aceno de cabeça.

– Estou tentando, ele respondeu. – Pelo menos, depois que o seu primo passou a ficar mais na vinícola, tenho conseguido vir para cá com muito mais frequência.

– Eu gostaria tanto de dar uma olhada nos novos desenhos. Posso? Danielle corou.

– São apenas esboços. Ele, então, se inclinou na direção dela e, delicadamente, moveu um cacho rebelde para trás de sua orelha.

– Mas, quando eu terminar, você será a primeira a vê-los.

– Mal posso esperar..., Lorenza respondeu. Ela fechou os olhos, suspirou e sorriu. – Se, ao menos, todas as tardes fossem assim, disse.

Daniele sorriu de volta.

– Giada é realmente adorável, murmurou.

– Você já pensou que poderia ser sempre assim?, disse Lorenza, baixando a voz.

– Assim como?

– Eu, você e Giada.

Ele olhou para ela como se não tivesse certeza de ter entendido.

– Você disse que nunca permitiria que eu a deixasse, continuou Lorenza. – Bem, vamos levá-la conosco, então. Nessas condições você iria? Você fugiria comigo?

Daniele arregalou os olhos, pigarreou e virou-se para Giada.

– Você não sabe o que está dizendo, ele finalmente respondeu.

– Você disse que o problema era Giada, sussurrou Lorenza. Em seguida, levantou a voz: – Estou te oferecendo uma solução!

A menina parou de brincar de repente e levantou a cabeça.

– Tirá-la do pai? Dos seus avós? Esta é a sua solução? Daniele respondeu.

– Eu, pelo menos, tento encontrar uma, vociferou.

De repente, Giada começou a soluçar, depois pegou os pedaços de tecido e os jogou.

– Pequena, o que aconteceu? Daniele disse imediatamente. – É porque a mamãe parece zangada? Olha, ela estava brincando! Ela acabou de me dizer que está muito feliz porque sábado vai para a praia com você e com o seu papai. Lorenza fez menção de abrir a boca, mas o olhar duro de Daniele foi suficiente para fazê-la desistir.

– Não é verdade, Lorenza? concluiu.

Giada parou de chorar e olhou para a mãe.

Lorenza lançou a Daniele um olhar que misturava dor e raiva.

– Sim, muito feliz, disse ela então com voz trêmula. Em seguida, avançou rapidamente em direção à filha, pegou-a no colo e dirigiu-se para a porta.

– Lorenza, volte aqui..., Daniele implorou.

Ela nem sequer se virou.

~

Anna estava calçando os sapatos com pressa. Antonio passaria a buscá-la a qualquer momento.

– Esteja pronta amanhã de manhã, às dez, ele lhe dissera, e ela sabia que ele era sempre pontual. Naquele dia – a primeira das duas semanas de férias de Anna – eles iriam visitar uma espécie de negociante de antiguidades que morava no campo e que, pelo que Antonio soube, tinha um quadro-negro antigo.

– Tem certeza que não quer vir?, ele perguntou a Giovanna.

– Não, obrigada, respondeu. Ela estava sentada à mesa da cozinha, com a agulha de crochê na mão e um novelo de lã rosa à sua frente, tricotando uma pantufa.

– Prefiro ficar aqui. Está quente demais para sair...

Anna fez uma careta de decepção. – Como você quiser...

Nesse momento ouviu-se a buzina do Fiat 508.

– Aqui está, exclamou Anna. – Até logo, volto para o almoço!, disse ao sair.

Antonio esperava por ela com a janela aberta e o braço apoiado na porta.

– Você é a pessoa mais descaradamente pontual que conheço, exclamou Anna.

– A pontualidade é a virtude do generoso, respondeu com um sorriso.

Assim que partiram, uma leve rajada de vento entrou pela janela e bagunçou os cabelos de Anna, liberando um aroma muito perfumado.

– Feliz por estar de férias?, Antonio lhe perguntou.

– Na verdade, estou feliz por ter mais tempo para me dedicar à Casa da Mulher, respondeu. – Sabe, eu estava pensando ontem à noite, gostaria que estivesse pronta no final de setembro. Se eu me empenhar nessas duas semanas, posso conseguir.

– Oh! Você não havia se decidido por novembro?, Antonio se surpreendeu. – Por que mudou de ideia?

Anna encolheu os ombros.

– Não há nenhuma razão específica. Quanto antes estiver pronta, melhor.

– Sim, mas falta pouco mais de um mês para o final de setembro. E eu não vou estar aqui nos próximos dez dias. Fico chateado que você tenha que lidar com isso sozinha. Espere, que tal? Qual é a pressa?

No dia seguinte, Antonio se juntaria à esposa e à filha em Otranto. Já estavam lá há alguns dias, com Tommaso e a menina. Agata ofereceu-se para cuidar de Giada.

– Para que você possa ficar um pouco sozinha com seu marido, disse ela a Lorenza, sem esconder o tom de reprovação. Antonio havia prometido juntar-se a eles depois de resolver alguns negócios na olearia.

– Sim, claro, na olearia... Agata respondeu com uma risadinha amarga. – E desde quando a olearia virou "da Mulher", hein?

Anna colocou uma mão na de Antonio, que segurava o câmbio de marchas.

– Você é muito amável. Mas não se preocupe comigo, ela o tranquilizou. – Creio que posso cuidar de mim mesma sozinha.

Antonio ficou pensativo e engatou a terceira marcha. Anna retirou a mão.

– Eu poderia muito bem não ir, disse ele então. – Se você for precisar de mim, fico aqui. Sem problemas.

Anna virou-se a fim de olhar para ele.

– Não fale bobagem, ela respondeu docemente.

Eles percorreram cinco quilômetros por uma estrada que contornava a zona rural, em direção a Lecce.

– É para ser aqui, depois do poço à direita, foi o me disseram, murmurou Antonio, tomando uma estrada secundária. Logo avistaram uma grande casa toda em rocha calcária, rodeada por um pomar de amendoeiras e laranjeiras.

– Acho que é essa, disse Anna, inclinando-se para a frente.

Antonio parou o 508 próximo a um muro de pedra seca e desligou o motor.

Desceram do carro e atravessaram o pomar: a certa altura, Antonio parou e tirou duas amêndoas de uma árvore, quebrou uma entre os molares e entregou a amêndoa descascada para Anna.

– Quando éramos pequenos, justo nessa época, Carlo e eu saíamos pelo campo para roubar amêndoas e nos empanturrávamos..., contou, partindo a segunda casca e enfiando a amêndoa na boca. – Uma vez um proprietário nos descobriu e começou a nos perseguir com uma enxada. "Desgraçados!", gritava, enquanto corríamos feito loucos. Carlo se virou e fez um gesto rude para ele, e o homem ficou tão bravo que nos seguiu até em casa. E riu.

Anna sorriu, imaginando a cena.

– Eu adoraria ter conhecido vocês quando crianças, disse ela depois.

Ele sorriu de volta e continuou andando.

A porta de madeira da casa estava entreaberta. Antonio enfiou a cabeça pela fresta.

– Tem alguém aí?, perguntou.

Nenhuma resposta.

– Ei!, Anna gritou.

Silêncio.

Entreolharam-se por um momento, hesitantes, e então entraram.

Eles se encontraram diante do que parecia ser um enorme mercado que havia sido atingido por um furacão. Por toda parte, empilhados ao acaso, havia móveis antigos e dilapidados, lamparinas a óleo, jarras de bronze dourado, porta-tochas em ferro forjado, estatuetas de santos, xícaras e canecas, bules, relógios de parede, leques, livros, quadros, banquinhos, mesinhas de cabeceira, baús...

– Mas isso aqui é maravilhoso, exclamou Anna. – Talvez ele tenha um daqueles conjuntos de banho que minha avó usava...

– Como era?, Antonio perguntou, aproximando-se.

– Sabe, era feito de prata, com os cabos trabalhados em relevo, explicou ela. – Havia uma escova de cabelo, uma escova de roupa e um pequeno espelho. Quando criança, brincava com ele todas as tardes por horas a fio. Brincava de ficar bonita, como minha avó.

– Acho que você não teve que se cansar muito para isso..., Antonio murmurou, olhando em volta.

– Quem vem lá?, foi ouvido de repente atrás deles.

Antonio e Anna se viraram no mesmo momento: parado à porta estava um homem magricelo de uns sessenta anos, e com uma longa e emaranhada barba branca. Em uma das mãos segurava um cachimbo.

– Perdoe-nos, Anna desculpou-se. – Estávamos apenas olhando em volta.

– O senhor deve ser o senhor Bruno, disse Antonio, caminhando na direção dele com a mão estendida.

– Sou eu, respondeu o homem, apertando a sua mão.

– Meu nome é Antonio Greco. Prazer em conhecê-lo. E esta é minha cunhada Anna.

– Anna Allavena, especificou ela. – Este lugar é magnífico, disse então, com um grande sorriso.

Bruno sorriu-lhe de volta, satisfeito. – O que você está procurando?, ele, então, perguntou.

– Disseram-nos que o senhor tem uma lousa velha..., Antonio explicou. – Bem, estamos justamente procurando por uma.

– Acertaram, respondeu Bruno. – Venha, disse, afastando-se. Ele os conduziu para a sala contígua onde, entre guarda-roupas, escrivaninhas, uma prensa, um arado e um balde de mármore, havia uma lousa de parede com moldura de madeira maciça. – É esta aqui, disse o homem. E soltou uma nuvem de fumaça.

Anna abaixou-se para ver melhor e acariciou a superfície lisa da lousa.

– O que você diz? Me parece boa, não acha?, Antonio perguntou a ela, agachando-se ao seu lado.

– Excelente!, ela respondeu. Então se virou para Bruno. – Vamos levar!

Antonio tirou uma corda do porta-malas e usou-a para amarrar a lousa no teto, passando várias vezes a corda do teto para dentro do carro pelas janelas abertas. Bruno permaneceu observando-os com curiosidade, encostado no batente da porta com os braços cruzados. De vez em quando, ele colocava o cachimbo na boca e dava tragadas profundas.

– Está bem preso aí?, perguntou Antonio, enfiando a cabeça acima do teto.

– Parece que sim, respondeu Anna, e testou, puxando a corda em sua direção.

Voltaram para o carro e mal tinham saído da estrada da fazenda para entrar na estrada principal quando ouviram um baque surdo.

Ambos se viraram ao mesmo tempo e viram a lousa no chão, no meio da rua.

Antonio arregalou os olhos. Então olhou de volta para Anna. – Mas você não deu o nó?, perguntou a ela.

– Que nó?

Encararam-se por alguns segundos e depois começaram a rir. Anna continuava a gargalhar mesmo quando Antonio abriu a porta e tentou colocar a lousa de volta no teto do carro.

– Vamos, pare com isso, venha me ajudar, disse ele, divertido. Mas a risada plena e cristalina de Anna continuou a ecoar entre as oliveiras e a espalhar-se como pólen. E ela percebeu que aquela foi sua primeira risada de verdade depois da morte de Carlo. A primeira sem culpa, sem ela se perguntar se era certo rir depois de perder o amor da sua vida.

Assim que chegaram à Contrada La Pietra, prenderam a lousa na parede com pregos longos e grossos. Na parede oposta havia, agora, uma espaçosa estante, a qual, até duas semanas antes, abrigava o arquivo das faturas da olearia.

– Vou encontrar outro lugar para todos esses arquivos, não se preocupe, Antonio disse a ela quando lhe deu o móvel de presente. As duas primeiras estantes já estavam ocupadas por todos os livros escolares de Roberto, a começar por aqueles que ele estudou quando criança, durante o ensino fundamental. Em breve, também haverá mesas e cadeiras. *Daí sim parecerá uma sala de aula de verdade*, pensou Anna. Gigetto, o carpinteiro, fez-lhe um preço excelente pelas dez carteiras, dez cadeiras e também pelos beliches que ela iria colocar no andar de cima. – Não se preocupe, carteira. Tudo estará pronto no final do verão, garantiu. – Se você também precisar de colchões, vou indicá-la para um amigo meu. Vou dizer a ele para tratá-la bem.

– Eu diria que agora merecemos um café, não acha?, Antonio disse a ela.
– Absolutamente sim!, respondeu Ana.

Não havia vivalma na praça: naquela manhã, parecia que todos haviam desaparecido em massa devido ao calor escaldante. Dentro do Bar Castello, também deserto, Nando enxugava alguns copos com um pano, enquanto o rádio no balcão tocava *Grazie dei Fiori*, de Nilla Pizzi, a música que havia vencido a primeira edição do Festival da Canção Italiana daquele ano.

Nando colocou as duas xícaras na frente deles.

– Se me permitem..., ele disse então, um pouco hesitante. – Experimente este xarope de amêndoa em vez de açúcar. E, sem esperar resposta, pegou uma garrafa e despejou algumas gotas nas xícaras fumegantes. – A minha mulher fez ontem, é uma maravilha... É por conta da casa, por favor!

Antonio tomou um gole de café.

– Nando, mas é uma delícia! Dê os parabéns à sua senhora.

O outro assentiu, muito orgulhoso.

Anna, por sua vez, estava prestes a dizer que era um pouco doce demais para o seu gosto, quando Antonio começou a cantarolar baixinho junto com Nilla Pizzi: "*In mezzo a quelle rose ci sono tante spine, memorie dolorose di chi ha voluto bene... Son pagine già chiuse con la parola fine*".

Anna paralisou com a xícara no ar, olhando para os lábios de Antonio que se moviam lentamente, sussurrando a letra da música. E naquele exato momento, sentiu uma espécie de sobressalto, bem ali onde estava seu coração.

– O que foi?, Antonio perguntou com um sorriso, assim que percebeu que estava sendo observado.

Anna desviou o olhar de imediato.

– Nada, ela respondeu rapidamente, sentindo suas bochechas queimarem.

E bebeu a última gota de café.

~

No dia 22 de agosto, no vinhedo da Quinta Greco, começou a vindima de 1951.

Às cinco da manhã, Daniele chegou na frente da casa de Roberto e tocou a campainha da sua Lautal Taurus.

– Não quero que você vá a pé a essa hora. Ainda estará escuro. Vou buscá-lo, eu prefiro, ele lhe havia dito no dia anterior. Assim, quando Roberto abriu a porta, morto de sono, Daniele o cumprimentou todo alegre e o fez sentar no cano superior da bicicleta.

– Mas você tem certeza de que consegue ver a estrada?, Roberto perguntou-lhe, depois de se acomodar.

– Eu consigo, eu consigo.

De vez em quando, durante o trajeto, bastava que Roberto se movimentasse levemente para que a bicicleta desviasse para a direita ou para a esquerda.

– Ohhhh!, ele exclamava assustado, segurando-se no cano.

– Eh, mas você tem que ficar parado!, Daniele riu.

Os trabalhadores começaram a chegar em grupos: alguns a pé, alguns de bicicleta, alguns em carroças puxadas por burros. Poucos minutos depois das seis, o sol finalmente nasceu entre as fileiras, iluminando o vinhedo: os homens dispersaram-se e puseram-se a trabalhar a bom ritmo, cortando os cachos maduros das plantas e enchendo os cestos no chão.

Daniele pegou duas tesouras e entregou uma para Roberto.

– Venha comigo, disse, colocando a mão em seu ombro. E o conduziu até o coração de uma fileira de vinhas.

Nas raras ocasiões em que Carlo o levara para assistir à colheita das uvas, quando criança, Roberto nunca tinha visto o pai se misturar com os trabalhadores e muito menos começar a fazer as mesmas coisas que eles faziam. Ele pegava o filho pela mão e perambulava entre as fileiras e os cestos cheios de uvas, verificando se tudo corria bem. Só uma vez permitiu que Roberto entrasse nas tinas e prensasse as uvas descalço, juntamente com as outras crianças.

– Olhe para mim. Faça o que eu fizer, disse-lhe Daniele, dando um corte limpo no topo de um cacho.

Ficou claro que Daniele, durante a colheita e não apenas durante ela, juntava-se aos agricultores e colocava-se a trabalhar duro com eles, sem se poupar. Roberto não saberia dizer com qual das duas abordagens ele concordava mais, se com a benevolente, mas distante, de seu pai, ou com a humilde de Daniele. Mas estava confiante de que descobriria sozinho, mais cedo ou mais tarde.

De repente, algumas fileiras à frente, um agricultor entoou uma cantiga, espalhando sua voz alta e leve pelo campo:

> *E fior di tutti i fiori...*

Todos os demais, de todas as fileiras, o seguiram em coro:

> *fior di lu pepe*
> *tutte le fontenelle so' siccate*
> *povero amore mio more di sete*

Então o homem entoou apenas a primeira linha do segundo verso:

> *Eru piccinnu e me morse la mamma...*

Depois outros o seguiram:

> *Lu viziu me rimase de la minna*
> *ogni donna ca visciu la chiamu mamma.*

Continuaram com cantigas e canções até as nove horas, quando Daniele anunciou um intervalo.

– Estou com fome..., Roberto murmurou, tocando a barriga.

– Venha, vamos até a vinícola buscar vinho para todos, disse Daniele. – Depois comemos também.

Voltaram com dois garrafões de Don Carlo, que os trabalhadores passaram de mão em mão, bebendo em grandes goles.

Daniele e Roberto abriram espaço em um dos muitos pequenos grupos que se instalaram no chão, em círculo, para comer. Um menino mais ou menos da idade de Roberto amoleceu dois *friselles* molhando-os com água, espremeu tomates por cima, abrindo um de cada vez, e cobriu tudo com bastante azeite.

– Aqui está, disse ele, entregando um para Daniele e outro para Roberto.

– E os garfos?, perguntou Roberto.

Seu pedido foi recebido com uma risada alta.

– Ei, o jovem aqui quer um garfo, exclamou um dos homens, mastigando de boca aberta.

Daniele olhou para ele, também rindo.

– O que eu disse?, Roberto ficou surpreso.

– Deixe-me entender..., Daniele disse, quebrando um pedaço de *frisa* untada com óleo. – Você come frisella com talheres? E mordeu o pedaço.

– E de que outra forma? Minha mãe sempre fazia a gente comer com garfo, respondeu Roberto, com ar de quem dizia o óbvio.

– Tente com as mãos, disse Daniele, piscando para ele. – Você verá que é cem mil vezes melhor.

Então Roberto juntou os dedos e tentou pegar uma porção de frisella. *Se minha mãe me visse, cortaria minha mão*, pensou ele, divertido. Estava prestes a colocá-la na boca quando um homem de bicicleta chegou, sem fôlego e pingando de suor.

– Daniele! Daniele Carlà! Daniele! ele gritou.

Um se levantou, outro levantou a cabeça, outro ainda continuou a comer como se nada tivesse acontecido.

– Estou aqui!, Daniele gritou, levantando-se. – O que está acontecendo?

O homem da bicicleta parou na frente dele. Respirava com muita dificuldade.

– Beba, senão você morre, disse um agricultor, entregando-lhe o garrafão de vinho.

O homem tomou um longo gole e depois limpou os lábios no pulso. Depois, com o rosto tenso e ainda sem fôlego, disse: – Foi sua mãe quem me mandou... Você tem que ir para casa imediatamente...

Daniele olhou para ele, desconcertado.

– É seu pai, continuou o homem. – Ele teve um infarto.

26
[OUTUBRO-DEZEMBRO, 1951]

Daniele subiu correndo na bicicleta e chegou à casa dos pais pedalando a uma velocidade vertiginosa. Mas quando sua avó Gina abriu a porta para ele, soluçando em um lenço, ele percebeu que havia chegado tarde demais. Seu pai não o tinha esperado.

Em poucas horas, a casa se encheu do cheiro dos crisântemos e do perfume de jasmim de Carmela. Usando um vestido preto até a panturrilha e com o rosto escondido por um véu de organza, Carmela permaneceu sentada durante todo o tempo do velório, enquanto o fluxo de pessoas oferecendo suas condolências se desenrolava à sua frente. Ela foi impecável no papel da viúva enlutada, mas ninguém a viu derramar uma lágrima: nem durante o velório, nem no funeral, nem mesmo quando enterraram Nicola.

E com Daniele ela tinha sido, se é que era possível, ainda mais distante: não lhe deu um abraço nem lhe disse uma palavra de conforto. Pelo menos até a manhã do funeral, quando Daniele chegou à cozinha e encontrou a mãe e a avó tomando café.

– O caixão me custou mais do que a igreja, dizia Carmela em tom de desprezo. – Nos últimos tempos, já estava tão gordo quanto dois porcos juntos.

Daniele cerrou os punhos e gritou:

– Basta!, com a voz trêmula de raiva, e saiu correndo de casa. Subiu na bicicleta e começou a pedalar como um louco, enxugando o rosto marcado de lágrimas com a palma da mão. Não suportou mais essa humilhação ao seu pai: durante toda a sua vida, ele o viu sofrer em silêncio, incapaz de se defender dos modos severos de Carmela, da sua contínua falta de respeito, dos seus olhares desdenhosos. E se Daniele ousasse defendê-lo, Nicola o impedia, colocando a mão em seu braço. – Sua mãe está certa, dizia ele. – Fui eu que errei, deixei-a com raiva. Quanta frustração ele sentiu, desde menino, ao ver aquele homem diminuir-se, cada vez mais. *Reaja, ele pensou mil vezes. Levante a voz! Fique com raiva pelo menos uma vez! Ela é quem está errada, não você! Você é bom, pai.*

Na igreja, durante a cerimônia, ele nem olhou para a mãe, embora ela tivesse segurado seu braço e apoiado a cabeça em seu ombro, como se nada tivesse acontecido na cozinha. Daniele continuou com os olhos fixos no caixão, pensando em todas as vezes em que deixou de visitar o pai, em todas as refeições que não fizeram juntos, nas conversas entre pai e filho que poderiam ter acontecido mas, em vez disso, nunca ocorreram: ao reduzir as visitas à mãe, também permitiu que seu relacionamento com o pai fosse gradualmente se desgastando. Ele fez tudo o que pôde para estancar a presença de Carmela em sua vida, para vivê-la em pequenas doses, aquelas que não deixavam consequências. Para mantê-la afastada, acabou trancando o pai do lado de fora da porta também.

Naquele momento, a sua Lorenza lhe fez uma falta terrível. Arrependia-se de tê-la tratado tão mal naquela tarde, alguns dias antes, no ateliê. E no final, ela, com toda razão, zangada e magoada, partiu para Otranto com a família. Naqueles momentos de dor, Lorenza era a única pessoa por quem ele gostaria de ser abraçado, aquela que ele gostaria de estar de mãos dadas.

Sentia-se esmagado pela tristeza, sozinho no mundo, apesar de tantas pessoas terem comparecido ao funeral e o terem beijado, feito um carinho, abraçado... E depois havia Roberto, que se ofereceu para carregar o caixão da igreja ao cemitério.

– Eu sei como você se sente, disse a ele com uma expressão de sincero pesar, apertando seu braço afetuosamente.

Anna esteve presente desde o velório, mas só se aproximou de Daniele depois que o enterro foi concluído e o chamou de lado.

– Antonio me deixou o endereço em Otranto, por precaução, disse-lhe. – Se você quiser, eu a aviso. Com discrição.

Daniele olhou para ela com um lampejo de esperança nos olhos.

– Eu ficaria grato, ele respondeu, fungando.

∼

O telegrama de Anna chegou a Otranto numa manhã abafada, enquanto a família estava na praia. Apenas Antonio havia ficado na varanda lendo o novo romance de Alberto Moravia, *O Conformista*: ele e Anna o escolheram juntos para leitura de verão, prometendo conversar a respeito na volta das férias. Quando o carteiro assobiou além do portão, Antonio levantou-se imediatamente da espreguiçadeira e foi ao seu encontro. – Um telegrama para Antonio Greco, disse-lhe o homem, entregando-lhe um envelope amarelo. Antonio o virou nas mãos e assim que leu o remetente – Anna Allavena – rasgou o envelope.

> O PAI DE DANIELE MORREU DE UM INFARTO. O FUNERAL FOI HOJE. ENVIEI UMA COROA DE FLORES EM NOME DE TODOS VOCÊS.

Antonio guardou a notícia para si, dizendo a si mesmo que não adiantava estragar o dia de todos e que talvez, ao anoitecer, encontrasse o momento certo para comunicá-la. Então os demais chegaram da praia na hora do almoço, comeram na varanda, ainda em trajes de banho e cobertos de sal, depois Giada tirou uma soneca à tarde na cama ao lado da avó, enquanto Tommaso e Lorenza começaram a jogar cartas, movendo a louça suja para um lado da mesa. Ele estava lhe ensinando *Tressette*, explicando que três tinha o valor mais alto, seguido por dois, ás, rei e assim por diante. De vez em quando, Antonio levantava os olhos do livro e os observava: sua filha lhe parecia extraordinariamente calma; durante o almoço ela até riu de uma piada do marido.

Ao pôr do sol, Tommaso propôs a Lorenza um passeio à beira-mar e ela disse que sim. Antonio os viu partir, lado a lado, e teve certeza de que a notícia da morte do pai de Daniele teria feito com que o pouco de harmonia que estava sendo reconstruída entre os dois desmoronasse repentinamente, como um castelo de areia. Então esperou até que todos estivessem na cama e depois saiu para a varanda, decidido a livrar-se do telegrama, a fingir que ele nunca havia chegado ao destino.

– O que você tem aí?, Lorenza perguntou, emergindo de repente na varanda. Ela estava de camisola e toda despenteada.

– Nada, respondeu Antonio, enfiando o telegrama no bolso.

– Se não é nada, por que está escondendo?

– Você não consegue dormir?

– Não mude de assunto, ela protestou, franzindo a testa. – O que é esse envelope?

– Uma comunicação da olearia, não é grande coisa.

Sua filha cruzou os braços sobre o peito e aproximou-se dele.

– Você acha que eu ainda tenho dez anos? Enfim, o que está escondendo?

Antonio soltou um suspiro, então, lentamente, tirou o envelope do bolso e entregou a ela.

– Eu não queria estragar o feriado com más notícias, justificou-se com voz fraca.

Lorenza lançou-lhe um olhar de censura e retirou o telegrama do envelope.

Depois de ler, começou a enlouquecer. Exigiu que Antonio a levasse de volta para Lizzanello imediatamente, naquele exato momento.

– Mas é noite... Para onde vamos? Tente pensar!

– Eu não me importo se é noite! Tenho que ir até ele, ele precisa de mim, gritou Lorenza.

Antonio agarrou-a pelo braço e sussurrou-lhe, em tom peremptório: – Você deveria ir até o seu marido. É *ele* quem precisa de você.

Lorenza arregalou os olhos, surpresa.

– Volte a dormir, Lorenza. Não me faça ficar irritado.

Ela, então, de repente se libertou.

– Ou você me leva imediatamente ou irei sozinha. Agora. Ao custo de fazê-lo a pé.

O barulho acabou acordando Tommaso e Agata, que desceram correndo, preocupados.

– Mas o que é isso?, Agata perguntou, com a mão no peito. – Lorenza, você está bem?, Tommaso perguntou a ela, colocando a mão em suas costas.

Lorenza olhou para o pai com olhos fulminantes, esperando que ele encontrasse uma explicação convincente.

– Nada, não se preocupem, Antonio os tranquilizou. – Aborrecimentos da olaria, disse ele, em seguida, agitando o envelope amarelo por um momento. – Amanhã de manhã tenho que fazer uma viagem a Lizzanello, mas procurarei estar de volta à noite.

Agata soltou um suspiro profundo.

– Vocês vão me fazer morrer de desgosto!

– Você está brava por isso?, Tommaso perguntou à esposa. – Ele disse que voltará amanhã, não se preocupe. Ele não vai embora. Então olhou para Antonio e sorriu para ele, como se dissesse que todos já estavam acostumados com as explosões de Lorenza.

– Prefiro acompanhá-lo, para garantir que voltará, respondeu Lorenza. – Entendido?, acrescentou ela, voltando-se para o marido. – Amanhã vou com o papai.

– Não me parece real; estamos quase lá, comentou Anna, com as mãos na cintura, dando outra olhada ao redor. Em poucos meses, o casarão de Giovanna foi transformado, ficando exatamente como Anna havia imaginado nos seus mínimos detalhes. Na porta da frente, uma placa de madeira estava afixada com as palavras *Casa da Mulher* em letra cursiva e tinta preta. Foi Anna quem escreveu, com sua caligrafia clara e ondulada.

No interior, as paredes limpas e repintadas de branco davam a todo o ambiente um ar fresco e limpo; da antiga cozinha, à direita da porta principal, restaram apenas o fogão e a pia, um móvel de parede e algumas prateleiras; o restante do espaço passou a ser ocupado por uma grande mesa retangular, rodeada de cadeiras, no centro da qual havia um vaso de flores; encostados em outra parede, havia uma máquina de costura e um guarda-roupa alto e aberto, onde estavam guardados materiais de costura e utensílios de todos os tipos para trabalhar com papel machê e cerâmica. Algum tempo antes, Anna havia explicado a Antonio que a casa também seria uma oficina de artesanato, cujos produtos poderiam ser adquiridos diretamente no casarão ou no mercado. Teriam a marca Casa da Mulher, e cada lira ganha iria direto para o bolso das mulheres que produziram os objetos.

No cômodo da esquerda, onde antes era a sala, agora ficava a sala de aula, com a lousa, as carteiras e as cadeiras. Na biblioteca, além dos livros escolares de Roberto, estavam expostos os romances preferidos de Anna – de *Madame Bovary* a *O Morro dos Ventos Uivantes* – que ela trouxera de casa.

No andar de cima, os dois quartos abrigavam agora um dormitório com dez camas, seis em um quarto e quatro no outro. Anna também encontrou e acrescentou alguns berços.

A inauguração aconteceria em um mês, no aniversário de Carlo, dia 29 de novembro. Foi assim que, finalmente, Anna havia decidido. Abrir a Casa da Mulher mais cedo teria sido impossível.

– Sim, aqui estamos, suspirou Antonio ao seu lado, com o rosto sombrio.
– Mas o que você tem hoje? Parece que sua cabeça está em outro lugar.
– Desculpe-me...
– É que você me parece assim... não sei. Triste, é isso.

– Tenho algumas coisas na cabeça, só isso, ele respondeu, encolhendo os ombros.

– E pode-se saber quais são?

Antonio ficou em silêncio por alguns segundos.

– Venha, vamos tomar um ar, ele então propôs, estendendo a mão em sua direção. Anna apertou-a e juntos saíram para o jardim. Antonio sentou-se no chão, puxando Anna com ele.

– Então?, ela insistiu, cruzando os tornozelos.

– Estou preocupado com Lorenza, disse depois de alguns momentos. – Eu esperava que a história com Daniele estivesse encerrada... Mas, em vez disso...

Anna engoliu em seco, mas permaneceu em silêncio.

– Eu a tenho observado cuidadosamente nos últimos meses... até a segui...

– Você fez o quê?

– Aquilo que tinha que fazer, ele endureceu. – Você sabe aonde ela vai toda quarta-feira, depois que deixa Giada com você?

Anna encolheu os ombros, depois desviou o olhar e começou a acariciar as folhas de grama.

– Eu sei que toda semana ela vai visitar aquela amiga dela do colégio em Lecce, mentiu.

– Bem, se ela te disse isso, então te contou uma mentira descarada.

– E para onde vai, então?

– Para a casa de Daniele. Vai até ele todas as quartas-feiras. Eles se encontram em Lecce, num lugar perto da Porta Rudiae. Suspirou, nervoso.

– Eu ainda não consigo acreditar que você a espionou...

– Mas você ouviu o que eu te disse?

– Ouvi.

– Antonio olhou bem para ela. – Por que você não parece surpresa?

Então ela o encarou de volta. – Porque eu sabia desde o início que as coisas terminariam assim. Eu te disse, lembra?

– Anna, você tem que me ajudar, ele disse. – Tem que falar com ela, com Lorenza. Ela ouve você. Você tem que fazê-la pensar, fazê-la entender que está tudo errado. Pare-a antes que ela se meta em problemas, antes... Eu nem quero pensar nisso. E colocou a cabeça entre as mãos.

– Acalme-se, disse ela, e passou os dedos pelos cabelos dele.

Ele levantou a cabeça, os olhos úmidos, e soltou o ar.

Vê-lo assim partiu seu coração.

– Vou tentar falar com ela, combinado. Anna o tranquilizou, continuando a acariciar os seus cabelos.

Antonio assentiu, depois pegou a outra mão dela, levou-a à boca e tocou-a com os lábios. Anna sentiu-se corar, enquanto um arrepio repentino percorreu sua espinha.

– Obrigado, disse ele.

∼

Faltava menos de uma hora para a inauguração, e Anna andava de um lado para outro sem parar, torcendo as mãos. Ela vestia um *tailleur* creme de lã e seda, com casaco ajustado na cintura e saia abaixo do joelho, comprado especialmente para a ocasião. No bolso do casaco guardava um pedaço de papel, no qual havia anotado uma espécie de discurso de boas-vindas.

De vez em quando ela parava, olhava para Antonio e dizia:

– E se ninguém vier?

– Eles virão, eles virão, ele a tranquilizou.

No espaço da oficina, Anna preparou uma pequena recepção, com garrafas de Donna Anna e Don Carlo que Roberto e Antonio carregaram no Fiat 508 e levaram para lá pela manhã, enquanto ela percorria a cidade entregando a correspondência.

– Não é exatamente o meu forte organizar festas e coisas desse tipo, suspirou ela, sentando-se em uma mesa.

Antonio deu um pequeno sorriso, depois aproximou-se dela e sentou-se no banco à sua frente.

– O Carletto, aquele sim era bom com essas coisas, disse ele. – Você pode imaginar se ele estivesse aqui?

– Ele teria convidado até o papa, brincou Anna.

– Com certeza, Antonio respondeu com um sorriso melancólico.

Ela, pelo contrário, não quis convidar nenhum daqueles homens da Igreja. Algumas manhãs antes, ao sair do Bar Castello, esbarrara no Pe. Luciano, que se aproximava dela de braços abertos.

– Bom dia, carteira, cumprimentou-a. – Eu esperava encontrá-la. Caso contrário, teria ido procurá-la no correio.

— Procurava por mim? E por que motivo? ela respondeu, levantando uma sobrancelha.

— Bem, pela bênção. Precisamos chegar a um acordo. A que horas devo ir? É nesta quinta-feira, certo?

Anna olhou para ele, perplexa.

— Que bênção?

Pe. Luciano riu.

— Como assim! Para a sua Casa da Mulher, certo?

— A Casa e eu não precisamos de nenhuma bênção! ela exclamou.

O pároco deu um pequeno passo para trás, desconcertado. Dois homens sentados a uma mesa próxima levantaram os olhos das três cartas que seguravam nas mãos.

— Toda nova atividade precisa da bênção de Nosso Senhor, afirmou Pe. Luciano com ar confiante.

Anna fez uma careta e subiu na sela da sua bicicleta.

— Não a minha, desculpe, ela respondeu, encolhendo os ombros. E se foi, deixando-o em apuros.

Ela verificou a hora novamente: faltavam alguns minutos para as cinco, quando as pessoas deveriam chegar.

— Que tal um brinde enquanto isso, só você e eu? Antonio propôs.

— Digo que é uma excelente ideia!, ela respondeu, batendo palmas.

Eles se aproximaram da mesa da recepção, Antonio pegou uma garrafa de Donna Anna e começou a tirar a rolha. Nesse ínterim, Anna pegou duas taças e entregou-as a ele, sorrindo. Ele encheu as duas e depois entregou-lhe uma.

— À Casa da Mulher, disse ele, então, levantando a taça em direção à Anna.

Ela brindou a sua taça na de Antonio e acrescentou:

— A nós, que a tornamos realidade. *Santé!*

— *Santé!* ele repetiu.

Os primeiros a chegar, às cinco horas, foram Roberto e Maria.

— Perdoe-nos, *maman*, queríamos vir primeiro para lhe dar uma mão, mas houve tantos contratempos na Vinícola, disse Roberto, dando-lhe um beijo na bochecha.

— Minha culpa, Maria rapidamente se desculpou. — Eu confundi um pedido.

E logo Maria começou a olhar em volta com sua habitual expressão surpresa; parecia que cada novidade para ela era uma fonte de absoluto encanto.

Anna forçou um sorriso e colocou a taça sobre a mesa.

– Vamos, venha, vou mostrá-la para você, ela a convidou com um aceno de cabeça.

Pouco depois chegaram Lorenza e Tommaso, e atrás deles Agata com a pequena Giada nos braços.

– Onde está a tia?, perguntou Lorenza.

– Lá em cima, com Maria, respondeu Roberto. – Quem quer um pouco de vinho? ele então perguntou.

– Eu adoraria, disse Tommaso.

– Mas sim. Um pouquinho para mim também, acrescentou Agata.

– Bem-vindos, Anna os recebeu, retornando para a sala naquele momento. Maria ficou atrás dela, com as mãos entrelaçadas, e imediatamente aproximou-se de Roberto, que passou o braço em sua cintura.

⁓

Às cinco e quarenta e cinco ninguém havia chegado ainda.

Giada, sonolenta, choramingava e esfregava os olhos com as mãozinhas cerradas em punho.

– A *piccinna* precisa dormir, disse Ágata, embalando-a nos braços. – É melhor se a levarmos para casa, certo?, ela perguntou a Tommaso. – E não é que haja algo para se fazer aqui, acrescentou com ironia.

– Sim, talvez seja melhor, respondeu ele, levantando-se da cadeira. – Lorenza, você volta conosco?

– Quer que eu fique aqui com você, tia?

Embora já estivesse escuro, Anna olhava para o campo pela janela e estava com os braços cruzados sobre o peito. Ela se virou por um momento e disse:

– Não, *ma petite*, pode ir.

Antonio aproximou-se de Agata e sussurrou:

– Vou ficar mais um pouco. Mas a esposa não lhe respondeu.

Quando foi a vez de Lorenza sair, Antonio olhou para ela com uma expressão severa.

– Oi, papai, disse ela, afirmando o olhar.

– Olá, Antonio cumprimentou-a friamente. Então fechou a porta e juntou-se a Anna.

– Eu disse que ninguém viria, ela murmurou.

Ele olhou para ela desolado e colocou a mão em seu ombro.

– Sinto muito, disse. – Não entendo. Deve haver uma explicação...

Anna endureceu o olhar.

– Você sabe o que me importa, ela então respondeu, decisivamente. – Eu vou em frente de qualquer maneira. Você acha que vou desanimar por causa desse bando de idiotas?

~

Na manhã seguinte, na agência dos Correios, Elena não sabia mais como pedir desculpas.

– Eu queria ir, juro. Mas você também me entende: com esses pés inchados como salsichas, como poderia chegar lá?

– Está tudo bem, respondeu Anna, sem tirar os olhos da correspondência sobre a mesa.

Até Carmine, assim que entrou no escritório, apressou-se em dizer-lhe que sentia muito por não ter estado lá... Mas havia sido convocado uma reunião sindical inesperada, o podia fazer?

Todos aqueles que Anna encontrou naquela manhã pareciam prontos para lhe dar uma desculpa. Servindo-lhe café com grapa, Nando lhe disse que gostaria muito de ter ido à inauguração, que havia inclusive fechado o bar antes de propósito, mas depois a mulher apareceu com aqueles seus pedidos e o obrigou a arrumar o sótão.

– Quando ela decide que algo deve ser feito, assim é. Deve ser feito *quando* ela diz e *como* ela diz.

– Não se preocupe, Nando, respondeu Anna. – Não faltará oportunidade, se você quiser.

Porém, o que mais a machucou foi a ausência de Giovanna. Havia esperado até o último momento para vê-la chegar à Contrada, mas em vão. E quando Anna voltou na hora do jantar e a ouviu perguntar com franqueza:

– Como foi?, ela deixou escapar: – Você está realmente interessada em saber?

– Por que você está falando assim?, Giovanna perguntou, espantada.

– E você ainda me pergunta? Hoje eu precisava que você estivesse lá, que estivesse lá *por mim*. No entanto, bem, você não estava. E por quê? Por *quem*? Por quanto tempo você se dará por vencida por aquele homem? E subiu para o quarto, batendo a porta.

Algumas horas depois, Anna estava na cama lendo à luz do abajur de cabeceira.

Giovanna bateu de leve na porta dela.

– Posso? Eu tenho que te contar uma coisa. E entrou no quarto com a cabeça baixa, mordendo os lábios. – Você está certa. Eu errei, sei disso. Mas você tem que entender, eu não sou tão forte quanto você...

– É claro que é, Anna interrompeu, sentando-se na cama.

Giovanna balançou a cabeça.

– Não, não sou, ela repetiu. E, então, sentou-se na beira da cama, com as mãos cruzadas no colo. – A verdade é que ainda tenho medo, ela sussurrou.

– De quem? Daquele estúpido?

– Não, não é dele. Tenho medo de mim mesma. De como posso me sentir, do que posso sentir... Ainda não estou pronta, esse é o fato.

Anna deu um suspiro desconsolado e depois olhou-a com ternura.

– Você está, só não percebeu ainda.

– Pode ser, não sei, respondeu Giovanna. – Mas enquanto eu tento descobrir por mim mesma, não faça com que eu me sinta culpada...

– Não, você tem razão, Anna disse. – Eu também sinto muito. De verdade. E estendeu a mão sobre a colcha, procurando a de Giovanna. Ela estendeu a sua e colocou-a sobre a de Anna, como se quisesse dizer que estava tudo bem novamente.

~

Como todos os anos, nos primeiros dias de dezembro, Daniele trazia para sua avó Gina uma das primeiras garrafas da nova safra Donna Anna. A de 1951 parecia uma das melhores que já tiveram, graças ao verão ensolarado, mas não escaldante, e a algumas chuvas favoráveis que tinham arrefecido os dias mais quentes.

Ele bateu.

– Vovó, sou eu, e depois gritou, sabendo que Gina ouvia cada vez menos.

Porém, foi Carmela quem lhe abriu a porta.

– Quem aparece, ela o cumprimentou, envolta em seu vestido negro de viúva.

Daniele enrijeceu.

– A vovó não está?

– Claro que sim. E para onde deveria ter ido?, Carmela respondeu, abrindo bem a porta. – *Tràsi*.

Ele entrou na cozinha e se abaixou para beijar a bochecha enrugada da avó.

– Aqui está, disse ele, colocando a garrafa sobre a mesa.

– Oh, que bom, Gina se alegrou. – Abra, por favor, quero prová-lo imediatamente.

Daniele sorriu para ela e tirou o abridor de garrafas da gaveta: apesar dos seus mais de setenta anos, a avó jamais perdera a vontade de beber um pouquinho de vez em quando.

– Vou pegar as taças, disse Carmela. – Também quero provar.

Daniele encheu os copos das duas e depois convidou a avó para sentir o perfume.

– O que a senhora acha?

Gina respirou fundo.

– Parece tão bom como sempre.

Carmela bebeu o copo todo de uma só vez.

– Vá com calma, minha filha, Gina a advertiu. – Seu pai não te ensinou nada? O vinho deve ser bebido lentamente.

A filha estalou os lábios. – Bom, disse ela, e se serviu de mais um pouco.

– É melhor eu ir agora, anunciou Daniele, acariciando os cabelos brancos e desgrenhados da avó.

– Você já está indo? Acabou de chegar!, Carmela franziu a testa. E bebeu mais um pouco.

– Sim, ele respondeu sem olhar para ela. – Tenho que voltar para a Vinícola.

– E o que Roberto está fazendo?, ela sibilou. – Você trabalha mais do que ele.

– Não é verdade, Daniele o defendeu. – É que estamos lidando com coisas diferentes neste momento. Ele ainda está aprendendo, mas está indo rapidamente.

– Que seja. Carmela torceu o nariz e bebeu o último gole de vinho que restava no copo. Em seguida, estendeu a mão, pegou a garrafa e a girou

em sua direção. "Donna Anna", leu, arrastando um pouco as palavras.
– Quero muito ver, agora que você também é dono, quando vai dedicar um vinho também à sua mãe. Dona Carmela. Parece bom, não acha?

Daniele suspirou com impaciência, depois olhou para a avó e disse que precisava mesmo ir.

– Você não vai responder?, Carmela deixou escapar. – O que é? Não mereço também um vinho da Vinícola Greco?

O filho olhou para ela severamente.

– Não, eu diria que não.

– Vá, querido, disse Gina, tentando acalmar as coisas.

– Ele não vai a lugar nenhum se não me disser primeiro na minha cara, em alto e bom som, o que pensa.

– Deixa para lá, disse Daniele com um aceno de cabeça e foi saindo.

– Ah, você vai embora? Vá, vá, disse ela, acenando com a mão. –Você realmente saiu ao seu pai. A melhor coisa que sabe fazer é ir embora.

– Vou acompanhá-lo até a porta. Gina, com dificuldade, tentou se levantar. Mas estava muito agitada, e não conseguia se mover.

– Não, espere, Daniele a interrompeu, sem tirar os olhos da mãe. – Eu não entendi isso. Quando, exatamente, o papai teria ido embora? Ele não fez nada além de aturar você a vida toda.

– Sim. Por toda vida. Claro, disse Carmela, com uma risada sem humor.

– Querido, é melhor você ir, disse Gina com a voz trêmula, tomando uma mão do neto entre as suas.

Mas ele não se mexeu.

– Nunca. Mesmo morto, você não pode deixá-lo em paz. Você não consegue... Quer saber? Você queria saber o que eu realmente penso? Bem, eu vou te dizer.

Carmela olhou para ele desafiadoramente.

– Estou te ouvindo.

– Você sabe por que eu nunca, jamais chamarei um vinho pelo seu nome? Porque não consigo sentir nem um pingo de respeito por mulheres como você.

Ela semicerrou as pálpebras e deu alguns passos à frente.

– E você tem respeito por aquela Anna, hein?, ela disse entredentes.

– Sim, e daí?, Daniele respondeu.

Ela se aproximou a um centímetro do rosto dele e o examinou.

– Sim, ela sussurrou. – Eu estava certa. Saiu ao seu pai.

– Cale-se!, Gina gritou com ela.

– Ao contrário, penso que finalmente vou falar, exclamou Carmela.

Com um esforço sobre-humano, Gina se jogou em cima dela e tentou puxá-la para trás.

– Cale a boca, maldita!

– Vovó, acalme-se, disse Daniele, preocupado.

– Vocês, Greco, têm uma obsessão por aquela lá, como uma doença, disse Carmela de uma só vez.

Daniele se virou, olhando para a mãe com um olhar perplexo. Gina afundou-se na cadeira e fechou os olhos, colocando a mão sobre o coração.

– O que você está dizendo? Não entendo..., disse Daniele.

O silêncio caiu na sala.

Demorou um pouco para Daniele ligar uma coisa à outra.

E então, de repente, com uma lágrima, ele entendeu.

~

Todas as tardes, depois do trabalho, Anna ia à Casa da Mulher e ali passava horas inteiras, confiante e imóvel.

Na maioria das vezes, Antonio ia lhe fazer companhia.

– Não gosto que você fique aqui, sozinha, dizia ele.

– O que você acha que poderia acontecer comigo? Anna minimizava.

– Não sei. Mas só de pensar não fico tranquilo.

Assim, Antonio saía da olaria muito mais cedo do que o habitual e juntava-se a ela. Para ficar o maior tempo possível, sempre encontrava um servicinho para fazer: colocar alguns livros novos na biblioteca, regar a horta, consertar uma estante que lhe parecia um pouco instável. Ele permanecia lá até escurecer, e então dizia a Anna:

– Está ficando tarde. Vamos, eu te acompanho. E a acompanhava até em casa; ela pedalava na frente e ele, atrás, iluminava o caminho com os faróis do carro.

No início da tarde de meados de dezembro, duas semanas depois da inauguração, Anna ouviu uma batida e foi abrir a porta, convencida de que era Antonio. Em vez disso, ao abrir a porta, deu de cara com uma mulher pequena, com o jeito de quem não comia há algum tempo. Ela tinha sobrancelhas grossas e escuras e volumosos e encaracolados cabelos pretos com mechas acinzentadas. No ombro carregava uma bolsa surrada e avolumada, que provavelmente continha todos os seus pertences.

– Me disseram que você pode me ajudar aqui, disse a mulher.

Anna percebeu que, de um lado da boca, ela tinha uma espécie de arquipélago de minúsculas crostas.

– Claro, entre, sente-se. Vou fazer um café para você, murmurou, um pouco incrédula.

O nome da mulher era Melina, disse. E "era da vida", acrescentou imediatamente, olhando para Anna como se para detectar um movimento, mesmo imperceptível, de desdém.

Impassível, Anna preparou o café, e pediu a Melina que falasse.

Ela, então, contou como havia perdido o marido na guerra e sobre todos os dias em que seu estômago se revirou porque não tinha nada para comer.

– Se falta o homem, falta também o pão, disse.

– É nisso que querem que acreditemos, respondeu Anna.

– Eu nunca fui à escola. Não consigo sequer escrever meu próprio nome, continuou Melina. – Não sei fazer nada. Só tenho isso, acrescentou, abrindo os braços. – Que me deu algo para comer. Até agora. Então ela se recostou na cadeira. – Mas agora este corpo ficou vazio, mole, e os *masculi* já não encontram prazer nele. Suspirou, e se inclinou para a frente. – Tenho que encontrar o que fazer, mas ninguém lá fora quer me dar um emprego. Preciso que você me ajude. Eu aprendo qualquer coisa. Eu sou uma prostituta, não uma idiota.

Anna olhou para ela por alguns instantes e depois abriu um sorriso.

– Bem, eu diria que você veio ao lugar certo, disse, levantando-se.

– Mais uma coisa, continuou Melina, permanecendo sentada. – Tem uma amiga minha... Um infame, não sei quem, colocou-a em apuros e agora está à espera de uma criatura. A dela mãe a expulsou de casa e já não tem onde morar. Ela pode vir e ficar aqui mesmo estando grávida?

~

Quando Antonio chegou, algumas horas depois, Anna abriu a porta para ele com um olhar radiante.

– O que foi? ele perguntou, com um sorriso.

Anna pegou o rosto dele entre os dedos e deu um beijo forte em sua bochecha.

– Tem uma mulher lá, explicou ela. – E uma outra chegará amanhã.

Antonio pegou a mão dela e a olhou em seus olhos. – Eu sabia, ele disse em seguida. – Era necessário somente esperar.

– Sim, Anna respondeu. – Obrigada por esperar comigo. E apertou a mão dele ainda mais forte.

Naquele momento, Melina apareceu atrás de Anna.

– Olá, ela o cumprimentou.

– Olá, respondeu Antonio, envergonhado, fingindo nunca tê-la visto antes.

– Aqui está, exclamou Anna. – Melina, este é meu cunhado Antonio. Antonio, esta é a Melina. A primeira moradora da Casa da Mulher.

– Prazer em conhecê-lo, disse a mulher, colocando uma mão no quadril.

– O prazer é meu, disse Antonio.

Na manhã seguinte, antes de ir ao correio, Anna fez um desvio em direção à grande estufa que ficava nos arredores da cidade.

Ela avançou para o galpão olhando os limoeiros, amendoeiras, frutas cítricas e romãzeiras.

– Como posso ajudá-la?, a voz de um homem à sua direita a surpreendeu. Ele era alto e corpulento e estava limpando as mãos sujas com um pano que parecia não ter visto água e sabão há sabe-se lá quanto tempo.

– Eu gostaria de encomendar uma árvore de Natal, respondeu ela. A mais alta que tiver.

27
[FEVEREIRO, 1952]

O telefone tocou por um longo tempo antes que Anna atendesse. Ela ainda não tinha se acostumado com aquele *drim drim* insistente e chato, que sempre a deixava nervosa. Foi Roberto quem lhe deu de presente de Natal: ele tirara da caixa aquele aparelho feio de baquelite preto com disco e fone e, todo emocionado, perguntou-lhe:

– Você gostou, *maman*? Comprei um para a Vinícola também!

– Quem é?, disse Anna bruscamente, pegando o fone.

Do outro lado da linha, ela ouviu o filho rindo.

– Roberto! Do que você está rindo?

– Como é possível que você ainda esteja demorando tanto para responder?, disse. – E tem mais, não se diz: "Quem é?" se diz: "*Pronto*?".

– E quem determinou que é para ser assim?

– Não sei, mas é assim que se faz.

– Bem, quando digo "Pronto?" eu me sinto uma palhaça.

– Como quiser, *maman*, Roberto respondeu, divertido. – O que você está fazendo?

– Como o que estou fazendo? Estou na corrida como sempre: acabei de voltar do trabalho e tenho que preparar o almoço. Às duas me esperam na Casa para uma aula.

– Bem, foi por isso que liguei para você. Não posso voltar para almoçar. Vou comer alguma coisa aqui na Vinícola. Portanto, não precisa cozinhar. Vejo você à noite. Ah! Maria janta conosco, não esqueça.

Anna registrou a informação, murmurou:

– "Mmm... mmm", e desligou sem sequer dizer "Tchau".

– Quem era?, perguntou Giovanna, aparecendo na sala.

Nos ombros, usava o xale que havia feito e do qual nunca se separou.

– Quem você quer que seja? Uma das duas pessoas que têm nosso número de telefone, brincou Anna. –Vamos fazer uma massa rápida? Tenho que sair em menos de uma hora.

Giovanna assentiu e estava para dizer algo, mas hesitou.

– O que foi? Você ia dizer alguma coisa?, Anna perguntou-lhe.

A amiga tossiu e disse em uma voz fraca:
– Eu estava pensando... e se eu fosse com você hoje? À Contrada?
O rosto de Anna se iluminou de alegria.
– Mas se eu me sentir... *estranha* ao vê-la, quero dizer, bem, então vou querer ir embora imediatamente, especificou Giovanna.
– Sim, tudo bem, respondeu Anna. Depois repetiu, num sussurro:
– Tudo bem.

~

Roberto desligou, balançando a cabeça; as conversas ao telefone com a mãe sempre terminavam do mesmo jeito: do nada, ela decidia que era hora de desligar e simplesmente desligava.
– Vou para a adega, disse ele, passando pela mesa de Maria, coberta por papelada.
Ela, muito ocupada, murmurou distraída:
– Está bem.
Assim, Roberto desceu entre os barris de madeira em que Don Carlo ainda estava amadurecendo. Demoraram dezoito longos meses até que o vinho tinto da Vinícola Greco estivesse pronto para o engarrafamento: no final do mês, teriam, de fato, engarrafado a colheita de 1950. Restava pouco agora, e na Vinícola, aqueles dias de meados de fevereiro foram particularmente intensos. Roberto trabalhava até dezesseis horas por dia: chegava na primeira luz da manhã e ficava até a noite. Também o fazia porque Daniele estava agora muito menos presente: chegavam a passar dias inteiros sem que passasse pela Vinícola, e quando estava lá, ficava no máximo uma hora.
Roberto não sabia dizer por quê, mas, há algum tempo, Daniele lhe parecia diferente: como se estivesse perturbado, ou talvez triste. Durante uma de suas raras aparições na Vinícola, ele tentou perguntar se algo havia acontecido, mas em resposta recebeu apenas um meio sorriso e um:
– Não se preocupe comigo, está tudo bem, sério. Roberto não acreditou nele, mas não quis insistir. Embora, para falar a verdade, tivesse a impressão de que o mal-estar de Daniele estivesse, de alguma forma, relacionado com a sua prima, Lorenza. Ele começou a suspeitar quando, cerca de um mês antes, no final da tarde de uma quarta-feira, a viu chegar na Vinícola. Talvez fosse a segunda ou terceira vez que sua prima pisava ali, pelo menos desde que ele também trabalhava lá.

– Prima, qual bom vento te traz aqui?, Roberto a cumprimentou.
– Você sentiu vontade de tomar um vinho?
– Na verdade, eu estava mesmo precisando, ela murmurou, torcendo as mãos.
– Venha comigo, ele a convidou. No curto trajeto desde a entrada até o escritório de Roberto, Lorenza olhava continuamente em volta, chegando a sobressaltar-se algumas vezes, virando de repente quando ouvia passos vindos da adega ou entrando pela porta. Foram necessários uns bons minutos e um dedo de Donna Anna Anniversario que Roberto mantinha sobre a mesa para fazê-la revelar o motivo de estar ali.
– Daniele não está aqui, não é?
– Eu o vi brevemente esta manhã, mas ele não ficou muito tempo, respondeu Roberto.
– E ele não voltou mais hoje?
– Não...
– Por acaso ele mencionou se tinha algum compromisso para esta tarde? Roberto fez uma careta, como se dissesse que não tinha a menor ideia.
– Entendo, Lorenza murmurou. Levantando-se em um salto, despediu-se dele e saiu. – Obrigada pelo vinho, ela disse por fim, olhando para trás por um momento.

~

Anna estava indo tão rápido quanto uma bala, e Giovanna lutava para acompanhá-la, mesmo pedalando o mais rápido que podia. A bicicleta foi o presente de Natal de toda a família Greco. Quando Giovanna a viu, com um laço vermelho no guidão, ficou profundamente envergonhada, pensando em como, em comparação, teriam parecido insignificantes os presentinhos de crochê que ela havia feito para cada um deles.

Sem fôlego, tomou o caminho para Contrada La Pietra. Anna finalmente diminuiu a velocidade e, quando chegaram ao portão, as duas desceram da bicicleta. Assim que Giovanna se viu novamente na frente de sua casa, não se sentiu nada *estranha* como temia; na verdade seu coração se aqueceu imediatamente. Ela pensou que é provavelmente assim que você se sente quando vê, de novo, alguém que amou. Não sabia explicar por que justamente naquele dia decidira voltar para Contrada, depois de todos os anos em que se mantivera afastada dali, e apesar do medo que ainda sentia. Talvez porque agora estivesse sempre sozinha, visto que Anna, dividida entre o trabalho e a Casa da Mulher, quase nunca estava em casa. Ou talvez porque, como Anna dissera, ela estivesse realmente preparada, mas não percebia.

Giovanna observou longamente, com um sorriso, a nova fachada da casa, com a porta e as venezianas pintadas de azul como o mar, e todos os vasos no parapeito de cada janela, cheios de flores de cores vivas. Depois avançou lentamente em direção à porta da frente, continuando a olhar em volta com ar de admiração: como agora estava bem cuidado o jardim, e como era linda a horta, com todos aqueles vegetais coloridos e suculentos...

– "Casa da Mulher", Giovanna leu na porta da frente. E sorriu novamente. Anna empurrou a porta, mas depois parou.

– Como se sente?, perguntou-lhe, um pouco ansiosa.

– Bem, respondeu Giovanna, com ar calmo.

– De verdade?

– Sim, sim, ela reafirmou, convicta.

– Bem, entremos, então, exclamou Anna.

O interior deixou Giovanna de boca aberta: pelos relatos detalhados de Anna ela sabia que houve muitas mudanças, que provavelmente mal reconheceria sua antiga casa... todavia, vê-la diante de si foi uma grande surpresa. Encontrava-se em um lugar completamente novo e especial, mas, ao mesmo tempo, uma casa, uma escola e uma loja; um lugar acolhedor e cheio de luz onde aquele horror parecia jamais ter acontecido.

Anna pegou a mão dela e arrastou-a de cômodo em cômodo, bombardeando-a com

– Então, o que você acha? – Gostou disto? – E disto? Em seguida, ela a apresentou às quatro mulheres que moravam lá: a primeira era Melina, e Giovanna pensou que já a tinha visto em algum lugar, mesmo que realmente não lembrasse onde ou quando; depois havia Elisa e Michela, duas irmãs de quatorze e dezesseis anos, órfãs de mãe e com um pai que nunca conheceram: até algumas semanas antes, eram empregadas dos Tamburini, mas a senhora notara certos olhares de seu marido – o "muitíssimo respeitável" sr. Tamburini – e as despediu na hora, deixando-as desabrigadas e sem emprego; a última, Elvira, tinha vinte e dois anos, grandes olhos azuis e estava grávida: deveria dar à luz em maio, segundo seus cálculos. Ela não era dali, explicou. Nasceu e morou em Vernole. Ao ouvir o nome da cidade onde Pe. Giulio era pároco, Giovanna teve um sobressalto que não escapou nem à mulher nem a Anna.

– Você conhece alguém daqueles lados?, Elvira perguntou-lhe com curiosidade.

– Não, ninguém, respondeu Giovanna.

Com um sorriso, Anna convidou-as a sentarem-se na sala de aula: era hora de começar a aula. Giovanna foi sentar no último banco da ponta, apoiou o rosto na palma da mão e ficou ouvindo Anna explicando e escrevendo na lousa, enquanto as quatro mulheres, e principalmente as duas irmãs, que pareciam ser as mais atentas, faziam anotações em um caderno. Naquele dia, Anna falou sobre modos verbais, explicando que eles poderiam ser finitos ou infinitos, e que, para cada um deles, havia tempos simples e compostos. Giovanna ficou surpresa ao lembrar perfeitamente daquela explicação: era a mesma que Anna lhe dera muitos anos antes, na mesma sala em que estava agora, quando ela e a amiga leram juntas *Orgulho e Preconceito*.

No final da aula, enquanto Anna passava a lição de casa para o dia seguinte, chegou uma senhora de mãos enrugadas que cheirava a lavanda. Estava ali para ensinar a tricotar colchas, disse Anna a Giovanna, acrescentando:

– É uma arte antiga e preciosa, sabia?

– Sim, inclusive a minha avó também as fazia, para vender... Eram todas coloridas, lindas. Eu adoraria ter aprendido, mas ela nunca teve tempo ou vontade de me ensinar. – "Vá para lá, menina, e não me incomode", ela me dizia...

Enquanto isso, Melina e Elvira haviam se sentado diante da senhora, que se chamava Pina, e tiravam de um cesto alguns novelos de lã e agulhas de tricô com o trabalho já iniciado.

Giovanna puxou lentamente uma cadeira e sentou-se ao lado delas.

– Escolha as três cores que você mais gosta, disse Melina apontando para a cesta que transbordava de novelos de lã.

Giovanna se abaixou e vasculhou: escolheu um rolo de um lindo amarelo brilhante, um turquesa e, o último, laranja.

– Aqui estão as suas agulhas, disse dona Pina, entregando-as a ela com um pequeno sorriso.

– Obrigada, respondeu Giovanna, feliz como uma criança.

– Agora vou mostrar como montar os pontos..., Pina continuou.

As duas irmãs, que não estavam nem um pouco interessadas nas colchas, olhavam com curiosidade os romances da biblioteca. Ao lado delas, Anna as guiava em sua escolha.

– Este talvez mais tarde, disse ela, tirando um exemplar de *Crime e Castigo* das mãos de Elisa. Giovanna olhou para elas por um momento. Lembrou-se daquele livro: era o exemplar que Antonio tinha dado a Anna, aquele com a dedicatória que dizia que até os culpados merecem compaixão.

– Aqui, leve este, disse Anna, passando outro volume para Elisa. Giovanna reconheceu instantaneamente: era mesmo *Orgulho e Preconceito*. *Quem sabe se aquela garotinha, assim como eu há muitos anos, vai querer ser Elizabeth o tempo todo enquanto o lê*, pensou com um sorriso.

Anna e Giovanna saíram apenas ao anoitecer, enquanto as quatro inquilinas da casa preparavam-se para começar o jantar: as duas irmãs encarregaram-se de colocar a mesa, enquanto Melina trazia uma cebola e um pé de espinafre que havia colhido na horta, e Elvira fatiava o pão.

– Até amanhã, Anna despediu-se. – Ah, Elvira, disse, então, virando-se. – Amanhã podemos ir dar uma olhada no enxoval do bebê, depois da aula.

Elvira assentiu.

– Juro que, se nascer menina, vou chamá-la de Anna como você, acrescentou.

– Reze para que nasça menino, me escute, interrompeu Melina, limpando o espinafre.

Enquanto pegavam as bicicletas, Giovanna perguntou à amiga se também haveria aula de colchas no dia seguinte.

– Não, Pina voltará na sexta-feira, respondeu Anna. – Amanhã, pela primeira vez, virá um amigo de Carmine, ele é artesão de papel machê.

Giovanna se virou e ficou olhando a Casa por alguns instantes, pensando que tinha sido muito bom passar a tarde ali. Mal podia esperar que fosse sexta-feira.

~

A mesa de trabalho do ateliê da via Santa Maria del Paradiso estava vazia; os utensílios de costura, os cadernos de capa preta, os retalhos de tecido, as alfineteiras, as fitas métricas, a régua de madeira, a tesoura, o giz e os dedais estavam agora amontoados em uma caixa de papelão. Ao lado, ainda no chão, estavam a Singer, o ferro de passar roupa, os rolos de tecido e um busto de madeira sem cabeça nem braços.

Daniele deu uma última olhada ao redor, para certificar-se de que não havia esquecido nada, depois abriu a porta e começou a colocar as coisas na carroceria do furgão Ape que havia tomado emprestada do dono do Bar Duomo, um dos poucos a possuir um veículo desses.

– Trago de volta amanhã de manhã, Daniele lhe assegurou. Ele respondeu que não havia problema, que podia trazer quando pudesse. – Então agora não veremos mais você por aqui?, ele perguntou em seguida. – Que pena.

Daniele cobriu tudo com uma grossa lona branca e prendeu com uma corda. Voltou, tirou a chave do bolso da calça e deixou-a sobre a mesa: o rapaz que lhe alugava a casa viria buscá-la mais tarde. Assim tinham acordado.

Ele caminhou até a porta e fechou-a atrás de si, evitando se virar uma última vez.

Sair do ateliê fora apenas o primeiro passo: ainda tinha que conversar com Roberto e resolver as coisas na Vinícola, mas, acima de tudo, ainda tinha que contar a Lorenza, e sabia muito bem quão difícil seria. A decisão de partir se desenvolveu lentamente, ao longo das últimas semanas, e ele se convenceu de que era a única escolha possível. Ficar e fingir que nada havia acontecido era uma possibilidade da qual nem sequer cogitara: ele se conhecia e sabia que jamais conseguiria olhar Roberto nos olhos todo santo dia sem lhe contar a verdade. Nem teria conseguido continuar vendo Lorenza como até então. Desde aquele maldito dia na cozinha da avó, quando sua mãe lhe revelou quem ele realmente era, daquela forma covarde, Daniele mergulhou em uma tristeza abismal. Ele se escondera em casa e não queria mais ver ninguém. Havia passado o Natal sozinho, em sua pequena residência, com o estômago embrulhado e vontade de desaparecer. Carmela o procurou mais de uma vez: bateu na porta da sua casa, implorando-lhe que a perdoasse; em lágrimas, implorou que ele abrisse a porta e falasse com ela. Tinha que explicar a ele como as coisas realmente aconteceram. Mas Daniele jamais abriu a porta.

– Sua avó vai morrer de desgosto se você não for falar com ela, a mãe lhe disse a certa altura. Daniele continuava a ignorá-la. Apenas uma vez ele se aproximou e falou-lhe, mas pela porta.

– Quem mais sabia? perguntou.

– Mas o que isso importa?, Carmela respondeu com a voz trêmula.

– Abra, filho meu, eu te imploro.

– Não. Responda minha pergunta.

Ele ouviu a mãe suspirar e esperou em um silêncio obstinado até que ela lhe respondesse.

Então descobriu que ambos os seus avós sabiam, e Carlo também, mas não desde o início: tinha ficado sabendo imediatamente antes de Daniele começar a trabalhar como operário na Quinta Greco. Fora ideia do avô mandá-lo trabalhar lá, e foi ele quem "resolveu as coisas" quando ela engravidou.

– O papai concordou com você?, perguntou-lhe depois.

Carmela jurara que não: Nicola nunca soube de nada, nem suspeitava, ela tinha certeza.

– Vocês deveriam se envergonhar, todos vocês, foram as últimas palavras que dirigiu à mãe.

Era o primeiro dia de 1952, e havia caído granizo do céu.

Daniele passou os dias seguintes deitado na cama, pensando obsessivamente em Carlo e no relacionamento que teve com ele. Tentou reconstituir todos os momentos que passaram juntos, a aparência dele, aquele seu hábito de abraçá-lo sem motivo, a maneira como lhe dizia "meu rapaz", a vez em que disse que o mandaria para Nova York e o momento em que voltou a vê-lo, em Nápoles, assim que desceu do navio, a última vez que falou com ele antes de ele morrer, a descoberta da parte da herança que queria deixar-lhe... Agora tudo estava claro. Convenceu-se então de que Antonio também sabia de tudo: por isso sempre havia algo de estranho na maneira como se comportava com ele. Era medo, apenas medo. E, depois, pensou em Roberto, e uma lágrima silenciosa rolou pelo seu rosto. *Eu tenho um irmão*, repetiu para si mesmo. *Um irmão! Sangue do meu sangue!* Quantas vezes, quando criança, ele havia pedido para Carmela "lhe dar um irmãozinho", para que assim não brincasse mais sozinho?

– Todos os meus amigos têm irmãos e irmãs, por que não tenho?, choramingava. – Aprenda a bastar a si próprio, sua mãe sempre o dispensava. E agora ele realmente tinha um irmão... e todos os adultos em quem ele confiou na vida esconderam isso dele. Ele sentiu raiva de cada um deles: dos avós e da mãe, que como titereiros manipularam toda a sua existência e também a de Nicola, aproveitando-se de sua boa índole; e de Carlo, porque não teve coragem, nem mesmo no final, de quebrar o ciclo de mentiras.

E, então, havia Lorenza, sua Lorenza. *Minha prima*, ele disse para si mesmo, balançando a cabeça, como se ainda lutasse para acreditar. Ele se lembrou do afeto repentino que sentiu por ela quando conversaram pela primeira vez, muitos anos atrás. Ele a quis bem desde o início, instintivamente. E então esse carinho se transformou em amor... Talvez ele a tenha amado desde o primeiro momento, e só então percebeu isso.

E agora? ele se perguntou. *Agora o que vai acontecer entre nós?*

Confessar-lhe a verdade era impossível: ele conhecia muito bem Lorenza, sua impulsividade, sua natureza inquieta, e sabia que ela iria direto para Anna, e depois para Roberto, destruindo a vida deles, destruindo todas as certezas nas quais eles acreditaram até aquele momento. Não, ele disse a si mesmo, ele nunca, jamais permitiria isso. Anna e Roberto não mereciam isso. *Seu irmão* não merecia isso.

Nas semanas que se seguiram, ele já não conseguia mais tocá-la. A primeira vez que a viu novamente e ela se aproximou para beijá-lo, Daniele se afastou quase impulsivamente.

– Mas o que há de errado com você? ela perguntou.

– Desculpe, Lorenza. Não me sinto bem hoje...

Como ele poderia fazer amor com ela, agora que sabia?

Assim, aos poucos, começou a se negar, a não ser mais encontrado no ateliê nas tardes de quarta-feira, a desaparecer. Foi doloroso, de partir o coração. Ele sabia que a estava machucando e se sentia terrivelmente culpado por isso. Mas não poderia estar com ela. Já não mais. É por isso que partir parecia-lhe a única coisa possível. Seria doloroso, e continuaria a ser doloroso por muito tempo, mas ele sentia que somente com essa escolha poderia salvar a vida de todos. E era isso que importava.

Lá, em Nova York, ele começaria do zero. Com seus desenhos.

Quando chegou em casa, estacionou a Ape perto do meio-fio e desceu. É melhor eu descarregar tudo antes de escurecer, pensou consigo, começando a desatar os nós da corda.

– "Aqui está você, finalmente", ouviu a voz de Lorenza atrás de si.

Ele se virou.

– Há quanto tempo você está aqui?

– Tenho procurado por você em todos os lugares...
– Tenho estado ocupado, desculpe-me.
– Você pode me dizer o que há de errado? Se você não quer mais me ver, é só dizer. Mas não me trate assim. Não faça isso.
– Desculpe-me, repetiu Daniele. – É só...
– O que você tem aí?, ela o interrompeu, apontando para o baú. E, sem esperar resposta, aproximou-se da Ape e, com um único gesto, puxou a lona.

Assim que viu todo o ateliê ali amontoado, Lorenza começou a lançar uma enxurrada de perguntas sobre Daniele, que logo se transformaram em recriminações e, por fim, em acusações.

– Então você está fugindo? E quando estava pensando em me contar? Você fez tudo pelas minhas costas. Existe outra? É assim que é, certo? É óbvio, há outra. Covarde é o que você é. Não teve coragem de me contar, não é? Deixou que eu descobrisse sozinha. Quem é ela? Você está me jogando fora agora que não precisa mais de mim?

Daniele deixou-a falar, mas, a certa altura, perdeu a paciência. – Basta! Não há mais ninguém! Pare com isso! E ele passou a mão pelos cabelos, exausto.

Lorenza de repente ficou em silêncio. Foi a primeira vez que Daniele gritou com ela.

– Desculpe-me, sinto muito por levantar a voz, ele murmurou um momento depois. – Venha, por favor. Precisamos conversar.

Lorenza entrou na casa de Daniele e ele a seguiu pensando: É a última vez que a vejo, a última vez que converso com ela. Mas não tenho escolha.

Ela se sentou no sofá e cruzou os braços.

– Estou ouvindo, sussurrou.

Daniele puxou uma cadeira da mesa e colocou-a na sua frente. Ele sentou-se, inclinando-se para a frente, e olhou-a diretamente nos olhos.
– Tomei uma decisão, ele começou. – Pensei muito a respeito...

– Você está me deixando?, ela o parou.

– Você *tem* que me deixar falar. Ele respirou fundo e continuou: – A minha vida e a sua são um desastre. Você está destruindo a sua família, Giada está crescendo com uma mãe que está sempre infeliz e zangada e eu... Bem, se continuarmos assim, nunca terei minha própria família. Eu quero... parar por aqui.

– Você não pode, não te permito, Lorenza deixou escapar. – Existe uma solução, e você sabe disso...

– Lorenza, ele a interrompeu. – Estou indo embora.

– O que você quer dizer com "Estou indo embora"? O que está dizendo?

– Vou voltar para Nova York. Parto em uma semana. É o melhor para todos, disse ele, com a voz embargada.

Lorenza deu um pulo, furiosa.

– Você não pode.

– Não é algo que você possa decidir.

– Não!, ela gritou. – Nem pensar. Eu vou com você.

– Você não vai a lugar nenhum. Você fica aqui. Com sua família. Com sua filha.

– Eu vou aonde você for! Você não irá para Nova York sem mim.

Daniele levantou-se e deu alguns passos nervosos pela sala, depois parou e decidiu contar-lhe a única coisa que a impediria. Era uma mentira, outra, mais outra. Mas era necessário.

– Eu não te amo mais, disse ele, fixando os olhos nela.

– Não é verdade..., ela respondeu imediatamente, com a voz trêmula.

– Eu não te amo mais, ele repetiu.

E sentiu seu coração reduzir-se a frangalhos.

∼

– Ela é esperta, está aprendendo rápido, Anna estava dizendo.

– Não sei, respondeu Antonio. – Como ela vai aprender tudo em tão pouco tempo? Preciso disso em menos de um mês, não em um ano.

– Ela vai conseguir. Eu sei. Confie em mim.

A secretária de Antonio, Agnese, estava prestes a se aposentar e Anna propôs que ele contratasse Michela em seu lugar. Ela tinha apenas dezesseis anos, é verdade, mas Anna a havia observado bem naquelas semanas e viu nela uma inteligência viva e uma perspicácia incomum para uma garota da sua idade. Sempre se esforçava muito durante as aulas e, no final, sempre dizia para Anna que queria fazer "algo mais". Então, todas as vezes, não só lhe atribuía alguns outros exercícios, mas também lhe sugeria que lesse os livros mais desafiadores.

– Não duvido que seja tão esperta quanto você diz, mas conseguir, em um mês, aprender o que Agnese vem fazendo há quase vinte anos... bem, não acho isso realista, disse Antonio. – Preciso de uma secretária experiente.

– Ela vai se tornar uma, Anna respondeu com convicção. – Coloque-a junto de Agnese imediatamente, a partir de amanhã. E ela lhe dirá se e quanto a garota aprende.

Enquanto pensava sobre isso, Antonio balançou a cadeira para a esquerda e para a direita. Então parou.

– Que seja. Vamos tentar, ele finalmente concordou.

Anna bateu palmas duas vezes, feliz.

– Mas saiba que você me deve um favor, continuou ele, balançando um dedo.

– Vou te dar um ingresso para o cinema esta noite, Anna respondeu prontamente.

– Você está me convidando para o cinema, *madame*?

– Bobo, ela riu. – Seja como for, sim.

– O que eles estão passando?

– *Umberto D.* É de De Sica. Estavam substituindo o pôster esta manhã quando passei pela frente.

– Então estamos combinados, disse Antonio.

Naquele momento ouviram barulho de saltos no corredor.

O tique-taque foi ficando cada vez mais próximo até que parou de repente e a porta do escritório de Antonio foi aberta com força.

– Lorenza!, ele exclamou, surpreso.

– Olá, *ma petite*, Anna a cumprimentou. Mas ela imediatamente percebeu que a garota estava claramente fora de si e seu sorriso desapareceu instantaneamente.

– Foi você, não foi?, Lorenza gritou, indo em direção ao pai.

– Que fez o quê?, perguntou Antonio, com um olhar perplexo.

– O que você disse a ele? Você o ameaçou?

– Lorenza, acalme-se, Anna tentou impedi-la, aproximando-se.

– Mas de quem você está falando?, perguntou Antonio.

– Você sabe muito bem! Não finja comigo, não se atreva!

– Não me irrite, Lorenza, disse ele, levantando-se. – Eu não permito que você use esse tom.

– Você precisa se acalmar, *ma petite*, Anna interveio, colocando a mão em seu braço. – Seu pai não tem ideia do que você está falando... Você pode explicar para ele, por favor?

Lorenza olhou primeiro para ele e depois para ela. Então começou a chorar.

— Ele está indo embora, Lorenza murmurou, olhando para Anna. — Daniele está indo embora. Está voltando para Nova York.

— Não sei nada sobre isso! Antonio disse imediatamente. — Eu juro para você, Lorenza.

Ela olhou para ele por um momento com lágrimas nos olhos, depois cobriu o rosto com as mãos e começou a soluçar violentamente.

— Tia... ela finalmente murmurou, e se jogou nos braços de Anna.

— Shh, ela disse, acariciando sua cabeça. Então voltou seu olhar para Antonio, que permanecia imóvel, parado atrás da mesa.

Mas ele baixou os olhos.

~

— Não, não é isso. Só que eu teria preferido ouvir isso de você, e não da minha mãe. Fiquei um pouco chateado, só isso, disse Roberto, enquanto acompanhava com o olhar o primeiro bloco de garrafas Don Carlo que foi levado para a rotulagem.

Daniele hesitou.

— Você está certo, ele murmurou então. — Eu deveria ter vindo até você antes de todo mundo. Eu deveria ter imaginado que Anna lhe contaria imediatamente... sinto muito.

— Tenham calma, ordenou Roberto aos dois homens que arrastavam desajeitadamente a plataforma com as garrafas. E, então, voltou-se para Daniele. — Tudo bem, vamos lá, está tudo bem, disse ele, fazendo uma pequena careta.

— Vamos caminhar até o vinhedo, certo? Daniele propôs a ele.

Caminharam em direção à saída da Vinícola, a princípio sem falar. Daniele estava com as mãos nos bolsos, e Roberto com a cabeça baixa, mas, de vez em quando, levantava-a e olhava em volta. Naquela manhã de final de fevereiro soprava um forte vento norte, e a folhagem das árvores ao longo da estrada que levava à Quinta balançava incessantemente.

— É por causa da minha prima que você está indo embora?, Roberto perguntou a ele, quebrando o silêncio.

— Também, mas não é a única razão. Preciso de uma mudança de cenário. Eu sempre soube de antemão que não queria fazer isso por toda a vida. Eu fiz por Carlo... e por você, disse ele com o coração apertado.

— Eu já havia percebido. Sobre você e Lorenza, quero dizer. Por que você agiu como se nada tivesse acontecido quando eu perguntei?

– Não sei, respondeu Daniele. – Para protegê-la, talvez.

– Você não confiou em mim. Havia grande amargura na voz de Roberto.

Daniele parou.

– Não, não é assim. Você tem que acreditar em mim. É só que... eu não sabia como você reagiria.

– Como eu deveria reagir? Você é meu amigo....

Daniele sentiu uma pontada no estômago.

– ... e você sempre pode falar comigo sobre qualquer coisa. Eu não teria julgado você... eu nunca julgo ninguém...

– Sim, isso é verdade, comentou Daniele, com um pequeno sorriso.

Eles começaram a andar novamente.

– Mas sentirei sua falta, continuou Roberto.

Daniele colocou um braço em volta de seu ombro.

– Eu também sentirei a sua falta. E muito.

– Mas quando você vai voltar?

– Não sei. Talvez para provar o próximo Don Carlo.

– Mmm... Roberto murmurou, como se tivesse percebido que aquilo não passava de mentira. – Na minha opinião, você não vai mais voltar. E o que eu faço sem você...

– Mas quem disse que não vou voltar... E, de qualquer forma, nos últimos dois meses você administrou a Vinícola praticamente sozinho, então...

– E se eu precisar pedir um conselho a você?

– Você vai me ligar. Se não para isso, você comprou um telefone para quê? E sorriu.

– Mmm..., Roberto murmurou novamente, com a cabeça baixa. Então olhou para ele. – Mas você tem certeza de que será feliz lá?

Daniele não respondeu imediatamente. Então ele encolheu os ombros. – Não sei. Mas prometo que vou tentar.

– Então dá um jeito de conseguir, respondeu Roberto, com um ar de falsa advertência.

Chegaram finalmente à Quinta, onde o vinhedo permanecia silencioso, despojado de folhas e de cor.

A escrita branca Quinta Greco na placa de madeira já havia ficado cinza e perdido o brilho de muitos anos antes, quando Daniele pisou naquele lugar pela primeira vez. Por um momento, ele se viu menino, ali mesmo, com o boné na cabeça e os suspensórios segurando uma calça um tamanho maior que ele, erguendo os olhos do vinhedo e observando o Fiat 508 parando perto da placa.

– Bom dia, sr. Carlo, ele o cumprimentava todas as vezes, tirando o boné.

Daniele se aproximou da placa e tocou nas letras, uma por uma.

– Devemos realmente repintá-la, disse ao irmão.

28
[ABRIL-MAIO, 1952]

Quando Antonio desceu à cozinha para tomar o café da manhã, encontrou Agata toda ocupada e com o rosto manchado de farinha. Ela devia ter acordado muito cedo, pois o bolo já estava assando no forno.

– "Que cheirinho bom", disse, curvando-se para espiar. – Já faz um tempo que você não prepara o seu bolo de chocolate.

– Giada queria esse e eu o fiz para ela, respondeu Agata com um sorriso.

Antonio serviu-se de café da moka já pronto sobre a mesa e sentou-se.

– Quer terminar a massa antes de eu lavar a tigela?, Agata perguntou a ele.

– E você me pergunta? Dá aqui, respondeu. Então, com um dedo, pegou um resíduo de creme de cacau e levou-o à boca. – Mmm, muito bom, disse ele, deleitado.

– Ainda bem, então, comentou Agata, satisfeita.

Antonio tomou um gole de café morno. Agata devia tê-lo preparado pelo menos uma hora antes.

– A Lorenza também, quando criança, sempre queria bolo de chocolate para o seu aniversário, Antonio sorriu.

Agata respondeu com uma careta, depois pegou a tigela de volta e colocou-a na pia, em cima de uma pilha de louça suja.

– Esperemos que ela tenha acordado bem esta manhã e não estrague a festa da nossa *piccina*, suspirou.

– Sim, esperemos, Antonio murmurou.

Desde a partida de Daniele, no início de março, Lorenza se tornara uma pilha de nervos, com o rosto encovado e os braços ressequidos.

– Não estou com fome, dizia, afastando o prato toda vez que jantavam juntos.

Ela agora se dirigia a Tommaso apenas quando necessário e num tom que soava como um rosnado. Certa vez, teve um ataque de fúria só porque ele se esqueceu de levar o azeite para a mesa, e Antonio foi forçado a intervir.

– Lorenza! Você está exagerando!, ele lhe disse. Ela, então, pulou da mesa e se trancou no quarto, batendo a porta com um estrondo. Agata estava prestes a ir atrás dela, mas Tommaso a impediu. – Deixe-a. Pelo menos comemos em paz. Nessa frase, Antonio leu todo o cansaço de Tommaso: talvez tivesse perdido a paciência... ou talvez não se importasse mais com o que Lorenza fazia ou deixava de fazer.

Antonio havia tentado, muitas vezes, conversar com a filha: sugeriu que os dois fossem passear sozinhos, convidou-a para jantar, para ir ao cinema... chegou até ir visitá-la no escritório, mas ela sempre o rejeitava, fechando-se num silêncio quase absoluto e hostil.

– Você está tão feliz que ele tenha ido embora, não podia esperar por nada mais, ela lhe disse uma vez. Antonio baixou o olhar, incapaz de negar. Como poderia? Assim que Daniele partiu, ele deu um grande suspiro de alívio, e disse a si mesmo que talvez, finalmente, sua filha o esqueceria e, com o tempo, encontraria a paz com o marido, com a filha...

A festinha de aniversário da Giada começou à tarde, na casa dos avós. O bolo de chocolate, coberto com açúcar de confeiteiro, estava exposto na mesa da sala; de um lado estavam empilhados os pratos de sobremesa do serviço bom e, ao lado deles, as colheres de prata com o cabo embutido, aquelas que Agata só usava em ocasiões especiais.

A menina chegou nos braços do pai. Usava um vestido rosa com saia de organza e um laço de cetim branco nos cabelos, cortados em chanel curto.

– De quem é o aniversário hoje?, disse Agata, pegando ambas as mãozinhas.

– Da Giada!, respondeu a menina, muito alegre.

– E quantos anos você está fazendo? Diga para a vovó.

– Esse teatrinho é realmente necessário?, murmurou Lorenza, tirando o sobretudo.

– Mostre para a vovó quantos anos você tem, disse Tommaso, colocando a menina no chão.

Giada mostrou três dedos.

– Muito, muito bom! Agata a aplaudiu e depois a abraçou.

– Você viu que a vovó fez bolo de chocolate para você?, perguntou então Antonio, fazendo um carinho na cabeça da menina.

Em poucos minutos, Roberto e Maria também chegaram à festa. Ela entrou segurando uma caixa fechada com um grande laço vermelho nas mãos.

– Oh! De quem é esse presente?, Agata perguntou à menina.

Sentada no sofá, longe de todos, Lorenza balançava a cabeça e bufava, como se dissesse que não aguentava mais as perguntas bobas da mãe.

Ajudada por Maria, a menina começou a desembrulhar o presente.

Antonio virou-se para Lorenza por um momento e, com um aceno severo, pediu-lhe que se juntasse a eles.

– Uma boneca!, exclamou Giada arregalando os olhos diante de uma bonequinha de porcelana de cabelos loiros e boca pintada de vermelho, com vestido de camponesa xadrez azul e branco.

Lorenza se aproximou naquele momento, esticando levemente o pescoço para dar uma olhada, depois sentou-se novamente no sofá.

– Tia, esse bolo parece uma delícia, disse Roberto.

– Se sua mãe chegar rápido, a gente também poderá comê-lo, respondeu Agata.

– Ela disse que se atrasaria um pouco... Está dando aula na Casa, interveio Antonio. – Mas tenho certeza que estará aqui a qualquer momento.

– Esperemos que sim, disse Agata com uma pitada de decepção.

Anna chegou cerca de dez minutos depois, desculpando-se pelo atraso.

– E Giovanna?, Antonio perguntou, fechando a porta.

– Ela ficou lá... Hoje teve seu querido curso de colchas, respondeu Anna sorrindo. – Mas deixe-me desejar um feliz aniversário à menina mais linda do mundo, exclamou ela, estendendo os braços para Giada, que correu em sua direção. – Tenho um presente aqui, disse ela finalmente, tirando um pequeno pacote do bolso da calça.

Era um pingente redondo de ouro com o G de Giada gravado em relevo.

– Mandei fazê-lo especialmente para você, ela disse à garotinha.

– Muito obrigado, de coração, Anna, disse Tommaso, um pouco envergonhado. – É demais.

– Agora vamos cortar o bolo!, Agata chamou a todos, batendo palmas.

Antonio afundou três velas na massa macia e as acendeu. Todos cantaram: *Parabéns a você...* E Giada ia assoprar, mas Maria a impediu.

– Espere, você tem que fazer um desejo.

– Mas dentro de você, senão não vai se acontecer, acrescentou Roberto.

A menina pensou por um momento, depois seus olhos pousaram em Lorenza, que estava à sua frente, do outro lado da mesa, e pararam nela. – Eu sei qual é o desejo, disse depois, olhando para Maria. E assoprou, em meio ao entusiasmo geral.

Anna pegou duas fatias de bolo e aproximou-se de Lorenza, que havia voltado a se sentar no sofá.

– Aqui está, *ma petite*, disse ela, entregando-lhe o pires.

– Não, tia. Eu estou sem vontade.

– Olha, está uma delícia, insistiu Anna, sentando-se ao lado dela e dando uma mordida.

Lorenza balançou a cabeça.

– Sinto náuseas só de olhar.

– Eu estava pensando, disse Anna, continuando a mastigar, – por que você não vem me ajudar na Casa às tardes? Outra menina, Giulia, também chegou. Ela tem a sua idade, sabe.

Lorenza acenou com a cabeça, mas com ar de quem, no fundo, não se importava nem um pouco.

– Então? Anna insistiu, largando o pires vazio. – Você vem?

– Mas para fazer o que, tia?

– Para me ajudar. Acho que faria bem a você.

– Sim, claro..., Lorenza respondeu com um sorriso irônico. E então começou a coçar a manga da blusa. Mas como o tecido não lhe permitia aliviar a coceira, ela arregaçou a manga, revelando o braço.

Anna não pôde deixar de notar a cicatriz do que parecia ser um corte feito à faca.

– Mas o que você fez aí?

– Nada, Lorenza apressou-se a responder, puxando imediatamente a manga para baixo. – Eu me distraí na cozinha. Acontece, concluiu ela, encolhendo os ombros.

~

Anna só voltou a pensar naquele corte alguns dias depois. Era um dia tranquilo no correio, tanto que às onze e meia ela já havia completado a rodada de entregas e voltado para casa. Assim, ela aproveitou a oportunidade para fazer algo que já vinha pensando há algum tempo: abrir uma caderneta de poupança postal em nome da Casa da Mulher, na qual ela depositaria uma quantia todos os meses e a qual suas inquilinas poderiam usar livremente, para alimentos, roupas, sabonetes, detergentes e tudo mais. Sem ter que pedir dinheiro a ela todas as vezes.

– Mas você tem certeza?, murmurou Tommaso. – Não é melhor ter um fundo de caixa que você administre, para poder controlar o que entra e o que sai?

– Elas não são menininhas, e eu não sou a mãe delas, respondeu, levantando uma sobrancelha. – Não precisam ser controladas. Precisam de confiança. E se sentirem responsáveis por suas próprias vidas.

– E se a pessoa a quem foi delegada a caderneta, digamos assim, age de forma espertalhona? Pega todo o dinheiro e, *puf*, desaparece sabe-se lá para onde?

– Ninguém jamais faria isso.

– E como você pode ter certeza?

– Eu simplesmente tenho.

– Como quiser, rendeu-se Tommaso. – Eu só queria te incentivar a ter cuidado. Mas o dinheiro é seu, então...

– E eu agradeço, disse Anna. – Mas sei o que estou fazendo.

– Dizem coisas por aí..., Elena os interrompeu, espiando pela sala dos fundos.

– Por exemplo?, perguntou Anna, virando-se.

– Aquela Melina... ela está lá, não está?

– Sim. E daí?

– Mas você sabe o que ela faz?

– O que ela *fazia*, quando muito, Anna respondeu, irritada. – De qualquer forma, sim, eu sei. E daí?

– Então, é normal que as pessoas falem. Dizem que a Casa se tornou uma casa para mulheres de má reputação...

– E quem está dizendo isso?, Anna ficou nervosa.

– O Pe. Luciano, por exemplo. Mas não só ele, respondeu Elena.

– O Pe. Luciano, Anna riu. – Bem, não estou surpresa.

– Aquele conhece as prostitutas melhor do que ninguém, interveio Carmine, que não perdeu uma única palavra da conversa.

– Seu linguarudo, Elena o repreendeu.

– Até parece que você não sabe..., respondeu Carmine.

– De qualquer forma, não me importo com o que dizem. Principalmente aquele Pe. Luciano, declarou Anna.

– Ah, bem, se para você está bem, tanto melhor, Elena resmungou. Que fique com sua casa para mulheres de má reputação.

– Na verdade, vocês querem saber de uma coisa?, disse Anna depois de alguns minutos, como se tivesse pensado nisso. – Eu realmente acho que vou dizer isso na cara dele! Rapidamente, ela saiu da agência e atravessou a praça movimentada, indo diretamente para a paróquia.

– Você está com pressa, carteira?, um homem, sentado no banco, gritou atrás dela. Era aquele que tinha braços musculosos e trabalhava com tabaco na casa em ruínas que ficava nos limites da cidade. Anna não respondeu e continuou inexorável. Encontrou o Pe. Luciano no adro da igreja, com o coroinha a reboque; ele conversava com um pequeno grupo de fiéis, aqueles que haviam permanecido depois da missa das onze.

Anna avançou até o átrio e, quando chegou perto do Pe. Luciano, deu-lhe um tapinha no ombro.

Os fiéis ficaram em silêncio de repente.

– Você me permite uma palavra? disse Anna.

– Bom dia, carteira, respondeu ele afavelmente. – Como posso ser-lhe útil?

– Bem, no momento, parando de espalhar rumores falsos e maliciosos sobre a Casa da Mulher.

Os fiéis começaram a se olhar, como se dissessem: "E quem vai perder uma cena dessas?".

– A experiência me ensinou que, quando os boatos se tornam... barulhentos, quase sempre há um fundo de verdade neles, disse Pe. Luciano.

Anna teria dado um tapa nele de bom grado. – Há certos rumores circulando sobre o senhor também, ela rebateu.

– Segundo o seu raciocínio, deveríamos acreditar que eles estão dizendo a verdade. *Quase sempre.*

Nesse meio tempo, algumas das pessoas que estavam na praça se aproximaram.

Pe. Luciano olhou para toda aquela gente e depois voltou a olhar para Anna.

– Você foi imprudente ao recusar a bênção, continuou. – Se tivesse me ouvido, não se encontraria cercada de mulheres pouco respeitáveis e certos rumores não estariam se espalhando.

– E quem seria "respeitável"?, respondeu Anna. – O senhor? Que prega a caridade e a bondade divina, mas depois bate a porta na cara de mulheres como Melina? Não somos todos filhos de Deus? Pelo visto, o senhor está dizendo que, na realidade, alguns são mais filhos de Deus do que outros.

– Não foi isso que eu disse, de modo algum, protestou Pe. Luciano, olhando para os fieis. – Mas pecados são pecados. Não cabe a mim perdoá-los, mas a Deus.

– Bem, então espero que o seu Deus perdoe também os seus, disse Anna. – Pelo que se diz por aí, não são poucos. Boa sorte quando estiver na presença d'Ele. E saiu, acompanhada por um murmúrio que se ergueu por toda parte, semelhante ao zumbido de um enxame. – Não fique irritado, Pe. Luciano... – Ah, se Carlo ainda estivesse aqui, que Deus o tenha...

– Ela sempre acreditou que era melhor que todos, a forasteira.

Elena e Carmine estavam de frente para a porta da agência; estava claro que não haviam perdido um único momento da cena.

– Você disse umas poucas e boas para ele, hein?, Carmine perguntou a ela com um olhar divertido.

– Não o suficiente, respondeu Anna.

Ela voltou à agência só para pegar o sobretudo e a carteira e saiu, ainda irritada e com o coração que não parava de bater forte. Montou na sua bicicleta e respirou fundo algumas vezes, tentando se livrar da tensão.

– É um estúpido, resmungou para si mesma.

Continuou pedalando até perceber que, completamente absorta naqueles pensamentos, havia tomado o caminho errado. Estava perto da casa de Tommaso e Lorenza e pensou em visitar a sobrinha, que fazia dois dias que não ia ao escritório. – Ela só está um pouco gripada, disse Tommaso, sem tirar os olhos da papelada.

Anna tocou a campainha algumas vezes antes de Lorenza atender a porta. E quando ela finalmente apareceu na porta, bastou um olhar para entender que a gripe não era a razão pela qual a sobrinha havia ficado em casa: Lorenza estava muito pálida e tinha olheiras roxas profundas. E enroladas em seus cotovelos havia duas bandagens.

– Não se preocupe, tia. Eu não tentei me matar, se é isso que está pensando, disse com um olhar presunçoso, diante do rosto pétreo de Anna. – Venha, mas não faça barulho: Giada acabou de adormecer.

Anna entrou, cambaleando.

– Acho que preciso de um copo de água, disse então, sentando-se no sofá. – Tommaso disse que você estava gripada..., ela acrescentou, agarrando com a mão levemente trêmula o copo que Lorenza havia lhe trazido.

– Eu pedi a ele para dizer isso. Na agência, para minha mãe. A todos, explicou Lorenza.

Anna bebeu de um só gole e segurou com força o copo vazio.

– Agora me conte o que está acontecendo, ela murmurou, olhando para a sobrinha. – Não vou sair daqui até que você fale. Caso contrário, irei perguntar ao Tommaso, e você sabe que eu faço.

Com um suspiro, Lorenza sentou-se no sofá e, sem olhar para ela, disse:

– São apenas pequenos cortes, disse ela. – Pequenos cortes inofensivos...

– Inofensivos? Você está brincando? – Anna a interrompeu, incrédula.

– Mas sim, o que devo dizer? Fazem eu me sentir melhor... Eu só não sabia que a parte interna dos meus cotovelos sangrava tanto, isso é tudo.

– Isso é tudo?, repetiu Anna. – Você está me dizendo que acha isso uma coisa normal?

– "Normal..." Lorenza murmurou, como se essa palavra fosse desconhecida para ela. – Você sabe o que não é normal?, ela continuou, com mais energia, virando a cabeça para Anna. – Que Daniele tenha desaparecido no ar. Que eu não saiba como localizá-lo. Que eu esteja aqui; e ele, do outro lado do mundo. Aqui está o que não é normal, tia.

– Certamente não é uma boa razão para fazer... o que você faz, respondeu Anna, apontando para as feridas.

– Eu te disse. Isso faz com que eu me sinta melhor. Pelo menos por um tempo...

– Mas o que você está dizendo não faz sentido, Lorenza, você consegue perceber? Alguém tem que ajudá-la. Você não pode continuar assim.

– Sim, me ajudar, claro..., ela respondeu, olhando para o teto.

– Deixe-me ajudá-la, disse Anna, colocando a mão na dela.

Lorenza endireitou a cabeça.

– Ah, sim? Você realmente quer me ajudar? Então me diga onde ele está, onde mora.

– E eu lá sei...

— Tente descobrir. Até o Roberto diz que não sabe... como se eu fosse burra. Eu sei que aqueles dois se falam.

— E depois de saber onde ele está, o que você vai fazer, hein?

— Conversar com ele, escrever para ele, convencê-lo a voltar para mim, respondeu ela, encolhendo os ombros, como se a resposta fosse óbvia.

— Isso ajudaria você a se sentir melhor? Falar com ele, quero dizer, Anna perguntou a ela.

— Ah, sim, Lorenza respondeu com uma careta.

Anna pensou um pouco.

— Tudo bem, vou ajudá-la, prometeu. — Mas pare com isso, *agora mesmo*, disse ela com a voz entrecortada, apontando para as bandagens.

Lorenza não respondeu.

~

Era pouco depois do amanhecer de um dos primeiros dias de maio quando Tommaso, com Giada dormindo em seu colo, bateu à porta dos sogros. Agata abriu a porta para ele, de roupão e com os cabelos presos em uma touca, e Tommaso, ao entrar, disse-lhe em voz baixa:

— Leve Giada para cima, por favor.

Agata olhou para ele, confusa.

— Mas o que..., tentou dizer, contudo Tommaso a interrompeu, fazendo-a entender que eles iriam conversar, mas sem a menininha estar presente.

Enquanto Agata levava a neta para o quarto, Antonio saiu do escritório amarrando o roupão na cintura.

— Tommaso... O que está acontecendo?, ele perguntou, franzindo a testa.

— Esperemos por Agata, respondeu ele.

Sentaram-se à mesa da cozinha. Tommaso tirou do bolso um pedaço de papel quadrado dobrado ao meio e entregou aos sogros.

Antonio pegou e abriu. Agata se inclinou para ler com ele.

Estou bem. Não me procurem, era só o que estava escrito.

A caligrafia era de Lorenza, estreita e pontuda.

Ambos olharam para Tommaso.

— O que significa isso?, perguntou Antonio.

Tommaso explicou que havia encontrado aquela mensagem poucos minutos antes, na mesa da sala, quando acordou e desceu. Não sabia de mais nada, exceto que Lorenza evidentemente tinha saído enquanto ele dormia.

Antonio se levantou e começou a andar de um lado para outro, esfregando o rosto.

– Mas vocês discutiram ontem à noite? Ela estava com raiva por alguma coisa?, perguntou Ágata.

– Não..., sussurrou Tommaso.

– Mas como você não ouviu nada?, Antonio explodiu. Alguém sair de casa assim, no meio da noite...

– Calma, Antonio, disse Agata, colocando a mão em seu braço.

Tommaso colocou os cotovelos na mesa e apoiou a cabeça nas mãos.

– Será uma de suas loucuras. Vocês sabem como ela é, Agata tentou confortá-los. – Ela voltará.

– Talvez ela tenha ido para aquela amiga dela... em Lecce, sugeriu Tommaso, olhando para cima.

Antonio parou e agarrou as costas de uma cadeira com as duas mãos. Como ele poderia revelar a todos, naquele momento, que aquela amiga não existe nem nunca existiu?

– Não. Ele balançou a cabeça decididamente. – Não está lá.

– Ela não pode ter ido longe, disse Agata.

– Ela pode ter pegado o ônibus, objetou Tommaso. – Mas não posso ficar aqui sem fazer nada. E olhou para Antonio. – Vamos dar uma olhada no campo aqui no entorno?

– Pode ser, disse Antonio, pouco convicto. – Tentemos assim.

Cada um com seu carro e tomando direções diferentes, Antonio e Tommaso partiram. Antonio verificou todas as *pagghiara* de Lizzanello a Pisignano, depois voltou e seguiu para o sul, em direção à zona rural ao redor da cidade de Castrì.

– Mas onde você se enfiou..., murmurava ele, olhando em volta.

Depois de andar em círculos por mais de duas horas, decidiu voltar para casa.

– Nada?, Agata perguntou a ele na porta.

– Procurei em todos os lugares..., Antonio respondeu, jogando a chave do carro sobre a mesa.

– Quem sabe Tommaso a tenha encontrado, murmurou, torcendo as mãos.

Tommaso chegou pouco depois. Tinha ido até Lecce, disse, sem nem saber para onde olhar. Não havia avisado a agência sobre sua ausência, percebera naquele momento. Esquecera-se completamente de que ainda tinha um emprego.

– Sim, disse Antonio. – Também na olearia devem estar pensando que desapareci.

– Vão, Agata interveio. – Vocês agora não podem fazer mais nada.

– Talvez seja melhor que você vá para a casa de Tommaso quando a menina acordar. Caso Lorenza volte..., sugeriu Antonio. – Iremos nos juntar a você mais tarde.

Agata assentiu.

– Por enquanto, vamos manter isso entre nós, sugeriu, um momento antes de os dois partirem. – Talvez ela volte esta noite e terá havido muito alvoroço por nada. Diga aos seus colegas que ela não se sentiu bem... Diga inclusive a Anna. Falem assim.

~

As glicínias que ficavam na entrada da casa de Tommaso e Lorenza estavam em plena floração. Agata sempre adorou o perfume daquelas flores e, antes de abrir a porta, parou ao lado delas e respirou fundo.

– Escute a vovó, olhe que perfume gostoso, disse ela à menina, que estava deitada em seus braços com cara de sono. Ao colocar a chave na fechadura, pensou que gostaria de usar uma fragrância que cheirasse apenas a glicínias.

Preparou um pouco de leite para a menina, pegou alguns biscoitos e disse-lhe que comesse.

– A vovó vai subir um momento, mas já volta, disse fazendo-lhe um carinho.

Ela subiu para o quarto. Enquanto esperava por Tommaso e Antonio, uma ideia terrível surgiu em sua mente. Com o coração batendo forte, esperando de todo o coração estar errada, foi até a cômoda, abriu-a e alcançou até o fundo, além das toalhas dobradas. O baú de madeira clara onde Lorenza guardava suas joias ainda estava lá. Com as mãos trêmulas,

Agata abriu: estava vazio. Não havia mais vestígios dos anéis, pulseiras e colares. Faltava tudo, até o pingente com o G de Giada, aquele que Anna tinha dado de aniversário à menina... Agata desabou na cama, lutando para conter as lágrimas.

Naquela noite, no jantar, ninguém teve vontade de comer.

– Onde está a mamãe?, Giada continuava perguntando.

– Ela foi preparar uma surpresa, respondeu Agata. – Você verá que ela voltará com um belo presente.

– Mas eu não quero o presente, quero a mamãe, choramingou, esfregando os olhos.

Por fim, Agata pegou a menina e carregou-a para cima, ficando ao lado dela até que adormecesse.

Lá embaixo, Antonio andava pela sala. Tommaso, por outro lado, estava afundado no sofá, olhando para o nada.

– Ela não vai voltar, ele disse em um sussurro.

Antonio parou por um momento e olhou para ele.

– Tenho que falar com Anna, ele disse então.

Tommaso se virou.

– Agata não quer que ninguém saiba ainda... Vamos esperar...

– Não, Antonio interrompeu-o decididamente, dirigindo-se para a porta.

∼

Todas as luzes da casa de Anna estavam apagadas, exceto a do quarto dela.

Antonio bateu suavemente mais de uma vez, até ver acender a luz da sala e ouvir os passos lentos e decididos de Anna – ele os teria reconhecido entre mil – aproximando-se da porta.

Ela abriu. Usava um roupão de seda azul e seu rosto estava brilhando devido ao creme.

– Antonio? O que aconteceu?...

– Com licença, você estava dormindo?

– Ainda não, mas quase. Venha, entre.

– Eu acordei alguém? ele perguntou.

– Não, não se preocupe. Estou sozinha, respondeu, fechando a porta. Giovanna ficou para dormir em Contrada, com as meninas, e Roberto está jantando com a família de Maria. É o aniversário do pai dela. Ou da mãe dela, não me lembro, ela murmurou, levantando uma sobrancelha.

Antonio olhou para ela e então correu para abraçá-la, aconchegando a cabeça na curva de seu pescoço.

– Mas o que há com você?, Anna disse, preocupada. Ele ergueu um braço e colocou-o no ombro dela.

– Ela foi embora, exclamou Antonio com a voz estrangulada.

– Mas quem? Quem foi embora?

Ela o arrastou para o sofá e ali, segurando sua mão, Antonio contou-lhe sobre aquele que havia sido o dia mais longo de sua vida.

Ela o ouviu praticamente sem fôlego e com os olhos arregalados. Imaginou Lorenza escrevendo: *Estou bem. Não me procurem*, e então saindo de casa no meio da noite, pela rua escura e deserta.

– Me ajude. Onde ainda podemos procurá-la?, perguntava-lhe Antonio. – Eu não sei mais.

Anna lentamente tirou a mão da dele e levantou-se com a mesma lentidão. Ela deu alguns passos, cobrindo a boca com a mão, depois parou e olhou para ele. –Eu sei para onde ela foi...

Antonio deu um pulo e se aproximou dela.

– Onde?

Os olhos de Anna se encheram de lágrimas.

– O que você tem? Por que você está assim?, ele perguntou a ela, colocando as mãos em seus braços.

– Eu fiz uma coisa... Uma coisa estúpida.

Antonio afastou as mãos e deu um passo para trás.

– Eu dei a ela o endereço de Daniele... o endereço de Nova York. Ela queria escrever para ele, falar com ele, ela estava tão mal...

Raiva e perplexidade passaram pelo rosto de Antonio.

– Por que fez isso?, Antonio perguntou-lhe em um sussurro. – Por quê? Eu havia pedido ao Roberto que não contasse nada a ela. Nunca.

– Roberto não tem nada a ver com isso... eu descobri sozinha, fui eu, respondeu ela.

– Por quê? Por que você fez algo assim, Anna?

– Você não viu os cortes?

– Cortes? Que cortes?, explodiu.

– Aqueles no braço dela, respondeu, apontando para a dobra do cotovelo. – Ela me disse que eles a faziam se sentir melhor...

– Mas que raio de história é essa?, Antonio quase gritou.

– Eu sei, é absurda e nem eu entendo bem o que é... Mas você tem que acreditar em mim, Antonio, ela implorou. – A questão é que Lorenza estava mal, muito mal. E eu tive medo.

– E daí?, sua voz se tornou um sussurro.

– Ela precisava falar com Daniele... Eu só queria que ela melhorasse, não pensava que...

– Você não pensava, ele repetiu asperamente. – E não pensou. Ele deu alguns passos nervosos pela sala. – Ela já está no mar!, ele então gritou, abrindo os braços. – Onde posso ir para buscá-la agora? Onde?

Anna colocou as mãos sobre a boca. – Sinto muito..., murmurou.

– Mas como você não pensou nisso?, Antonio continuou, batendo com o punho na testa.

– Eu só queria que ela melhorasse..., Anna repetiu com voz fraca.

– Você deveria ter ficado no seu lugar!, ele gritou, transtornado. – Ela não é sua filha! Ele baixou a voz para um murmúrio. – Lorenza não é Claudia.

Anna sentiu como se tivesse sido apunhalada nas costas.

– O que você disse?

– Nada...

– Eu ouvi você, disse ela, aproximando-se. – Tenha a coragem de repetir.

Ele fez um gesto como se dissesse para esquecer e virou as costas para ela.

– Repete, ela sussurrou, forçando-o a se virar com um tapa.

– Você deveria ter ficado fora disso, Antonio disse. – Eu te pedi para que me ajudasse a chamá-la à razão, e não para colocar-lhe na mão uma passagem para o outro lado do mundo.

– Eu não coloquei nada nas mãos dela! Eu queria ajudá-la, como sempre fiz.

Antonio estreitou as pálpebras.

– Você já sabia de tudo, não é?

– O que você quer dizer?

– Você ficava com Giada todas as quartas-feiras, sabendo para onde Lorenza ia... Anna desviou o olhar e começou a se afastar, mas Antonio segurou-a pelo braço. – E você também sabia que ela iria embora... e você a encobriu e talvez ainda a esteja encobrindo, não é?

– Não!, ela gritou.

– Admita! Ela tentou escapar da sua mão, mas Antonio apertou com mais força. – Você é uma mentirosa. Não confio mais em você e nunca mais vou confiar, acrescentou com a voz firme e os olhos cheios de raiva.

Um lampejo de sofrimento passou pelos olhos de Anna.

– E você? Quantas mentiras contou?, ela então gritou.

– Quando é que você contou a verdade a Carlo? Quando é que teve coragem...

Antonio de repente soltou o braço dela.

– O que Carlo tem a ver com isso agora..., murmurou ele, atordoado.

– Você sabe, disse ela, ainda encarando-o. Nunca em sua vida ela havia sentido uma raiva tão forte e incontrolável. Ela percebeu que estava prestes a atropelar a ele e a si mesma, que estava prestes a se tornar uma lava que não deixa nada vivo para trás, e ainda assim não se deteve.

– Diga-me: como é fingir ser algo que você não é... Antonio, o *fratellone*, Antonio, o *fratellone sincero*...

– Pare com isso, ele sussurrou.

– Você sabe qual é a verdade?, ela continuou. – Carlo pode ter tido muitos defeitos, mas, pelo menos, *ele* era autêntico. Ele nunca se escondeu. Ele era melhor que você, e você sempre soube disso.

Antonio franziu a testa e abriu a boca para responder, mas depois pensou melhor e fechou-a imediatamente.

E com passos rápidos ele se dirigiu para a porta.

– Quão aliviado você está agora que ele não está mais aqui? Agora que você pode finalmente tomar o protagonismo? – Anna exclamou, sabendo que havia afundado a faca.

Antonio deteve-se, ali mesmo, na porta, um momento antes de abri-la. Virou-se, foi direto na direção dela e, com toda a força que tinha, deu-lhe um tapa no rosto.

– Tenta dizer isso de novo, eu te mato com minhas próprias mãos, disse ele com a voz trêmula.

Anna tocou a sua bochecha e olhou para ele, incrédula e assustada. Antonio cerrou os punhos e dirigiu-se novamente para a porta. Ele já havia aberto quando Anna, num sussurro, disse:

– Eu nunca vou te perdoar pelo que você acabou de fazer.
Ele se virou por um momento.
– Nem eu, respondeu.
E saiu, deixando a porta aberta.

EPÍLOGO
[13 DE AGOSTO DE 1961]

— Vovô, está na hora do remédio, disse Giada com sua voz aguda, abrindo a porta do escritório de Antonio. — A vovó disse para você vir, ela já preparou para você, acrescentou com um sorriso.

Antonio, sentado à sua mesa, virou-se rapidamente. Quando sorria daquele jeito, Giada se parecia muito com a mãe. De vez em quando, em especial recentemente, Antonio se confundia e chamava Giada de Lorenza.

Ele não via a filha desde maio de 1952. Todo Natal, porém, chegava de Nova York um cartão de felicitações, com muitos pontos de exclamação. E apenas com sua assinatura.

— Já vou, *piccolina*, respondeu ele. — Feche a porta, por favor.

Ele esperou que Giada saísse do cômodo e então, com as mãos trêmulas, retirou a carta da gaveta da escrivaninha. Seu sobrinho Roberto a trouxera algumas horas antes, num envelope branco onde estava escrito apenas: *Antonio*. Era a caligrafia precisa e ondulada de Anna: ele a reconheceu imediatamente.

— Não tenho ideia do que está escrito aí. Mas espero vê-lo mais tarde no funeral, disse-lhe Roberto antes de partir.

Antonio acariciou a carta e leu-a mais uma vez.

> *Você se lembra do romance que eu estava lendo em Gallipoli? Acho que foi no verão de 1937, quando todos passamos as férias juntos naquela encantadora casa que Carlo havia alugado. O romance era* Afinidades Eletivas, *de Goethe. Fiquei intrigada com a questão que ele colocava, a mesma que me fazia naquele momento: o que acontece a um par de elementos se um terceiro entra em jogo? Também naquele momento, como sempre fiz, esperava encontrar a resposta num livro. Mas, desta vez, isso não aconteceu.*
>
> *E você sabe por quê? Porque eu tinha a resposta bem diante dos meus olhos: era você, que todas as manhãs daquele verão se levantava assim que ouvia meus passos (achou que eu não tinha percebido?), se juntava a mim na varanda e sentava-se na espreguiçadeira de frente para a minha, para ler comigo. Para estar comigo.*

Bom, vou te confessar uma coisa: nesses anos de silêncio entre nós, continuei a sublinhar cada livro que lia e a escrever minhas anotações ao lado para você, mesmo sabendo que você jamais as leria.

Eu sei que você me odiou, e muito. Você nunca perdeu uma oportunidade de me fazer saber, desde suas saudações desapegadas quando me encontrava na cidade até os olhares sombrios que me lançava de longe ou todas as vezes que levei sua correspondência para a olearia e tive que parar na porta e deixá-la com a secretária. Você nem sequer veio conhecer a nova sede da Casa da Mulher em Lecce...

Quanta energia gastou me odiando?

Muita, eu sei. A mesma que eu gastei para te odiar.

Saiba que ainda não te perdoei por aquela bofetada. Mas saiba também que nem sequer me perdoei pelas palavras venenosas que eu lhe disse naquela noite. Mas, mesmo assim, jamais pensei em te pedir desculpas.

A razão pela qual não o fiz só recentemente ficou clara para mim. Você sabe, a doença é como a chave de um cadeado...

A verdade, meu querido Antonio, é que durante todo esse tempo tivemos necessidade de nos odiar.

Era a única maneira de não trairmos Carlo.

A verdade, como você me disse uma vez, está nas entrelinhas. E você sabe o que há nas minhas? Que eu corria o risco de amar você mais do que amei Carlo. E eu não podia deixar que isso acontecesse. Carlo não merecia isso.

Agora você sabe.

Foi como devia ser.

Ou, pelo menos, eu acho.

Anna

De repente, além da janela, ouviu-se um leve zumbido e logo em seguida a voz trovejante do sacerdote que começou a recitar o *Descanso Eterno*, acima dos sussurros. Antonio segurou os braços da cadeira com as mãos e lutou para se levantar. Com passos lentos e incertos, aproximou-se da janela e afastou lentamente a cortina com dois dedos.

O caixão passou diante de seus olhos, carregado nos ombros de Roberto, Carmine, Nando e de outro homem que Antonio não conhecia, seguido por um cortejo de roupas escuras e cabeças baixas. Antonio semicerrou as pálpebras e examinou o cortejo: reconheceu a mulher de

Roberto, Maria, e depois Giovanna, Elena, Chiara de braço dado com o marido, e ainda Melina e Michela, que era sua secretária há alguns meses, e muitas, muitas mulheres que ele jamais havia visto antes.

Sobre o caixão não estava a habitual coroa de flores, mas o boné de Anna, aquele com o brasão dos Correios incrustado.

Num piscar de olhos, no coração de Antonio, era novamente o verão de 1934: naquela tarde de junho soprava um vento muito quente na praça deserta, e ele se sentia feliz porque seu irmão, Carlo, finalmente havia voltado para casa. A mulher mais linda que ele já havia visto também desceu do ônibus azul que o trouxera de volta ao Sul, com olhos cor de folhas de oliveira, olhos que ele não conseguia parar de olhar; e talvez ela tivesse notado, visto que estava corada como uma garotinha.

Uma súbita rajada de vento, rápida e impetuosa, fez voar o boné, que caiu do caixão no chão, a poucos centímetros da porta de sua casa.

Antonio teve um sobressalto e, num instante, fechou a cortina.

AGRADECIMENTOS

Meu primeiro agradecimento vai para Lila e Babù, por estarem presentes a cada palavra digitada e a cada toque do teclado, infalivelmente aninhados nas minhas pernas no inverno e deitados aos meus pés no verão. Naqueles momentos em que a inspiração vacilou ou quando eu me debatia com uma cena um pouco mais complicada, bastava caminhar com eles, no silêncio dos campos de Salento, para encontrar as respostas que procurava.

Obrigada à minha irmã Elisabetta, minha alma gêmea, a quem *A Carteira* é dedicada. Leitora apaixonada desde o primeiro rascunho, sei que ela ama meus personagens tanto quanto eu. Às vezes, acontece de ela me dizer: – Você consegue imaginar o que Carlo teria dito? ou – Ele realmente teria merecido uma das respostas de Anna.

Agradeço à minha mãe, Claudia, por ter guardado com devoção as memórias de Anna: foi a ela, sua neta preferida, que a nossa carteira entregou fotos, cartões de visita, pilão e tudo o mais que lhe era caro. Incluindo sua preciosa receita de pesto da Ligúria.

Agradeço ao meu pai, Franco, pela sua fé tenaz em todos os meus projetos e pelo seu apoio inabalável aos meus sonhos.

Agradeço a Ilaria Gaspari que, quando o romance era apenas uma ideia, um tema de apenas três páginas, incentivou-me a continuar com seu entusiasmo apaixonante.

Um abraço cheio de gratidão e carinho para minha editora, Cristina Prasso. É graças a ela que *A Carteira* encontrou a sua casa. Agradeço-lhe por todo o amor com que cuidou desta história, pela atenção escrupulosa, por ter visto antes de mim o que o romance se tornaria. Trabalhar com ela foi uma honra, além de uma jornada maravilhosa da qual já sinto falta.

Agradecimentos sinceros a todos os funcionários da Nord, pelo carinho com que receberam *A Carteira* e por segurarem sua mão com força, fazendo-a sentir-se segura.

Agradecimentos à Vinícola Leone De Castris pela assessoria técnica. Donna Anna é uma homenagem amorosa ao Five Roses [Cinco Rosas] e à sua extraordinária história. Ao longo dos anos, provei mais do que alguns vinhos, mas o Five Roses continua sendo meu favorito. Insubstituível.

Alguns esclarecimentos necessários, antes de concluir: a localidade de Lizzanello descrita nestas páginas é na verdade uma síntese de várias cidades de Salento. Tomei emprestado um vislumbre de cada uma delas para transmitir a paisagem e a atmosfera da área da melhor maneira que pude; os habitantes da cidade que povoam o romance são inteiramente fruto da minha imaginação; portanto, qualquer referência a pessoas que realmente existiram é casual e involuntária; por último, é preciso especificar que os acontecimentos da família Greco foram amplamente modificados e retrabalhados para atender às necessidades narrativas, e que a história que conto aqui não é a história deles.

Finalmente, meus maiores agradecimentos vão para Anna, por ter vindo me procurar. As últimas palavras que proferiu, também confiadas à minha mãe, foram: "Não quero ser esquecida".

Você não será. Isso eu te prometo.

Acompanhe a LVM Editora

@lvmeditora

Acesse: www.clubeludovico.com.br

@clubeludovico

Esta edição foi preparada pela LVM Editora com tipografia Minion Pro e Bebas Neue Pro, em dezembro de 2024.

Impressão e Acabamento | Gráfica Viena
Todo papel desta obra possui certificação FSC® do fabricante.
Produzido conforme melhores práticas de gestão ambiental (ISO 14001)
www.graficaviena.com.br